追梦阅读

（爱尔兰）埃·莉·伏尼契 著　古绪满 译

華中科技大學出版社
http://www.hustp.com
中国·武汉

图书在版编目(CIP)数据

名师导读.牛虻/(爱尔兰)埃・莉・伏尼契著;古绪满译.—武汉:华中科技大学出版社,2019.9(2021.8重印)

(追梦阅读)

ISBN 978-7-5680-5480-5

Ⅰ.①名… Ⅱ.①埃… ②古… Ⅲ.①长篇小说-爱尔兰-近代 Ⅳ.①I562.44

中国版本图书馆CIP数据核字(2019)第169473号

名师导读:牛虻　　(爱尔兰)埃・莉・伏尼契 著

Mingshi Daodu:Niumeng　　古绪满 译

策划编辑:阮　珍　田金麟

责任编辑:田金麟

封面设计:孙　黎

责任校对:曾　婷

责任监印:朱　玢

出版发行:华中科技大学出版社(中国・武汉)　电话:(027)81321913

武汉市东湖新技术开发区华工科技园　邮编:430223

录　排:华中科技大学惠友文印中心

印　刷:北京一鑫印务有限责任公司

开　本:710mm×1000mm　1/16

印　张:15.5

字　数:302千字

版　次:2021年8月第1版第3次印刷

定　价:49.00元

出版说明

本套“追梦阅读”丛书共收录了24部作品，分为3个主题——榜样力量、红色经典、岁月成长，以“名师导读”为丛书特色，由华中科技大学出版社出版。

此次出版只在处理文字讹误等方面做了必要工作，以尽量保持经典作品的语言风貌及其所处的时代特征。如有疏漏，望读者指正。

“追梦阅读”丛书编委会

2019年8月

总序

如果有一种信仰要让全世界共同坚守，那只有阅读。如果读书成为我们的信仰，我们就可以少一份轻浮、空虚，就可以始终保持一种超现实的心态，保持一种向理想进发的热情。

为什么全国上下掀起了一个读书热潮？那是因为读书能帮助我们明确人生方向，开拓我们的视野，陶冶我们的性情。我们能从经典里认识到一个新的自我，在成长的岁月里有一个学习的榜样，在书中探索到生活真正的意义，知道我是谁，从哪里来，要到哪里去，从而找到通往精神家园的路径。

读书是一个庄严的仪式，阅读是一个“追梦”的历程。这套丛书带领我们走进“红色经典”，在“岁月成长”中找到“榜样力量”，享受一次精神旅行。“导读”帮助读者了解作者、写作意图和写作背景，同时也帮助读者了解一本书的内容及其影响，领会今天的社会价值观念的核心。

无论是可歌可泣的《长征的故事》，还是《荷花淀》《铁道游击队》《两个小八路》《小英雄雨来》的抗日事迹，乃至抗美援朝战争，都揭示了一个真谛：人类的精神一旦被唤醒，其威力将无穷无尽。没有苦菜花开的艰难岁月，没有志士仁人的流血牺牲，就不能走向胜利，就没有锦绣山河、可爱的中国的诞生。有多少英雄从《童年》出发去探寻人生之路，《闪闪的红星》曾照耀着整整一代人去寻找光明。翻开《红色家书》看看吧，每一页都记录着革命先烈的远大理想、浩然之气。从李四光、竺可桢、陈景润到钱三强、钱学森，爱国、奉献、拼搏、创新的精神在科学家们身上体现。从吴孟超身上我们看到的是一个大写的爱，从赵君陶身上我们知道严师慈母的仁，从焦裕禄身上我们明白什么叫立党为民。我们为什么要“向雷锋学习”？读读《雷锋日记》，我们要学习的是为人民服务、无私奉献和钉子精神。每一个人心中都有一个英雄偶像，幸福的花为勇士而开，赞赏坚毅的牛虻的奥斯特洛夫斯基告诉我们钢铁是怎样炼成的。

我们希望在“经典”阅读中吸取精神营养，在“成长”的过程中沿着正确的方向追寻自我，对照“榜样”的故事明确使命和担当，在新长征路上不忘初心，“追梦”不止，走向远方，创造诗意人生。

刘玉堂

湖北省社会科学院原副院长

华中师范大学特聘教授、博士生导师

一只飞来飞去的牛虻

英国女作家伏尼契一生写过多部小说，大部分小说在西方文学界反应平平，但其中的《牛虻》被翻译到苏联和中国后，迅速得到广泛认可，被尊为红色经典。一部文学作品在本国鲜为人知反而在国外出色在世界文学史上并不多见，那么，埃塞尔·伏尼契的《牛虻》到底是一部什么样的作品呢？

埃塞尔于1864年出生于爱尔兰的科克郡，其父亲乔治·蒲尔是著名的数学家、伦理学家，却不幸英年早逝，母亲只好带着5个孩子前往英国伦敦谋生。其母亲是一个坚强、勇敢的女人，生活虽然充满艰辛，但她仍会帮助进步青年。埃塞尔一家曾经收留过落难的意大利革命党人，童年经历让埃塞尔更加深刻地了解社会、认清社会。

埃塞尔最初的理想并不是成为一名作家，而是一名钢琴家。1882年，她继承了一笔财产后，便前往德国学习钢琴，后由于患上手指痉挛，不得不放弃钢琴家的梦想，转而漫游欧洲各地。在法国的凡尔赛宫，她被一幅画作深深吸引，画中的小伙子神情高傲，面露忧郁。看到这幅画，埃塞尔觉得这位青年似乎也曾遭遇过不幸，自己的坎坷命运与这位青年相比，可谓微不足道。

埃塞尔被俄国作家克拉甫钦斯基影响最深。在其鼓励下，埃塞尔来到俄罗斯，并曾在圣彼得堡当教师，同时利用教师的身份掩护自己从事革命工作。

为了帮助流亡在英国的俄罗斯革命家，埃塞尔返回英国进行募捐，在此期间她还收获了爱情与婚姻。埃塞尔的丈夫米哈依·伏尼契曾参加过俄罗斯和波兰的革命，共同的经历和气质让两人相互吸引，很快，他们家成为革命者交流的中心。早年的求学经历以及与革命党人的接触和交往，使她强烈地感受到了欧洲即将爆发大规模革命的气息。在斯捷普尼亚克的建议下，埃塞尔以她所挚爱的那幅肖像为原型，以意大利档案馆和图书馆搜集的历史资料为基础，结合斯捷普尼亚克的传奇经历和其他革命者的事迹进行文学创作。在多次修改后，于1897年完成了《牛虻》

一书。

《牛虻》出版后，立刻获得了全球范围的成功，但她此后创作的作品的影响力远不及这部处女作。1920 年，伏尼契夫妇移居美国，在其丈夫逝世后，她便深居简出，很少露面。1960 年，96 岁高龄的埃塞尔走完自己漫长的一生，平静地离开人世。

《牛虻》被翻译到苏联后，立刻引起了巨大轰动，很快成为红色经典。苏联著名作家奥斯特洛夫斯基在《钢铁是怎样炼成的》一书中表达了自己的看法：就“牛虻”的本质，就他的坚毅，他那种忍受考验的无限力量，以及那种能受苦而不诉苦的品格而言，我是赞成的。我赞成那种认为个人的事情丝毫不能与全体的事业相比的革命者的精神。

《牛虻》反映的是意大利人民不甘于被奥地利奴役，拿起武器，为祖国的统一和独立而英勇斗争的故事。小说成功地塑造了革命党人牛虻的形象。“牛虻”一词源于希腊神话，天后赫拉嫉妒丈夫宙斯爱上了少女伊俄，化身为牛虻日夜追逐已被变化成一头白牛的伊俄，使伊俄几乎发疯。后来哲学家苏格拉底也将自己比喻为牛虻，寓意为针砭时弊，追求真理，即使牺牲自我也在所不惜。

《牛虻》的主人公牛虻原名亚瑟，年轻时的亚瑟是一个对生活、对未来充满理想的浪漫主义青年，他信仰上帝，向卡尔狄神父袒露心扉，忏悔自己的隐私，可神父却出卖了他，将他投入监狱。出狱后的亚瑟发现了自己一直敬重的蒙泰尼里神父是自己的生父，便否定了过往，否定了上帝。他隐姓埋名，四处漂泊，拖着残废之躯在甘蔗园里卖苦力，到杂戏团当小丑。多年后，亚瑟回到祖国，昔日天真烂漫的他，在历经生活的磨难后，变得冷静、坚强、成熟、勇敢，脸上带着沧桑的疤痕，时刻准备为革命而奋不顾身。此时，他隐藏自己的身份又和初恋情人琼玛并肩作战，可琼玛已经结婚，也认不出亚瑟。蒙泰尼里神父此时已经荣升为罗马红衣大主教，而亚瑟反抗的就是以蒙泰尼里为代表的罗马教皇，这是一场多么艰难又折磨人的斗争啊！在一次战斗中，亚瑟为避免伤到蒙泰尼里，导致自己被捕入狱了。在狱中，亚瑟试图说服父亲放弃他的信仰和自己一起斗争，而蒙泰尼里却希望儿子能放弃革命以换取生命，两人谁也无法说服谁。最终，亚瑟选择了英勇就义。在狱中，亚瑟给琼玛写了一封信，信里写了他们曾经很熟悉的一首小诗：

不管我活着，
还是我死去。
我都是一只牛虻，
快乐地飞来飞去！

《牛虻》一书的产生有着深刻的时代背景。1796 年,拿破仑横扫欧洲大陆,入侵意大利。拿破仑垮台后,战胜国把意大利重新划分并任意分配,国内民族矛盾和阶级矛盾空前激化。而这一时期资本主义迅速扩张,工业革命迅猛发展,而四分五裂的意大利无法为资本主义的发展提供一个安全稳定的环境,教会、封建割据者等众多势力使意大利人民处于水深火热之中。所以,建立一个统一安定的国家是当时资本主义的奋斗目标,而教会作为精神的束缚者,自然成了资本主义攻击的对象。在当时,革命与反革命、正义与邪恶、人民与教皇、爱国者与殖民者……各种政治力量交织冲突,社会即将发生剧变。《牛虻》中的主人公亚瑟受到资产阶级的感染,认为只有参加革命,才能真正造福民众,而借上帝之名给人以救赎的,其实不过是披着圣衣的骗子行径。亚瑟参加了意大利青年党,后被神父出卖,出狱后,自己偷渡到南美洲地区。亚瑟在历经磨难后才返回祖国,锲而不舍地继续参加革命斗争。

自 1897 年出版以来,《牛虻》被译成多国文字。有意思的是,中国读者是通过《钢铁是怎样炼成的》这本书知道《牛虻》的。

《钢铁是怎样炼成的》自被翻译成中文以后,这部作品很快便家喻户晓。因为作品中多次引用了《牛虻》,让中国读者对这本只闻其名、不见其面的小说充满向往,在许多中国人心中,牛虻和保尔已然合二为一,都是未曾谋面的英雄。所以,当《牛虻》1953 年在我国翻译出版后,在短短几年内,发行量便高达 100 多万册,迅速风靡全中国,并被改编为连环画、影片、音乐唱片、话剧、电视剧等多种艺术形式,无数青年被牛虻的事迹感动、激励。

《牛虻》在中国的传播可分为三个阶段,第一阶段是 1953 年至"文革"前夕,第二阶段是"文革"期间,第三阶段则是改革开放以后。第一个传播阶段正值新中国成立不久,社会主义建设热火朝天之际,牛虻的革命者形象非常契合时代的要求。该作品通过对牛虻一生的遭遇的描述,塑造了一个资产阶级青年革命家的形象。他在黑暗、污浊、欺骗、虚伪的现实教育下,离开了他本笃信的上帝和阶级,投向革命,卷入了火热的斗争。牛虻的光辉形象,使很多中国青年受到巨大鼓舞。特别是奥斯特洛夫斯基对牛虻的革命精神做出了高度评价。团中央将《牛虻》列入向青年推荐的书籍名单,各地纷纷举办探讨这部小说的座谈会。在 1955 年修订的《初级中学文学教学大纲(草案)》中,《牛虻》和《钢铁是怎样炼成的》一起,被列为初中三年级课外阅读参考书目。第二个传播阶段正值"文革"期间,《牛虻》被列入禁书,这反而增加了它的吸引力、诱惑力,牛虻成为当时身处逆境人士的榜样。特别是书中牛虻的爱情与亲情深深打动了读者,牛虻给琼玛的信件虽平淡无奇,却真挚感人。牛虻因为私生子的身份,终日在父辈的道德欺骗和兄嫂的歧视中生活。牛虻在被出卖后,生活一夜之间被打入了深渊。他的生活背景与遭遇也引起了很多人的共鸣，导致《牛虻》一书悄悄流传；第三个传播阶段在改革开放以后，受怀旧文学以及其他各种因素影响，《牛虻》再度畅销。

作为一部中外畅销书，《牛虻》传递着生命、爱情、人性、信仰等人类永恒追求与探索的主题，它不仅影响了几代人，也被当代中国作家视为红色经典，王蒙曾说："如果你能写出一部《牛虻》，底下可以什么也不写。"牛虻或成为作家的精神偶像，如张承志、王小波、王安忆；或启发作家进行文学创作，如史铁生；更多的读者则是通过对《牛虻》的阅读来追忆一个逝去的时代。

《牛虻》这本书在中国大受欢迎，其作者埃塞尔也受到了中国人民的高度礼遇。当得知埃塞尔生活在美国后，中国青年出版社通过瑞士银行辗转寄给她 5000 美元稿费，并附上一封热情洋溢的感谢信。埃塞尔与中国的情缘不止于此，1945 年，埃塞尔的孙子韩丁来到中国延安，撰写了《翻身》这本书，向西方读者介绍中国革命。1948 年，埃塞尔的孙女寒春、孙女婿阳早来到中国，先后在延安、北京等地工作，侨居中国近 60 年后，获得中国政府颁发的绿卡，成为第一批获得中国绿卡的外国友人。

作为一部伟大的作品，每个人都能从《牛虻》中读出不同的人生感悟，如信仰、亲情、爱情、选择。其中，选择是每个人一生中要不断面临的难题，在人生的每个阶段都会有不同的选择。牛虻放弃对上帝的信仰，转为选择革命；放弃荣华富贵与苟且偷生，选择为真理英勇就义。在父子关系中，血缘亲情与真理原则往往是一种两难选择，牛虻选择了真理，却给父亲留下伤痛。不同的选择会带来不同的人生。作为青少年，如果在奋斗的年纪你选择了安逸，那你长大后就要加倍付出；如果你选择了风雨兼程，你将会迎接一个光辉灿烂的人生。

《牛虻》是一部文学作品，牛虻也是一个虚构的文学人物，牛虻所处的时代也逐渐远去，但《牛虻》却明确告诉我们一个朴素的道理：在一个风云变幻、波澜壮阔的大时代背景下，人的价值是什么，怎样实现自身的真正价值，怎样才无愧于人生、无愧于时代，是我们要认真思考和作答的人生试卷。

刘玉龙

目　录

第一部

第一章

亚瑟坐在比萨神学院的图书馆里,正在仔细查阅一大沓布道文稿。这是六月里的一个傍晚,天气很热。为了让室内空气凉爽,窗户全都敞开了,百叶半掩。神学院院长蒙泰尼里神父停了一下笔,朝俯在文稿上那个满头黑发的脑袋看了一眼,目光中充满了慈爱。

"找不到吗,亲爱的[①]? 找不到就算了。那一节我一定得重写。可能给撕掉了,害得你白白花费了这么多时间。"

蒙泰尼里声音低沉,但圆润而又响亮,像银铃一般纯净,听起来具有一种特殊的魅力。他像个天生的演说家,说起话来抑扬顿挫。他和亚瑟说话时语气里总是饱含着殷殷的爱意。

"不,神父,我一定要翻查到。你肯定是放在这儿的。即使你重写,也绝不可能写得跟原来的一模一样。"

蒙泰尼里继续写他的文稿。窗外,一只懒洋洋的金龟子,昏昏欲睡地微微作响,还有水果贩子在大声喊叫:"草莓子啊! 草莓子啊!"那叫卖声凄清悲凉,沿着大街悠悠回荡。

"《论医治麻风病人》,找到了。"亚瑟说着就穿过房间往神父那里走。他走起路来步履轻柔,家里那些有教养的亲属对此总是看不顺眼。他生得瘦小,不大像十九世纪三十年代英国中产阶级的小伙子,倒像十六世纪人物画里的意大利少年。他睫毛长长,嘴角灵敏,手脚纤小,全身上下处处显得过于精致,轮廓过于清晰。他若是静静地坐下来,很可能被人误以为是个穿着男装的窈窕淑女。可是,他动作非常灵活,那姿态会使人想到一只驯服的、没有利爪的豹子。

"真的找到了吗? 亚瑟,要是没有你,我可怎么办? 我向来丢三落四的。算了,我也不想再写了。到园子里去吧,我帮你做做功课。你哪些地方不懂?"

---

① 原文是意大利语 carino。本书故事发生在意大利,作者在叙述中常常夹用意大利语,以加强气氛。

他们走出房间，来到了园子里。修道院的园子悄然静谧，丛影朦胧。神学院的这些房子，原来是一所多明我会[①]修道院。两百年前，这片正方的园子装饰得很整齐。黄杨树栽得笔直，两排树木的边缘之间，生长着一丛丛剪得很短的迷迭香和薰衣草。如今，栽培它们的那些白袍修士已经长眠地下，被人们遗忘了，但是那些药丛仍然鲜花盛开，尽管没有人采它们合药，可它们依然在柔和的仲夏夜晚散发着扑鼻的香气。石板路的缝隙里杂草丛生，长满了芫荽菜和耧斗菜；园中心的那口井也为羊齿叶和纵横交错的景天草所掩盖。玫瑰恣意生长，舒枝展叶，蔓延过条条小径；偌大的红罂粟花在黄杨树间盛开，艳丽夺目；生得高大的毛地黄，俯首于杂草之上，还有未经修剪、从不结实的老葡萄藤，从那棵冷冷的枸杞树枝上悬垂下来，始终缓慢地摇曳着茸茸的枝头，像是有说不尽的哀愁。

一棵夏季开花的大木兰树，从园子的一个角落里突兀耸起，浓密的枝叶犹如一座宝塔，到处点缀着乳白色的花朵。大树旁安放着一条粗糙的木凳，蒙泰尼里就坐在那条凳子上。亚瑟在大学里读的是哲学，由于在一本书上遇到了疑难问题，这才来向"神父"请教。他虽不是神学院的学生，可是在他眼里，蒙泰尼里犹如一部大百科全书。

亚瑟等那一段解释明白以后，就说："要是你没有别的事，我就要走了。"

"我也不想再干什么事了。你若是有空，我想你再待一会儿。"

"啊，那好！"亚瑟靠着大树，抬起头，透过阴暗的树叶仰望着宁静的天空，只见初露的星星闪烁着微弱的光辉。他那黑色睫毛下的深蓝色的眼睛，像梦一般神秘莫测，那是他康沃尔郡的母亲给他的遗产。蒙泰尼里赶紧把头转过一边，以免和那双眼睛相碰。

"你好像累了，亲爱的。"蒙泰尼里说。

"我无可奈何。"亚瑟说话时显出有气无力的样子，神父立即有所觉察了。

"你不应该这样急着上大学。你因操劳护理病人，晚上又熬夜，已经累坏了。我本该坚持一下，让你得到一番彻底的休息，然后再离开里窝那。"

"啊，神父，那有什么用？母亲一去世，我无法在那个凄惨的屋子里再待下去。裘丽亚会把我逼疯的！"

裘丽亚是亚瑟异母长兄的妻子，也是时时引起他苦恼的根源。

蒙泰尼里温和地回答说："我并不是要你和家里人待在一起，因为我很清楚，那极有可能使你陷入不幸的境地。不过，我倒是希望你接受那位英国医生朋友的邀请。如果你在他家里休息个把月，然后再去读书，情况就会好得多。"

---

① 多明我会(Dominicans)：又名布道兄弟会，俗称黑衣兄弟会，天主教四大托钵修会之一。一二一五年由圣多明我创立。

“不，神父，我实在不愿接受他的邀请。华伦医生一家人个个都很好，待人和气，可是他们不理解我。因此，他们只是同情我，从他们的表情我能看得出来。他们会设法安慰我，还会谈起母亲。当然，琼玛就不一样，她一向懂得有些话是不该说的，甚至我们在小的时候她就懂。但是，别的人不懂。另外，也还有别的原因……”

“还有什么，我的孩子？”

亚瑟从一茎低垂的毛地黄枝条上捋下了几朵花，在手里不停地搓来捻去，心里很烦躁。

“待在那个市镇让我受不了，”他停了一会接着说，“镇上的店铺，是我小时候母亲常带我买玩具的地方；河岸一带，是我在她病危之前一直扶她散步的场所。我无论走到哪里，总是碰到使我联想到母亲的伤心景物。卖花姑娘见到我，总要拿着花束朝我走近，好像我现在还要买她们的花似的！还有教堂的墓地那儿，我只好避开，因为我一见到那地方心里就难受……”

他的话戛然而止，坐在那里把毛地黄花儿捻成了碎片。一时间出现了寂寞的气氛。这寂寞那么漫长，显得很沉重，亚瑟不禁抬头看看神父，心里很奇怪，神父怎么一声不响。在木兰树笼罩下，天色渐渐黑下来，周围的一切都显得朦胧暗淡，但仍然有微弱的余光，可以看到蒙泰尼里的面孔，他脸色惨白，令人惊惧。他低垂着头，右手紧紧抓住了凳子边缘。亚瑟既敬畏，又困惑不解，赶忙把头调到一边，仿佛在无意之中闯进了圣地。

“上帝啊，”亚瑟思忖着，“和他在一起，我显得多么渺小，多么自私！我这种不幸即使发生在他身上，他也不可能更伤心了吧。”

不一会儿，蒙泰尼里抬起头，向四周看看，以最温存的口气说道：“无论如何，目前我不会强迫你回到那儿去。但是，你一定要答应我，这个夏天一放暑假，你就要好好休息一下。最好远离里窝那，去别处度假。说什么我也不能让你拖垮了身子。”

“神父，神学院放假时，你打算去哪儿？”

“还像往常一样，带学生进山，把他们在山里安顿得好好的。副院长到了八月中旬就会度假回来。到那时，我要去登阿尔卑斯山，换换环境。你跟我一起去好吗？我可以带你到深山里漫游。那里的苔藓和地衣，你一定会有研究的兴趣。只是就你我两个人，也许感到有点枯燥吧？”

“神父！”亚瑟高兴得把手拍得啪啪响，他这种动作，裘丽亚曾称为“外国派头——感情外露”，“说什么我也要跟你一道去。只是……恐怕……”他不说了。

“你是不是以为，勃尔顿先生不让你去？”

“他当然不会赞成。不过，他也不好怎么干涉我。我已十八岁了，行动也能自主了。他只不过是我的异母兄长，为什么我非得事事听他的摆布不可！何况，他一向对母亲不好。”

“可是，他要真的反对，我看你还是不要和他顶撞为好。否则，你在家里的处境会更加艰难……”

“再艰难也艰难不到哪里去！”亚瑟动了感情，打断了他的话。“他们老恨我，我无论干什么，他们都会抱反对态度的。再说，你是我的忏悔神父，我跟你一道出去，詹姆斯怎么能真敢反对？”

“你可别忘了，他是个新教徒①。无论如何，你最好还是给他写封信，我们宁可等一等，听听他的意见。我的孩子，你可不要操之过急。别人恨你或爱你都不要紧，重要的是你自己的所作所为。”

这些责备话说得非常温和，亚瑟一点也没有不自在的感觉。他叹了口气，回答说：“你说的我懂，可是做起来很难啊……”

“礼拜二晚上你没能来，真是可惜的事，”蒙泰尼里突然换了个话题，“那天阿雷佐教区的主教在这里，我很想让你和他见见面。”

“我那天先已答应了一个同学，到他的寓所里参加一次会议。要是不去，大家都要等我的。”

“什么样的会？”

这一问，让亚瑟感到很尴尬。“那……那不是……不是一次普普通通的会议，”由于思想紧张，他说话带一点口吃，“从热那亚来了个学生，给我们作一次讲话——类似……类似讲演的性质……”

“内容是什么？”

亚瑟有些踌躇。“神父，你不会向我打听他的名字吧，是不是？因为我已答应过……”

“我什么事也不会打听的。如果你已答应不泄露秘密，当然就不该对我说什么。不过，我认为，到了这个时候，你大概能够信任我了吧。”

“神父，我当然信任你。他讲到了……我们，和我们对人民的责任……还有对……对我们自己的责任。还谈到了……我们能干些什么去帮助……”

“帮助谁？”

“农民……还有……”

“还有什么？”

“意大利。”

接着出现了长时间的沉默。

---

① 这儿一语双关，既表示从天主教分裂出来的基督教，又暗指亚瑟和詹姆斯在宗教和感情上的裂痕。

“告诉我,亚瑟,”蒙泰尼里转身问他,口气非常严肃,“这件事你已经考虑了多久?”

“自从……自从去年冬天。”

“你母亲还在世时就考虑了吗?她可知道?”

“她不知道。那时候,我还没当一回事。”

“现在你——当作一回事了?”

亚瑟又从毛地黄上捋下一些花。

“情况是这样的,神父,”他两眼看着地,开始诉说,“去年秋天,我在准备入学考试期间,结识了不少大学生,你还记得吧?也就在那时候吧,一些学生开始向我谈起——谈起上面那些事,还借书给我看。不过,我并没有怎么放在心上,我一心只想快点回家看母亲。你是知道的,那幢房子简直就是地狱,母亲和他们在一起完全是孤苦伶仃,光是裘丽亚的舌头就足够要她的命。到了冬天,她的病情更加严重,因此,关于那些学生以及他们的书我全都忘得一干二净。这以后,你是知道的,我根本就不到比萨来了。要是我心里还想到那些事,一定会跟母亲谈,只是我头脑里一点也没有想过。接着,我看出母亲不久就要离开人世——你也知道,母亲临终前的那些日子,我几乎一直在陪伴着她。晚上常常熬夜,华伦·琼玛白天来接替我的时候,我才能睡一会。正是在那些漫长的夜晚,我才想到了那些书,思考了大学生说过的那些话——同时怀疑——他们说的是不是对——我们的主对这一切会怎么嘱咐。”

“你问过主吗?”蒙泰尼里的声音已经不怎么平静了。

“神父,我经常问。有时候,我向主祈祷,请他嘱咐我应该怎么办,要么求主让我和母亲死在一起。但没有得到任何答复。”

“可是,你一直对我只字未提。亚瑟,我本指望,你是能信任我的。”

“神父,你知道我信任你!但是,任何人都有一些不能同别人谈的事。我——我看,似乎谁也帮不了我的忙——即使是你,或者母亲都帮不了我。我一定要直接求主,从主那里得到解答。你知道,这是大事,关系到我的一生,关系到我的整个灵魂。”

蒙泰尼里转过头,浓密的木兰枝叶处一片朦胧暗淡,他两眼对着那儿发愣。在苍茫的暮色里,他的身影显得黑魆魆,仿佛一个浅黑色的鬼影投在深黑色的树荫之中。

“后来呢?”他慢吞吞地问。

“后来……母亲死了。你知道,母亲临终前三个晚上,我一直陪着她……”

他说不下去了,稍停了一会儿。可是,蒙泰尼里却连动也没动。

亚瑟声音很低,继续说下去:“她死了以后隔两天就下葬了。在那两天里,我什么都无心顾及。出殡以后，我就生了病。你还记得吧，我连忏悔都来不了。”

“是啊，我记得。”

“就在那天晚上，我起了床，进了母亲的房间，那里面空荡荡的，只有壁龛中仍然还放着那个巨大的十字架。我思量：也许上帝会帮助我。我就跪下去，等着，等着，一直等了一夜。到天亮的时候，我醒悟过来——神父，我无能为力，我无法解释，我说不清见到了什么——连我自己也不怎么明白。但是，我明白上帝已经答复了我，我不敢违背上帝的旨意。”

他们在黑暗中坐着，彼此沉默无言。过了一会，蒙泰尼里转过身，手搭在亚瑟的肩上。

“我的孩子，”他说，“如果我说上帝没有对你的灵魂吩咐什么，上帝是不允许我说这样的话的。但是，你别忘了：你讲的事是在什么情况下发生的。不要把你在悲痛和疾病中生出的幻觉当成上帝的庄严感召。如果上帝真的有意，要通过死亡的阴影来回答你的问题，那你也千万不要曲解上帝的话。你心里想干的那番事业究竟是什么？”

亚瑟站了起来，好像复诵教义一样，不慌不忙地作了回答。

“我要为意大利而献身，使她摆脱奴役和贫困，帮她把奥地利人驱除出境，成为一个自由的共和国，使意大利只有耶稣基督，没有帝王。”

“亚瑟，想一想你在说些什么！你连个意大利人也不是啊。”

“我是不是意大利人，这都无妨。我就是我。既然已经得到上帝的启示，我也就献身于这个事业了。”

两个人又一次沉默不语。

等到蒙泰尼里说话时，他说得很慢：“刚才你提到，上帝会说……”可是亚瑟立即插话：

“耶稣基督说，‘为我献身的人将会得到再生。’”

蒙泰尼里臂膀靠在树枝上，另一只手搭在额上遮住了眼睛。

他终于说话了：“我的孩子，坐一会儿吧。”

亚瑟坐了下来，神父紧紧抓住了他的手。

“今天晚上我不能跟你讨论下去了，”他说，“这件事使我感到太突然……我思想毫无准备……我得有充分的时间，认真地作些思考，然后我们就可以谈得更加具体。目前，我只希望你牢记一件事：如果你在这个问题上惹了麻烦，如果因此有个三长两短，我的心也就碎了。”

“神父……”

“你别说，让我把话说完。我曾经对你讲过，我在这个世界上没有别人，唯有你。我以为你并不真正懂得这句话的含义。一个这么年纪轻轻的人是很难明白这个意思的。我要是在你这个年龄，我也不懂的。亚瑟，你就像我的……我的……亲生孩子一样。你明白吗？你是我眼里的光明，心中的希望。我情愿自己死，也不能让你误入歧途而毁了你的生命。可是我又束手无策。我又不能要求你向我作出任何保证，我只要求你记住我说的这番话，处处要谨慎。采取重大步骤一定要深思熟虑，这即使不是为了你母亲的在天之灵，也是为了我。"

"我一定会考虑——那么……神父，为我祈祷吧，为意大利祈祷吧。"

亚瑟一声不响地跪了下来，蒙泰尼里也一声不响，把手放在亚瑟低下来的头上。过一会儿，亚瑟站起身，吻了那只手以后，就轻轻穿过落了露珠的草地，走了。蒙泰尼里孤单单地坐在木兰树下，目光直盯着眼前的一片黑暗。

蒙泰尼里在沉思："上帝的惩罚已经降临给我，如同降临给大卫一样[①]。我的双手玷污了上帝的圣殿，玷污了圣体——上帝对我一直是耐心的，现在终于惩罚我了。'你在暗中行这事，我却要在以色列众人面前，日光之下报应你。你所得的孩子必定要死。'"[②]

---

① 据《圣经·旧约全书·撒母耳记下》记载，以色列王大卫，曾害死自己的部下乌利亚，并霸占其妻，生一子。耶稣对大卫的行为不满，对他惩罚，使其子在重病七日之后死去。蒙泰尼里因与亚瑟母亲私通而生下亚瑟。这里他把自己比作大卫。

② 这一段话引自《圣经·旧约全书·撒母耳记下》第十二章第三八四页。

第二章

亚瑟要和蒙泰尼里一道去“漫游瑞士”，而詹姆斯·勃尔顿先生却对这位年轻的异母兄弟的做法很不赞成。但是，这是一次采集植物标本的旅行，和亚瑟同行的又是年高的神学教授，是一次有益无害的活动。他要是强硬地加以阻止，亚瑟会认为他太专横跋扈，因为亚瑟并不知道他阻止的理由，立刻会归因于他的宗教和种族的偏见，而勃尔顿一家向来是以思想开明、具有宽容精神而自豪的。早在一百多年前，勃尔顿家就分别在伦敦和里窝那两处开了父子轮船公司。自那时候起，他们一家人就成了虔诚的新教徒和坚定的保守党。但是，他们认为，英国绅士即使对天主教徒也应该有个公正的态度。因此，老主人鳏居、生活感到寂寞时，就和一个天主教徒结了婚。这个教徒也就是他们家小孩子的家庭教师，年轻貌美。老主人的长子詹姆斯和次子托马斯，对于家庭里出现了这么一个年龄和他们相差无几的继母，难免幽愤厌弃，但是在行动上仍然能有所遏制，把这一现实归因于天意。随着老主人去世，老大结婚，本来就已难处的家庭关系就更加岌岌可危了。不过，继母葛拉迪斯在世的时候，兄弟俩倒也尽心保护她，使她不受裘丽亚那刻薄的长舌妇的伤害。对于亚瑟，他们俩也认为尽了自己应尽的责任，而且在尽责上并不是虚情假意，不仅慷慨大方地给他零用钱，还允许他行动上自由自在。

因此，亚瑟在收到回信的同时，还收到了一张足以供他花销的支票。信中允许他可以自由地安排自己的假期，不过口气比较冷淡。亚瑟把零用钱的一半买了植物学书籍和采集植物的标本夹，就和神父一道出发，开始了阿尔卑斯山的初次漫游。

蒙泰尼里显得神采奕奕，亚瑟好久都未见他有这么高兴了。上次在花园里的谈话，让蒙泰尼里初次受到了震惊。自那以后，他在心理上渐渐恢复了平衡，现在已经能坦然处之了。亚瑟年纪轻，没有什么阅历，纵使有什么决心也不至于那么毅然决然。只要对他好言相劝，晓以利害，还来得及阻止，不使他误入险途。

他们本来打算在日内瓦住上几天，可是亚瑟一见到大街上那么闪光耀眼，游乐场所尘土飞扬，游客非常拥挤，他就有点皱眉头了。蒙泰尼里心里一阵阵欣慰，在一旁注视着他。

“不喜欢吗，亲爱的？”

“我也说不清楚。这儿和我想象的样子相差太远。不错，湖很美，我也喜欢群山的姿态。”这时候，他们正在卢梭岛上，只见萨沃伊小镇那边峰峦连绵起伏，亚瑟指着那一带说：“不过，那个镇子看上去过于严谨，过于整齐，倒有点——俨然一副新教徒的派头，显得自命不凡。是啊，我不喜欢这样的地方，它使我想起了裘丽亚。”

蒙泰尼里哈哈笑着说：“真是不幸的苦孩子啊！算了吧，我们到这儿来，本是想让自己玩得痛快，既然这样就不必再待下去了。今天我们在湖面划划船，明天早上就进山，你看怎么样？”

“可是，神父，你不是想在这儿逗留吗？”

“我亲爱的孩子，这一带我都来过十几回了。我度假是为了让你玩得高兴。你喜欢到哪里去？”

“如果随便到哪儿都不影响你，我倒想溯河而上，到它的发源地去。”

“是伦河吗？”

“不，阿尔沃河，这条河更湍急。”

“那好，我们就去夏蒙尼。”

整个下午，他们划着小舟，在湖面上随波荡漾。湖虽美，但给亚瑟的印象远远不如那条浑浊的灰色阿尔沃河。亚瑟是在地中海边长大的，对蔚蓝色的微波已习以为常，因而很想看到奔腾汹涌的急流。现在，他看到如冰河一样奔泻的急流，就感到无限的喜悦。他感慨地说：“这河流真是奔腾不息啊！”

第二天一早，他们就向夏蒙尼出发。亚瑟驾着车，穿过山间肥沃的田野。一路上，他兴致勃勃。可是，车子来到克鲁斯镇附近时，道路蜿蜒曲折，四周为犬牙交错的大山岗所包围，他就变得肃然、沉默不语了。从圣马丁镇那里开始，他们就弃车步行，沿着山谷慢慢向山上攀登，晚上住宿在山旁的牧人小屋或小山村，然后凭自己的感觉继续漫游。途中景物多变，亚瑟的感觉特别灵敏。他们在途中经过的第一道瀑布，简直使他欣喜若狂，那神态叫谁见了都会高兴。当他们接近白雪皑皑的山顶时，他又从纵情狂欢进入了心旷神怡的恍惚状态，蒙泰尼里往日从没见过他那种神情。亚瑟和大山之间似乎有一种不解之缘。山间呼啸的松树，高大挺拔，显得阴沉而神秘，亚瑟能静静地躺在林间，连续躺几个小时，还从林隙间窥看外面阳光灿烂的世界，欣赏闪烁的山峰和绝壁断崖。蒙泰尼里见此情状，心中很是羡慕，只是那羡慕之中夹有一点伤感。

有一天，蒙泰尼里在看书时转眼看看躺在身旁青苔地上的亚瑟，只见他那伸展的姿势和一个小时以前一模一样，还是睁着骨碌碌的大眼睛，仰望金光闪闪的天空，仰望蓝天白云。蒙泰尼里说："亲爱的，我多么希望，你能把你看到的一切都告诉我啊！"他们已从高高的山路转到了一个寂静的小山村，要在那里过夜。那山村就在代奥萨斯山泉瀑布附近。晴空万里，渐渐西沉的太阳已经落在松林覆盖的岩顶，勃朗山脉那些圆形或尖形的山头即将烘托出阿尔卑斯山中特有的晚霞。亚瑟听到蒙泰尼里说的话，就抬起了头，那目光中饱含着困惑和神秘。

"神父，你要我说看到了什么吗？我看到的是无边无际的苍穹，那儿不仅雄伟，而且一尘不染；我看到，那苍穹年复一年地等待着，等待圣灵的到来。只是我隔着一层玻璃在看，因而看得朦朦胧胧。"

蒙泰尼里一声叹息：

"往日我也曾看到这些。"

"现在一点也看不到了吗？"

"一点也看不到。这些景象我再也看不到了，但是我知道它们依然存在。可是我没有能看清它们的眼睛，我眼睛看到的是另外的东西。"

"你看到了什么？"

"我吗，亲爱的？我看到的是蓝天，还有雪山。我若抬头往高处看去，所看到的只有这些。但是，若看那下面，所见就不同了。"

他指着下面的峡谷。亚瑟跪起，低头俯视下面的陡壁悬崖。黄昏渐渐凝重，暮色苍茫，高大的松树拘谨地伫立在狭窄的河流两岸，像哨兵一样忠于职守。太阳像闪闪发红的煤球，一会儿就隐没在锯齿一般的山峰后面，一切的生命和光明都失去了自然的本色。山谷间立即显出了模模糊糊的东西，阴森可怕，令人一筹莫展，仿佛那里面暗藏着杀机。光秃秃的西山那边，峭壁犹如潜伏的怪兽巨齿，等到猎物一到就将其吞到深谷的腹中。峡谷那里黑糊糊一片，只听到树林在哀吟。松树像一排排刀锋，在轻声呼唤："快投入我们的怀抱吧！"在渐渐聚拢的黑暗中，激流在奔腾咆哮，带着永无止境的绝望，疯狂地拍击如牢笼一般的石壁。

"神父！"亚瑟颤抖着从悬崖边缩回，他站起来说，"那下面就像一座地狱。"

"不是，我的孩子，"蒙泰尼里轻声回答他说，"它只不过像一个人的灵魂。"

"人的灵魂能待在黑暗中，而且披上死亡的阴影？"

"这正是你在大街上日常所见的人的灵魂。"

亚瑟不寒而栗，目光朝下向那些阴影看去。一层淡淡的迷雾在松树林上空缭绕，与汹涌澎湃的山泉若即若离，仿佛一个凄凄惨惨的鬼，怎么也不能给人以安慰。

"快看啊！"亚瑟突然惊叫起来，"在暗中行走的那些人已经看到了一束巨光。"

就在这时，东边积雪的山峰在落日的余晖中燃烧着。待到山顶的红光消失以后，蒙泰尼里转身碰碰亚瑟的肩膀，把他从惊讶中唤醒过来。

"走吧，亲爱的，一点儿光明都没有了。如果还不走，天一黑我们会迷路的。"

“那里就像一具死尸。”亚瑟说着就转了身。他刚才看到的是偌大的积雪山顶，在昏暮中微微闪烁，完全是一副狰狞的面孔。

他们小心翼翼地下了山，穿过黑黝黝的树林，朝牧人小屋走去，他们要在那儿过夜。

蒙泰尼里一走进房间，就见亚瑟已经坐在餐桌旁等他吃晚饭。这位小伙子似乎已从阴沉的魔幻中摆脱出来，完全变成另外一个人了。

“啊，神父，快看看这条狗，它真够荒唐的，竟然能立起后腿跳舞呢。”

亚瑟对那条狗及其舞姿非常感兴趣，那专心致志的神态与他刚才在落日余晖中的表现完全一样。房子的女主人，脸色红润，系着白围裙，两臂粗壮，双手叉腰站在一旁，笑嘻嘻地看着亚瑟与狗玩耍。她用当地土话对女儿说：“一个人能这样一门心思逗狗，头脑里准没有什么杂念。而且，这个小伙子长得多么英俊！”

亚瑟像个害羞的女学生，脸涨得绯红。那位女主人这才知道他听懂了自己说的话，又见他那难为情的样子，就笑哈哈地走开了。吃饭的时候，亚瑟只谈漫游、爬山以及采集标本一类的打算，别的话什么也不说。很明显，他所做的梦既没有影响他的精神，也没有影响他的食欲。

第二天早晨蒙泰尼里醒来时，亚瑟已不知去向。原来天还没亮，亚瑟就出门去山上的牧场，“帮助主人加斯帕放羊去了”。

刚刚吃早饭的时候，亚瑟却又奔进屋子，光着头，手里拿着一大束野花，肩上扛着一个三岁左右的农家女孩。

蒙泰尼里抬起了头，一副笑容可掬的样子。在比萨或里窝那时亚瑟是那么严肃，寡言少语，和现在的神态相比，实在令人感到惊异啊！

“你这孩子，真是毛手毛脚，刚才到哪儿去了？早饭也不吃，就满山遍野乱闯？”

“啊，神父，实在太好玩了。日出时，群山美极了，露水还这么重。你瞧！”

说着，他就抬起一只脚，靴子上面满是露水，还有泥。

“我们带了一些面包和奶酪，在山上牧场那里又挤了些羊奶。哎哟，那可真脏啊！可现在我又饿了。我还要给这个小女孩吃点东西。安妮特，吃点蜜糖好不好呀？”

他已坐了下来，把孩子放在膝上，正想帮她把花理整齐。

“不行，不行！”蒙泰尼里干预了，“你弄受凉了可不行啊。赶快把湿东西换一换。安妮特，你到我这儿来。你从哪儿带了个孩子？”

“就在村头。我们昨天碰到的那个人是她爸爸——是这个小区的补鞋匠。你看，她一双眼睛多可爱！她口袋里还有一只小乌龟，她叫它‘卡罗琳’。”

亚瑟换掉湿袜子，便过来吃早饭，只见小女孩坐在神父的腿上，正哇里哇啦地同他谈她的乌龟。这时候，她已把乌龟翻了个身，放在胖乎乎的小手上，好让“先生”能欣赏动弹不停的四只脚。

“先生，你瞧呀！”她一本正经的样子，满口的土语叫人似懂非懂，“你瞧瞧，卡罗琳的靴子！”

蒙泰尼里坐在那里，不停地和小女孩玩耍。他抚摸她的头发，赞赏她的宝贝乌龟，还给她讲奇异的故事。女主人进屋收拾餐桌，见到安妮特把教士装束、严肃正经的绅士的口袋翻了个底朝天，惊异得瞪大了眼。

“上帝教孩子们识别出好人。”她说。“安妮特平时总是害怕生人，可是，她见了这位先生一点儿也不胆怯。真是奇事！安妮特，快跪下来，趁先生没走请他给你祝福吧，将来会让你吉星高照。”

一个小时以后，他们穿过阳光普照的牧场时，亚瑟说：“神父，我还不知道，你那么会带孩子玩耍。那孩子眼睛老望着你，一刻也不离。你可知道，我认为……”

“什么？”

“我只是想说——照我看，教会不准许教士结婚，这似乎是令人遗憾的事。我实在不懂得这是什么原因。你明白的，教育儿童是一项很严肃的任务，孩子从小就要有个良好的环境。我可以肯定地说，一个人的事业越是高尚，其生活越纯洁，也就越适宜做父亲。神父，如果你没有进行过庄严的宣誓——如果你已经结过婚，我相信你的孩子一定很……”

“嘘！”

这轻轻的一声“嘘”来得那么突然，因而那随之出现的沉默也显得格外深沉。

亚瑟见对方的表情忧郁，心里很难受，就接着说：“神父，我刚才说的话你认为有不妥之处吗？当然，也可能我说的不对，但是，我有这种看法在我是自然而然的。”

蒙泰尼里很温和地答道：“你刚才说的那些话，或许你并没有真正懂得其意义。再过几年，你就会有不同的看法了。现在我们最好谈谈别的吧。”

在这理想的假日里，他们相处得亲密无间，气氛和谐，可是这场谈话首次使他们之间出现了裂痕。

他们从夏蒙尼出发，经过太特诺瓦山到达马第尼镇。由于天气闷热，他们就在镇上歇下来。午饭后，他们坐在旅馆的凉台上。那儿不仅阴凉，还可一览全山的风景。亚瑟取出了盛标本的盒子，他们俩用意大利语就植物学方面的问题进行了认真的讨论。

还有两名英国画家坐在凉台上，一个在写生，另一个在懒洋洋地聊天，他似乎没有想到刚来的两个陌生人可能懂英语。

聊天的那人说：“威廉，别画什么风景了，就画那个意大利小伙子吧。他长得挺神气，正迷着那几片羊齿叶。你瞧他眉宇间的线条！只要把他手里的放大镜画成十字架,把他短衫短裤的衣着画成罗马人穿的大法衣,准保能画成一个罗马帝国时代的基督徒,而且形神毕肖。”

“得了吧,什么罗马帝国的基督徒!吃饭的时候,我就坐在那小子旁边。当时他对烤鸡的迷恋劲儿就跟现在对那些脏兮兮的野草一样。他生得是很漂亮,棕色的脸蛋也很美,可是远不如他的父亲富有画意。”

“他的——什么?”

“他的父亲,就坐在你的对面。难道你对他没在意?他那面孔绝对庄严。”

“怎么,就你这笨蛋还能当个卫理公会①教徒!难道你不明白,天主教教士就在你眼前你都认不出来?”

“天主教教士?啊呀,我的天啦,他真的是一个教士!是啊,我倒真的忘了。他们有过誓言,不结婚以及诸如此类的戒律。既然这样,我们就厚道一点,把那孩子看成是他的侄儿吧。”

“这帮白痴!”亚瑟轻轻骂了一声就抬起头,眼睛滴溜溜地转。“不过,他们倒也有好意,以为我很像你。但愿我真是你侄儿——神父,你怎么啦?脸色这么惨白?”

蒙泰尼里慢慢站起身,一面用手压住额头。“头有点儿晕,”他的声音有些异样,很虚弱,口气也很压抑,“今天早上,可能太阳晒得太多了。亲爱的,我要回去躺一躺。中了点暑,没什么要紧的。”

亚瑟和蒙泰尼里在吕森湖畔停留了半个月以后,就经过圣哥达山口返回意大利。这次出门很幸运,因为天气帮了忙,使他们的好几次远游都玩得很痛快。但是,他们当初出门时感到有魅力的东西现在已不复存在。蒙泰尼里一直被一种不愉快的念头所萦绕,因为他曾说过要和亚瑟“谈得更加具体”,这次度假本来是个机会,可是失去了。在阿尔沃河的山谷那里,他尽力回避他们在木兰树下曾经谈过的话题。当时他思忖:亚瑟是个艺术气质很浓的人,第一次感受到阿尔卑斯山优美的风景带来的喜悦,若重提势必引起他痛苦的话题,未免有点残忍。自从到了马第尼以后,每天早晨他都对自己说:“今天要跟他谈。”可是到了晚上他又说:“明天一定要同他谈。”眼看度假快要结束了,他还老是“明天,明天”,一拖再拖。他心里有一种说不出的胆寒,认为此时和彼时有点不一样,他和亚瑟之间有一层看不见的薄纱在阻隔,因此,他始终不便开口。到了假期的最后一个晚上,他才突然意识到:要是他真的想讲,那么这天晚上非讲不可了。当时他们在鲁加诺镇上过夜,第二天早上就要动身回比萨。他至少要探听一下虚实,在这个生死攸关的意大利政治漩涡中,他这位心爱的人究竟涉足多深。

---

① 卫理公会:基督教的一宗。

太阳下山以后，他建议说："雨已停了，亲爱的。要欣赏一下湖光水色，这是唯一的机会了。到外面走走吧，我有话想跟你谈谈。"

他们沿着湖边漫步，来到一处清静的地方，在一堵低矮的石壁上坐了下来。靠石壁附近是一片玫瑰花丛，鲜艳的果实累累。有一两株上还有迟开的花朵，呈乳白色，依然挂在高高的枝头。花儿沾上了露珠，凝重地在低头摇曳，仿佛在诉说着悲哀。碧绿的湖面上，一叶扁舟，挂着瑟瑟抖动的白帆，在湿润的微风中荡漾。那游弋的小舟显得轻盈娇弱，仿佛湖面上飘荡着一簇银色的蒲公英。萨尔佛多山上的一家牧羊人的茅屋，居高临下，那敞开的窗户犹如一只金黄色的眼睛睁开着。玫瑰花在九月的悠悠白云下低着头，做着美梦。湖水轻击岸边，似乎在和鹅卵石喃喃私语。

蒙泰尼里先开了口："在很长的时间内，我能和你静静地谈谈心，这是唯一的机会了。你马上要回到学校，忙于功课，结交朋友；而我今年冬天也很忙。我想清清楚楚地了解，以后我们彼此之间的关系该怎么相处。因此，如果你……"他停了一会，接下来说得更慢了，"如果你认为，你还像以往一样信任我，我希望你跟我谈谈，比那天晚上在神学院花园里要谈得更具体一些，你参与到什么程度。"

亚瑟望着湖对面，静静地听，不说什么。

蒙泰尼里接着说："如果你愿意告诉我，我想知道：你是不是宣过誓或经过类似的仪式，因而使自己受到了约束。"

"亲爱的神父，实在没什么可说的。我没有束缚自己，但我是受约束的。"

"我不明白……"

"发誓有什么用？发誓约束不了人。如果你对一桩事情有了某种认识，那你就被它约束住了；如果你没有那种认识，那你怎么也受不到束缚。"

"那么，你是说这桩事情……你这种……认识已到了不能改变的余地？亚瑟，你这么说经过深思熟虑没有？"

亚瑟转过头，直盯蒙泰尼里的眼睛。

"神父，你问我是不是信任你，那你能不能也信任我呢？说实在的，如果有什么话该对你说，我会对你讲。可是，有关这些事同你说一点用处也没有。那天晚上你同我说的一番话，我没有忘记，而且永远牢记在心里。但是我一定要走自己的路，追随我所见到的光明。"

蒙泰尼里从玫瑰丛中摘了一朵玫瑰，扯下一片一片的花瓣，扔到了水里。

"亲爱的，你说得很对。的确，这些事我们不好再说什么了。话说多了也实在没有多大意思……算了，算了，我们回去吧。"

第三章

秋冬两季平平安安地过去了。亚瑟学习很刻苦，几乎没有空闲。但是，他每个礼拜总要挤出一点时间，哪怕只有几分钟，看一两次蒙泰尼里。他常常去请教疑难问题，不过，在这种情况下，话题只局限在书本上，不涉及其他。蒙泰尼里与其说是观察到，不如说是有了实际感受：他们之间已存在着一种隐约而不可捉摸的障碍。因此，他处处心存戒备，不让亚瑟以为，好像是他在试图尽力保持往日那种亲密的关系。现在，亚瑟的来访给他带来的已是痛苦多于欢乐，而他还要时时尽力装得泰然自若，仿佛一切都没有改变，这实在是苦不堪言。神父这种态度上的微妙变化，亚瑟注意到了，只是很难明白这其中的原委。他隐隐约约地感到，这想必是和"新思想"这个恼人的问题有关。因此，他绝口不谈这一类的话题，尽管他满脑子装的是"新思想"。但是，他比以往任何时候都更深切地爱着蒙泰尼里。亚瑟以往精神空虚，头脑始终模模糊糊有不满足的感觉，他曾竭力以钻研神学理论和宗教仪式的学习压力来摒除这种不满足感。自从接触了青年意大利党以后①，那种感觉就荡然无存了。往日生活孤独，又要服侍病人，头脑中产生了种种不健康的念头，如今已化为乌有。往日习惯于用祈祷来解决的各种疑团，如今用不着任何法术也一扫而光。随着他新生热情的滋长，以及怀有更明确、更新颖的宗教理想（他主要是以这种理想而不是从政治前景方面来看待学生运动），他就感到心安理得和事事圆满，举世升平的人间要人人相爱。有了这样高尚的情操，优雅的境界，他眼中的世界似乎处处充满着光明。从前他最厌恶的人，如今也能从他们身上发现某些可爱的品质。五年来他一直视蒙泰尼里为理想的英雄，如今他心目中这位英雄又多了一道光环，仿佛蒙泰尼里就是自己新生信念中一位无时不在的先知。每当神父讲道，他总是满腔热情专心倾听，尽量从那些道理中找到一些迹象，表明神父的道理

① 青年意大利党（Young Italy）：一八三一年由G.玛志尼（一八〇五——一八七二）在法国马赛成立的一个秘密组织，其宗旨是驱逐奥地利统治者，建立独立和统一的共和国。

与自己的共和理想有着内在的血肉联系；他还钻研四部福音书[①]，欣喜地发现基督教教义在根源上就具有民主倾向。

在元月份的一天，他去神学院还他先前所借的一本书。听说院长外出了，他就直接进了蒙泰尼里的私人书斋，把书放回书架上。正要出门的时候，他忽然看到桌上有一本书，那书名引起了他的注意。那是但丁所著的《帝制论》[②]。他打开书阅读，一下子就入了迷，连有人开门关门的声音都没在意。等到蒙泰尼里在他背后说话时他才意识到。

"没想到你今天会来，"神父说着就看了看书名，"我正要派人去问你今晚能不能来。"

"有要紧的事吗？今晚我已有约。不过我可以不去，如果……"

"不用了。明天来也行。我想跟你见见面，因为我礼拜二要走。我已应召要去罗马。"

"去罗马？待得很久吗？"

"信上说要'待到复活节以后'。这是梵蒂冈的命令。我本来想立刻告诉你，可是一直很忙，要结束神学院的事务，还要给新来的院长做些安排。"

"可是，神父，你总不至于对神学院真的就撒手不管了吧？"

"这是迫不得已的事。不过，我可能还要回到比萨，至少还待一段日子。"

"那你为什么要放弃神学院？"

"啊，这还没有正式公布，不过我已经被任命为主教。"

"神父！教区在哪儿？"

"我正是为这个问题要去一趟罗马。究竟是到亚平宁山区当正主教，还是留在这里当副主教，还没有定。"

"新任院长选定了吗？"

"卡尔狄神父已被任命，他明天就到。"

"这事不是太突然了吗？"

"是啊，可是……梵蒂冈的决定有时要等到最后一分钟才发通知。"

"新院长你可认识？"

"没见过面，但人们对他评价很高。那个常写文章的贝洛尼神父就夸他博大精深。"

"神学院一定会很想念你。"

---

① 四部福音书(the Gospels)：指《圣经·新约全书》前四卷——《马太福音》《马可福音》《路加福音》及《约翰福音》。

② 《帝制论》(*De Monarchia*)：意大利诗人但丁（一二六五—一三二一）用拉丁文写的政治论文。书中反对教皇干涉政治，主张政教分离。该书在十九世纪被罗马教皇列为禁书。

“神学院是不是想念我不知道，但是，亲爱的，你肯定会想念我，这大概也就如同我会想念你差不多。”

“我自然会很想念你，可是尽管如此，我仍然感到非常高兴。”

“是吗？不知道我自己是不是也高兴。”他说着就在桌旁坐了下来，显得很疲乏，不像一个即将晋升的人所应有的神态。

“亚瑟，今天下午有空吗？”停了一会儿，他说，“要是有空，我想你再多待一些时候，因为你晚上不能来了。我有点不大舒服。我想在临走之前尽可能和你多谈谈。”

“行，我可以多待一会儿。我六点赴约。”

“是你们的会议吗？”

亚瑟点了点头，但是蒙泰尼里立即改变了话题。

他说：“我想谈你自己的事。我走以后，你要另外找一位忏悔神父。”

“等你回来，我不是还可以继续在你面前忏悔吗？”

“亲爱的孩子，你怎么还不懂我的话？我当然是指我不在这儿的那三四个月时间。你可愿意到圣·凯瑟琳教堂去找一位神父？”

“愿意。”

他们谈了一会别的事，亚瑟就站起来了。

“我得走了，神父。同学们在等我呢。”

蒙泰尼里的脸上又泛起疲乏的神色。

“时间已经到了吗？你差不多把我阴郁的心情都赶跑了呢。好吧，再见了。”

“再见。明天我一定来。”

“尽量来早一点，这样我可以有时间和你单独谈谈。明天卡尔狄神父就到了。亚瑟，我亲爱的孩子，我走以后，你可要谨慎行事，千万别有什么鲁莽行动，至少也要等我回来。我离开你，实在非常担心，你哪儿能理解啊。”

“神父，你不必那样，一切都平平安安的。那样的事还远着呢。”

“再见。”蒙泰尼里突然冒了这么一声以后，就坐下写东西了。

大学生们正在举行小型的集会，亚瑟一进屋，第一眼恰巧落在华伦医生的女儿身上，也就是他小时候在一起玩耍的伙伴。她坐在靠窗口的角落里，听一位“启发者”在对她启发。她听得专心致志，津津有味。那是一位年轻的伦巴第人，身材高大，身着一件破外衣。才几个月未见，她的模样变化很大，看上去已像个成熟的女青年。不过，她还是女学生的打扮，背后仍然拖着两条乌黑的辫子。她全身上下清一色的黑衣服，由于房间里冷风飕飕，她的头上围一条黑色围巾。她胸前插着一根柏树枝，这是青年意大利党的标志。那位“启发者”正向她描述卡拉布里亚地区农民的悲惨情况，讲得慷慨激昂。她坐在那里静静地听，一只手托着下巴，眼睛看着地面。在亚瑟看来，她那神态就像个自由神，满面愁容，为失去的共和国而伤心。（不过，要是裘丽亚见她这样子，一定要说她发育太快，生性太野，因为她皮肤发黄，鼻子难看，那件外衣还是旧衣料做的，而且做得太短，很不合身。）

这时候，那个“启发者”被叫到房间那一头去了。亚瑟立即走上前，说：“琼，你也在这儿呀！”她受洗礼时，被起了个怪名字，叫“琼尼弗”，后来孩子们叫了别音为“琼”。她的意大利校友都叫她“琼玛”。

她吓了一跳，抬起了头。

“啊，亚瑟！真没有想到你……也属于这里面！”

“我也没想到还有你。琼，你从什么时候……”

“你不了解情况，”她连忙打断他的话，“我不是党员，只是帮过一两回小忙，这才到这儿来了。不过，我见过毕尼——你知道卡洛·毕尼吗？”

“知道，当然知道。”毕尼是里窝那支部的组织者，青年意大利党人无不知晓。

“对了，起初就是他同我谈起这些事。我要求他让我参加学生集会，他就在前几天写信到佛罗伦萨——我已经到那里度过了圣诞节，你还不知道吧？”

“我不大听到家乡的消息。”

“哦，反正我去那儿就住在赖特姐妹的家里。（赖特姐妹是琼玛的老同学，后来搬家至佛罗伦萨。）后来，我在那儿收到毕尼的信，要我在今天回家途中经过比萨，我就这么到这儿来了。啊！会议就要开始了。”

讲演的内容是关于理想的共和国以及青年人为此而应尽的责任。讲演人自己对上述内容的理解有些模糊，但是亚瑟却怀着一片虔诚和敬佩在认真听。这一时期的亚瑟还没有起码的批判能力，接受道德理想总是囫囵吞枣，也不想想自己是不是理解其精神。讲演及随后的漫长讨论结束以后，学生们也就解散了。他走到仍然坐在角落里的琼玛那儿。

“琼，我和你一道走。你住在哪儿？”

“玛丽埃塔家里。”

“是你爸爸的老管家吗？”

“是的。离这儿还有一段路。”

他们走了一会，双方都没有讲话。后来亚瑟突然冒了个问题。

“你今年十七了吧，是不是？”

“去年十月份我就十七周岁了。”

“我始终认为，你与别的女孩子不一样，不像她们一长大了就想到舞会一类的事。琼，亲爱的，我老是在想，你会不会成为我们的一员。”

“我也常这么想。”

“你说你帮过毕尼的忙，真没想到你竟然也认识他。”

“我不是帮过毕尼的忙,而是另外一个人。”

“另外一个人——谁?”

“波拉。就是今晚和我谈话的那人。”

“你很了解他?”亚瑟问话的口气中略带妒意。一提到波拉,亚瑟就感到一阵隐痛,因为他们俩都曾争过某一项任务,可是青年意大利党的委员会认为亚瑟太年轻,没有经验,结果把任务交给了波拉。

“我很了解他,而且也很喜欢他。他曾在里窝那住过一段时间。”

“我知道,他去年十一月到了那里……”

“是为轮船的事。亚瑟,你不觉得,干那样的事在你们家比我家要安全些吗?你家有钱,经营的又是航运业务,谁也不会怀疑运输的事。再说,码头上的人你个个都认得……”

“嘘,说轻一点,亲爱的。这么说来,从马赛运来的书报都藏在你家?”

“只存了一天。啊,也许我不该告诉你。”

“为什么不该告诉我?你知道我也在这个团体里。琼玛,亲爱的,有你和我们在一起,我真是高兴极了——有你,还有神父。”

“你的神父!他肯定会……”

“不错,他是有不同的想法。可是我有时候心存幻想——是心存——希望他——我不知道……”

“亚瑟,注意!他是个教士啊。”

“教士又怎么样?我们团体里就有教士——其中有两位还在报上写文章呢①。所以说,教士怎么不能参加!他们的使命就是要引导世界奔向更高的目标、追求更崇高的理想。我们这个团体除此以外还能有什么别的使命吗?总之,这不仅是个政治问题,更主要的还是宗教和道德问题。如果大家都名副其实,当一个自由而有责任心的公民,那么谁也别想在他们头上作威作福。”

琼玛皱起了眉头,说道:“亚瑟,我好像觉得,你的逻辑有点儿混乱。教士宣传的是宗教信条,我不明白这和驱逐奥地利人有什么关系。”

“教士宣教,讲的是基督教义,而基督正是最伟大的革命家。”

“你可知道,有一天我和父亲谈到了天主教教士,他说……”

“琼玛,你父亲是新教徒。”

她停了一会儿,转过身,直率地盯着他。

“得了,我们最好不谈这个话题。一提到新教徒,你总是那么不能容忍的样子。”

---

① 这里的报纸是指《青年意大利报》。

“我并没有不容忍的意思，相反，我倒觉得，恰恰是新教徒在谈到天主教教士时总有不能容忍的倾向。”

“大概是吧。算了吧，我们在这个问题上老是争执不下，再争下去也不值得了。今天晚上的讲演，你觉得怎么样？”

“我很喜欢，特别是最后一部分。他强调说，必须实现那个共和国，而不是空想它。我听到这样的见解真是高兴，这正如基督所说的一样：‘天堂的王国就在你心里。’”

“我恰恰就不喜欢那一部分。他讲了许多美好的事物，要我们应该去想、去体会、去实现。可是，我们应该如何行动，他却只字未提。”

“到了关键时刻，要干的事很多。但是，我们不能操之过急。一场大变革不是一朝一夕就完成得了的。”

“完成一种事业所需时间越长，就越有理由只争朝夕。你经常讲到配享受自由的人，那你可知道：还有谁能比你母亲更配享受到自由？难道说，她还不是你所见的女人中最纯洁的、天使般的女人吗？她有那样的美德，可又有什么用？当了一辈子的奴隶，你哥哥詹姆斯和他老婆对她百般侮辱、蛮横欺凌。你母亲就因为太心软、太容忍了，否则她的境况要好得多，他们也绝不会那样对待她。目前的意大利情况也正是如此。现在需要的不是容忍，而是要有人挺身而出，保卫自己……”

“琼，亲爱的，如果靠愤怒和热情能拯救意大利，她早就获得了自由。她现在需要的不是恨，而是爱。”

亚瑟刚刚说了一个“爱”字，脸就突然红了，但很快就消失。琼玛并没有留意他表情的变化，只是皱着眉头，紧绷着嘴，目光一直盯住前方。

过了一会，她说：“亚瑟，你以为我错了，其实我没有错。总有一天你会明白过来。我就住这儿，进去坐一会儿吧？”

“不进去了，天已很晚了。晚安，亲爱的！”

亚瑟站在门口的台阶上，双手紧紧握住她的手。

“为了上帝和人民……”

琼玛接着答完了口号，她回答得很慢，态度庄严：“始终不渝。”

说完她就抽回了手，跑进屋子。在她关门以后，亚瑟弯下身子，拾起了从她胸前落下来的那根柏树枝。

第四章

亚瑟回到了自己的宿舍,心情轻松愉快,仿佛生了两只翅膀一样。他那种舒畅绝对地纯洁坦诚。晚上的集会已有种种迹象,表明要准备武装起义。现在琼玛已成了同志,而他心里是爱她的。他们能够在一起工作,为了将要实现的共和国,甚至可能共同赴难。他们的希望已经到了开花结果的时候,神父会亲眼见到,会相信事实。

到了第二天早晨,他一觉醒来,头脑就比较清醒,这才想起:琼玛要回里窝那,神父要上罗马。元月、二月、三月,还有漫长的三个月才到复活节!琼玛在家里,如果受到“新教徒”的影响怎么办(在亚瑟的词汇中,“新教徒”就表示“非利士人”①)?不可能,琼玛绝不可能像里窝那的其他英国姑娘那样,去学风骚女流的样子,去勾引游客和秃头轮船老板,因为她的气质与别人不一样。可是,她那么年轻,周围没有知心朋友,生活在头脑昏庸的木头人中间非常孤单,其处境可能很凄凉。要是母亲仍然活着就好了……

黄昏时分,他来到神学院,看见蒙泰尼里在招待新来的院长。神父神色疲乏,还有点厌烦,见到亚瑟也不像过去那样春风满面,反而显得更加郁郁不乐。

神父挺生硬地介绍了亚瑟,说:“这就是我同你谈起的那个学生。如果你允许他继续使用这个图书馆,我就太感谢了。”

卡尔狄神父是个外貌慈祥的老教士,他立即就向亚瑟谈起萨宾查大学的情况。他态度从容,口气也很亲切,表明他很熟悉大学的生活。谈话的内容很快就谈到大学的规章制度,这也是当时议论纷纷的问题。当时的大学当局普遍订了些毫无意义的清规戒律,常常弄得学生惶恐不安。新院长对此现象大加抨击,亚瑟听了感到喜不自胜。

新院长说:“在指导年轻人方面,我有丰富的经验。我没有充分的理由,决不禁

① 非利士人(Philistine):古代地中海东岸非利士国居民。《圣经》中《申命记》《耶利米书》等部分把他们描述为伪善、心地狭窄、没有教养的人。西方文学中常用来指自私的伪君子。

止学生的任何行动，这是我处理问题的原则。我们要对学生给予适当的关心，尊重他们的人格，真正调皮捣蛋、惹是生非的年轻学生毕竟为数极少。当然啦，要是老把缰绳勒得紧紧的，再温柔的马也要踢人的。”

亚瑟骨碌碌地睁大了眼睛，他万万没有想到新院长竟会为学生的事业辩护。不过，在讨论过程中，蒙泰尼里不发一言，他显然对这样的话题毫无兴趣。卡尔狄神父见他愁眉不展，心力交瘁的样子，突然中断了讨论。

“神父，我恐怕使你过于劳累了。我说起话来就一发不可收，请你务必原谅。我因为自己对这个问题有浓厚的兴趣，就没有想到别人听多了会发腻的。”

“完全不是那么回事，我恰恰很有兴趣。”蒙泰尼里从不习惯于讲客套，搞应酬，所以，亚瑟一听他那种腔调就感到很刺耳。

卡尔狄神父回到了自己的房间，蒙泰尼里就转过身子，到亚瑟这边来。他整个晚上都显得烦躁、闷闷不乐的样子，现在仍然那样。

他慢慢地说道：“亚瑟，我亲爱的孩子，我有话要对你说。”

亚瑟闻声立即闪过了这样的念头：“他一定有什么不好的消息。”他看着神父那憔悴的面孔，心里很焦急。双方沉默了很久。

“你对新院长的看法怎么样?”蒙泰尼里突然提出了这么个问题。

亚瑟毫无思想准备，一时不知如何回答才好。

“我——我很喜欢他。我想——我至少——不，我还不能十分肯定我喜欢他。我跟他初次见面，很难说出什么看法。”

蒙泰尼里坐在那里，手轻轻拍打着椅子的扶手。他每当心情焦急或者感到困惑的时候，就有那样的习惯动作。

他接着换了个话题：“关于去罗马的事，如果你认为有什么——就是说——如果你有什么想法，亚瑟，我就给他们去信说我不能去。”

“神父！可是梵蒂冈……”

“梵蒂冈那里会重新找到别的人，我能向他们解释解释。”

“你为什么这样呢，我不理解。”

蒙泰尼里一只手擦了擦额头。

“我对你放心不下，我头脑里思绪万千……再说，我毕竟没有必要走……”

“可是，主教的职位……”

“啊，亚瑟！主教有什么用，如果我得到主教的职位，而失去……”

他的话戛然而止。亚瑟从来没有见过他这种反常的表现，心里很不安。

他说：“我不明白，神父，可不可以向我解释得更……更明确一点，你想要……”

“我什么都不想。我被一种恐怖感所缠扰。你得告诉我，你会不会有什么特别的危险?”

亚瑟心想:“他已经听到一些风声了。”他想起了关于计划起义的事已有种种传闻,但是,他自己绝不能泄露一点秘密,因此,他以反问来回答:“我会有什么特别危险?”

“不要你问我——而要你回答我!”蒙泰尼里心里发急,说话也近似粗暴了。“你是不是陷入了危险的境地?我不想打听你的秘密,只要你对我说一声你有没有危险!”

“神父,我们都在上帝的手中,意外的事随时都可能出现。可是我就想不通:我怎么不该平平安安地活着等你回来。”

“等我回来——亲爱的,听我说,我去不去罗马,这事要让你决定。你不用说明什么理由,只要你对我说一声‘留下’,我就不走,这无碍于任何人。我感到,有我和你在一起,你会安全些。”

蒙泰尼里想得真怪,像是一种病态,和他本来的性格迥然两样。亚瑟心情沉重,也很焦急,对他望望。

“神父,你一定不舒服了吧。你当然该去罗马,而且你要好好休息一段时间,把失眠和头痛的毛病根治了。”

蒙泰尼里插了话,那口气好像对这个话题有了厌烦。他说:“那好吧,明天一早我就乘车启程。”

亚瑟看看他,感到不可理解。

“你不是有话要对我说吗?”

“没有,没有,没有什么可说的了——没什么大事了。”蒙泰尼里像是受了惊,那面孔几乎笼罩着一片恐怖。

蒙泰尼里走了几天以后,亚瑟去神学院图书馆借书,在梯道上碰见了卡尔狄神父。

院长惊叹地喊着说:“啊,是勃尔顿先生呀。我正想找你。我碰到了难题,快请进,帮帮我的忙。”

他打开了门,亚瑟跟他进了书房,心里暗暗萌生了一种莫名其妙的怨恨。他对这儿本来感到很亲切,因为那原是神父的私室,可是现在却被一个陌生人占有了。此情此景,他似乎有点难以容忍。

院长说:“我是个书迷,而且迷到了可怕的程度。我到这儿来的第一件事就是检查图书馆。这似乎非常有意思,不过我不知道这里图书是怎么分类的。”

“编目并不很完善。最近馆里又增添了许多很好的新书。”

“你能不能费半个小时,给我讲一下这里图书编排的方式?”

他们来到了图书馆,亚瑟一丝不苟地说明了图书的分类情况。说完他就站起身来，拿着帽子要走，可是院长却笑哈哈地不让他走。

“不行，不行，哪能这么匆匆忙忙地就走。今天是礼拜六，你要到下礼拜一上午才有功课，很有空闲。让你待得这么晚，干脆就留下来和我一起吃晚饭吧。我就一个人，很寂寞。能有人陪陪我，我感到很高兴。”

他态度爽快，喜笑颜开，亚瑟立刻就和他无拘无束了。在随便聊聊以后，院长就问他和蒙泰尼里相识已有多久。

“大约有七年了。那是我十二岁的时候，他从中国回来。”

“啊，对了！他正是在中国做传教士的时候名声大震的。他回来以后，你就一直求教于他？”

“教书是在一年以后的事。那时候，我开始认他为我的忏悔神父。进了萨宾查大学以后，他仍然继续帮助我，除了正规课程以外，凡我想研究的任何课外的东西，他都帮我。他对我实在太好了，你很难想象出来。”

“我非常相信你的话。他是一个谁都不能不敬慕的人。他人格高尚，品德美好。我见过几位跟他一起到过中国的传教士，对他在任何艰难的情况下所表现的精力和勇气，对他那矢志不渝的虔诚，都心悦诚服，其情溢于言表。你真有福气啊，年纪轻轻的，有这样的人帮助你，引导你。不过，听他说，你的父母都去世了。”

“是的，小时候我父亲就去世了，母亲在一年前也去世了。”

“有兄弟姐妹吗？”

“没有，只有异母兄弟。我是婴儿的时候，他们就已经经商了。”

“那你的童年时代一定很孤单，可能也正是这个原因，你更加珍惜蒙泰尼里神父的一片慈心。我想顺便问一声，在他离开的这段时间里，你是否另选了忏悔神父？”

“我原计划，如果圣·凯瑟琳教堂忏悔的人不是太多，我想在那儿找一位忏悔神父。”

“向我忏悔好吗？”

亚瑟睁大了眼睛，感到很诧异。

“尊敬的神父，我当然——当然感到很高兴。只是……”

“只是神学院的院长通常是不接受世俗人的忏悔的。事实倒也如此。但是，我知道蒙泰尼里神父对你十分关心，而且，照我猜想，他对你还有点不放心。这也正像我一样，如果我离开一个得意的学生，也会不放心的。他要是知道，他的同事在给你精神指导，心里会很高兴的。说得坦率一点吧，我的孩子，我很喜欢你。如果能对你有所帮助，我非常高兴。”

“如果你这么看，我当然为此而感激。”

“那好，从下个月开始，你就来向我忏悔，好吗？就这么办。我的孩子，无论哪天晚上,你只要有空,随时都可以来。"

快到复活节的时候,蒙泰尼里受命担任布里希盖拉小教区主教的消息已正式公布,那个教区位于艾特鲁斯坎·亚平宁山区。他在罗马给亚瑟写了信。他心里平静,思想轻松,先前的那种沮丧情绪显然烟消云散了。他在信中写道:"每到放假的时候你一定要来看我,我也常到比萨去。我希望经常看到你,这虽然不一定能办到,但总要尽量多见面。"

华伦医生也早就写了信,邀请亚瑟跟他和他的孩子一起度过复活节,不要回到凄凉的、鼠害成灾的老家去。老家虽然富丽堂皇,可是裘丽亚却在家里主宰一切。那封信里还附有一张简短的字条,是琼玛写的。她的书法还很幼稚,缺少功力,而且写得很潦草。她请求他:如有可能,务必到她家去,因为"我有事要同你谈谈"。尤其使亚瑟感到欢欣鼓舞的是,在大学的同学之间正在悄悄传播一个消息:人人都在准备,迎接复活节以后的重大行动。

所有这些都使亚瑟欣喜若狂,他翘首以待。同学们之间流传的消息,即使是无稽之谈,或是狂妄之词,在亚瑟看来似乎也很自然,好像两个月之内就会成为现实。

他作出安排,在受难周①的礼拜四回家,在那儿度过假期的头几天。在这几天里,由于访问华伦一家得到的欢乐气氛,以及见到琼玛而感受的喜悦心情,因而参加教堂在这个季节召集全体教徒举行的庄严的默念式,他就不至于不适应。亚瑟给琼玛回了信,答应在复活节礼拜一去她家。礼拜三这个晚上,他怀着平静的心情回到了宿舍。

他跪在十字架前。卡尔狄神父已经答应,第二天早晨接受他的忏悔。他一定要为复活节圣餐前的最后一次忏悔作好准备,做虔诚的漫长祈祷。他跪在那儿,双手合掌,低下头,细细回想这一个月里所犯的种种过失。他把自己的急躁、疏忽、轻率以及那洁白的心灵上所留下的毫不足道的微瑕都历历数出来。但是,除此以外,他也找不出别的东西可忏悔了,因为这一个月来心情特别欢快,而一个人在高兴的时候不会有多大的过失。他在胸前画了个十字,站了起来,准备就寝。

他在解衬衣的时候,一张字条从里面轻轻飘落到了地上。那是琼玛写的便条,他一整天都塞在脖子里。他把字条拾起打开,吻了吻那亲爱的字迹,然后又隐隐觉得这样的举动未免太滑稽,就要把字条重新叠起来。就在这时,他突然发现字条的背面还有几句附言,当初看信时由于疏忽了没看到。附言写道:"一定要尽早来,因为我想让你同波拉见见面。他已经住在这儿,我们天天在一起看书。"

亚瑟看了后,连额头都涨红了。

---

① 受难周(Passion week):即纪念耶稣受难的一周。基督教规定每年复活节前的一周为受难周,这周的礼拜五是耶稣钉死于十字架的日子,称为受难节。

总是波拉！他又到里窝那干什么？琼玛为什么同他在一起看书？是不是因为他干了点私运工作就被迷了心窍？在元月份召开的那次集会上，很容易看出来，他已经爱上了她，因而那么起劲地向她作宣传。现在，他又接近她，而且还天天跟她一起看书。

突然间，亚瑟把信放到了一边，又跪在十字架前。就以这样的心理准备去请求基督恕罪、去参加复活节的圣餐礼吗？以这样的心理能和上帝、他自己以及整个世界和平相处吗？这颗心竟然这样低贱，怀着嫉妒和困惑，怀着自私和狭隘，怀着敌意和仇恨，全都是反对自己的同志！他双手捂住脸，感到羞愧，感到痛苦。刚才他还梦想着殉道，可是还不到五分钟，头脑里竟然萌生了如此卑鄙的邪念！

礼拜四早上，他来到了神学院的小教堂，只见卡尔狄神父一个人在里面。亚瑟诵过了祷文以后，立即就把自己头天晚上犯罪的事说了出来。

"我的神父，我要控诉自己，因为我犯了嫉妒和动怒的罪过。我对别人生了恶意的念头，而那个人却没有做过对不起我的事情。"

卡尔狄神父很清楚，眼下要对付的忏悔者是一个什么样的人。他语气很温和地说："我的孩子，你并没有把全部情况都告诉我。"

"神父，我曾以不符合基督教教义的思想对待的那个人，其实我对他特别爱戴和敬重。"

"他与你有血缘关系吗？"

"比血缘关系还要密切。"

"那是什么关系，我的孩子？"

"是一种同志式的关系。"

"哪一种同志关系？"

"属于一种伟大而又崇高的事业。"

停顿了一会儿。

"你对这位——这位同志的动怒和嫉妒，是不是因为他的事业成就比你大而引起的？"

"我……是这样，是部分原因。我嫉妒他的经验……他的能力。还有……我认为……我害怕……他会把我的……我爱的姑娘的心夺走。"

"你爱的那个姑娘是我们圣教的教徒吗？"

"不，她是个新教徒。"

"是异教分子？"

亚瑟心里很沉痛，无可奈何地只是搓手。"是啊，是个异教徒。"他重复了一遍。"我们俩从小在一起长大。我们双方的母亲是朋友，我……嫉妒他，因为我看出他也爱她，还因为……因为……"

过了一会，卡尔狄神父缓慢而庄严地说："我的孩子，你仍然没有全告诉我。你的心里还有别的负担。"

"神父，我……"他支支吾吾，又止住了。

神父在静静地等待。

"我嫉妒他，因为该团体——青年意大利党——我也在里面……"

"是吗？"

"我们的团体把一项任务交给了他，我本来指望……任务会交给我，因为我认为我自己……特别合适。"

"什么任务？"

"送一些书籍——政治书籍——由轮船运送……在城里……找一个地方隐藏……"

"你的党把这一任务交给你的对手了？"

"交给了波拉……我就嫉妒他了。"

"你对他产生了妒意，有没有他那方面的原因呢？他执行任务中的疏失你不责备他吗？"

"神父，没有的事。他执行任务很勇敢，一片忠心。他是真正的爱国志士，完全值得我对他的爱戴和尊敬。"

卡尔狄神父在默默思考。

"我的孩子，如果你心中得到了新的光明，梦想为你的同胞去完成一种伟大的事业，希望减轻受苦受难人的沉重负担，那你就要留心，注意如何对待上帝赐予你的最珍贵的恩惠。一切美好的事物都是上帝的赐予，新生也是上帝的赐予。如果你已经找到为引向和平而作出牺牲的道路，如果你和亲爱的同志携手，使暗中哭泣和哀悼的人获得解放，那你务必要使自己的心灵完全摆脱嫉妒和情欲，使你的心地像祭坛一样，可以燃烧着永不熄灭的圣火。记住：这是崇高而神圣的事业，接受这一事业的心必须纯洁得一尘不染。这一事业和教士完成的事业是相同的。它不是为了去爱一个女人，也不是为了过眼烟云的私情，而是为了上帝和人民，是始终不渝的事业。"

"啊！"亚瑟惊了一跳，直搓手。他一听党的那句口号，泪水几乎夺眶而出。"神父，我们从你这儿得到了教会的批准！基督和我们在一起……"

神父庄严地回答说："我的孩子，基督曾把金钱兑换者赶出神庙，因为上帝的圣堂应该是祈祷的圣堂，而他们却把这样的圣堂变成了贼窝。"

在长时间的沉默以后，亚瑟战战兢兢地说：

"这帮家伙赶走以后，意大利必将是上帝的神庙了……"

他停住不说了，只听到轻柔的回答：

"主说，'大地及大地上的全部财富属于我。'"

第五章

忏悔的当天下午，亚瑟感到需要长途步行回家。他把行李托给同学照管，就徒步回里窝那。

这天空气潮湿，天空多云，但并不冷。田畴广阔低平，在他看来，似乎比往日显得更加美好。脚下的草地，湿润柔软，富有弹性；大路旁边，春天的野花露出羞涩而微妙的神态。这一切都使他赏心悦目。在一片狭小的树林那边，一只鸟儿正在刺槐丛中筑巢。鸟儿看到他路过，吃了一惊，扑打着褐色的翅膀，吱的叫了一声迅速飞跑了。

他想集中思想，怀着虔诚的心默念耶稣受难日前夕的悼文。可是，在默念中头脑里老是想到蒙泰尼里和琼玛。他只好让思想放松，任其驰骋。他遐想着即将到来的起义的奇迹和光辉，他所崇拜的两个人物在起义中扮演的角色。神父一定是领袖、使徒和先知。在他神圣的威慑下，一切黑暗势力必将逃遁；在他的领导下，年轻的“自由”保卫者学习旧的教义和旧的真理，必将赋予全新的、无法估量的重要意义。

琼玛怎么样呢？啊，琼玛将会奋战在街垒。她具有英雄本色，会是一个尽善尽美的同志。许多诗人一直在梦想着有那么一个纯洁无瑕而又无所畏惧的巾帼英雄，琼玛就是那样的圣女。她将和他肩并肩战斗在一起，分享着那种迎接斗争风暴的喜悦。他们将战斗到同归于尽，也许死在胜利的时刻——他们一定会稳操胜券。至于他爱她这事儿，他闭口不谈。凡有可能扰乱她的心境、破坏她宁静的同志式的感情的言词，他都只字不提。她神圣崇高，冰清玉洁，为了人民的解放，不惜把自己当成焚化的祭品。她只知爱上帝，爱意大利，像他这样一个人怎么能闯进如此纯洁的灵魂圣殿？

上帝和意大利……他不觉已经到了“宫殿大街”，只见自己的家还是那样一所庞然阴森的住宅，他一下子从云雾中摔了下来。裘丽亚的管家在楼梯上碰到了他。她仍然是老样子，穿一身干干净净的衣服，神态悠闲，显得彬彬有礼，却又对人不屑一顾。

“晚安，吉朋斯，哥哥他们在家吗?”

“先生，托马斯先生在家，勃尔顿太太也在。他们都在客厅里。”

亚瑟走了进去，心情感到沉闷、压抑。这房子多么令人沮丧啊！生活的洪流奔腾不息，似乎永远冲击不到它，房子没有一丝一毫的变化。住在房子里的人、他们拍摄的一些家庭照片、笨拙的家具、丑陋的器皿、庸俗不堪的排场，所有死气沉沉的东西，都和原来的老样子如出一辙。甚至连青铜色花瓶里的鲜花也好像是涂了色彩的金属一样，无论有多么和煦的春风吹拂也不会有红情绿意。裘丽亚已穿好了餐服，待在客厅里，那儿是她生活的中心，她在那儿招待客人。她脸上挂着刻板的微笑，浅黄色的头发上挽着发髻，膝上还趴着一条狗，像她那坐着的姿态，很可以作为画时装标本的模特儿。

“你好，亚瑟?”她很生硬地打了声招呼，就把手指尖儿让亚瑟握了一握，然后就缩回去抚摸小狗那柔软的皮毛，似乎抚摸那儿感到更舒服一些。“希望你身体很好，学业上有长足的进步。”

亚瑟临时想到了几句客套话，咕哝完了以后就无话可说了，待在那里很不自在。这时候，詹姆斯威风凛凛地走了进来，还有一个举止拘谨、上了年纪的轮船公司经理与他一道。他们的到来并没有改变客厅里的生硬局面。只是在吉朋斯说吃饭了，亚瑟这才稍稍松了口气，站起身来。

“裘丽亚，我不想吃饭了。请原谅，我想到我的房间去。”

“我的孩子，你这么斋戒也太过分了，”托马斯说，“这样下去一定会生病的。”

“啊，不会的！晚安。”

亚瑟在走廊里碰到一个女用人，他叫她第二天早上六点叫醒他。

“小少爷要上教堂吗?”

“是的。晚安，黛丽莎。”

他走进了自己的房间。这儿本来是母亲的住房。在她久病期间，窗子对面的壁龛已装饰成祈祷坛。坛的中心安放着一个黑色底衬的耶稣蒙难的大型十字架，前面悬挂一盏罗马吊灯。母亲就是在这间房子里去世的。此时靠床边的墙上还挂着她的遗像，桌上的一只瓷缸也是她的遗物，里面装着一大束她所喜爱的紫罗兰。她去世正好一年，她生前的意大利仆人们仍然没有忘记她。

他从旅行包里取出一幅画像，镶有相框，包扎得很仔细。那是蒙泰尼里的彩色肖像画，几天前才从罗马寄给他的。他正在打开那份珍贵的礼物，忽见裘丽亚的童仆捧着食盘进了房间。原先伺候葛拉迪斯的意大利老厨娘现在也在伺候泼辣的新女主人。她做了分量很少的精致食物，以为她那亲爱的小主人可能会少吃点东西而不会觉得违反教规。亚瑟只拿了一块面包，其余的都退了回去。那个童仆是吉朋斯的侄子，刚从英国来的。他把盘子拿走的时候意味深长地笑了笑。他早已在用人室里加入到了新教徒阵营。

亚瑟进了壁龛，跪在十字架前，尽力静下心来，认真地祈祷和默念。可是，他觉得很难坚持下去。正如托马斯所说的那样，他在四旬斋期间斋戒得太过分了。[①]此刻他像喝了烈性酒一样，头脑发昏，背也有点发颤，眼前的十字架仿佛在云雾中飘荡。只是在长时间的连续祈祷，即机械的背诵以后，他才能收回奔放不羁的想象，使思想集中到赎罪的玄义上来。到后来，他纯粹因体力的疲乏而压抑了神经的激动，摆脱了情绪上的动荡不安，在宁静而平和的心境下去睡觉了。

他睡得正香，忽然听到一阵猛烈而急促的敲门声。“啊，黛丽莎！”他这么想了想就懒洋洋地翻过了身。敲门声又响起，他惊醒了。

“小少爷！小少爷！”一个男人用意大利语在叫喊，“我的天啦，你快起来呀！”

亚瑟跳下床。

“什么事？谁呀？”

“是我，吉安·巴第士达。快起来，快，说什么你得快一点！”

亚瑟匆匆忙忙穿了衣服，开了门，只见车夫满脸苍白、惊慌失措的样子，这把他弄得晕头转向。就在这时，走廊里传来了咚咚的脚步声以及金属的丁零声。他猛然意识到出了什么事。

“要逮我？”他问得很冷静。

“是逮你呀！啊，小少爷，快跑！有什么东西要藏一藏？你瞧，我能藏到……”

“我没有什么东西要藏的。哥哥们知道吗？”

这时，第一个宪兵已出现在走廊的拐弯处。

“主人已喊起来了，全家都被吵醒了。我的天啦，真惨，这实在太惨了！刚刚碰到了这个好日子啊！上帝啊，发发慈悲吧！”

吉安·巴第士达眼泪扑簌簌地落了下来。亚瑟向前移了几步，等候那些宪兵。他们咯噔咯噔地走上前来，后面跟着一大群家仆，仆人们在匆忙中胡乱地穿着各种各样的衣服，一个个吓得战战兢兢。士兵们把亚瑟包围起来的时候，男女主人这才出现在这个奇异行列的后面。男主人身穿睡衣，脚穿拖鞋，女主人披着长长的梳妆大衣，头发扎上了卷发纸。

“这一定又是一场洪水降临了。一对对的用人都在往方舟上跑[②]，后面还跟着一对奇怪的野兽！”

亚瑟面对那些奇怪的面孔，头脑里忽然闪过诺亚方舟的故事。他真想开怀大

---

① 四旬斋：又称大斋戒。始自耶稣复活节前六个半星期，规定要在四十天内（星期日除外）进行斋戒，模拟当年耶稣在旷野禁食。

② 诺亚方舟：据《圣经·创世记》记载，上帝降洪水灭世时，诺亚遵照上帝旨意制造方舟，载着全家和一对对的走兽避难在方舟上，等洪水退后才出来重新繁殖。

笑,只是觉得这样场合下的笑有点不伦不类——何况他还有更值得考虑的大事呢。“再见吧,圣母玛利亚,天国的女王!”他轻声念了一句祷语,赶紧把头转过去,以免裘丽亚头上跳来跳去的卷发纸引他发笑。

勃尔顿先生来到宪兵队长跟前,说道:“你们这样粗暴,破门闯入私人住宅,请你说一说是什么原因。我得警告你,除非你能给我一个令人满意的解释,否则我一定要向英国大使提出控诉。”

那军官态度很生硬,回答说:“我想,把这份东西给你看看就足以说明问题了,英国大使自然也无话可说。”他拿出一份逮捕证,上面写着:亚瑟·勃尔顿,哲学系学生。他把逮捕证递给詹姆斯,冷冰冰地加上一句:“如果还要进一步的解释,那就亲自去问警察局长好了。”

裘丽亚从丈夫手里一把夺过公文,扫了一眼,就对亚瑟大发雷霆,简直是一个时髦女人的派头,显得威风凛凛。

“哼,败坏家门的原来是你呀!”她尖声尖气地叫开了,“这不是要城里的乌合之众来看我们家的笑话,对我们说三道四、指手画脚吗!你不是很虔诚吗,怎么会要坐大牢呢!我们早就看出来,那个天主教女人生下的孩子……”

“太太,你不该对一个犯人用外语说话。”军官打断了她的话,可是他说的人们很难听得到,因为裘丽亚那刺耳的英国话像哗哗的急流在流淌。

“我们早就料到可能会有这么一天!你又是斋戒,又是祈祷,还有什么神圣的默念,在这一切的掩盖下,原来干的是这种勾当!我看啦,快收起你那一套把戏吧。”

裘丽亚说话尖酸刻薄,亚瑟十分厌恶,头脑里突然想到华伦医生曾经作过的比喻。他说裘丽亚好像一盘色拉,厨师把酸醋瓶倒翻在里面了。

亚瑟说:“说这种话没有什么用处。你用不着担心会给你带来什么不愉快的事。大家都明白,你们全都清白无辜。先生们,我想,你们是想要搜查一下吧,我没有隐藏什么东西。”

宪兵们着手在房间里搜查。他们看了他的信件,检查了他在学校的笔记,翻箱倒柜地查来搜去。亚瑟坐在床沿上等着,心里有些激动,脸色涨得有点红,但丝毫不感到痛苦。对于宪兵的搜查,他很坦然。平时,凡可能牵连他人的来往信件,他总是烧掉的。因此,宪兵们白忙一阵,结果除了几首带有革命性和神秘性的诗稿以及两三份《青年意大利报》以外,什么也没发现。裘丽亚呢,她经不住小叔子托马斯的再三坚持和要求,只好回去睡觉了。她从亚瑟身旁经过时,故意装出一副不屑一顾的神气。詹姆斯也乖乖跟她走了。

托马斯一直在房间里来回踱步,尽量装得若无其事,等大家都走了以后,他就走到军官跟前,要求能让他同犯人说几句话,得到了军官的点头认可。他来到亚瑟身旁，干巴巴地说：

“你看，事情弄得这么糟，我很难受。”

亚瑟抬起头，那脸色就像夏天的早晨一样明朗。他说：“你对我一向很好。你不用难过，我会平平安安的。”

“亚瑟，你听我说！”托马斯狠狠捋了一下胡子，忽然想到了一个问题，但又难以启齿，只好嗑嗑巴巴地说：“这事……是不是与……钱有关系？因为若是有关，我……”

“什么，钱！哪里的话，不是。怎么可能与钱有什么……”

“要么是政治上的什么把戏？我想准是。好吧，你千万别介意，裘丽亚那一派胡言乱语千万别往心里去，她一向就是要咬人的。如果你要帮忙，现钱或别的什么，就跟我说一声，好不好？”

亚瑟一声未吭，伸出了手，托马斯和他握手以后就走了。由于他一心要装出若无其事的样子，结果反而使他的表情更加呆板。

这时候，宪兵已结束了搜查。那个领头的军官要亚瑟穿上出门的衣服。亚瑟立即遵命，正要出门时，忽然犹豫着不走了。当着这些军人的面，就这么离开母亲的祈祷室，似乎让他受不了。

“你们是不是可以离开这个房间一会儿？”他问，“你们看得出来，我不可能逃跑，也没有什么要隐藏的。”

“很抱歉，让犯人单独行动是不允许的。”

“那就算了吧，这也无妨。”

他走进了壁龛，跪了下来，吻了吻十字架的底座和蒙难耶稣的脚，轻柔地说：“主啊，请让我宁死不屈吧！”

他站了起来，只见那位军官站在桌子旁认真查看蒙泰尼里的画像并问道：“是你的亲戚吗？”

“不，他是我的忏悔神父，是布里希盖拉地区的新任主教。”

家中那些意大利仆人正在楼梯上等着亚瑟，他们心中既焦急又伤心，因为他们爱他，爱他的母亲。大家围在他的身边，吻他的手和衣服，那种感情既热情洋溢，又忧心忡忡。吉安·巴第士达站在一旁，眼泪顺着灰色的胡须一直往下淌。可是，勃尔顿家里反倒没有一个人出来为他送行。家里人这种冷淡的态度更增加了仆人们对亚瑟的亲切和同情。亚瑟同那些伸过来的手紧紧相握告别，几乎要哭出来。

“吉安·巴第士达，再见了，替我吻吻你的孩子；黛丽莎，再见了。上帝保佑你们大家，再见，再见！”

他急忙下了楼，到了门口。不一会儿，只有一小群默默无语、悲咽啜泣的男女仆人站在门阶上，目送着渐渐远去的马车。

第六章

亚瑟被关进的牢房，是港口那个中古时代的巨大堡垒。对于监狱的生活他还可以忍受。虽然那里面潮湿阴暗，令人很不舒服，但是，他是在波尔拉街道上古老的住宅里长大的，因而牢房里空气不流通，老鼠乱跑，气味难闻等等，他也不觉得奇怪。牢房的食物不仅质量很差，而且分量又不足。但是詹姆斯很快就获得许可，从家里送给他生活上的一切必需用品。牢房里孤单单的就他一人，看守对他的监视并不像他原来估计的那么严，可是，谁也没有向他解释：他为什么会被捕。尽管如此，他进了牢房以来，一直都保持着思想上的平静。由于不准在牢里看书，他就祈祷，虔诚默念，以此来打发时光，不急不躁地等候事态的发展。

有一天，一个士兵打开牢门，对他喊："请这边走！"亚瑟一连问了两三个问题，但得到的回答只是："不准讲话！"亚瑟只好听天由命，跟着那个士兵走过一座座院落、一条条过道、一道道楼梯，像走迷宫一般。这些地方都有点霉气。然后，他们来到一间又大又亮的房间。那里有一张铺着绿呢、堆满公文的长桌，旁边坐着三个穿军服的人，正在无精打采地闲聊。他们看到亚瑟进了房，立刻都摆出一副一本正经的样子。其中年纪最大的一个样子很阔气，留着灰色络腮胡子，身穿上校制服。他指了指桌子另一边的一把椅子，接着就开始初步审问。

亚瑟早有思想准备，知道自己要受到恫吓、凌辱和咒骂，决心维护自己的尊严，耐心地和他们周旋。可是，事实并不是那样，他倒感到有点失望，只是这失望之中还有点快慰。那位上校样子严肃，态度冷淡，说话打着官腔，但是非常有礼貌。他按照惯例问了姓名、年龄、国籍以及社会地位等方面的问题，并且把亚瑟的回答一一记录下来。亚瑟对这些问题已感到有点厌烦了，忽听上校问道：

"勃尔顿先生，现在问你：你说说，青年意大利党是怎么回事？"

"那是一个团体，在马赛办了一种报纸，在意大利境内发行，其目的是要引导人民起义，把奥地利的军队从意大利驱赶出去。"

"你大概看过这种报纸吧？"

"看过。报纸上讨论的问题我很感兴趣。"

“你在读这种报纸的时候，可曾意识到：这是一种违法行为？”

“当然知道。”

“我们在你房间里查到的几份报纸，你是从哪儿弄到的？”

“我不能告诉你。”

“勃尔顿先生，在这儿不允许说‘我不能告诉’这样的话。我提的问题，你有义务回答。”

“如果你不允许说‘不能告诉’，那么，我可以改成‘我不愿意’。”

“你要是再用这一类的字眼，你会后悔的。”上校向他指出以后，亚瑟仍然没有回答。

上校接着说：“我不妨告诉你，我们已经掌握了证据，证明你不仅读了禁止阅读的报纸，而且和那个团体有更密切的关系。如能坦白承认，对你会有好处。无论如何，真相终会大白。你要明白，以抹杀事实，否认事实来掩饰自己，是徒劳的。”

“我不想掩饰自己。你想了解什么？”

“首先，你是个外国人，怎么会和这一类的事纠缠在一起？”

“因为报纸上讨论的问题，我也曾考虑过，凡与此有关的书报，我能搜集到的也都阅读，从而能得出自己的结论。”

“谁劝你加入这个团体的？”

“谁也没劝我。我自愿加入的。”

“你是在和我磨时间。”上校言词尖利，显然开始不耐烦了。“哪有自己就能加入一个团体的事！你要加入团体的愿望是向谁透露的？”

沉默。

“你是否有意回答我？”

“如果你问这一类的问题，我无意回答。”

亚瑟已闷闷不乐，心里渐渐滋长着一种不可名状的恼怒，因为这时候他已经知道：里窝那和比萨两地许多人遭到逮捕。他虽然不清楚这场灾难已经到了什么程度，但这足以使他对琼玛和其他朋友的安全感到牵肠挂肚。军官们虚假的礼貌，彼此令人厌倦的回避和搪塞对方问题的把戏，唇枪舌剑的阴险，让他不仅担心，还感到愤慨。门外哨兵来来回回的脚步声听起来也那么刺耳，使他难以忍受。

在稍稍顶嘴争论以后，上校调换了话题，问道：“啊，顺便问一下，你最后一次见到乔万尼·波拉是在什么时候？是不是在就要离开比萨的时候？”

“我没听说过这个名字。”

“你说什么？你不知道乔万尼·波拉？你肯定认识。一个年轻人，个子很高，脸修得很整洁。对了，他还是你的同学嘛。”

“学校里好多同学我都不认识。”

“啊，波拉你肯定认识，一定认识的。你看，这是他的手迹，他是很了解你的呀。”

上校挺随便地把一份文件递给他。文件的标题是“供词记录”，下面有“乔万尼·波拉”的签名。亚瑟再往下扫了一眼，忽然看到了自己的名字也在上面。亚瑟很惊讶，抬头问道：“要我看一看吗？”

“是的，这和你有关，不妨看一看。”

亚瑟开始看文件，审问官们默默地坐在一旁，注意亚瑟的表情。文件记载的似乎是回答一长串问题的供词。很明显，波拉一定也遭到了逮捕。供词的开头部分照例是一套成规的文字，接下来简要记载了：波拉和团体的关系，他在里窝那散发违禁的书报，还有学生集会的情况。后面记载的是：“加入我们团体的有一个年轻的英国人，叫亚瑟·勃尔顿，家里开轮船公司，很富裕。”

亚瑟的脸涨得通红。波拉把他出卖了！这个波拉，他曾以启发者的神圣职责为己任；这个波拉，他曾改变了琼玛的信仰并且又爱上了她！亚瑟放下了文件，两眼对着地上发愣。

上校彬彬有礼，暗示说：“我想，这份小小的文件使你回想起来了吧？”

亚瑟摇头否认，说：“我想不起来有这样的名字。”他重复着，口气很硬，很顽固。“一定是出了什么差错吧。”

“差错？啊，胡说！别这样了，勃尔顿先生，骑士风度和堂吉诃德主义就其本身来说是好事，但是，不能做得太过分。你们年轻人，干什么事儿一开始就容易有过分的毛病。仔细想一想吧！别人已经出卖了你，而你还在这种小节上斤斤计较，把自己牵连进去，毁掉一生的前途，这有什么好处？你亲眼所见，他在供词上提到了你，对你可没有特别关照阿。”

上校话中不免有点冷嘲热讽，亚瑟心里一惊，抬起了头。他突然领悟过来。

他放声大嘁：“这是谎言！这是捏造！从你的表情我能识别出来，你卑鄙——你已存心要陷害某个犯人，要么是设好圈套，拖我下水。你伪造文件，谎话连篇，你这恶棍……”

“住口！”上校气得纵身一跳，咆哮着。他那两个同事也站起了身。他对其中一个同事说：“托玛赛上尉，快按铃叫卫兵来，把这位年轻的先生带到惩罚牢房里，关他几天。我看，他需要教训一番才会变得理智一点。”

惩罚牢房设在地下，里面阴暗潮湿，污秽不堪。亚瑟在这里不但没有变得“理智”一点，反而更加怒不可遏。亚瑟本来在奢华的家庭里生活，很讲究个人的清洁卫生。而牢房里墙壁滑腻腻的，毒虫到处爬；地下到处堆了垃圾，生了青苔，还有污水、烂木板散发着臭气。那位受到顶撞的上校见到亚瑟在这儿受到刺激所产生的强烈反应，他一定够满意的。亚瑟一被推进牢房，门就锁上了。他把手伸在前面，小心翼翼地向前跨了三步。可是，当手一碰到那滑腻腻的墙壁，他心里就生了厌恶感，浑身颤栗。他在漆黑中到处摸索，想找稍微干净一点的地方坐下来。

漫漫长日在牢不可破的黑暗和寂寞中过去了，夜晚也是如此。他好像待在真空里，与外界完全隔绝，渐渐地，他失去了时间的概念。第二天早上，有人在开门，响声惊动了老鼠，吓得它们吱吱叫着从他身旁乱跑过去，把他吓了一跳，惊醒过来。他的心七上八下地乱跳，耳朵里像有惊雷轰鸣。仿佛他隔绝了光明和响声不是几个时辰，而是好几个月。

门打开了，一线微弱的灯光照射进了牢房。在亚瑟看来，那微弱的灯光犹如光的洪流，使他眼花缭乱。那个看守长拿着一块面包和一杯水走了进去。亚瑟跨步向前，满以为他是要领他出去。没想到，他还未张口，就见看守长把面包和杯子递到他手里，一句话没说就转身走了，牢门又锁上了。

亚瑟直跺脚，有生以来他第一次那么怒气冲天。但是，随着时间的流逝，他对时间和空间的概念越来越淡漠。黑暗似乎无边无际，无始无终。生命对他来说好像已经停止了。第三天傍晚，牢门再次打开，看守长和一名士兵出现在门口。亚瑟一抬头，就觉得头晕目眩，赶忙用手遮挡住眼睛，以避免那不习惯的亮光。他恍恍惚惚，不知道在这座坟墓里究竟待了多少钟头还是多少礼拜。

“出来，往这儿走。”看守长公事公办，说话冷冰冰的。亚瑟站起来，机械地往前移动，可是怪得很，身子东倒西歪，像个醉汉一样跌跌撞撞。向上的台阶又陡又窄，看守长想搀扶他走，他拒绝了。可是一踏上顶高那一级台阶时，他突然感到一阵眩晕，身子踉踉跄跄支持不住了。如果不是看守长抓住了他的肩膀，他一定会栽跟头跌回牢房里。

“你们看，他一会儿就没事了，”有人高兴地说，“从里面一出来，他们大都要像这样晕倒的。”

一捧水泼到了亚瑟的脸上。他拼命在呼吸，眼前的黑暗仿佛呼啦啦地一片一片地消失了。他突然醒了过来，完全有了清醒的意识。他推开了看守的胳膊，沿着过道往前走，上了楼梯，步子走得稳稳当当。他们站在一个门口，停了一会儿门就开了。他还没来得及弄明白自己究竟要被带到什么地方，可是人已经进了灯光明亮的审问室。他心神不定，惊疑地看看那张桌子和桌子上的文件，还看看那几个军官，他们还坐在原来的位子上。

上校先开了口：“啊，是勃尔顿先生！希望我们这一次交谈大家心情更愉快一点。怎么样，黑洞洞的牢房滋味还不错吧？不过，比你哥哥那豪华的客厅要差些吧，啊？”

亚瑟抬起头，目光盯在上校喜笑颜开的脸上。面对这个蓄着灰胡子的花花公

子,他气得咬牙切齿,恨不得立刻扑过去,狠狠咬他几口。他这种愤怒大概已经外露了,因此上校立即以迥然不同的口气对他说:

“勃尔顿先生,坐下来吧。喝点儿水,你太激动了。”

亚瑟把端给他的那杯水推到一边,双臂撑在桌上,一只手托着额头,竭力让自己的思想集中起来。上校在注视着他。他目光犀利,富有经验,见亚瑟的手和嘴都在颤抖,头发还在滴水,目光朦胧,这一切都表明他体力虚弱和思想紊乱。

过了几分钟以后,上校说:“勃尔顿先生,现在我们要从中止的地方谈起。由于我们之间已经有了一点不愉快,我不妨向你表明一下我的意图。我除了对你宽容以外绝没有其他用意。如果你采取正确的态度,表现得理智一点,我可以保证,我们绝不会对你采取不必要的粗暴手段。”

“你要我干什么?”

亚瑟语气强硬,而且饱含怒气,这和他本来的语调大相径庭。

“我只希望你能把这个团体及其成员以直截了当的坦白态度告诉我们。首先,你要回答的是:你和波拉相识已有多久?”

“我从来就没有见过这个人,关于他的情况我一无所知。”

“真是这样吗?那好,我们过一会儿再谈。我想,有个卡洛·毕尼的年轻人你认识吧?”

“从来没听说过这个人。”

“简直奇怪透了。那么,弗兰西斯科·奈里你总该认识吧?”

“从未听说过。”

“可是,这里有你写给他的一封信,是你亲笔写的。你看看!”

亚瑟漫不经心地扫了一眼就放下了信。

“这封信你可认得出来?”

“认不出。”

“你能否认这是你的亲笔信吗?”

“我什么也不否认,只是我记不得。”

“那么这一封你大概还记得吧?”

第二封信交给他以后,他看看,那是去年秋天他给一个同学写的信。

“不记得。”

“连收信的人也不记得?”

“不记得。”

“你的记忆力也差得出了奇。”

“这是我的缺陷,我一直为此而苦恼。”

“不见得吧!有一次,我听到一位大学教授说,你什么缺陷也没有。事实上你很聪明。”

“你大概是以密探的标准来判断聪明的含义，而大学教授所指的聪明是另一码事。”

从亚瑟的话里明显听得出来，他的火气越来越旺。他饥饿少眠，呼吸的是污浊空气，早已身心交瘁，身子像散了架一样。上校的声音使他已经愤怒的神经好比火上加油。他牙齿咬得格格响，就像石笔在石板上格格摩擦一样。

上校靠在椅子上，口气严肃地说：“勃尔顿先生，你又忘了自己的处境。我再次向你提出警告，你这么谈下去没有好处。黑洞洞牢房的滋味，你当然饱尝了，至少你不想马上再尝一回。我坦率地告诉你，如果你对我们采取的温和手段加以拒绝，那我就要采取激烈的手段了。注意，我已掌握了证据，而且是确凿的证据，证明这些年轻人当中有人参与把违禁的书报偷运进了本港口，而且你和这些人有来往。现在，我们并不想对你施加压力，你是否打算把这桩事的来龙去脉都告诉我？”

亚瑟的头更加低垂下去，他的心里渐渐充塞的那股火气，仿佛活蹦乱跳的野兽，在盲目地、随意地跃动。他感到自己快要失去自控能力，不免惶恐起来。因为一旦失控，那可比任何外部威胁要更危险。他平生第一次意识到：上流社会的人无论修养多么好，基督徒的信仰无论多么虔诚，但是他们内心里都存在着一种潜在势力。此刻，他就有一种恐怖感，这种感觉强烈地笼罩在他的心头。

“我在等你答复呢。”上校提醒他。

“我没有什么可答复的。”

“你断然拒绝回答？”

“我根本就不愿告诉你。”

“既然这样，我只好命令你回到惩罚牢房去，等到你回心转意。如果还有麻烦，我就要让你套上脚镣手铐。”

亚瑟抬起了头，浑身上下都在颤抖。他慢腾腾地说：“随你的便。不过，你们这样任意摆布一个无辜的英国侨民，英国大使不会无动于衷，他会自有主张的。”

亚瑟最终被关进原来那间牢房。他一下子就扑到了床上，一直睡到第二天早晨。他没有戴镣铐，也不再被关进黑牢。但是，随着一次又一次的审问，他和上校之间的敌对情绪有增无减。在牢房里，他祈求上帝的恩赐，使他能够克服好动怒的罪恶，足足有半夜，他都在沉思基督的耐心和忍让，可是这些努力都无济于事。只要他一被带进那空洞洞的长房间，见到绿呢铺面的桌子，看到上校蜡黄的唇须，他立刻就滋长了非基督的精神，想到要以刻毒和轻蔑的言词来回答对方。在牢里不到一个月时间，他和上校之间的敌意已经发展到一见面就非发脾气不可的程度。

这种小冲突使他始终处于思想上的紧张状态，并开始严重地影响到他的神经。他知道自己受到了严密监视，还记得听说过一种可怕的谣传：警方暗暗给犯人服一种可使神经错乱的颠茄制剂，这样就可以把他们的谵语记录下来。他渐渐变得担惊受怕，觉不敢睡，东西也不敢吃，晚上如有老鼠跑动，他会被惊醒，吓得一身冷汗，身子也哆嗦，以为有人躲在屋里，偷听他说的梦话。很显然，宪兵正在设陷阱，诱使他招供，好把波拉牵连进去。因此，他十分担心自己失言，哪怕是一点点疏忽，就会失足中了圈套。由于他神经的弦始终绷得很紧，因而真有谵语的可能性了。无论白天和夜晚，波拉的名字都在他耳畔回荡，甚至在他祈祷时，在数着念珠祈祷时，也会念起波拉的名字，而不是玛利亚的名字。尤其糟糕的是，随着日子一天天过去，他的宗教信仰犹如外界的事物一样，与他越离越远了。他把宗教信仰作为自己最后的立足点，怀着狂热而执著的精神紧紧抓着不放，每天用好几个小时做祷告和默念。尽管这样，他的思想仍然越来越多地想到波拉，连祷告也做得非常机械。

不过，牢里那个看守长却成了他最大的精神安慰。他是个小个头的老人，生得胖，秃头顶，开始他还竭力装得非常古板。渐渐地，他胖乎乎的脸上的每个酒窝都渗透出他的善良。这种善良征服了他公务在身而应有的种种顾虑，公然为一个一个牢房的犯人传递消息。

五月中旬的一天下午，这位看守长来到了牢房，满脸怒气，心事重重的样子，亚瑟见此十分惊讶。

他叫开了："怎么回事，安里柯？你今天究竟出了什么事？"

"什么事也没有。"安里柯答得咬牙切齿，一面往草铺那边走，开始收拾亚瑟自己带来的那条垫毯。

"这是干什么？把我送到别的牢房吗？"

"不，就要放你出去了。"

"放我出去？何时——就在今天吗？全部释放吗？安里柯！"

亚瑟激动异常，一下就抓住老人的胳膊，可是老人断然把他推开。

"安里柯！你这是怎么啦？你为什么不回答我？是不是我们大家都被释放了？"

老人只是轻蔑地哼了一声。

亚瑟再次抓住看守长的胳膊，笑哈哈地说："你看看你，对我发火有什么用？我是怎么也火不起来。我想知道其他犯人的情况。"

"其他人指谁？"安里柯大发牢骚，突然把正在折叠的衬衣扔下去，"大概不是指波拉吧？"

"当然是指波拉和其他所有同志。安里柯，你究竟是怎么啦？"

"得了吧，波拉好像一时还释放不了。这孩子真倒霉，被一个同志出卖了。哼！"安里柯一腔怨恨，把那件衬衣又拾了起来。

"出卖他？一个同志？天啦，多么令人害怕！"亚瑟吓得眼睛都发直了。安里柯赶忙把身子转到一边。

“怎么，出卖他的不是你吗？”

“我？你发疯啦？你这家伙！我？”

“可是，昨天审问波拉的时候，他们是这样对他讲的，确实是这么说的呀。如果不是你出卖了他，我真太高兴了。我向来就以为，你是个体体面面的小伙子。往这边走！”安里柯出了牢门，走到过道上，亚瑟跟在他后面，心里的疑团突然冰释了。

“他们对波拉说我出卖了他？他们自然会搞这一套。不是吗，老朋友，他们也对我说过，说波拉出卖了我。波拉不会那么傻，相信他们编的这一套鬼话！”

“这么说，事实并不是那回事了？”安里柯走到楼梯口那里停住脚步，仔细对亚瑟浑身上下打量了一番。亚瑟只是耸了耸肩膀而已。

“这一套当然是谎言。”

“孩子，听你这么一说，我真是高兴。我要把你说的话对波拉讲。可是，你听听他们对他说些什么呀，说你指责他是出于——啊，是出于嫉妒，因为你们俩都爱上了同一个姑娘。”

“这是谎言！”亚瑟重复了这句话，他说得很快，而且气喘吁吁，声音又很小。他心里突然滋生了一种恐惧，全身好像瘫了下来。“同一个姑娘……嫉妒！”他们怎么会知道呢？……怎么会知道呢？

“孩子，等一等，”在通向审问室的走廊上，安里柯停下来，轻柔地说，“我很信任你，不过我只要你对我说一件事。我知道你是天主教徒，你在忏悔的时候说过些什么……”

“这是谎言！”亚瑟这时候声音哽咽，像是要哭的样子在呼喊。

安里柯耸耸肩，继续往前走。“当然你心里最有数。不过，像这样受骗上当的傻小伙子，并不仅仅是你一个。最近，比萨城里就为了一个教士而闹得满城风雨。是你的一些朋友揭发了他。他们散发传单，说他是个间谍。”

他打开审问室的门，可是看到亚瑟还一动不动地站在那里，两眼茫然若失。他轻轻推他进门。

“下午好，勃尔顿先生，”上校龇牙咧嘴、和颜悦色地笑着说，“我很高兴地向你祝贺，佛罗伦萨方面来了命令，要释放你。请你在文件上签个字好吗？”

亚瑟朝他走过去，木讷讷地说了一句话：“我想知道究竟是谁告发了我。”

上校眉毛一扬，面带笑容。

“猜不出来吗？想想看。”

亚瑟摇了摇头。上校双手一摊，很有礼貌地表示了诧异。

“猜不出来？真的吗？怎么啦，勃尔顿先生，就是你自己呀。谁还能知道你的恋爱私事？”

亚瑟不声不响地把头转过去，只见墙上挂着一个耶稣蒙难的大型木雕的十字架。他的目光渐渐落到耶稣的脸上，那目光并没有祈求，只是流露出隐隐约约的惊异：这个上帝因循姑息、宽厚容人，连出卖忏悔者的教士也不给以雷打电劈。

“把你的笔记本领回去，在收据上签个名字好吗？”上校态度温和地说，“签好字就没有必要久留了。我想，你一定要急着回家，我也要费大量时间去处理那个傻小子波拉的事。你因为基督徒的忍耐性这一回被他坑得好苦。我看，他的罪名恐怕要重多了。再见！”

亚瑟在收据上签了字，拿了笔记本，在死一般的沉默中走了出去，跟着安里柯来到沉重的大门口，连一声告别的招呼也没打就下坡来到了河边。那儿一个摆渡的正等着把他渡过河沟。他下了船，踏上通向大街的石级，就见到一位身着布衣、头戴草帽的姑娘伸出双臂朝他迎面跑来。

“亚瑟！真是高兴——太高兴了！”

他把双手缩了回去，浑身战栗。

“琼！”他终于叫了一声，那声音仿佛不是从他嘴里叫出来的。“琼！”

“我在这儿等你已等了半个小时。他们说你四点钟就能出来。亚瑟，你怎么这个样子看我啊？出了事吧！亚瑟，你怎么啦？别走！”

他已经转过身，慢慢往街道一边走，仿佛把她给忘了似的。对他的这种举动，她大惊失色，赶忙追过去，一把抓住了他的胳膊。

“亚瑟！”

他停下脚步，两眼迷离恍惚地对她看看。她挽起他的手臂，两个人又默默向前走了一会。

“你听我说，亲爱的，”她很温和地先开了口，“这种事是够倒霉的，可是你别把它放在心上。我知道，你一定受了很大的委屈，不过大家都是很理解你的呀！”

“你指的是什么事？”他还是那么木讷地说话。

“指的是关于波拉那封信的事。”

一听到波拉这个名字，亚瑟的脸就痛苦地抽搐。

琼玛接着说：“我以为你没听说过这件事，但我想，他们已经告诉了你。波拉一定是疯透了顶，居然想得出干这种事来。”

“这种事？……”

“这么说来，你还不知道啰？他写了一封耸人听闻的信，说你告发了轮船偷运的事，使他遭到逮捕。这不用说有多么荒唐。凡是了解你的人都不会相信，只是对你不了解的那些人才对此感到恼火。我正是为了这件事才特地跑来——要告诉你：我们团体里没有一个人会相信那封信。”

“琼玛！可是，这……这是真的！”

她慢慢地从他身边缩回了身子，一动不动地站在那里，惊吓得两眼睁得老大，眼神阴冷，脸色就像丝绸围巾一样白。他们双方都沉默无语，仿佛一阵巨大的冰浪在他们周围冲荡，把他们隔在外面，关到了另外一个世界里，与街上的人和活动完全隔绝。

"是真的，"他终于轻声开了口，"轮船的事——我说了；我还说出了他的名字——啊呀，我的上帝！我的上帝！我可怎么办呀！"

他突然清醒过来，意识到她就在自己身旁，吓得面如土色。是啊，那是理所当然的，她一定会以为……

"琼玛，你不理解！"他说得很突然，一面向她走近。但是，她尖叫一声就避开了他。

"别碰我！"

亚瑟猛然紧紧抓住她的右手。

"看在上帝的分上，你听我说！这并不是我的过错。我……"

"放开我，放开我的手！放开！"

在这一刹那，她的手挣脱出来，而且用另一只手打了他一记耳光。

他的眼前像是隔了一层迷雾，一时间什么感觉也没有，只看到琼玛那惨白绝望的脸，看到她的右手在拼命地揉擦衣裙。后来他才意识到迷雾已散，恢复了白天的光亮。他环顾四周，发现琼玛已经不见了。

第七章

亚瑟回到波尔拉大街，按那幢大楼的门铃，这时候天色已经很黑了。他记得自己曾在大街小巷中来回游荡。但是，在哪一条街道上、为什么到了那儿、游荡了多久，他一概不知。裘丽亚的童仆开了门，打着呵欠，见到一张形容憔悴、毫无表情的面孔，他意味深长地咧嘴笑了起来。小主人从牢里放回家，像个“酒醉糊涂”的乞丐，在他看来真是天大的笑话。亚瑟往楼上走，到了二楼的时候碰到了吉朋斯从楼上下来，依然是威风凛凛、一副目中无人的神气。亚瑟轻轻哼了一声“晚安”，就想敷衍过去。可是，吉朋斯要是对谁看不顺眼，他是不会轻易让谁溜掉的。

亚瑟衣冠不整，头发蓬乱，吉朋斯以挑剔的眼光打量了一会就说：“先生，主人们都出去了，都跟女主人一起参加一个晚会，不到十二点是回不了家的。”

亚瑟看看手表，才九点。啊，这很好！他将有时间——有很多时间……

“女主人要我问你，要不要吃点晚饭，先生。她希望你等她回来，今天晚上，她非得跟你谈谈不可。”

“谢谢你，我什么也不想吃。你可以告诉她，我一直在等她回来。”

亚瑟来到了自己的房间。在他被捕后的这些日子里，房间里的一切都原封未动。蒙泰尼里的肖像还在他先前放的桌子上；壁龛的耶稣蒙难十字架还立在那里。他在门口停了一会儿，听听动静。显然不会有人来打扰他了。他轻轻进了房间，把门锁上。

他的人生道路就这样走到了尽头。他没什么可想，也不再有什么来惹他心烦了。现在他只有一件事情要做，那就是要摆脱这毫无用处、却又不能轻易打发掉的求生意识。可干这样的事说什么也总有点蠢，有点迷茫。

他有过自杀的念头，但并没下定决心，其实并没有认认真真想过。只是觉得自杀是明摆着的，不可避免。他甚至连采取哪种死法都心中无数。要紧的是快把一切统统结束掉，结束掉了也就万事皆空。房间里没有武器，连一把小刀也没有。不过，这无关紧要——一条毛巾也就行了，或者把床单撕几条下来也行。

就在窗子上面有一颗大铁钉。那钉子就管用，不过钉子一定要很牢，足以承受得了他的体重。他站到椅子上，摸摸钉子，觉得还不太牢靠。他又从椅子上跳下来，从抽屉里拿把铁锤。他捶牢了钉子以后，正要撕床单，突然想起来还没有做祷告。一个人临死之前要做祷告，这是自然而然的事，凡是基督徒都这么做。对于一个行将死亡的灵魂，还要采取特别的祷告方式。

他走进了壁龛，在十字架前跪了下来。"全能的大慈大悲的上帝啊……"他开始大声祷告，可是祷告了一句就停了下来，下面欲说无词。说实在的，整个世界变得如此无聊，也没有什么值得祈求或诅咒的了。基督自己从来没有经受过的一种烦恼，那么，他对这样的烦恼又能有多少体会呢？基督像波拉一样，只是自己被别人出卖过①，可是从来没有因受骗上当而出卖过别人。

亚瑟站起身，照惯例在胸前画十字，然后往桌子那边走，只见桌上有一封信，那是蒙泰尼里写给他的。信是用铅笔写的：

> 我亲爱的孩子：你释放的这一天，我不能见你，感到非常内疚。因为有人请我去看望一个临死的人，要到深夜才能回家。明天一早你就到我这儿来。匆此。罗·蒙

亚瑟把信放下，叹了口气，看来这件事对神父的打击的确很大。

街道上人们还是那么嬉笑，那么议论纷纷！那一切都像他活着的时候一样，没有丝毫变化。像他这样一个灵魂，一个活生生的灵魂死了，可是大街上的日常琐事并不因此而有一点点改变。一切依然照旧。水池里的水仍飞花四溅；屋檐下的麻雀还会叽叽喳喳地叫，和昨天叫的一样，和明天叫的也没有什么不同。而他呢，人已死了——完完全全死了。

他坐在床沿，双臂交叉伏在床栏上，头伏在臂上。时间还多得很，他的头却很痛——似乎痛在脑髓里。一切都那么无聊，那么愚蠢……简直是百无聊赖……

大门的门铃急剧响起，把他吓得连气也喘不过来，两只手在护着喉咙。他们赴宴会回来了——而他却坐在那里胡思乱想，白白地浪费了宝贵的时间。现在，他要看他们的嘴脸，听他们的恶言——冷嘲热讽，评头论足——要是有把小刀就好了……

他在屋里拼命乱找。母亲的针线篮子就放在小碗橱里，那里面一定有剪刀，可以用来剪断动脉。不行，要是时间来得及，还是用床单和铁钉妥当些。

他从床上拉起床单，像发了疯似的急忙撕下一条。这时，楼梯上已传来了脚步

① 据《圣经》记载，耶稣有十二个门徒，其中犹大(Judas)以三十块银币将耶稣出卖给犹太教当权者。

声。不行啊,撕下的床单布条太阔,系人不牢靠,还得要扣一个活结。脚步声越来越近,他的动作也越来越急。太阳穴上的青筋直跳,耳朵里像是雷电轰鸣。快一点——再快一点!上帝啊,再给我五分钟吧!

有人在敲门。他手中那根撕下来的布条落到了地上,他坐在那儿一点不动弹,屏住气,仔细倾听动静。有人在试着扭动门把,接着就听到裘丽亚在大声嚷叫:

"亚瑟!"

他站起来,气喘喘的。

"亚瑟,请你开门,我们等你开门呀!"

他拾起了布条,把它塞到了抽屉里,又赶紧整理了一下床铺。

"亚瑟!"这一次是詹姆斯在喊,门把晃动得更急了。"你睡了吗?"

亚瑟把房间四周打量了一下,见房里一切都收拾停当,这才开了门。

"亚瑟,我事先就对你打了招呼,叫你等我们回来,我想,这么点儿要求你还是可以服从的吧,"裘丽亚边说边气势汹汹地进了门,"你好像以为,要我们在你门口等候半个小时是应该的……"

"只等了四分钟,亲爱的。"詹姆斯很温和地纠正说,随即进了门,跟在他太太粉红色的绸缎长裙后面。"亚瑟,我看,如果……那就更……合适些……"

"你们有什么事?"亚瑟打断了他的话。他站在那儿,手紧紧按在门上,好像一只落入陷阱的动物,偷偷对他们一个一个地打量着。可是,由于詹姆斯反应迟钝,裘丽亚又在火头上,都没有注意到亚瑟的神态。

勃尔顿先生给他太太端了一把椅子,自己也坐了下来,小心翼翼地把笔挺挺的新裤裤管卷至膝上,开始说话了:"我和裘丽亚都认为,我们有义务同你认真谈谈关于……"

"今天晚上我听不进去,我——我有点不舒服,头疼——你们必须等等。"

亚瑟不仅声音奇怪,而且含含糊糊,神态恍惚不定,语无伦次。詹姆斯很惊讶,朝四周看了一看。

"你怎么是这个样子?"他很急切地问,但突然想了起来:亚瑟刚刚从疾病的温床那里放出来的。"我想你不是在生什么病吧?你那样子像是在发烧。"

"胡扯!"裘丽亚恶狠狠地打断了他的话。"他一向就是那么装腔作势,这是因为他没有脸见我们。亚瑟,你过来,坐下。"

亚瑟行动缓慢,穿过房间到床上坐下来,有气无力地问:"啊?"

勃尔顿先生干咳了几声,清清嗓门,理了理那本来就很整洁的胡须,这才把精心准备好的一番话诉说出来:

"我觉得,我有义务——这是痛苦的义务——就你的那种极端行为向你严肃指出:你结交的那些人是……呃……违法乱纪、杀人放火的匪徒……还有……一批臭名昭著的乌合之众。我相信，你大概是有点愚蠢，恐怕还不至于堕落……”

他停了下来。

“啊？”亚瑟又“啊”了一声。

“现在，我并不想多么为难你，”詹姆斯接着说，不由自主地缓和了语气，因为他见亚瑟疲惫不堪，一副可怜的样子，“我非常愿意相信，你是让那些坏朋友把你引向歧途，而且也能原谅你年轻无知，没有经验，你还……生就一种……行为鲁莽，又……呃……感情好冲动的个性……这恐怕都是因为你母亲的遗传关系。”

亚瑟的目光渐渐转到了母亲的画像上，但很快又回到原处，仍然一声不响。

詹姆斯接着说：“像我们这样一个大户人家，在外很有声望，备受尊重，如今有人公然玷污家门，这样的人说什么也不能再待在这个家里了。我相信，这个道理你一定很明白。”

“啊？”亚瑟还是这么重复说。

“得了吧，”裘丽亚说得很尖刻，一面把手中的扇子呼啦一声收拢起来，横放在膝上，“亚瑟，你除了‘啊’、‘啊’以外，是否能麻烦你开开尊口说话呢？”

亚瑟一点没有动弹，只是慢腾腾地回了话：“你们认为怎么好，当然就怎么办。无论是走还是留都没有关系。”

“没有……关系？”詹姆斯大惊失色地重复了一句。他太太却一声大笑，站了起来。

“啊，没有关系，不是吗？那好，詹姆斯，现在我想你清楚了吧，你指望从他那里得到什么好报！我早就对你说过，你的好心会得到什么好报，你用好心对待天主教的投机女人，和她们的……”

“嘘，嘘！亲爱的，别计较那个！”

“什么混账话！詹姆斯。我们这样苦口婆心已经够受的了！一个小杂种，却偏要冒充是家里的人——是时候了，该让他知道他母亲是个什么货色！一个天主教教士因纵情而生的私生子，凭什么该我们来负担？好吧，在这儿——去看看吧！”

她从口袋里掏出揉成一团的纸团，向桌子那边的亚瑟扔了过去。

亚瑟把纸团展开，原来是他母亲的笔迹，日期是在他出生前四个月。这是她向丈夫写的一份忏悔书，有两个人在上面签了名。

亚瑟慢慢地往下看，在看过母亲颤抖的签名以后，下面就是他熟悉的刚劲字迹“罗伦梭·蒙泰尼里”。他对这个签名注视了一会，然后，一句话也没说就把纸折叠好，放在桌上。詹姆斯站了起来，拉起他太太的胳膊。

“喂，裘丽亚，这就行了。你现在下楼去吧。夜已深，我还想同亚瑟谈点儿小事情，你不会有什么兴趣的。”

裘丽亚抬头看看丈夫，又回过头看看亚瑟，只见后者哑口无言，两眼对着地上发愣。

“他好像发呆了呢。”她轻声说。

在她撩起裙子、离开房间以后,詹姆斯小心地关上门,回到桌旁原来那把椅子上坐下来。亚瑟仍然坐在那里,丝毫不动,也不做声。

由于裘丽亚不在,詹姆斯说话的口气温和得多了:“亚瑟,这件事传开了,我感到很抱歉。本来这事无需让你知道,不过,反正事情已经过去了。我又感到很高兴,因为你对此事态度很镇定。裘丽亚是有点……有点激动。女人嘛,总是——不管怎么样,我不想太使你为难的。”

他停下不说了,想看看这些好言好语在对方听来反应如何。可是,亚瑟仍然丝毫不动。

停了一会儿,詹姆斯接着说:“我的小兄弟,这事当然使大家都不愉快。目前我们只能守口如瓶,这是唯一的上策。你母亲当初向我父亲忏悔自己的堕落,我父亲很宽宏大量,没有和你母亲离婚,只有一个要求:要那个把她引向堕落的男人立即离开国境。你知道,那个男人因此而去中国传教。当他回国以后,我是坚决反对你和他有任何来往的。可是,我父亲在临终的时候却答应让他教你读书,条件是他绝不要再和你母亲见面。平心而论,我完全相信:他们俩一直是恪守这一条规矩的。这件事本来很令人伤心,可是……”

这时候,亚瑟抬起了头,那脸上毫无表情、毫无生气,像是戴上了涂着蜡的面具。

“你……你觉得,”亚瑟说得很轻,吞吞吐吐,而且莫名其妙地口吃,“这一切……一切……不都是很……很……滑稽吗?”

“滑稽?”詹姆斯把椅子挪动一下,稍稍偏离了桌子。他坐在那里,直愣愣地看着他,完全吓呆了,连脾气也发不出来。“滑稽?亚瑟,你发疯啦?”

亚瑟突然仰起头,发出一阵狂笑。

“亚瑟!”轮船公司老板站了起来,端起了架子,大声叫着:“我万没有想到,你竟然如此轻狂。”

对方没有回答,只有一阵阵狂笑。笑得那么肆无忌惮,使詹姆斯心里犯了疑:这里面是否还有比轻狂更严重的事。

“简直像个疯疯癫癫的女人,”他喃喃自语,转过身,轻蔑地耸了耸肩,烦躁不安地来回走动着,“亚瑟,你真比裘丽亚还要荒唐,快别笑了!我不能这么整夜地陪着你。”

他要求别笑,这就好比要求耶稣受难像从底座上自己走下来一样。他无论怎么规劝或训诫,亚瑟始终无动于衷,只是笑,笑,没完没了地笑。

詹姆斯终于停止了踱步,说:“简直是荒唐。你今天晚上这么激动,看来已谈不上什么理智了。如果这样下去，我无法同你谈正经事。明天吃过早饭以后，你到我那儿去。现在你最好上床睡觉吧。晚安。”

他走出房间，随手砰的一声关上了门。“现在我还得对付楼下那个发神经的人，”他一面自语，一面咚咚地下楼，“看来，楼下在淌眼泪了。”

亚瑟收住了狂笑，抓起桌上的那把铁锤，向耶稣蒙难十字架猛扑过去。

十字架呼啦啦被砸碎，这一响声使他突然清醒过来。他站在空洞洞的底座前面。手里仍然握着铁锤。十字架的碎片撒了满地。

他扔下铁锤。“这也太容易了！”他自语一声就转过身，“我多傻啊！”

他坐在桌子旁，大口大口地喘着气，双手撑住额头。突然间，他又站起来，走到洗脸架旁，用一壶冷水浇了头和脸，头脑安宁得多了。他又回到座位上，在沉思。

正是因为世上有这么一些奴才，有不能张口、没有灵魂的众神，他才遭到凌辱，蒙受耻辱，身陷绝望的境地。他之所以想要用一根绳索了结自己的生命，那是因为有那么一个说谎的教士存在，仿佛别的教士就不说谎一样。好了，这一切已经过去，现在他聪明起来了。他只想要摆脱这些害人虫，开始新的生活。

码头那儿停泊了许多货船。如果偷偷乘船逃走是轻而易举的事。漂洋过海，到加拿大去，到澳大利亚去，到好望角去——随便到什么地方去都行。随便到什么国家都没关系，只是要走得远远的。至于到了那儿的生活，他可以视情况而定，如果不合适，他还可以再换个地方。

他掏出了钱包，里面只有三十三个波利①。但是，他的手表很值钱，可以派上一点用场。无论怎么样都无妨，他总会排除万难。可是，他们那帮家伙会找他。他们肯定会到码头上查问。不能简单行事，他必须让他们顺着错误的线索去找——让他们以为他已经死了。只有这样才能获得自由——完全自由自在。想到勃尔顿一家四处寻找他尸体的情景，他轻声笑了出来。这一切多么滑稽可笑啊！

他取出一张纸，把先想到的话写到纸上：

> 我信任你犹如信任上帝一样。上帝是泥土制造的东西，我一铁锤就可以把它砸烂；而你却以谎言欺骗了我。

他把纸折叠起来，写上了蒙泰尼里的名字，又取了另外一张纸，在中间横写着：“去达森纳港口找我的尸体吧。”然后，他戴上帽子，出了门。在走过母亲肖像那儿时，他抬头看看，大笑一声，耸耸肩。她也曾欺骗了他。

---

① 波利：意大利当时用的一种银币。

他轻轻溜过走廊，小心地打开门，走到了大理石的楼梯上。那楼梯又高又黑，走在上面还有回声。他往下走，楼梯就像一个漆黑的深洞，向他大张着洞口。

他走过院子，举步小心谨慎，生怕惊醒了吉安·巴第士达，因为他就睡在底楼。后面堆放木柴的地窖那里，有一扇朝河开的铁栏小窗，离地面还不到四英尺。他记得，窗户的铁栏已经生了锈，一侧已经破烂，稍微一推就洞口大开，他可以从那里爬出去。

实际上，铁栏很牢固，刺破了他的手，还划破了他的袖子。不过，这都是微不足道的事。他向街道打量了一番，街上空无一人，只见到漆黑而沉静的河，还有污秽的壕沟，躺在笔直而湿滑的两岸之间。他即将闯荡的世界也可能是阴郁的洞穴，但是绝不会比他正要逃脱的角落更加卑劣、更加龌龊。他没有什么后悔，也没有什么值得回顾。他这儿的小天地，毒气熏天，死水一潭，到处充斥着卑鄙的谎言和笨拙的欺骗，处处就像臭气弥漫的小阴沟，可是这种阴沟又很浅，连一个人也淹不死。

他沿着河岸向前走，来到了梅狄契宫[①]附近的小广场。前不久，琼玛正是在这儿活蹦乱跳、伸开双臂迎接了他；那潮湿的石阶正是从这儿通向河沟。就在这条污沟那边，正是那座虎视眈眈如堡垒一样的牢房。往日，他从来没在意过：这儿是如此丑陋，如此卑劣。

他走过一条条狭窄的街道，到了达森纳港口。他摘下帽子，把它扔到了水里，心里盘算着：他们用拖网来打捞他的尸体时，自然会发现那顶帽子。然后，他沿着岸边走，苦苦思索下一步该怎么办。他一定要想办法躲到一条船上去，可这事儿困难很大。他唯一的机会就是到那条古老的梅狄契大堤，一直走到尽头。在防波堤顶头那儿有一家下等酒馆，买通一个水手大概不至于有什么问题。

但是，港口的所有大门都是紧闭着的。他怎么能穿过去？又怎么能混过海关官员的检查呢？他没有护照，在这深更半夜想买通这些人，他那么点钱无论如何也不够。另外，他们说不定会把他认出来。

他在经过四个摩尔人铜像[②]那儿时，忽然看见从港口对面一幢老房子那儿闪出一个人影，正往大桥那里走。他立刻溜到铜像后面，潜伏在暗中，密切注意周围的动静。

这是春天的一个夜晚，柔风轻拂，天气温和，星光灿烂。海水拍击着海湾的石壁。石阶旁边，微波荡漾，像是在轻声笑语。附近什么地方，一条铁缆在悠悠来回晃动，发出吱吱嘎嘎的响声。昏暗中，有一台庞大的起重机升起，耸得那么高，样子

---

① 梅狄契宫(Medici Palace)：原是十五至十八世纪佛罗伦萨的统治者梅狄契家族住地。

② 四个摩尔人(Four Moors)：在塔斯加尼大公爵考斯姆·梅狄契的纪念碑底座上有四个被绑着的魔尔人的铜像。

很凄凉。在黑沉沉的海面上，天空繁星密布，珍珠色的云朵中有几朵像是戴着锁链的奴隶形象，他们在挣扎，像是为自己悲惨的命运提出激烈然而却是徒劳的抗议。

有人沿着堤岸摇摇晃晃地走了过来，一路上还哼着英国的下流小调，显然是刚在酒店里喝得醉醺醺的水手。这时候，四周并没有其他的人。等那人走近时，亚瑟就站起来，跨到路中央。那个水手停住了小调，骂了一声，突然停下了脚步。

亚瑟用意大利语对他说道："我想和你说说话，你听得懂我的话吗？"

那人摇摇头。"跟我说这种黑话没有用的。"他说着就虎起了脸，改用蹩脚的法语说话，问道："你要干什么？为什么挡住我的路？"

"请到暗处去一会儿，我有话想同你说。"

"啊，你想得倒美，竟然到暗处去！你身上藏着刀子吧？"

"别误会，别误会，朋友！难道你看不出来我只想求你帮忙啊？我会给你报酬的。"

"哟，什么？穿得倒很时髦……"水手又改用英语说话了。他已经走进暗处，靠在铜像底座的栏杆上。

接着，他又改用糟透了的法语说："好吧，你想要干什么？"

"我想离开这儿……"

"哈哈，想要偷渡！要我把你藏起来？你怕是作了什么案子吧？是不是就像那些外国人一样，拿刀杀了人，呃？你想跑到哪儿去呢？我想你不至于要跑到警察局吧？"

他醉醺醺地哈哈大笑，还向亚瑟挤挤眼。

"你是哪一条船上的？"

"卡洛塔号——从里窝那开往布宜诺斯艾利斯。从这儿运油去，从那儿运皮革回来。船就停靠在那边，"他用手指着堤岸那一头，"是条老掉牙的旧船！"

"开往布宜诺斯艾利斯……太好了！让我上船，随便藏在什么地方，可以吗？"

"你能出多少钱？"

"不太多，我只有几个波利。"

"那不行。少于五十就不干。五十还算是便宜的……像你这样，穿得这么时髦……"

"你老说我穿得时髦是什么意思？要是你喜欢我身上的衣服，我就跟你换。但是钱只有这么多，再多就没有了。"

"你还有一只表呢，给我。"

亚瑟取出一只女用的金表。这只表装饰秀丽，珐琅精致，表的背面刻有"G. B"

大写字母[①]。这本是他母亲的。可是,眼下还顾得到这个吗!

水手迅速扫了一眼就说:"哟,一定是偷来的吧!快让我看看!"

亚瑟把手缩回去,说:"不行!等上了船以后再给你,现在不能给。"

"看你样子老实,其实倒很有心计:我敢打赌,这是你第一次落难,是吧?"

"这与你无关。啊,查夜的来了!"

他们蹲在铜像后面,等查夜的走过去以后,水手站了起来,叫亚瑟跟在他后面。他一面向前走,一面自个儿傻乎乎地笑个不停。亚瑟跟在后面,一声不响。

水手把他带回到梅狄契宫附近的那个无定形的小广场,停在一个阴暗的角落里。他怕别人听到他说话,所以声音很小,听起来很含糊:

"在这儿等等。再往前走,那些当兵的家伙就看到你了。"

"你要干什么?"

"给你弄衣服来。你的袖子上血迹斑斑的,哪能就这样带你上船?"

亚瑟看看自己的衣袖。在爬铁窗时,袖子被铁栏杆划破了,手擦破时流下的血还沾到了袖子上。那个水手显然把他当成了杀人犯。不管他了,随便人家把他当成什么都没关系。

过了一会,那个水手得意洋洋地回来了,手里抱着一包东西。

他小声吩咐:"换衣服,动作要快点。我一定要赶快回到船上。那个犹太老家伙跟我讨价还价,折腾了半个小时。"

亚瑟听他的话换衣服。可是,他一接触到这种旧衣服,心里不禁产生了厌恶的感觉,穿起来有点缩手缩脚。不过,衣服虽然料子很粗,但还干净。他换好了衣服来到亮处,水手醉眼朦胧地打量着他,一本正经地点头认可。

他说:"这样行了。这边走,别出响声。"亚瑟把换下的衣服抱在怀里,跟在他后面,穿过一条条沟渠和幽静狭窄的小弄。自中世纪以来,这一带就是贫民区,里窝那居民把它叫做"新威尼斯"。这里房屋破旧,庭院污秽,偶尔也见到一座旧宫殿,夹在两条污水沟之问,那样子孤寂而阴森,仿佛明明知道无能为力却还要挣扎着保持它往日的尊严。亚瑟知道,有的里弄不仅盗贼歹徒成群,而且走私贩毒猖獗;有的里弄居民穷困潦倒,生活岌岌可危。

他们来到一座小桥旁边,水手停了下来,观察一下动静,见四周无人,就往石阶下面走,来到一个很狭小的船坞。桥下面停泊着一条破烂不堪的小船。水手声色俱厉地叫亚瑟跳进船里躺着,他自己端坐在那里,开始向港口那边划去。船板不仅潮湿,还漏水,亚瑟静静地躺在那里,用水手扔给他的衣服把身子掩藏住,不时窥看那些熟悉的街道和住宅。

① G. B:这是亚瑟母亲名字 Gladys Burton 的缩写。

不一会儿，小船划过了一座桥，驶进了河道。这个河道也就是堡垒牢房的壕沟的一部分。河道两边，高墙耸立，河底宽阔，若抬头往那阴森森的尖顶看去，河面就越来越窄了。几个小时以前，那些高墙在他看来是多么森严，简直是不可逾越，可是现在……

他躺在船底，不免轻声笑起来。

"别出响声。"水手低声制止他。"把头遮盖好，马上就要过海关了。"

亚瑟把衣服拉过来，把头蒙盖住。小船向前行了几码远，就停在一排排桅杆前面。那些桅杆都用铁链紧紧相系，横在河面，堵住堡垒围墙和海关之间的通道。这时候，一个睡眼惺忪的海关官员，打着呵欠走了出来，手提风灯俯身朝下看看。

"请出示护照。"

水手把正式文件递了过去。亚瑟蒙藏在衣服下面，闷得慌。他屏住呼吸仔细倾听。

"你倒回来得巧啊，深更半夜的，到现在才回船！"那官员不无抱怨地说："怎么样，乐了一阵子吧？船里装的什么呐？"

"旧衣服，捡的便宜货。"水手拿起一件背心让他查看。那官员把灯放低一些，弯下腰，眯着眼朝水手那儿看。

"行了，走吧。"

官员撤除了通道上的障碍，小船慢悠悠地驶进了黑沉沉的、波涛汹涌的海面。待到船驶了一段距离以后，亚瑟把蒙在身上的衣服掀开，坐了起来。

水手默不作声，划了一段时间以后，轻轻地说："就是那条船，你紧跟着我，别出声。"

水手指的那条船是个黑色的庞然大物。他从一侧爬了上去，一路走，一路小声地咒骂这个初次出海的人笨手笨脚。其实，亚瑟秉性就很灵敏，要是别的人处在他这个境地动作就更会笨拙。他们一旦安全上了船，就小心翼翼地越过一堆堆黑魆魆的铁索，经过一台又一台的机器，终于到了一个舱口，水手轻轻把盖打开。

他低声吩咐说："快下去，我一会儿就来。"

船舱里，不仅潮湿阴暗，而且污秽难忍，生皮和油脂臭气熏天。一开始，亚瑟感到窒息难受，本能地畏缩不前。但是，他想到惩罚牢房里的情景，不由得无可奈何地耸耸肩，下了梯子。看来，无论在什么地方，生活都很雷同，到处都有丑恶和堕落，有歹徒出没，还有不可告人的诡秘和见不得阳光的阴暗角落。然而，生活毕竟是生活，他应该随遇而安。

几分钟以后，水手回来了，手里还拿着什么东西，由于光线暗，亚瑟看不清楚。

"好了，现在把表和钱给我，快点！"

就因为暗，亚瑟终于留下几个钱在身边。

他说:“你得给我弄点儿吃的,我饿得很。”

“已经带来了,在这儿。”水手递给他一只水壶、一些硬饼干和一块咸肉。“要注意:明天早上海关来检查时,你一定要藏在这只空桶里,像耗子一样,不得有一点儿声音,一直要等到我们出海。什么时候能出来,我会告诉你的。若是叫船长看到了你,那你就要吃大苦头……别的没什么了!饮料放妥当了吗?晚安!”

舱口关上了,亚瑟把珍贵的“饮料”放到安全的地方就爬到油桶上吃咸肉和饼干。吃完以后,他蜷缩着身子躺在那脏兮兮的地板上。平生第一次没有做祷告就睡觉了。老鼠在暗中窜来窜去,吵闹不停,轮船在海上颠荡,油脂的臭味令人作呕,明天会出现晕船——这一切他都置之度外,只管睡他的觉。他什么都不管了,犹如昨天还崇拜的偶像,今天他就可以把它们砸个稀巴烂一样,他不管了。

第二部

十三年以后

第一章

一八四六年七月的一个黄昏,在佛罗伦萨的法布列齐教授家里,一些熟人正举行会议,讨论未来的政治活动计划。

他们当中有几个是玛志尼党人,他们最大的愿望就是要成立一个民主共和国和一个意大利联盟。另外一些人是君主立宪党人,还有一些是程度不同的自由主义分子。但是,有一点是大家的共识:他们都对塔斯加尼公国[①]的报刊检查制度不满。一些知名教授召集了这次会议,希望不同党派的代表至少在对待这个问题上能顺利地讨论一个小时而不至于争吵。

庇乌斯九世[②]即位以后,就对教皇领地[③]的政治犯实行有名的大赦。即位虽然只有两个礼拜,但是由此掀起的自由主义热浪已席卷了整个意大利。这一惊人的事态甚至也影响到了塔斯加尼公国的政府。法布列齐和佛罗伦萨的其他几位名流都想到:要想奋力争取改革出版法,眼下正是太好的机会。

当初有人把这个问题向戏剧家莱伽提了出来,他曾这样说:“当然,出版法不改变,要办报纸是不可能的,那干脆就不用办报纸。说不定我们已能通过检查出版一些小册子。我们的行动愈快,就愈能尽快修改出版法。”

此刻,这位戏剧家在法布列齐教授的图书室里正在阐述自己的理论方针,而且认为,自由主义作家目前应该采取他的方针。

在这些同伴当中有个头发花白的律师,说话慢条斯理,他插了嘴:“毫无疑问,我们应该抓住目前的有利时机,进行重大的改革,这一次是机不可失,时不再来。但是,我不大相信,出小册子会有什么好处。这种小册子充其量只能激怒政府,使

---

① 意大利在当时分成许多小国,塔斯加尼公国是其中之一。

② 庇乌斯九世(Pius IX,Pope,一七九二——八七八):又译“庇乌九世”,是历史上在位时间最长的教皇,他的措施对十九世纪中期至二十世纪中期天主教会的历史有深远的影响。

③ 教皇领地(the Papal States):亦称教皇国、教会辖地。一八一五年的维也纳会议,把意大利分成许多小国,把意大利中部的大片领土划为罗马教皇领地。

他们受惊受怕而已，却不能争取他们对我们的支持，而这才是我们的真正意图。当局一旦认为我们在进行危险的煽动，那我们就失去了得到他们支持的机会。”

“照你看，我们该怎么办？”

“请愿。”

“向大公爵请愿吗？”

“对，请他给出版以更多的自由。”

这时候，一个坐在窗边的人大笑一声，转过身来。他面孔黝黑，目光炯炯有神。

他说：“你要是请愿，那才大有收获呢！我本来以为，伦齐[①]那桩案子对于想搞请愿的人已经有了足够的教训呢！”

“亲爱的先生，关于伦齐引渡的事，我们未阻挡得住，这事我和你一样都感到难过。不过，说实在的，我虽然并不想伤害任何人的感情，可我不得不认为，造成失败的原因主要是因为我们内部有些人操之过急。我当然应该迟疑……”

那个面孔黝黑的人立即插话，尖刻地说：“庇埃蒙特人一向就是那样见识。我可不懂，那次行动有什么操之过急的地方，除非你把一系列温和请愿行动也视为过急。塔斯加尼或庇埃蒙特的人也许认为操之过急，可我们那不勒斯人却并不认为有什么格外过急的地方。”

那个庇埃蒙特人反唇相讥：“所幸的是，那不勒斯人的过急也只是在那不勒斯才有。”

教授干预了：“得啦，得啦，先生们，别争了！那不勒斯有那不勒斯的习惯，庇埃蒙特也有庇埃蒙特的习惯，各有各的长处。可是，目前我们是在塔斯加尼，而塔斯加尼的习惯是抓紧眼前的事情。现在，格拉西尼律师主张请愿，盖利却表示反对。列卡陀医生，你的看法呢？”

“照我看，请愿也没有什么害处。格拉西尼如果拟好一份请愿书，我能在上面签个名，这是我平生的一大快事。但是我认为，单纯采取请愿的办法还不够，还必须采取其他手段。我们一方面请愿，同时又出小册子，双管齐下不是更好吗？”

格拉西尼说：“因为一出小册子，政府就反感，那就连我们的请愿也不会被接受了。”

那位那不勒斯人这时站了起来，走到桌旁，说：“无论采取哪一种手段，政府都不会接受的。先生们，我们采取的方法不对路。跟政府妥协没什么好处。我们要干就必须唤起民众。”

“说说容易，真正干起来就没那么容易了。你打算怎么动手干？”

“这还用得着问盖利吗！不用说，他第一步就要敲检查官的脑袋。”

---

① 伦齐：在教皇领地组织起义的领袖，后被大公爵出卖，引渡给教皇.遭到杀害。

“不，不会的，我不会那么干，”盖利态度很坚决，“你们总以为，南边来的人一定不相信说理，只讲究冷酷无情的铁锤。”

“那好，你打算怎么干？嘘，先生们，请注意！盖利有高见了。”

参加会议的本来已经三个一堆、两个一伙议论开了，这时候，大家都拢在桌子周围，听听盖利有什么话说，而盖利却连忙举手声明：

“不，各位先生，我还谈不上提出什么高见，只是有点建议。照我看来，为新教皇的上任而欢欣鼓舞，这实际上潜伏着很大的危险。人们似乎以为，庇乌斯九世制定了一个新的方针，颁布了大赦令，我们大家、整个意大利只要投入他的怀抱，他就会引导我们进入福地。教皇的大赦确实是辉煌的壮举，对于教皇的行为大家都表示赞美，我对他赞美的程度绝不亚于别人。”

格拉西尼一听就鄙夷地插了话：“可以肯定，圣父应该感到洋洋得意了……”

“瞧你，格拉西尼，要让人家把话讲完嘛！”这一次轮到列卡陀插话干预了，“真是怪事，你们俩老是斗来斗去的，就像猫和狗一样，碰到一起就互相咬几口。盖利，你讲下去吧！”

那不勒斯人接着说：“我想说明的是，圣父的行为，从本意上讲很好，这一点毫无疑问。但是，他的改革举措究竟推行到什么程度，这就另当别论了。目前的进展很顺利，意大利境内的各派反动分子在一两个月内将会按兵不动，一直要等到因大赦而引起的兴奋逐渐平息。但是，不经过一番较量，他们不会把自己的权力拱手相让。我相信，今年冬天过不到一半，耶稣会派①、格力高里派②、圣信会派③的教士们及其狐群狗党，都会来跟我们捣乱。他们会耍阴谋、使诡计，使用种种手段对付我们，对于他们不能收买的人都要下毒手。”

“这倒完全有可能。”

“那好，既然这样，那我们究竟是采取等待、温文尔雅地送上请愿书、让拉姆勃鲁斯契尼④及其同党说服大公爵派、耶稣会派来管制我们，再派奥地利的轻骑兵监视大街小巷把我们管得死死的呢，还是趁他们一时挫折，先发制人，抢先发动攻击呢？”

“你跟大家说说，你指的是什么样的攻击？”

“我想到的是，我们要有组织地进行宣传和鼓动，矛头指向耶稣会派。”

“其实就是靠发小册子宣战，是吗？”

---

① 耶稣会派：天主教修会，于一五三四年创立。罗马教皇利用此会来对付教内的宗教改革运动。

② 格力高里派：是指教皇格力高里十六世的追随者。格力高里（一七六五——一八四六）：意大利籍教皇。主张教皇极权主义，反对意大利民族主义运动。

③ 圣信会派：支持教皇和奥地利侵略者，镇压意大利民族解放运动的一个会派。

④ 拉姆勃鲁斯契尼：是格力高里派的首脑人物，在奥地利的支持下，镇压意大利革命人民。

“对,就是要揭露他们的阴谋,戳穿他们的诡计,号召人民为了共同的事业而反对他们。”

“可是,你要攻击的耶稣会派教士,我们这儿并没有呀。”

“没有?再过三个月你看会有多少。不过,等到那时候攻击他们为时已晚了。”

“可是,要真正唤起民众反对耶稣会派,话就要说得直言不讳。但这样一来,能过得了检查这一关吗?”

“我并不想逃避检查,而是让他们检查不了。”

“你是想匿名出版小册子吗?那固然很好,可是我们大家对出版物的命运早就看够了……”

“我不是那个意思。我打算公开发行,而且小册子上还印着我们的姓名和住址。只要他们有胆量,就让他们检查好了。”

“你的计划也实在太荒唐了,”格拉西尼叫了起来,“真是胆大妄为,简直是要把脑袋往虎口里送。”

“啊,你不用怕,”盖利态度尖刻,打断了他的话,“我们还不至于为了印行小册子要你去蹲大牢。”

“住嘴,盖利!”列卡陀表态了,“这谈不上什么害怕不害怕。如果对事业有利,我们都能跟你一样,随时可以进牢房。可是像你这样作无谓的冒险,完全是一种儿戏。因此,对这个建议我个人还想作点补充。”

“那好,你说说。”

“我认为,倒不如这样好些,那就是设法只与耶稣会派作斗争,避免与检查制度冲突。”

“不知道你怎么着手。”

“我看这么做,宣传的内容不必说得太露骨,说得隐晦一点,这是可能办到的。这么做就使得……”

“使得检查官看不懂?可是,那样一来,对于那些贫穷的手工业者和劳工,你能指望他们依靠无知和愚昧看懂你宣传的内容吗?你这种想法似乎很不符合实际。”

“玛梯尼,你有什么意见?”教授转身在问。玛梯尼就坐在他的旁边,长得膀宽身壮,蓄着棕色大胡子。

“我想等更多一点的事实根据,暂时先保留我的意见。像这样的事要采取多种办法试一试,然后再看一看试验的结果如何。”

“萨康尼,你呢?”

“我倒想听听波拉太太的意见。她对问题的看法一向都是很有价值的。”

大家都转过头,看着房间里唯一的女人。她一直坐在沙发上,手托着下巴,静心听着大家的议论。她那双黑色的眼睛深沉而又严肃,可是一抬起头来,那目光却显然令人玩味。

她说:“我和大家的看法恐怕都不一样。”

“你一向与众不同,可偏偏老是你的意见正确。”列卡陀插了一句。

“我们要同耶稣会派作斗争,这一点我认为非常正确。既然要和他们斗,那就非得要有这样或那样的武器不可。仅仅采取挑战的方式,显得太弱;逃避检查的办法又太繁琐;至于去请愿,那就是儿戏了。”

格拉西尼一本正经地插话说:“太太,我想你不至于要采取……暗……杀吧?”

玛梯尼捋着大胡子,盖利挤眉弄眼地在笑,连一向不苟言笑的年轻妇人也忍不住露出笑脸。

“请放心,”她说,“如果我真那么凶恶,想搞暗杀,那也不至于那么傻,还把这种想法说出来。但是,我认为最凶的武器莫过于讽刺。假如我们能把耶稣会派的行为以嘲笑的口气揭露出来,让公众对他们及他们的主张冷嘲热讽,那就可以不用流血而战胜他们。”

法布列齐说:“我相信你的意见很正确。可是我不明白,这怎么能实行呢!”

“怎么不能实行?”玛梯尼反问,“若要通过检查这一难关,讽刺性文章比政论性文章更容易通过。即使文章里加上一些掩饰,一般读者也容易从那些显然荒唐的笑料中明白其双关的含义,总比读科学论文或经济论文更容易懂。”

“太太,那么照你的意见我们应该印发一种讽刺性的小册子,或者办一份滑稽报纸?如果办这样的报纸,我敢断定:检查机关总是不允许的。”

“我的意思并不是一定要出小册子或办报纸。我认为,我们可以印一些讽刺性的小传单,形式可以是诗歌或是散文,然后在大街上廉价或免费散发,这样做会很有效果。如果能找到一个能领会文章精神实质的能干的艺术家,我们还可以请他在传单上插一些画。”

“这个办法如能实施,那真是再好不过的事。不过,我们不干则已,一旦干了就得像个样子。现在我们还必须找个会写讽刺文章的一流人物,可去哪儿找呢?”

“说得很对,”莱伽补充说,“我们大多数人写起东西来都很严肃,尽管我敬重大家,可是我得说,若要叫大家扮起幽默的面孔写东西,恐怕就跟大象表演太伦台拉舞蹈一样①。”

“我绝不是要大家一窝蜂去干自己所不适应的工作。我的意思是,我们要想办法,找一个真正具有讽刺天才的人。这样的人我想在意大利总会找得到。当然,我们一定要提供必要的资金,而且对这个人要有些了解,确保他会按照我们所能同意的方针办事。”

---

① 太伦台拉舞:意大利南部一种轻快的民间舞蹈,节奏快。

“可是，这样的人哪儿去找？真正有才能的讽刺家屈指可数，而且他们都不合适。吉乌斯蒂[1]自己就忙得不可开交，不会接受；伦巴第那儿倒有一两个好手，可是他们写东西只用米兰方言……”

“还有，”格拉西尼立刻补充说，“我们可以用更好的方法对塔斯加尼人施加影响。如果我们把公民自由、宗教自由这样严肃的问题当成小事处理，可以肯定，别人至少以为我们这些人在政治上不机敏。佛罗伦萨毕竟不像只知办厂赚钱的野蛮的伦敦，也不像穷奢极侈的魔窟巴黎。这个城市有过伟大的历史……”

“雅典也是，”波拉太太插了话，微笑着说，“可是，我们这个城市‘由于臃肿而变得呆滞了，需要一只牛虻来把它刺醒’……”

列卡陀突然拍案惊叫：“啊呀，我们怎么就没有想到牛虻！最恰当的人选啊！”

“是谁？”

“牛虻，就是费利斯·列瓦雷士。难道你们忘了吗？他不就是三年前亚平宁山下来的穆拉多里[2]队伍里的那个人吗？”

“是呀，这帮人你认识，不是吗？我还记得，他们去巴黎，你还跟他们一道呢。”

“不错，我一直到了里窝那，送列瓦雷士去马赛。他不愿留在塔斯加尼。他说，既然起义已经失败，留在这儿除了嘲笑就无所事事了。所以，他宁可去巴黎。他的意见毫无疑问与格拉西尼先生相一致，认为塔斯加尼不是一个适合嘲讽的地方。不过，如果我们请他回来，他会同意，这一点我倒蛮有把握，因为意大利又有了机会可以干一番事业。”

“你说他叫什么名字？”

“列瓦雷士。可能是巴西人，不管是不是，但我知道他至少在那儿住过。我平生还没见到过像他那样机智的人。我们在里窝那那里待了一个礼拜，要说还有什么高兴的事，那真是天晓得。只要一瞧瞧队里的兰姆勃尔梯尼那副苦样子，就足以使大家伤心了。可是，列瓦雷士一到场，谁要是忍住不笑才怪呢。他谈吐诙谐，笑语连珠，好像他是永远喷不完的烈火。他脸上有一道可怕的刀伤，记得我还给他缝了伤口。这人可是怪得很，可是我相信：正是他以及他那诙谐的一套妙语使那些沮丧的年轻人从失望中完全振作起来了。”

“在法国报纸上发表政治讽刺文章，署笔名为牛虻的，就是那个人吗？”

“对，他写的文章大都很短，还写一些讽刺性杂文。因为他的舌头厉害，亚平宁山里的走私贩子给他起了个绰号叫‘牛虻’，他也就以那个绰号作为自己的笔

---

① 吉乌斯蒂(Giusti，Giuseppe，一八〇九——一八五〇)：意大利北部诗人，讽刺剧作家。在意大利民族解放与统一运动初期，他针对奥地利统治而写的讽刺诗文影响巨大。

② 穆拉多里：指穆拉多里兄弟。一八四三年在教皇领地起义未成，后带一队同志在亚平宁山区进行游击战，最后失败了。

名了。”

“这位先生的情况我也知道一些，”格拉西尼说话慢条斯理，态度庄重，“不过我听到的情况可并不都是奉承他的话。此人确实有些聪明，引人注目，可是这种聪明也还是比较浅薄，人们对他的能力的赞誉有言过其实之处。他可能不乏体魄之勇，但是在巴黎和维也纳的名声，我觉得，离纯洁还相差甚远。他好像是个绅士，冒过……冒过……许多险，可是他身世不明。据说他是由杜普雷的探险队出于慈善而收留下来的，那是在南美赤道的荒野一带。当时他一身褴褛，粗俗不堪。他当时怎么会落到那种地步，我相信，他从来就没有作出过令人满意的解释。至于亚平宁山区的起义，那倒是一次不幸的起义，但参加的人十分复杂，恐怕这已不是什么秘密了。在波伦亚被处死的那些人谁都知道，不过是些普通的歹徒；逃跑的那些人其品质也都很难说。毫无疑问，参加起义的人中的确有一些是品德高尚……”

列卡陀打断了他的话，有点气愤地说：“有些还是在座几位的知心朋友呢！格拉西尼，你洁身自好，对人挑剔，这固然很好，可是，那些‘普通的歹徒’能为自己的信仰而献身，这比你我所干的事要有意义得多吧。”

盖利接着补充说：“下次若有人向你散布巴黎的流言蜚语，你就对他们说是我讲的：关于杜普雷探险队的传闻是错误的。我认识杜普雷的一个助手，叫马特尔，他把这件事原原本本地告诉了我。列瓦雷士当时流浪在那一带，这确有其事。他曾因参加阿根廷共和国的独立战争而当了俘虏，后来逃跑了，以各种方式乔装起来在那里流浪，想回到布宜诺斯艾利斯。说探险队出于慈善而收留他，这纯粹是捏造。当时探险队里的翻译生了病，不得不回国，而那些法国人中没有一个会说当地话，因此把他请去当翻译。他和他们一起待了整整三年，一同在亚马逊河支流一带探险。马特尔还对我说过，如果没有列瓦雷士的帮忙，他认为他们的探险队决不可能完成探险任务。”

法布列齐说：“不管他是什么样的人，像马特尔和杜普雷这两位老练的活动家能对他一见倾心，这就说明此人一定有与众不同之处。波拉太太，你看呢？”

“这事儿我一无所知。当时那些人逃出塔斯加尼的时候，我正好在英国。不过，照我看来，探险队的同伴跟他在一起在那些野蛮地带度过了三年，觉得他好；与他一同起义的同志也说他好，这就说明这个人值得推崇，也足以抵消对他的一些无稽之谈了。”

“说起他的同志对他的看法，那是毫无疑问的，”列卡陀说，“从穆拉多里及其战友柴姆贝卡里直到那些粗野的山民，无一不对他表示敬意。不仅如此，他和奥尔西尼[①]的私交也很好。另一方面，巴黎那边确实风言风语，流传一些令人不快的荒诞之词。可是，要当一个政治讽刺家，不可能不树敌。”

莱伽插话说：“我记不大清楚了。当初那些人待在这儿时，我好像见过他一回。他是有点驼背或是有点腰弯曲，或类似有这一类毛病的人吧？”

法布列齐教授已经打开写字台的抽屉，正在翻阅一大堆文件。他说：“记得我这儿有警察局对他的通缉令，上面描述了他的特征。大家可能还记得：他们逃走躲进山里的时候，到处张贴着通缉他们的图像。那个大主教——这流氓叫什么？——叫斯宾诺拉[②]，还悬赏要他们的脑袋呢。”

“提起警察局的这份通缉令，我又想到列瓦雷士一个很动人心弦的事迹。他曾穿上士兵的旧军装，扮成一个在执行任务时受了伤的骑兵，四处流浪，想回归部队。没想到他碰到了斯宾诺拉的搜查队，竟然搭上了他们的便车，在车上整整待了一天。一路上，他给他们编造了许多触目惊心的故事，说他被造反派抓去当了俘虏，被带到山上的匪穴，还受到了残酷的折磨。搜查队队员们把通缉令拿给他看，他信口胡扯了一通有关‘绰号叫牛虻的恶魔’的情况。那天晚上，他乘他们睡着的时候，把一桶水灌进了火药里，带着整袋的粮食和弹药逃了……”

“啊，通缉令在这儿，”法布列齐插话说，“费利斯.列瓦雷士，绰号‘牛虻’。年龄：三十左右；籍贯与家世：不详，大约是南美人；职业：新闻记者。身材矮小，黑发，黑须，皮肤黝黑，蓝眼睛，前额宽阔、方正，鼻子、嘴巴、下颊——啊，这儿有‘特征：右脚跛，左臂扭曲，左手断了二指，脸上有新砍的刀痕，口吃’。这下面还有一个说明：‘枪法极准，逮捕该犯时要当心。”

“搜查队里有这样一份详细明确的识别公告，他居然能骗过他们，这实在是不可思议。”

“这当然是他的胆识超群。一旦他们对他有一点怀疑，他非完蛋不可。一个人随时装出纯洁无辜的神气，而且使人家信以为真，他就会化险为夷。就这样吧，先生们，关于这个建议大家有什么意见？我们这儿似乎有几位很了解列瓦雷士。我们要不要向他表示，希望他来这儿帮我们的忙？”

法布列齐说：“我看不妨先就此事打听一下，看他是否有意支持我们这个计划。”

“啊，他会支持的。只要是向耶稣会派斗争的工作，他肯定干。我从来没有见过有谁能像他那样激烈反对教士。在这个问题上，他实际上已经到了疯狂的

① 奥尔西尼(Orsini，Felice，一八一九——一八五八)：意大利民族主义革命者.，玛志尼的信徒。一八五八年，当拿破仑三世和皇后乘车前往巴黎歌剧院时，他和两个同伙投弹，殃及他人，后被处死。

② 斯宾诺拉：教皇手下的一位省长，镇压起义人民的刽子手。

程度。”

“那好,列卡陀,你写信好吗?”

“当然写。让我想想看,他现在在哪儿?我想,是在瑞士吧。他这个人根本闲不住,总是东奔西跑。至于小册子的事……”

他们进行了漫长而热烈的讨论。到了散会时,玛梯尼走到沉默寡言的年轻妇人跟前。

“琼玛,我送你回家吧。”

“谢谢。我正好有事要同你谈谈。”

“是不是通讯地址出了什么差错?”他小声问。

“并不严重,但是我认为该作些变动了。这个礼拜有两封信被邮局扣留。这两封信还不那么重要,也可能是偶然发生的事。可是这种冒险我们经受不起呀。警方一旦对我们的任何地址有怀疑,我们就立刻变换。”

“这事我明天和你再谈。今晚我不想谈正事。你好像很疲倦。”

“我不累。”

“那是不是情绪又不好?”

“啊,不,没有什么。”

第二章

“太太在家吗,卡蒂?”

“在,先生,她在更衣。请到客厅里坐一坐,她一会儿就下楼。”

卡蒂很高兴,以一个真正德文郡姑娘的友好感情领客人进了客厅。她特别喜欢玛梯尼这样的客人。他说英语,当然说起来像外国人,但这已经令人刮目相看了。有的客人一来就高谈阔论政治,直至深夜,弄得女主人非常疲倦,而玛梯尼就与众不同。不仅如此,女主人住在德文郡的时候,正在困难之时,孩子刚死,丈夫病危,他还赶到德文郡去帮助她。从那时候起,卡蒂就把这位身材高大、行动笨拙、寡言少语的男人当成“家里人”,就像对待此刻蜷伏在他膝上的那只懒洋洋的黑猫一样。而帕希特呢,把玛梯尼当成了家里的一件家具,这家具对它来说还派得上用场。这位客人从来不踩它的尾巴,不把烟往它眼睛上喷,也不把本性好动的两只脚强压在它的身上。他的举止像个地道人,让自己那舒适的膝盖供它躺着打呼噜。吃饭的时候,从来也没忘记它,没有表现出好像人在吃鱼,猫会无动于衷似的。他们之间的友谊由来已久了。早在帕希特还是小猫咪的时候,它的女主人病得很厉害,无心顾及到它,正是玛梯尼关心它,把它安放在篮子里,从英国带到了这儿。从那以后,长期的经验使它深信不疑:这位粗笨的“人熊”真是同舟共济的好朋友。

“瞧你们俩,样子多快活,”琼玛下了楼,来到了客厅,“人家看到你们这个样子,还以为你们就这样自在地打发黄昏时光呢。”

玛梯尼小心地把猫放到地上,说:“我提前来,是想在动身前吃些茶点。今晚那边大概是拥挤不堪的,而格拉西尼也拿不出什么像样的东西吃。时髦大师从来做不出像样的东西吃。”

“别说了!”琼玛笑着制止他,“你说起话来就像盖利一样刻薄!格拉西尼也真够戗,就是撇开妻子不善持家而遭到的不幸以外,他自己的罪已够受的了。茶点嘛,马上就好。卡蒂正在为你专门做一些德文郡的蛋糕。”

“卡蒂是个好心肠的人,帕希特,你说是不是呀?我倒还没在意呢,你到底还是穿上了这套漂亮的衣服。我还以为你把这事给忘了呢。”

“我答应过你要穿的，尽管今晚天气很热，穿着并不合适。”

“到了菲索尔那边就会凉快得多。你穿白色开司米比什么都合身。我带来几朵花，戴在衣服上很合适。”

“啊，一束一束的玫瑰，真好看，我真是喜欢！不过，还是插在瓶里好些，我不爱戴花。”

“你看，你的迷信念头又作怪了。”

“不，不是迷信。我只觉得，花儿一个晚上跟着像我这样乏味的人作伴，一定会感到厌倦的。”

“今天晚上恐怕我们都会感到厌倦。聚会一定沉闷得难以忍受。”

“那为什么？”

“这部分原因是，格拉西尼接触到的任何东西，就会像他本人一样令人感到乏味。”

“不要刻薄了。我们就要到人家那里去做客，这样刻薄地说主人有点不厚道。”

“太太，你一向言之有理。那么，还有部分原因，是因为爱说爱笑的人半数不会到。”

“这是怎么回事？”

“不知道。可能是不在城里，或者生了病，或者其他原因。但无论怎么样，参加聚会的将有两三位外国大使、几位德国的学者，照例有一些说不上来的旅行家、俄国王子、文艺俱乐部的人，还有法国军官等等。这些人我都不认识。当然，有个人我是认识的，就是新来的讽刺家。今天晚上，他可是引人注目。”

“新来的讽刺家？什么，是列瓦雷士？我还以为格拉西尼对他极不赞成的呢。”

“对，他本来是不赞成的。但既然这个人已经来了，日后人们必将要谈论他，格拉西尼当然希望这位名人在他家里首先露面。你可以相信，格拉西尼对他持不赞成的态度，他根本就不知道。不过，他会猜得到的。他这个人非常精明。”

“他来了，我一点儿都不知道。”

“他是昨天刚到的。茶来了。不，你不用站起来，我来拿茶壶。”

待在这间小巧玲珑的书房里，他真是其乐无穷。琼玛的友谊，她于庄重之中不知不觉对他产生的魅力，以及她那坦诚而质朴的同志感情，在他平平淡淡的一生中发出了最夺目的光辉。每当他心情郁闷时，在办完公事以后总要到这儿来坐坐，常常缄默不语，看着她低头做针线活儿或者斟茶。她从来不问他有什么烦恼，也不在语言中表露出同情。可是，他走时，变得更加坚强，心情更加平静，正如他常对自己说的那样，觉得“又可以痛痛快快过上两个礼拜了”。她具有一种难能可贵的秉性，就是会安慰别人，虽然她自己并没有意识到。两年前，他那些知心朋友在卡拉布里亚被人出卖，并像狼一样被杀害了。可是她仍然抱着坚定的信念，可能正是这种信念使他不至于陷入绝望。

有时候在礼拜天的早上，他要来这儿和她“谈谈公事”。所谓公事就是指玛志尼党内的一些实际事务，因为他们俩都很积极，是党内忠实的成员。在这种场合下，她就变成另外一个人了：热切而又冷静，思维有条理，看问题细致，又很客观。那些只见过她干政治工作的人把她当成策动家，认为她训练有素，纪律严明，遇事大胆，值得信赖，在各方面都是党内宝贵的一员，只是缺少人情味，没有个性。盖利曾这样评价说：“她是天生的策动家，一个人抵得上我们一打。可是除此以外她什么也没有了。”玛梯尼所了解的这位“琼玛夫人”，真让人难以了解。

“那么，你说的‘新来的讽刺家’到底是什么样的人？”这时候，琼玛一面打开食品橱，一面回头问玛梯尼。“西塞尔[1]，你瞧，这儿有你爱吃的大麦糖和罐头蜜饯。搞革命的人都喜欢吃甜食，这倒真有点儿怪。”

“其实别人也喜欢，只是不说而已，以为说出来有失身份。你问新来的讽刺家吗？他这个人，一般女人见了会起哄，你不会喜欢他的。他专门说刻薄话，可是却装得愁眉苦脸，四处流浪。他身后老跟着一个跳芭蕾舞的漂亮女人。”

“你是指他身边真的有个跳芭蕾舞的女人，还是因为你对他不满，故意学着他的腔调说刻薄话？”

“真是天晓得！不是我对他有什么不满。跳芭蕾舞的姑娘确有其人，对于那些把泼妇也视为美的人来说，她长得也算是个美人。像我这样的人是不喜欢的。据列卡陀说，她是匈牙利吉卜赛女郎，或者类似那样的人，早先在加里西亚某地的戏院待过。他似乎脸皮很厚，向别人介绍那个女人时仿佛是他家没有嫁出去的姑妈。”

“如果真是他把她从她家里带出来的，他那么介绍也很公平啊。”

“亲爱的夫人，你不妨这么看，可是社会上的人并不这么看。他那样介绍一个女人，我想大多数人一定很反感，因为他们知道那女人是他的情妇呀。”

“他没说，别人怎么知道？”

“这是明摆着的事。你见了她就明白的。但是我认为，即使像他那样的人，也没那胆量把她带到格拉西尼家里去。”

“他们家也不会接待她。格拉西尼太太不是那种肯违背礼俗的女人。但是，我想知道的是作为讽刺家的列瓦雷士先生，而不是他个人的事。法布列齐对我说，这位先生已经接到我们的信，表示愿意到这儿来，担负攻击耶稣会派教士的任务。后面的情况我就不知道了。我这个礼拜工作很忙。”

“我也没有更多的情况告诉你。钱的方面似乎没有什么困难，这倒出乎我们意

---

① 西塞尔：玛梯尼的名字。

料。他的手头似乎很宽裕，工作不计较报酬。”

“这么说，他有私人财产？”

“显然有，不过，这事儿似乎很奇怪：那天晚上在法布列齐家里，谈到了杜普雷探险队发现他时他的那种处境，你也听到了。可是，他现在手里有巴西什么地方矿山的股票；还有在巴黎、维也纳和伦敦撰写杂文，其稿费收入也相当可观。他似乎精通六种文字，待在这儿并不妨碍他和外地报纸的联系。和耶稣会教士唇枪舌剑不会占去他全部时间。”

“那倒也是。我们该动身了，西塞尔。啊，我把这几朵花别上。等一下。”

她跑上楼，下来时花已经别好在胸前，头上披一条西班牙黑花边长围巾。玛梯尼以艺术家的眼光赞许地欣赏着她。

“我亲爱的太太，你这样子就像皇后，像示巴女王[①]，既伟大又聪明。”

“你多会挖苦人！”她笑着反驳，“你看，我为了把自己打扮成典型的社交太太，真是够受的了！谁还指望一个地下革命党人装扮得像示巴女王？靠这种办法也摆脱不了暗探啊。”

“无论你怎么装扮，你这一辈子也学不会社交太太的庸俗。但是，这根本就没有关系。尽管你不能像格拉西尼太太那样，拿着扇子捂着脸，傻乎乎地哈哈笑，但是你这样子太漂亮了，特务们不可能猜到你的政治观点。”

“得了，西塞尔，那个可怜的女人你就不要奚落她了吧！吃吧，吃点大麦糖，平静一下情绪。你可准备好了？我们得动身了。”

正如玛梯尼估计的那样，聚会的人十分拥挤，场面让人感到枯燥无聊。那些学者名流文质彬彬地闲聊，一副无可奈何、百无聊赖的样子；而那些“说不上来的旅行家、俄国王子”，在房间里串来串去，互相打听，高攀名流，谈起话来都摆出很有学问的架势。格拉西尼接待客人的姿态，犹如他那擦得锃亮的靴子一样，显得洁身自好。可是，他一看到琼玛，冷冰冰的面孔顿时喜笑颜开。其实，他并不真正喜欢她，而且私下里对她还有点畏惧。可是他清楚：琼玛要是不在，这个客厅的吸引力就会一落千丈。他在自己的业务领域里，已经出人头地，既有名也有利，现在他的最大愿望就是使自己的家成为开明人士和知识分子的社交中心。他已经意识到：他年轻时娶的那个女人，身材矮小，相貌平庸，姿色早衰，装饰过度，谈吐乏味，与这个大型文艺沙龙的女主人身份极不相称。想到这点，他感到很痛苦。因此，每次晚会他都劝琼玛参加。只要她出席，晚会就能开得成功。她气度雍容，客人们都感到很舒服。在他的想象中，这栋房子总是为一种粗俗不堪的东西所萦绕，只要琼玛一出

---

① 示巴女王(Sheba，Queen of)：示巴王国位于阿拉伯半岛西南。《圣经·旧约》记载，所罗门王在位期间，示巴女王率队拜见，请他解谜，以试他的智慧。

现,那种东西就被一扫而光。

格拉西尼太太十分亲切地迎接琼玛。她凑近作耳语状,其实声音很大:“你今晚多迷人啊!”说着就以苛刻的眼光细细挑剔她那白色开司米绒衣。她对这位女客有一肚子的怨恨,她所恨的也恰恰就是玛梯尼所爱之处:她沉静性格中蕴含的力量、诚挚爽快中显出的庄重、平衡的心境以及自然的表情。格拉西尼太太恨一个女人,却是以一股奔放的热情来显露的。琼玛对这一套恭维和亲昵抱着姑妄听之的态度,从来不放在心上。在她看来,“进入社交界”这项任务令人发腻,很不是滋味,但是,凡是不想惹暗探注意的地下革命党人又必须自觉地完成这项任务。她将此任务和用密码书写的繁琐工作相提并论。她意识到一个女人若是衣着华丽出了名,那就等于有了一种有价值的保障,使别人不致怀疑她。因此,她像认真研究密码一样研究流行的款式。

文人学士们都死气沉沉、郁郁不乐,在听到琼玛的名字时才提起了点精神,他们对琼玛都非常熟悉。尤其是那些激进的新闻记者纷纷聚拢到她的身边。但是,她是个很老练的地下党员,不会把精力全都放在这班人身上。激进分子她天天都会碰到,因此在他们围拢上来的时候,她就婉言相劝,要他们干自己的正事,笑着提醒他们:不要在她这儿浪费时间,因为有许多旅行家还等着要他们去指导。她自己则全力以赴与一位英国议员周旋,因为共和党人正迫切要争取这位议员的支持。她知道他是个财政专家,为了引起他的注意,她首先就奥地利的财政方面一个技术问题向他请教,然后巧妙地把话题转到伦巴第·威尼西亚政府的财政预算方面。那位英国议员原先对闲谈已觉得很乏味,此刻很惊讶地看着她,显然担心自己被一个女学者窘得下不了台。但是,他一见她热情友好,谈吐有趣,立刻就心悦诚服,很认真地和她讨论意大利的财政问题,仿佛她就是梅特涅。① 这时候,格拉西尼领着一个法国人走了过来,说他“想就青年意大利党的历史问题请教波拉太太”,那位议员迷惑不解地站了起来,觉得意大利人不满于现实的理由也许比他原来估计的还要复杂。

过了一会以后,琼玛悄悄溜出客厅,来到窗外的凉台上。这儿两边是高大的山茶花和夹竹桃,她想独自坐下来休息一会儿。客厅里空气沉闷,人来人往川流不息,她已经头晕难忍了。这儿凉台的一端陈列着一排棕榈树和风尾蕉,都栽在大木桶里,木桶前面有一排百合和别的花木相遮掩。这些花木形成一道严密的屏风。在这屏风背后的一个不大的角落里,可以一览无遗外面山谷一带的美景。石榴枝头上一簇簇晚开的花朵,悬空高挂,点缀在花木之间狭窄的空隙处的一侧。

琼玛把这个角落当成了避难所,想在这儿清静地休息一会,以免可能引起的头

① 梅特涅(Mettemich,一七七三——一八五九):一八二一——一八四八年任奥地利首相。

晕。她希望不要有人猜到她在什么地方。美丽的夜晚,暖和而又静谧。可是她刚从闷热的室内出来,就感到阵阵凉意,于是把饰边围巾披在头上。

她正恍恍惚惚,睡意朦胧,忽然走廊上传来说话声和脚步声,把她惊醒了。她躲到阴暗之中,希望不要被人发现,好在这儿得到更多一点宝贵的清静休息时间,然后再搜索枯肠应付交际。讨厌的是那脚步声就停在"屏风"附近,接着就听到格拉西尼太太的说话声。她那声音就像笛子一样尖细,喋喋不休一阵之后就停了一会儿。

另外一个声音,是男人的声音,听起来柔和悦耳。美中不足的是常常夹以一种特别的拖音,这要么是装腔作势,但更有可能是为了矫正口吃的缘故,总之听起来很不舒服。

那人在问:"你说是英国人?但那名字总像是意大利的。叫什么——叫波拉?"

"对。是个寡妇,可怜她丈夫乔万尼·波拉,大约四年前死在英国,难道你不记得了吗?——啊,我倒忘了,你过的是流浪生活,哪儿能知道这多难国家死去的烈士呢,而且烈士为数又是那么多!"

格拉西尼太太叹了一口气,和陌生人交谈她一向如此。这一声叹息像是爱国志士在为意大利忧愁和懊丧,但是那神气又很像寄宿学校女学生的姿态,孩子似的撒娇噘嘴。

"死在英国!"那男人重复了这句话,"这么说他当时在英国亡命?我总觉得对这个名字有点熟。他不是与初期的青年意大利党有关系吗?"

"是有关系。一八三三年,有一批青年人不幸遭到逮捕,他就是其中一个。那个悲惨事件你还记得吗?几个月以后他被释放了;但是过了两三年,政府又要拘捕他,因此他就逃到了英国。后来,我们听说他在那边结了婚。这一件件事听起来实在是罗曼蒂克,但是可怜的波拉一向都很罗曼蒂克的。"

"你说他后来死在英国?"

"是的,死于肺病。英国的气候太恶劣,他受不了。在琼玛丈夫临死的前几天,她唯一的孩子又得了猩红热,死掉了。多悲惨啊,不是吗?我们个个都是喜欢亲爱的琼玛的啊!这可怜的人儿,就是有点儿矜持。不过你知道,英国人一向就那个样子。照我看,她是因为苦恼才变得郁郁寡欢,而且……"

琼玛站起身,推开石榴树枝来到了亮处。把她个人的不幸遭遇当成闲谈的话题,让她几乎无法容忍。这时候,她脸上显然挂着怒意。

"啊呀,原来她在这儿!"女主人一声惊叫,而且还保持着镇静,真令人敬佩。"琼玛,亲爱的,我还在猜想你会跑到哪儿去呢。费利斯·列瓦雷士先生想要认识认识你呀。"

"啊,这就是牛虻了。"琼玛心里思忖,好奇地对他看看,只见他彬彬有礼地向她鞠躬。但是,在他对她上下打量的时候,她感到那目光似乎锐利而又傲慢,仿佛在对她审问一样。

“你找到这儿一个悠……悠……悠闲的地方,”他看了看浓密的花木屏障说,“多……多么迷人的景色啊!”

“是的,这小块地方的确很美,我到这儿来想换换新鲜空气。”

“夜色这么美,要是待在屋子里,那真是辜负了上帝的一片慈心。”女主人说,她抬眼仰望天上的星斗。(她的睫毛生得很好看,想炫耀炫耀。)“先生,你想想看,我们可爱的意大利要是有了自由,不就是人间天堂吗?她有这么美丽的花朵,这么美丽的星空,竟然是个被束缚的奴隶,真是不可思议!”

“还有这些爱国的女人呢!”牛虻声音柔和,拖着长音,说得有点含糊。

琼玛转过头,打量了他一眼,心里非常震惊:他竟然这样明目张胆、无礼地讽刺别人,谁都能听得出来。可是,他对格拉西尼太太要人恭维的胃口估计得太低。那女人怪可怜地垂下睫毛,还叹了一口气。

“啊,先生,一个女人能干的事实在微不足道!也许有那么一天,我也可以证明我不愧为一个意大利人,谁知道呢?现在我还得回去,尽我招待客人的义务。法国大使先前请求我,要我把他的养女向名流一一介绍。你们一会儿得进去见见她,真是个讨人喜欢的姑娘啊!琼玛,亲爱的,我带列瓦雷士先生到外面来,是想让他看一看这儿美丽的景色,现在我得把他交给你了。我知道,你会招呼他,向他一个一个地介绍客人。哟!让人感到愉快的俄国王子过来了!你见过他吗?据说他是尼古拉皇帝①最得宠的人儿,现在身任波兰一个城市的司令官。那个城市的名字谁都没法叫出来。多么美好的夜晚啊!不是吗,爵爷?②”

她像长了翅膀似的翩翩飞了过去,和那个男人唠唠叨叨地聊开了。那个男人脖子粗得像牛,下巴肥大臃肿,外衣上佩戴着金光闪闪的勋章。一路上,她在为“我们不幸的祖国”不停地发出悲哀的挽歌,不时地夹以“多迷人啊”、“我的王爷”的感叹。那声音沿着走廊渐渐消失了。

琼玛仍然静静地站在石榴树旁。对于那位矮小的女人,那么可怜而又愚笨,她感到很遗憾;但是,对于牛虻那种懒洋洋的腔调,对人无礼的嘲讽,她感到厌烦。此刻,他正目视着渐渐消失的人影,那副神态就使她非常气愤。对于这样令人悲怜的人采取嘲笑的态度似乎太不厚道。

他回过头来,微笑着同她说:“你看,意大利的……和……和俄罗斯的爱国主义,相互搂着胳膊,相互为伴,彼此多么高兴。你喜欢的是哪一种爱国主义?”

---

① 尼古拉皇帝(Nicholas,一七九六——一八五五):俄国沙皇尼古拉一世。

② 这里原文是法语。

琼玛稍稍皱了皱眉,没有理睬。

他接着说:"当……当然啰,这纯粹是个……个人的爱好问题。不过,这两种爱国主义,我喜欢俄罗斯的那一种——因为那是一种彻底的爱国主义。如果俄罗斯的霸权统治不依靠火药和子弹而只靠鲜花和天空,你想想看,那位'我的王爷'在波兰的要塞里还能待……待上几天?"

琼玛态度冷淡,回答说:"我认为,我们个人的看法可以坚持,但不应在做客时嘲笑女主人。"

"啊,说得对!我竟……竟然忘了意大利是好客之邦,意大利民族也是好客的民族。我相信,奥地利人对此一定有所领教。请坐下来好吗?"

他一瘸一拐地走过凉台,为她端了一把椅子,自己站在她的对面,靠在栏杆上。窗子透出的灯光,把他的脸照得分明。琼玛可以很从容地细细打量他。

她失望了。她本来认为,他的面孔尽管不会使人赏心悦目,但至少会给人以生动而有力量的感觉。没想到他的外表最显眼的地方只不过是服饰华丽的倾向,至于神情和态度上潜伏的某种傲慢,绝不仅仅是一种倾向而已。另外,他皮肤黝黑,像是黑白种的混血儿。尽管走路跛,可是动作像猫一样敏捷。他的整个外形,很容易使人联想到黑色的美洲虎。前额和左颊上的一道刀痕,弯弯曲曲的,很长,使面部显得非常可怕。琼玛已经注意到:在他说话口吃的时候,脸的一侧便有神经质的痉挛。他虽然有点浮躁乖张,但如果没有上述那些缺陷,他的相貌也还是很漂亮的。现在这个样子,当然谈不上好看了。

不一会儿,他又说话了。声音还是那么柔和,语调还是那么模糊。(琼玛对他越发有了怒意,自忖道:"假如美洲虎在脾气好的时候能说话,他简直就像这种美洲虎。")

"我听说,你对激进派的报纸非常感兴趣,还给这些报纸写文章。"

"我只是偶尔写写,因为没多少工夫。"

"啊,那是自然的。格拉西尼太太对我说过,你还有别的重任。"

琼玛略略皱了皱眉头。像格拉西尼太太这样的女人,头脑简单,显然不够谨慎,在这样狡猾的家伙面前瞎唠叨了什么。她从内心里真正对他起了反感。

琼玛冷冰冰地说:"我的确很忙。不过,格拉西尼太太对我的工作未免估价过高。其实,我只不过是忙些琐琐碎碎的小事情。"

"如果我们,我们所有的人,都把时间用来为意大利高唱哀歌,这个世界也就不堪设想了。我倒认为:与今晚的主人和他太太的接近,会使每个人为了自卫而把自己说得无足轻重。哦,对了,我明白你要表达的意思,你完全正确。可是,刚才那一对宝贝的爱国主义真滑稽——怎么,你要进去?这外面多好啊!"

"我想,我现在就要进去了。那是我的围巾吗?谢谢。"

他为她把围巾拾了起来。此刻，他正站在那里，睁着纯洁天真的蓝色大眼睛，就像清溪里两朵勿忘我花朵。

他有些后悔，说："我知道，你在生我的气，因为我嘲弄了那个上了彩的蜡娃娃。可是，我有什么办法呢？"

"既然你问我，那我的确认为，把智力不如自己的人拿来取笑，这是不厚道……还可以说是……卑怯的行为。这就好像嘲笑一个跛子，或者……"

牛虻突然屏住呼吸，感到一阵痛苦，身子连连后缩，看看自己的跛足，又看看那只有残疾的手。但是，他很快就恢复了自控，迸发出一阵笑声。

"太太，你这样的比较很难说公正。我们这样的跛子并不当着别人的面炫耀自己的残疾，而她却要卖弄自己的愚蠢。请相信，我们也承认：弯曲的背与弯曲的行为一样，都不会使人感到愉快。这儿有个台阶，我扶你一下好吗？"

琼玛心情惶惑，一声不吭地回到了屋子里。他那么敏感，完全出乎她的意料，也使她感到难堪。

他把客厅的大门刚一拉开，琼玛立刻就意识到她外出的时候里面出现了不正常情况。绅士们大多显得很气愤，又局促不安；小姐、太太们一个个涨红了脸，又还装得若无其事。他们都簇拥在室内的一头；男主人手指头托着眼镜，显然十分恼火，可又竭力在控制；一小群旅行家站在角落里，挤眉弄眼地看着室内的另一头。那头显然出了什么事，旅行家们似乎在看笑话。而大多数客人却认为自己受了侮辱。只有格拉西尼太太一个人似乎还蒙在鼓里，照样轻摇着扇子，同荷兰使馆的秘书聊个没完。那个秘书一面听她说，一面龇牙咧嘴地在笑。

琼玛在门口停了一会，回头看看牛虻是否也注意到人群中的不安情绪，只见他从无知而又多福的女主人脸上看到另一头的沙发，那眼光明显露出邪恶的得意之色。琼玛立刻明白是怎么回事了：原来他在假幌子的掩饰下把姘妇带到了这儿。他玩的这套把戏除非骗骗格拉西尼太太，别的人谁也骗不了。

那个吉卜赛女郎斜靠在沙发上，身边围着一大群人，都是嬉皮笑脸的纨绔子弟和不伦不类的骑兵军官。她身着琥珀色和猩红色相间的衣服，十分豪华，颇有东方色彩的艳丽；还带着珠光宝气，夺目耀眼。她出现在佛罗伦萨这个文艺沙龙里，仿佛一群麻雀和欧椋鸟里飞进了一只热带鸟一样，立刻会惹人注目。她自己似乎也感到有点格格不入，就对那些面带怒意的太太、小姐们横眉瞪眼，摆出不屑一顾的架势。她看见牛虻和琼玛一道走进室内，一下子就纵身起来，迎了过去，滔滔不绝地说个不停，说的是法语，错误百出。

"列瓦雷士先生，我到处在找你啊！萨尔特柯夫伯爵想问问你，明天晚上能不能到他的别墅去，那儿有舞会。"

"抱歉，我不能去。即使我能去，我也不会跳舞。波拉太太，请允许我向你介绍一下，这位是绮达·莱尼小姐。”

吉卜赛女郎带点傲慢的神气打量一番琼玛，挺不自然地鞠了一躬。正如玛梯尼所说的那样，她的确很漂亮，那种美因如野兽般粗犷而生气勃勃。她的举止和谐而潇洒，招人喜爱。但是，额头生得偏低、偏窄，鼻子的线条虽然很精细，但流露的是刻薄，甚至是残酷的神态。琼玛在与牛虻的交往中已经有了压抑的感觉，现在又多了个吉卜赛女郎，压抑的心情就更加强烈。因此，当主人一会儿来请她帮忙招待另一房间里的几位旅行家时，她立刻就表示同意，有一种莫名的如释重负的感觉。

当天夜里，玛梯尼和琼玛乘车返回佛罗伦萨时，他问琼玛："太太，你看，牛虻这个人怎么样？格拉西尼家那个矮小的女人，本来就怪可怜的，可是他还以那样的方式嘲弄人家，还有比这更无耻的行为吗？”

“你是指跳芭蕾舞的那个女人？”

“是啊，他哄骗格拉西尼太太，说那个女人就要成为社交活动季节的明星。而格拉西尼太太对于一个名流，干什么事也在所不辞。”

“我也认为，他这么干不好，而且还有点恶意。这不仅使格拉西尼夫妇受到误解，而且对于那个女郎本人也同样是残忍的。我可以肯定，那个女郎一定感到不是滋味。”

“你不是和他在一起聊过吗？有什么看法？”

“啊，西塞尔，没什么可说的，只是一见到他就巴不得离开。我从来没遇到像他那样令人厌烦的人。相见不到十分钟他就让我感到头疼。他简直就是魔鬼的化身，没有一刻安宁。”

“我早就想到过，你不会喜欢他。说实在的，我跟你一样不喜欢。那家伙狡猾得像条鳗鱼，不能令人信赖。”

第三章

牛虻在罗马门外住了下来，与绮达的住处很近。他显然有点西巴列斯人的派头[①]。房间里的东西虽然谈不上过分豪华，但零星物件却有铺张扬厉的倾向，陈设布置无不精美雅致，盖利和列卡陀对此不胜惊异。他们本来以为，一个在亚马逊荒野里四处流浪的人，各方面的爱好总会比较简朴。可是，他们现在看到的是：领带一尘不染，皮靴多得排列成行，写字台上总是摆设着鲜花，他们就不免感到诧异了。不过，他们之间总体上说来相处还很融洽。他对每个人，尤其是对当地玛志尼党的成员都很热情、友好，但是，对琼玛显然与众不同。自从他们初次见面以后，他对她似乎有了反感，处处竭力避免和她接触。有两三次，他对她竟然采取了粗鲁的态度，这就使玛梯尼对他有了切肤之恨。他们一开始彼此就没有好感，性格似乎格格不入，因此相互之间只有厌恶。从玛梯尼这方面看，他对牛虻的恶感很快就发展成了敌视。

有一天，玛梯尼心情烦躁，对琼玛说："他对我不喜欢，我并不在乎，其实我也不喜欢他，这本来倒也相安无事。但是，他那样对你，我就不能容忍。我是怕党内的人说三道四，指责我们又要请人来，人家来了又跟人家争吵，否则，我要叫他说个清楚，为什么对你那么粗鲁。"

"算了吧，西塞尔。你要那么做没有什么意思。毕竟我也有我的过错啊。"

"你有什么错？"

"正是因为我的过错他才对我有了反感。在格拉西尼家那天的晚会上，我和他初次交谈时，我说了很无礼的话。"

"无礼的话，你说的？太太，这谁会相信！"

"当然，我并不是有意的，当时我就感到很抱歉。我在谈话中提到人们嘲笑跛子，他以为我说的就是他。我从来就没有把他当跛子看，他其实也不能说是有多么

① 西巴列斯(Sybaris)：古代意大利南部城市，居民以奢侈享乐的生活闻名。

严重的残疾。”

“当然不能那么说。他只是两个肩膀一高一低,左臂受伤较重,但是他背不驼,脚也不是畸形。至于走路有点跛,那也是不值一提的。”

“总之,他当时气得全身发抖,脸色也变了。当然,这全因为我太不谨慎。可是,奇怪的是他竟然那么敏感。我估计,他以前是不是受过这种恶毒的嘲笑,吃过苦头。”

“我看很可能是乱开过玩笑。我对他最反感的是,他心地残忍,可外表上显得那么斯文。”

“瞧你,西塞尔,你这么说人家就不公正了。我和你一样也不喜欢他,可是我们评论他的缺点何苦要言过其实?他的外表行为是有点装腔作势,令人恼火——我看这可能是因为别人把他吹得晕头转向——还有他没完没了的俏皮话也实在使人厌恶。但是,我认为他还不至于对人存心不良。”

“他究竟安的什么心,我不知道。可是,一个人不分青红皂白地嘲笑一切,这心地总是有不干净的地方。那天在法布列齐家里的一场辩论,我对他也很反感。他对罗马方面进行的改革那么竭力在贬低,仿佛任何东西在他看来都有卑劣的动机。”

琼玛叹了口气,说道:“在这一点上,恐怕我更同意他而不同意你。你们这些人,一个个心地善良,完全抱着最乐观的态度,最如愿的期望。你们总以为:只要有个心眼好的中年绅士当选为教皇,其他一切问题就会迎刃而解。他只要把牢门打开,向周围的人祝福,三个月之内我们就可望‘千禧年’[①]降临。你们似乎根本不懂得:这位新教皇即使想拨乱反正,他也实施不了的。问题是原则出了毛病,而不在于这个人或那个人做得不对。”

“什么原则?是指教皇的世俗权力吗?”

“为什么专门提这一点呢?那只不过是总的错误中的一部分。有害的原则是有人握有对别人的生杀大权。这是与自己的同伴所不应有的关系。”

玛梯尼双手一举,笑哈哈地说:“太太,不用说了。你要是大谈那种极端的‘反律法论’[②],我就不想跟你讨论。我看你真是十七世纪英国平均派[③]的孝子贤孙。我还有别的事,我来找你是为了这篇稿子。”

他从口袋里掏出了稿子。

---

① 千禧年(millennium):基督教神学名词。据《圣经·启示录》,耶稣基督将复临世界,再统治一千年。

② 反律法论(Antinomianism):基督教神学名词。从根本上否认法律、道德、伦理的约束。其创始人是路德的合作者阿格里柯拉(J. Agricola)。

③ 平均派(Leveller):存在于英格兰内战与共和国时期。其领袖是利尔伯恩(Lilburne,John,一六一四——六五七),主张废除君权,在法律面前人人平等。后被镇压。

“是不是又编了小册子？”

“昨天委员会举行会议，列瓦雷士这个卑鄙的家伙交上来的，真是蠢东西。我知道，要不了多久，我们就会跟他干起来的。”

“什么事呀？西塞尔，说实在的，我认为你多少心存偏见。列瓦雷士是不大讨人喜欢，但是他可不蠢啊。”

“啊，这篇稿子也有它的过人之处，我不否认。你最好还是自己去看吧。”

新教皇上任以后，意大利全国都处在狂热之中，经久不衰。这篇稿子就是对此所作的一篇讽刺文章。如同牛虻的所有文章一样，他使用的语言刻毒，夹枪带棒。琼玛尽管对那种笔调很反感，但她不能不心悦诚服：他的批评非常公正。

“你认为稿子写得很恶毒，我完全同意你的看法，”琼玛放下了稿子，说道，“可是，非常遗憾的是，他所指责的完全是事实。”

“琼玛！”

“的确如此，他说的很对。你说他像冷血鳗鱼，怎么说都行，可是，他掌握了真理。我们用不着自欺欺人，硬说文章没有击中要害，实际上它恰恰击中了要害！”

“这么说，我们应该印出来？”

“印不印，那是另外一回事！我当然不赞成就这么原封不动去付印，那样会伤害大家，引起众怒，没有好处。如果他肯修改，删掉人身攻击的部分，那这篇文章就很有价值。可以作为一篇出色的政治评论。真没想到，他能写得这样一手好文章。他说出了该说的话，而我们想说又不敢说。你看这一段，他把意大利比作醉汉，抱着小偷的脖子乞怜，而小偷正在掏他的腰包，真是写得入木三分！”

“琼玛！文章最糟的就是那一段。对所有的人、所有的事都采取恶毒的狂吠，这种态度令人痛恨！”

“我也不赞成这种态度，但这不是问题的关键。列瓦雷士的文章风格令人反感，在做人方面，他也使人生厌。他说我们只顾请愿游行，相互拥抱，高呼仁爱与和解，在这样的气氛中把自己弄得昏昏然，而真正获利的却是耶稣会派和圣信会派，这些看法永远千真万确。可惜我没有参加昨天的会议。会上最后怎么决定的？”

“我正是因此而来你这儿，想请你去和他谈谈，劝他把稿子的口气改得温和一点。”

“我去？可是我对这个人不怎么了解，再说他又讨厌我。那么多人，为什么偏要我去？”

“只是因为今天抽不出别人来。另外，你比我们大家更理智些，不至于像我们那样，跟他发生无谓的争论，甚至争吵。”

“我当然不会那么做。那就这样吧，你们既然要我去，我就去，不过能不能谈成功，我实在没有多大的把握。”

“只要你肯做，我相信你能说服得了他。还有，你对他说，从文学角度看，委员会的同志个个都对他的文章表示称赞。这么一说他就高兴了，而且这也是实际情况。”

牛虻的那张桌上摆满了鲜花和凤尾草，他正坐在桌旁，心事重重地对着地板发愣。他膝上摊开了一封信，脚旁的地毯上伏着一只毛茸茸的柯利狗①。听到琼玛在敲本是开着的门，那狗就昂起了头汪汪叫。牛虻匆忙站起来，显得彬彬有礼，挺生硬地向她鞠了躬。那面孔突然变得很严峻，毫无表情。

他态度冷若冰霜，说道：“你太客气了，如果你有什么话跟我说，只要通知一声我就会拜访你的。”

琼玛见此情况，就知道他是想把她拒于千里之外，立刻就说明了来意。牛虻又鞠了一躬，还给她端了一把椅子。

她开始解释起来了：“关于你写的那本小册子，委员会有些不同的意见，这才要我来拜访你。”

“这是意料之中的事。”

牛虻这时微笑着，坐在她的对面，随手拿起一大瓶菊花放在眼前，挡住光线。

“委员们大多数人认为，作为文学作品，这本小册子值得称赞。但是，就这么印出去，他们认为不太合适。文章的语气太过激，他们担心会得罪人，连那些素来帮助和支持我们的人恐怕也要和我们疏远了。”

他从花瓶里摘下了一朵菊花，慢腾腾地撕下一片又一片的白色花瓣。琼玛于无意中看到了他那瘦骨嶙峋的右手，见那手一片一片地撕着花瓣的姿势，心里觉得很不自在，因为她仿佛在什么地方见过这种姿势。

他以柔和而冷冰冰的口气说：“作为文学作品，那东西分文不值，只有对文学一窍不通的人才称赞那样的东西。要说文章得罪人，那倒恰恰是我的本意。”

“我对你的用意非常了解。问题是你有可能得罪错了人。”

他耸耸肩，把撕下的花瓣放到嘴里咬，说道：“我看是你们错了。问题是你们委员会请我到这儿来的目的是什么？照我理解是揭露和嘲讽耶稣会派。我尽了自己的能力，履行我的义务。”

“对于你的才能，你的善意，绝对没有人有丝毫的怀疑，这一点我能向你担保。委员会担心的是，自由派可能会恼火，而且，城里的劳工也可能会不再给我们以道义上的支持。你写这个小册子，本意是攻击圣信会派，可是实际上许多读者会产生别的想法，以为是攻击教会和新教皇。委员会从政治策略上考虑，认为这么做不

① 柯利狗(collie)：苏格兰长毛牧羊犬。

合适。”

“我算是渐渐明白过来了。只要我攻击的对象局限在和你们关系不好的那一群教士范围里，我就可以尽情地说出真理；可是，一旦把矛头指向委员会所宠爱的对象身上——‘真理就是一只狗，就一定得把它关进狗窝里去；而且，你们的圣父也被攻击的话，那就应该把它打出去。’①不错，傻子的想法是对的。可是，要我干什么都行，就是万万不愿当傻子。委员会的决定，我当然要服从。但是，我仍然认为：委员会把自己的聪明智慧未免太过分地用来对付两旁的小卒子，而放过了站在中间的蒙……蒙泰……尼里主……主教大人了。”

“蒙泰尼里？”琼玛重复了一遍，“这是什么意思？你是指布里希盖拉教区的主教？”

“正是。新教皇刚刚提拔他做红衣主教，你是知道的。我这儿有一封信，谈的就是他的情况。你听听信上是怎么说的，好吗？这是我在边境那边的一个朋友写来的。”

“是不是教皇领地的边境？”

“是的。他在信中写道……”琼玛进屋时他就拿着那封信，现在他拿起信准备大声朗读，突然间，他的口吃变得很厉害。

“‘你……你很快就……就有幸……见……见到一个最……最恶……恶毒的……一个敌人，红……红衣主教罗伦梭……蒙……蒙泰……尼里，就是布……布里希盖拉的……主……主教。他……肩负……’”

他戛然停住，过了一会又继续念。这次念得很慢，拖音很长，叫人受不了，但不再口吃：

“‘他肩负某种调解的使命，打算在下个月来到塔斯加尼。他在佛罗伦萨逗留三个礼拜左右，在那儿讲道以后就到锡耶纳和比萨，然后经过比斯托亚返回罗玛亚省。他表面上属于教会中的自由派，与教皇和红衣主教范勒蒂私交甚好。前任教皇格力高里在位时，他很不得志，被贬到亚平宁山区的小角落里，默默无闻。现在却突然发迹起来了。其实，如同国内的任何圣信会教士一样，他也无例外地受耶稣会派操纵。正是由一些耶稣会的神父的推荐，他才有这次肩负的使命。他是教会里红极一时的传教士，跟拉姆勃鲁斯契尼大主教本人一样诡计多端。他的使命就是要让民众对新教皇的热情欢呼持续下去，转移公众的注意力，直到耶稣会派的代理人准备呈上去的一项计划让大公爵签了字。这份计划究竟是什么内容，直到现在我都无法弄明。”牛虻接着说：“信接下来还写道：‘蒙泰尼里究竟是明知自己被派

① “真理就是一只狗……把它打出去”：这是引用莎氏悲剧《李尔王》第一幕第四场中的一段对话。下文提到的傻子也是指剧中的傻子。

到塔斯加尼的目的呢,还是受耶稣会派的愚弄,我还不清楚。他要么是老谋深算,要么是愚蠢透顶。不过,有一件事倒很奇怪:据我所知,他既不受贿贪赃,也不曾有情妇——这真是我前所未闻的事呢。'”

他把信放下,眯着眼坐在那儿对她看看,显然想等她说话。

琼玛过了一会,问道:“这个报告人提供的情况,其可靠性你满意吗?”

“你是指蒙泰尼里大人那种无可指责的私生活吗?不,连我的朋友自己也没有把握。想必你注意到了,他在信中提到一句有保留的话:‘据我所知……’”

琼玛立即冷冰冰地打断了他的话:“我不是指这个问题,而是关于他肩负的使命。”

“我百分之百相信报告人说的。他是一八四三年那些老同志之一,我们是老朋友了。他目前所处的地位,探听这方面的内幕有特别有利的条件。”

琼玛很快闪过了这样的念头:“原来是梵蒂冈的一个官吏。我早就猜到了几分,你会有这一类的秘密联络手段。”

牛虻接着说:“这当然是一封私信,你该明白,委员会的成员对这个消息要严守秘密,不可外传。”

“这就无需多说了。关于小册子的事,我向委员会怎么说?是不是可以说你同意作些修改,语气也稍稍缓和些,还是说……”

“太太,如果一改动,你不觉得既削弱了攻击的力量,也破坏了‘文学作品’的美吗?”

“你这是问我个人的意见,但是我来这儿是转告整个委员会的意见。”

“这是不是表明你……你和整个委员会的看法不一样呢?”他已把信放到口袋里,这时欠着身子打量着她,显得全神贯注、热切期待的样子,与刚才的表情判若两人。“你以为……”

“如果你想知道我个人的意见——我在两方面与大多数委员看法不同。我根本不是从文学的观点来赞赏这个小册子,我确实认为:文中揭露的事实千真万确,就其策略来看也是明智的。”

“那是……”

“你说意大利目前是鬼迷心窍走入了歧途,这种欢欣鼓舞的景象说不定要陷入可怕的泥坑,我完全同意你的看法;你采取了公开而大胆的态度,即使得罪了或是吓退了一些原有的支持者也在所不惜,我感到由衷的高兴。但是委员会的大多数人和我的意见相反,而我作为团体的一个成员,就不好坚持个人的意见。因此,我当然认为,如果话不能不说,那语气应该缓和,那口气也要平静些,不要像小册子里采取的那种写法。”

“我把稿子再看看,你等一会好吗?”

他拿起稿子,一页一页往下看。他皱起了眉头,显得很不满意。

“是啊,当然是你完全正确。这东西写得像娱乐餐馆里消遣的文字,不像讽刺性的政治文章。但是怎么办才好呢?写得文雅吧,人家就看不懂;写得不够刻毒吧,人家又说枯燥。”

“难道你不明白:刻毒一旦过了头,也就变得枯燥了?”

他那敏锐的目光迅速扫了她一眼,突然爆发出一阵阵笑声。

“你这位太太显然是属于令人生畏的那一类人物,说话一向有理!这么说,我要是倾向刻毒,那么到时候我就可能像格拉西尼太太那样乏味了?天啦,这是什么命啊!不,你不要皱眉头。我知道你不喜欢我,我这就谈正事。那么,实际情况就是这样了:我要是把人身攻击那部分删掉,主要部分原样不动,委员会将会十分遗憾地表示,他们不能承担印行的责任;我要是把政治真理那部分删去,一切咒骂都集中到党的敌人而不涉及其他人,委员会就要把小册子吹得天花乱坠,而你和我都很清楚:这种文章不值得付印。这倒颇有哲学上那种玄学的微妙之处:能印行却没有价值,而有价值的又不能印行。那么,太太,你看哪一种情况更可取呢?”

“照我的看法,你未必非得两者必取其一不可。如果把人身攻击的部分删去,尽管大多数委员不会同意其中的看法,但委员会还是会同意把小册子印出来。我相信这篇东西会起到很大的作用。但是,你得改变一下那种恶毒的口气。如果你要阐明一件事,其实质部分为读者所不能接受,仅从形式上一下吓倒他们,这是没有用处的。”

牛虻无可奈何,又是叹气又是耸肩,说:“太太,我算服了你。但必须有一个条件。这一次你剥夺了我嘲笑的权利,下一次我一定要有这份自由。等到无可指责的红衣主教阁下到了佛罗伦萨时,我要痛痛快快大骂一场,到那时,你和委员会都不能持反对态度。这是我应有的权利!”

他态度极其冷淡、极其轻蔑地说出了自己的看法,一面又从瓶里抽出那束菊花,举了起来,从那半透明的花瓣上看阳光。琼玛看到那花束不停地颤抖,心里思忖:“他那只手抖得多厉害!不会是喝了酒的缘故吧!”

琼玛边说边站起身:“你最好与委员会的其他委员再议论一下。我很难断定,他们对此事会持什么看法。”

“你的看法呢?”他也站起来,靠在桌旁,拿花紧贴自己的脸。

她犹豫了。这个问题使她感到苦恼,因为这使她回想到痛苦的往事。后来,她终于说:“我也不知怎么说才好。多年前,我曾略略知道蒙泰尼里先生的一些情况。那时候,他只不过是个神父,一个神学院的院长,学院的所在地也就是我做姑娘时居住的省份。有关他的情况我听到很多,是从——从一个和他很熟悉的人那儿听到的。从来没听说他干过坏事。我想,至少在那些时候他真正是个德高望重的人。

不过,那是当时的情况。现在隔了这么多年,他可能有了改变。有多少人因为滥用权力而腐化堕落了下去啊。”

牛虻挪开花束,抬起了头,表情坚定,两眼直盯住她。

他说:“无论怎么说,如果蒙泰尼里先生自己不是流氓,那他也是受流氓操纵的一个工具。不管他是流氓还是流氓的工具,对我或是对我在边境的那些朋友都是一回事。这就好比挡在路中间的石头,无论石头有什么高尚的愿望,反正总得要把它一脚踢开。太太,失陪了!”他按了门铃,一瘸一拐地走到门口,开门让她走出去。

“太太,你来拜访,真是太客气了。叫一辆出租马车好吗?不要?那再见吧!碧安卡,请开堂门。”

琼玛出了门,走到街道上,急切地思考着许多问题:“我边境的那些朋友”——是谁?路上的石头要一脚踢开,怎么踢法?如果只用讥讽,眼光又何必那么凶狠?

第四章

蒙泰尼里主教在十月的第一个礼拜来到了佛罗伦萨。他的到来在全城引起了一阵小小的轰动。他既是闻名遐迩的传教士，又是革新的朝廷代表，人们都眼巴巴地盼望他来阐明“新政策”，传播爱的福音，带来和解的希望，从而医治意大利的疾患。罗马圣院的书记长本来是拉姆勃鲁斯契尼，民众对他怨声载道，现在换了吉齐红衣主教，这一措施已经把民众的热情提到了空前的高度。要使这种热情经久不衰，蒙泰尼里最能驾轻就熟地担当此任。他私生活严肃，无可指责，这在罗马天主教的名流显贵中实属罕见。仅这点就使民众瞩目，因为民众总以为：教会显贵人物的生活中，几乎无不带有敲诈、贪污的恶习，和卑鄙的通奸行为。不仅如此，蒙泰尼里作为传教士还具有卓越的才能。他音色优美，高尚的人格像磁石一样吸引人心。因此，他无论在什么时候，到什么地方，都能威震八方。

对于这位新到的名人，格拉西尼也想照他的惯例，费尽心机要把他请到自己家里。可是，要想猎取蒙泰尼里这样的人物决非轻而易举。因此，尽管他受到多次邀请，他都很有礼貌、但态度坚决地加以婉言谢绝，说他身体不好，或者事情很忙，没有时间和精力参加社交活动。

一个礼拜天的早晨，天气晴朗，寒气袭人，玛梯尼和琼玛正经过西格诺里亚广场。玛梯尼以轻蔑的口气对琼玛说：“格拉西尼夫妇真不是东西，不管阿猫阿狗见到就吞！你注意到没有，那天主教的马车进城的时候，他们夫妇那种卑躬到了什么程度？对他们来说，不管是谁，只要是被人们谈论的，他们就认为是了不起的人物。我从来没有见过这种巴结社会名流的小人。八月里，他们刚刚捧了牛虻，现在又追逐蒙泰尼里了。我希望主教大人对他的殷勤感到高兴。还有一大帮宝贝投机分子，也跟他一样在献殷勤呢。”

他们刚刚在教堂里听了蒙泰尼里的讲道。热心的听众把教堂挤得水泄不通，玛梯尼担心琼玛那讨厌的头痛会复发，因此，弥撒还没做完，他就劝她出来了。天下了一个礼拜的雨，雨过天晴，早上阳光明媚，他就建议到圣尼科罗山坡的花园去散散步。

琼玛说:“不去那儿了。如果你有空,我倒很想散步,可是不想到山上去。不如沿着阿诺河堤岸走一会儿。蒙泰尼里从教堂回去要经过那里。像格拉西尼一样,我也想目睹一下名人的风采。”

“刚才你不是已经见过了!”

“没看清。教堂里人那么挤,他的马车驶过去时,背对着我们。我们在桥那边守候,肯定能看得清清楚楚——你知道,他就住在阿诺河岸边。”

“你怎么突然生了这么个怪念头,要看一眼蒙泰尼里?对有名望的传教士你一向是漠不关心的呀。”

“我想看的不是有名望的传教士,而是想看看他本人。我以前见过他,隔了这么多年了,想看一看他究竟变化有多大。”

“你什么时候见到过他?”

“那是在亚瑟死了两天以后。”

玛梯尼心里很急,迅速看了她一眼。这时候,他们已经到了阿诺河岸。她心事重重,对着河面发愣。玛梯尼就怕见她那种表情。

过了一会,他说:“琼玛,亲爱的,难道你一辈子都不想摆脱悲惨的往事吗?当时我们才十七岁,那种年龄我们谁都有过过失。”

“可是,在十七岁的时候,不能说我们都曾杀害过自己最亲爱的朋友啊。”她无精打采地回答,臂靠在桥边的石栏杆上,低头俯视着河水。玛梯尼不说话了,只要她处在这样的情绪中,他差不多连话也不敢同她讲。

“我一看到河水就要回忆起往事。”她一面说,一面慢慢抬起头,看着他的眼睛,尔后紧张地微微哆嗦了一下。“西塞尔,我们往前走吧,站在这儿冷飕飕的。”

他们都沉默不语,过了桥,沿着河岸往前走。过一会儿,她又说话了:

“他的音色真美!我听别人说话,任何人也不能同他的声音相媲美。他能有那么大的感召力量,我看有一半的奥秘就在这里。”

“那声音是很美妙。”玛梯尼赞同地说。为了使她不至于因河水而陷入可怕的往事之中,他立即抓住这个话题,接着说,“他不仅音色很美,而且在我听到的传教士中,他是最卓越的一个。不过他有那么大的感召力,不仅是音色的关系,我相信还有别的更深的奥秘。这就是他的生活方式,那几乎要高于所有其他的高级教士。在整个意大利教会中,除了教皇本人以外,你能不能找到别的高级教士,能像他那样享有一尘不染的声誉。去年我在罗玛亚省的时候,记得曾经路过他的教区,目睹了这样的场面:那些凶顽的山民冒着大雨,恭候他路过,想看他一眼或者摸一下他的衣服。在那一带,他几乎像圣人一样受到尊敬。罗玛亚人一向憎恨穿黑色法衣的教士,而他却在他们中间有那么高的威信,这表明他真有了不起的地方。我曾跟一个老农谈过这件事,那是我平生见到的最典型的私贩子。我同他说:人们对主教似乎十分忠诚。他这么回答了我：‘我们不喜欢主教，因为他们都骗人；我们爱蒙泰尼里大人，因为从来没听说他骗过人，也没听说他干过无理的事。’”

琼玛像是在自言自语，又像是对玛梯尼在说：“别人对他这么评价，不知道他自己是不是知道？”

“他怎么会不知道呢？你是不是认为别人的评价不符合事买？”

“据我了解，不符合事实。”

“你怎么知道？”

“因为是他自己对我这么说的。”

“他本人亲口对你说的？蒙泰尼里本人？琼玛，你是什么意思？”

她把头发从额头向后拢拢，转身面对着他。这时候，他们又默不作声，站在那里。他倚在栏杆旁，她用伞顶在地上漫不经心地画线。

“西塞尔，你我朋友这么多年，可是我从来没有对你讲过亚瑟那件事的真实情况。”

他赶快打断了她的话：“亲爱的，这用不着了，详细情况我已经知道。”

“乔万尼对你说过？”

“是的，他在临终前告诉了我。有天晚上我陪他的时候，他把那件事对我说了。他说——琼玛，亲爱的，既然这件事已说开了头，我最好还是对你说实话吧——他说你对那件不幸的事老是耿耿于怀，恳请我和你尽力友好相处，设法让你从那件事里摆脱出来，不再去想它。亲爱的，我已尽力在这么做，可能我没有成功，但我确实已尽了力。”

“我知道你尽了力，”她温和地说，目光向上看了一会，“要是没有你的友谊，我的景况就糟了。不过——关于蒙泰尼里的情况，乔万尼同你说了没有呢？”

“没有。我不知道这件事同他还有什么关系。乔万尼只是讲到关于间谍的详细情况，以及有关……”

“有关我打了亚瑟的耳光和他溺水自杀的事。有关蒙泰尼里的情况，还是我来告诉你吧。”

他们又转身回到桥边，红衣主教的马车将要从那座桥经过。琼玛说话时，目光一直注视着河面。

“那时候，蒙泰尼里还是一个神父，担任比萨神学院院长。亚瑟进了萨宾查大学以后，他常常给亚瑟辅导哲学功课，还和他一起读书。他们相互之间肝胆相照，那种感情已超过师生，仿佛一对情人。亚瑟对他崇拜得五体投地。记得他曾对我说过，他如果失去了‘神父’——他习惯上这么称呼蒙泰尼里——他就要跳河淹死。没过多久，就发生了间谍的事，你是知道的。在他溺水的第二天，我父亲和勃尔顿兄弟——就是亚瑟的异母兄弟，讨嫌的人——在达森纳码头那儿打捞尸体，花了整整一天。我却一个人待在房里，回想我干的事……”

停了一会以后，她接着说：

“到了傍晚的时候，我父亲来到我的房间，对我说：‘琼玛，孩子，到楼下去，我想要你见一个人。’我们下了楼，只见亚瑟团体里的一个学生坐在诊室那儿。他脸色惨白、浑身发抖。他对我们说，乔万尼的第二封信已从牢里寄了出来，信中说了他们从看守那儿打听到卡尔狄的情况。亚瑟在忏悔时受骗上当了。记得那个学生对我说：‘亚瑟是无辜的，弄清了这一点对我们至少是一种安慰。’我父亲紧紧拉住我的手，尽力安慰我。可是，他当时并不知道我打亚瑟耳光的事。过了一会，我回到了自己的房间，彻夜难眠，一个人坐在那儿。到了第二天早上，我父亲又和勃尔顿兄弟出了门，到码头那一带打捞尸体，希望能把尸体找到。”

“根本就没有找到，是吧？”

“对。那尸体一定冲到大海去了。但是，他们认为还有一线希望。我一个人待在房里，忽见仆人上来说，有位‘非常可敬的神父’来访，她已对他说我父亲在码头那儿，他也就走了。我知道那人肯定是蒙泰尼里，就赶紧从后门跑出去，终于在花园门口赶上了他。‘蒙泰尼里神父，我有话想跟你说。’听我一说他就止住步，静静地等我说话。天啦，西塞尔，他那副表情你没看见啊，那副神态在我脑海里足足萦绕了好几个月！我说：‘我是华伦医生的女儿，我是来向你说明，杀害亚瑟的就是我。’我把事情的经过全都告诉了他。他站在那儿听我讲，一动也不动，就像石头人儿似的。等我说完以后，他才对我说：‘你放宽心吧，孩子，凶手是我，不是你。因为我欺骗了他，他已经发觉。’说完他就转过身，不再说什么，走出了园门。”

“后来呢？”

“从那以后，我就不知道他的情况了。不过，我听说，就在那天晚上，他昏倒在大街上，被人送到码头附近一户人家。除此以外，我对他就一无所知了。我父亲处处都尽可能为我着想。我把这一切情况对他说了以后，他就放弃了诊所的业务，立即带我去了英国，好让我听不到引起我回忆过去的事情。他怕我也要投河自杀，我的确也有那么一次，差点儿走了那条路。不过，后来的情况你是知道的，我们发现他得了癌症，我不得不使自己保持清醒的头脑，因为能服侍他的除了我就没有别人了。父亲去世以后，我还得照顾几个小弟妹，一直等到我大哥有能力抚养他们。接着就来了乔万尼。你可知道，当初我们到英国时，我和他彼此几乎不敢见面，因为我们怕勾引起那种可怕的回忆。他当时心如刀割，因为这事与他有牵连——他在牢里曾经写了那封引起不良后果的信。其实，当时我们能共同生活在一起，照我看也是因为同病相怜。”

玛梯尼微微一笑，摇了摇头。

他说：“从你当时的境况来看，可能是这样。可是，乔万尼自从和你初次见面后就打定了主意。我记得他第一次去里窝那后回到米兰的时候，对你赞不绝口，到后来我都嫌烦，以致他一提到那个英国姑娘琼玛我就头痛。回想当时，我心里该是恨你的。啊，主教过来了！”

马车过了桥，停在阿诺河边的一栋大楼门口。那儿聚拢着一大群热情洋溢的群众，指望一睹蒙泰尼里的风采。可是，主教靠在坐垫上，似乎很疲倦，顾不得那些群众了。刚才在教堂里布道时那种奕奕的神采此刻已消失得无影无踪。在阳光下，那脸上心力交瘁的皱纹清晰可辨。他下车以后，显得老态龙钟，跨着疲惫的沉重脚步进了大楼。琼玛调转身，慢慢向桥头那儿走去。一时间，她似乎在回味主教那憔悴而又绝望的神态。玛梯尼默默走在她身边。

过了一会，她又开始说话了：“我常常在揣摩，他说欺骗了亚瑟，不知究竟是什么意思。有时候，我头脑里会闪现出……”

“闪现出什么？”

“哦，说起来也真是奇怪。他们俩的相貌真有惊人的相似之处。”

“哪两个？”

“亚瑟和蒙泰尼里。注意到这一点的不仅仅是我一个人。他们家里人与人的关系颇有点奥妙。勃尔顿太太，就是亚瑟的母亲，是我所知的最温柔的一个女人，她和亚瑟一样都有一副圣洁的面孔。我相信，他们母子的性格也很相似。可是，她似乎总是担惊受怕的样子，就像一个被追踪的罪犯。她丈夫前妻的儿媳妇不拿她当人，对她简直连对狗都不如。再说，亚瑟自己跟庸俗不堪的勃尔顿家相比也有天壤之别。当然，一个孩子把什么都看成是理所当然的事。可是，长大以后再回头一想，我就生了疑：亚瑟究竟是不是勃尔顿家的人。”

“他可能发觉了母亲的什么秘密——一旦发觉，他就很容易要自杀。那就跟卡尔狄设圈套的说法风马牛不相及了。”玛梯尼这么提出了一种设想。在当时，他也只能这么说，来安慰琼玛。琼玛摇了摇头。

“西塞尔，假如你看见我打他以后他脸上的表情，你就不会有这种想法。关于蒙泰尼里所说欺骗的事可能是真的——的确有可能——但是，我自己的所作所为已无法挽回。”

他们都沉默不语，向前走了一会。

后来，还是玛梯尼说话了：“亲爱的，世上如有灵丹妙药能够改变已经做过的事，那么仔细思考所犯的过错还很值得。可是，这样的灵丹妙药不可能有。既然如此，让死者就死了吧。这件事是很可怕，但是，这可怜的小伙子至少已经脱离苦难，而且比那些流放的、坐牢的一类活着的人还幸运些。你和我应该多想想那些活下来的人，无权为死者过度忧伤。记住你们英国的雪莱曾经说过：‘过去属于死神，未来属于你自己。’现在，未来仍然属于你自己，要坚定信念，不要为早已过去的事而懊丧，折磨自己，而要致力于现在如何去帮助别人。”

他满腔热情地劝解琼玛，已经握住了她的手。这时候，他听到身后忽然传来了柔和而冷漠的拖长的说话声，赶快松开她的手，身子也缩了回去。

那个拖长了的声音喃喃地在说：“蒙泰……尼里先生毫无疑问与你颂扬的完全一样，我亲爱的医生。他似乎好到了无以复加的程度，这个世俗的世界不配他居住，我们应该恭恭敬敬护送他到另一个世界去。但是，他到了那里肯定会像在这里一样，定会平地起风波。那个世界，大……大概有许多老资格的鬼，见到这样一个诚实的主教必然有耳目一新的感觉。这帮老鬼什么都不爱，专爱奇货……”

“你怎么知道？”问话的是列卡陀医生，听他的话音就知道，他已经怒不可遏了。

“亲爱的先生，我是从《圣经》里看到的。如果福音书上说的话可以信赖，那还说明，即使再超群绝伦的鬼雄也喜欢变化多端的拼凑东西。现在呢，主……主教头上还冠以诚实，在我看来，多少有点像变化多端的拼凑东西，就像虾子和甘草凑在一起，叫人很不舒服。啊，那是玛梯尼先生，波拉太太！雨后放晴，天气多好啊，是吗？你们也听了又一个萨伏纳罗拉[①]的布道吗？”

玛梯尼猛然转过身，只见牛虻嘴里衔着雪茄，衣扣孔上别着温室里生长的鲜花，正向他伸过手来。他的手那么瘦长，还戴着整整齐齐的手套。阳光照在他那一尘不染的亮晶晶的靴子上，照在波光粼粼的水面上，这两处的反光又交织在他那笑容可掬的脸膛上，使玛梯尼感到他不像平常那么瘸，也比平常矜持得多。他们握着手，一个是亲切友好，而另一个是横眉厉色。这时候，列卡陀忽然一声惊叫：

“波拉太太怕是不舒服吧！”

她脸色惨白，太阳帽帽檐下的阴影部分几乎铁青。由于心脏的剧烈跳动，连戴在脖子上的帽带也在簌簌抖动。

“我要回家了。”她说得有气无力。

他们叫来了马车，玛梯尼与她一同上了车，好把她平平安安送回家。她的披风被车轮钩住，牛虻就躬身为她拉起，突然抬起头看着她的面孔。玛梯尼注意到了：她吓得连忙退缩身子，那神色有点令人恐怖。

“琼玛，你怎么啦？”车子开动以后，他用英语问她。“那个混账刚才向你说了些什么？”

“西塞尔，他没说什么。怪不了他，是我……我……害怕……”

“害怕？”

“是的，我想象中看到的是……”她用手蒙住了眼睛。玛梯尼在一边静心等待，

---

① 萨伏纳罗拉(Savonarola, Girolamo 一四五二——四九八)：意大利基督教传教士、改革家和殉教士。由于他无所畏惧地抨击当局的暴政，被处死刑。

等她恢复平静。她的脸色渐渐有所好转。

“你说的很对，”她终于恢复了平常的语气，转头对他说，“回忆可怕的往事，有害无益。那样做连神经也要受到愚弄，使人想象出各种荒唐的事来。那件往事从今以后决不要再提了，西塞尔，否则，我会从每个人的脸上看到亚瑟的模样。这是一种幻觉，像是在光天化日之下做的噩梦。刚才，那个讨厌的东西面对着我走过来的时候，我竟荒唐地把他当成了亚瑟。”

第五章

牛虻自然懂得，怎么样为自己树敌。他八月份到了佛罗伦萨，到了十月底，原来邀请他的委员会里已经有四分之三的人赞同玛梯尼的观点。由于他猛烈攻击蒙泰尼里，使那些崇拜他的人也感到恼火。盖利本人当初对这位机灵的讽刺家言听计从，现在的心情也变得很沉重，认为最好不要再抓住蒙泰尼里不放。他说："高风亮节的主教不会多见，若是真的出了这样的人，就要对他们以礼相待。"

讽刺漫画和文章铺天盖地而来，显然只有一个人漠然视之，那就是蒙泰尼里自己。正如玛梯尼说的那样，一个人受到这样的讥讽，竟然漠然处之，再要花精力去攻击他似乎毫不值得。城里还传出了这样的事：有一天，蒙泰尼里和佛罗伦萨的大主教一同进餐，他在大主教的房间里看到了牛虻写的一篇文章，对他本人进行了大肆的人身攻击。他看完文章就递给了大主教，还评价说："文笔多巧妙啊，是吗？"

有一天，城里出现了一张传单，标题是：《圣母领报的奥秘》①。尽管作者抹去了人们已经熟悉的签名，那只张开翅膀的牛虻，但是，大多数读者只要一读到那极其恶毒的笔调就毫无疑问地知道作者是谁。文章采用的是对话形式。对话的一方是塔斯加尼人，比作圣母玛利亚，另一方是蒙泰尼里，比作那位天使。他手持纯洁的百合花，头戴象征和平的橄榄枝，正在宣告耶稣会派即将降临。对话全篇充斥着含沙射影的人身攻击和近乎猥亵的臆测。佛罗伦萨全城的人都认为文章不够厚道，也不公正。尽管如此，佛罗伦萨的人还是笑了一场。因为牛虻是板着面孔在讲荒唐的笑话，叫人忍俊不禁，使最不赞成、最不喜欢他的人和最热烈拥护他的人，读了他的讽刺文章都同样要捧腹大笑。虽然传单的口气不受人们欢迎，但却给全城人留下了不可磨灭的印象。像蒙泰尼里那样有崇高威望的人，任何机灵的讽刺文章都不能对他有什么损害，但是传单所引起的群情激动的浪潮也几乎有逆转的趋势。牛虻知道怎么样能击中他的要害。主教大人在门前上下车，那儿虽然照例有

① 圣母领报(Annunciation)：《圣经·路加福音》记载：天使加百列向童贞女玛利亚预告：她将因圣灵感孕而生子，并指示婴儿应取名耶稣。基督教规定三月二十五日为圣母领报节。

成群的狂热群众，对他欢呼，对他祝福，但是那欢呼声已夹杂着不祥的高叫："耶稣会派的走狗！""圣信会派的奸细！"

但是，支持蒙泰尼里的大有人在。那篇讽刺文章发表两天以后，教会派首屈一指的报纸《信徒报》刊登了一篇光彩照人的文章。题目是：《答〈圣母领报的奥秘〉》，作者署名为"一教徒"。对于牛虻所进行的恶毒攻击，文章热情饱满地为蒙泰尼里作了辩护。这位匿名作者笔酣墨饱，据理力争，首先阐明教义，要维护人类和平，要与人为善，并指出新教皇就是福音的传播者。作者最后向牛虻挑战，要他对每一个论断提出佐证，同时向读者严肃相劝，不能轻信卑劣的诽谤。这篇文章在论战上有理有据，说服力强，而且具有文学作品的价值。无论从说理上还是文学上都比一般作品更为出色，城里人都表示了极大的兴趣。特别引人注目的是，连编辑部的人也猜不出文章的作者究竟是什么人。文章很快就印成了小册子。佛罗伦萨咖啡馆里无不在议论那个"匿名辩护人"。

牛虻对新教皇及其拥护者进行了猛烈的攻击，以此作为对辩护人的答复。他特别猛烈地攻击蒙泰尼里，并向读者巧妙暗示：可能就是蒙泰尼里本人授意别人写了那篇颂扬文章。那位匿名辩护人又在《信徒报》上就此愤然否认。蒙泰尼里停留在佛罗伦萨的其余日子里，公众的注意力都集中在这两位作者你来我往的笔墨官司中，反而无心注意大名鼎鼎的传教士本人。

牛虻对蒙泰尼里这样恶毒攻击，使得自由党里有些党员公然向他提出了抗议，奉劝他没有必要继续这么做。但是，他们并没有得到满意的效果。牛虻只是报以微笑，态度和气，说话拖着长音，还带点口吃，回答说："说实……实在的，先生们，你们这就很不公正了。上一次，我对波拉太太让了步，当时就有言在先。这一次，该让我自由自在地开个小……小玩笑。契约上是这样规定的呀！"

蒙泰尼里十月底回到了罗玛亚省自己的教区。他在离开佛罗伦萨前所做的告别布道中，提到了那场论战，对于双方作者过激的态度略有微词。他还请求那位匿名辩护人作出榜样，采取宽容的态度，结束这场毫无意义而又不成体统的笔战。第二天，《信徒报》就登出了一则启事："一教徒"遵照蒙泰尼里大人公开表示的愿望，甘愿退出论战。

这场论战还是由牛虻作出了结论。他印了一份传单，说由于蒙泰尼里那基督徒的善良，他宣布解除武装，回心转意，并且准备在遇到第一个圣信会派教徒时，就要抱着他的脖子，洒下一掬表示和解的眼泪。文章的结尾说道："我甚至愿意和那位匿名的挑战者本人拥抱。如果读者也像蒙泰尼里阁下和我一样明白，这样做所包含的意义，以及那位匿名作者为什么仍然不肯亮相的原因，那么他们就会相信我表示回心转意的真诚了。"

牛虻在十一月下旬通知文学委员会，他要到海滨度假半个月。他显然是到里窝那去。可是，列卡陀医生很快就赶到那里，想同他谈谈，结果发现，整个里窝那全城都不见他的影子。到了十二月五日，教皇领地爆发了政治示威，声势浩大，十分激烈，一直蔓延到亚平宁山区各个省份。大家这才怀疑起来，牛虻怎么会突然奇怪地提出要在隆冬季节到海滨度假。那场政治示威平定了以后，牛虻回到了佛罗伦萨，在大街上碰到了列卡陀医生，和他说话显得很和蔼：

"听说你到了里窝那，要找我，可是我当时在比萨。那可真是个美丽而又古老的城市，大有阿卡迪亚①的古风。"

圣诞那一周，在列卡陀医生位于克罗斯城门的寓所里举行了一次文学委员会会议。这天下午到会的人很多。出席会议的人该到的都到了，就是牛虻姗姗来迟。他面带笑容，表示歉意地弓着身子进了会场。可是，会场上似乎连一个空位子也没有。列卡陀起身要到隔壁房间里给他搬椅子，牛虻拦住他说："不用麻烦了，我就坐在那儿也很好。"说着他就走到琼玛座椅旁边那个窗口，坐在窗台上，没精打采地靠着百叶窗。

他低头看着琼玛，面带微笑，眼睛微闭，那副姿态很微妙，就像希腊神话里的怪兽狮身人面像一般，看上去仿佛就是达·芬奇画的一幅画像。琼玛本来就对他有一种不信任的感觉，现在这种感觉已经深化成了莫名其妙的恐惧。

塔斯加尼这时候正受到饥荒的威胁。这次会议的议题就是要发行小册子，阐明委员会对饥荒的看法，并且提出解决饥荒所应采取的措施。由于委员会对这个问题的看法照例出现了很大的分歧，因此要想取得一致的意见就相当困难。像琼玛、玛梯尼以及列卡陀这样比较激进的一派，主张向政府和公众双方同时紧急呼吁，要他们立即采取适当措施救济农民；温和派呢，当然包括格拉西尼在内，则表示担心：过于激烈的口气可能说服不了当局，反而会使他们恼火。

格拉西尼看看周围的那些激进分子，一个个都面红耳赤，他倒是心平气和，带着同情的口气说："先生们，要使农民立刻得到救济，这些想法都很好。我们许多人想着许多事要做，可都是不太可能办得到的事。如果我们一开始就采用你们提出的那种口气，政府就可能按兵不动，不到灾难临头不会采取什么救济措施。如果我们只是劝告政府，请他们调查调查作物收获的情况，那倒不失为一种准备步骤。"

盖利正坐在炉子旁边的角落处，他一听就呼啦一声跳了起来，回击对方。

"准备步骤——是呀，可爱的先生。不过，真要是有了灾荒，恐怕容不得我们这样磨磨蹭蹭。要是那样准备，救济措施未出台，农民怕是早就饿死了。"

"很想知道……"萨康尼刚开了口，好几个声音就打断了他。

---

① 阿卡迪亚（Arcadia）：古希腊伯罗奔尼撒半岛中部山区，与世隔绝。古代居民过着纯朴的牧歌式生活。这里牛虻用的是讽刺口吻。

“说得响一点，听不清。”

盖利火冒冒地说：“是听不清。街上吵得像地狱一样。列卡陀，那边的窗户关上了没有？简直自己说话连自己也听不清了！”

琼玛回头看了看，说：“关上了，窗子关得很严。可能是玩杂耍一类的人马经过这儿。”

这时候，下面街道上传来了呼叫声，大笑声，丁当的铃声，咚咚的脚步声，还夹杂着拙劣的乐队拼命吹吹打打的乐声。

“这几天没办法了，”列卡陀说，“圣诞节期间，这样吹吹闹闹的总是难免。萨康尼，你刚才说些什么？”

“我说我很想知道比萨和里窝那那边对这件事有什么看法。列瓦雷士先生可能了解一些情况，因为他刚刚从那边回来。”

牛虻没有回答。他两眼正看着窗外，似乎没有听到别人说些什么。

坐在牛虻附近的只有琼玛一人，就叫了一声：“列瓦雷士先生！”

牛虻仍然没有反应，她就弓身向前推推他的胳膊。他这才慢腾腾地把脸转过来对着她。琼玛很惊讶，只见那张脸像铁板一块，令人畏惧。在那一刹那，那张脸如同死人一般。后来，他动了动嘴唇，不仅毫无生气，而且有点奇形怪状。

他小声说：“是呀，是一班玩杂耍的。”

琼玛凭着本能，首先想到的是要把他遮挡住，以免别人见他那样子会产生好奇。她并不知道他为何这种样子，但是她意识到：他已经沉浸在一种可怕的幻想或幻觉之中，而且这种幻想或幻觉一时正缠住他的整个身心。她迅速站起身，站在他前面，不让别人看到他，一面把窗户打开，仿佛是想看看窗外有什么情况。因此，除了她以外，谁也没有看到他的表情。

一班走江湖的马戏团正从大街上经过，有骑毛驴的卖艺人，也有穿五颜六色衣服的“哈里昆”①。节日里那些化装的人群拥挤着、嬉笑着，与马戏团的小丑们互相打趣，还拿一串串的纸带扔他们，把一袋袋的小糖果扔给“小鸽子”②。扮“小鸽子”的女人坐在车上，用金银纸箔和羽毛打扮得花枝招展，额上挂几绺假发，嘴唇涂得红艳艳的，脸上强装一种假笑。车后面跟着一大群五花八门的人——流浪汉、乞丐、一路翻跟头的小丑以及高声叫卖的小贩。这些人都往一个人那儿挤，向他投掷东西，对他鼓掌呼叫。由于人头攒动，琼玛一时看不清是什么人。过了一会，她就看得一目了然了——原来是一个生得又矮又丑的驼子。他挺滑稽，身穿丑角衣服，

① 哈里昆(Harlequin，又译“哈乐根”)：意大利即兴喜剧中主要的定型角色之一，并且是青年女仆的一个任性的求婚者。他的服装五颜六色。

② 小鸽子(Columbine，又译科隆比纳)：定型的舞台角色。起源于意大利即兴喜剧，是个活泼的女仆。意大利语译为“小鸽子”。

头戴纸帽,身上挂着丁当响的铃子,显然是江湖马戏团的角色,在扮鬼脸,做丑态,取悦观众。

"外面在干什么?"列卡陀边说边往窗口走,"你们好像很有兴趣。"

屋里大家在开会,而他们俩居然不顾大家的等待而看大街上的热闹,列卡陀心里不免有点诧异。这时,琼玛转过身来。

她说:"没有什么,一班玩杂耍的。他们闹得那么厉害,我还以为有什么别的玩意呢。"

她站在那儿,一只手搭在窗台上,突然感觉到牛虻那冷冰冰的手紧紧捏着她的手。

"谢谢。"他声音很轻,很柔和。然后,他关了窗子,仍然坐在窗台上。

他对着大家说话,显得装模作样:"抱歉,我恐怕耽搁了各位吧,先生们。我在看……看……玩杂耍的,真……真有趣呀。"

"萨康尼在问你话呢。"玛梯尼态度有点粗暴地对他说。他认为,牛虻那种行为简直荒唐。使他感到恼火的是,琼玛也失了分寸,竟然也跟着他那么做,这不像她平时的一贯作风。

牛虻解释说,他在比萨"只度了一个休假日",并不了解那边公众的情绪。接着,他立即高谈阔论,谈得十分活跃。他首先谈到农业的前景,接着议论出小册子的问题,说起话来结结巴巴,但又滔滔不绝,在场的人都听得发厌了,可是他却似乎从自己的声音中听出了无穷的乐趣。

会议结束时,大家站起来要走。列卡陀来到玛梯尼的身边。

"你就留在这儿,和我一起吃饭好吗?法布列齐和萨康尼已愿意留下了。"

"谢谢,可是我要送波拉太太回家。"

"你真的担心我一个人回不了家?"琼玛反倒问他。她说着就站起来,披上了围巾。"列卡陀医生,他自然要留下来,换换口味对他有好处,他是很少外出的。"

牛虻这时插了话:"如果你愿意,我来送你回家,我们是同路的。"

"如果真的同路……"

"今天晚上,列瓦雷士,你怕是没时间留在这儿吧?"列卡陀一面说,一面就开门送他们走。

牛虻把头回了过去,哈哈一笑:"你问我吗,亲爱的?我要看杂耍呢!"

列卡陀把他们送走以后,进门就说:"那家伙真是古怪,竟然对卖艺的有兴趣!"

玛梯尼说:"我看这是一种同行的兴趣。如果说我还见过卖艺的人,那么那家伙本人就是一个。"

"但愿他是卖艺的才好呢。"法布列齐说得一本正经。"如果他是干那一行的,恐怕是个极端危险分子。"

“你是指哪一方面的危险？”

“你看，他老是搞什么短期度假，我就很反感。这都是第三次了。我看他根本就没有到比萨去。”

“他是到亚平宁山区去的，我想，这已是公开的秘密，”萨康尼说，“他在萨维诺村庄搞起义的那时期，和那里的一些私贩子混得很熟，现在跟那些人仍然有交往，对此，他并不怎么否认。他当然要利用这种友谊，好把传单送到边境那一带。”

列卡陀说：“我正想跟你谈谈这个问题。我忽然想到，我们自己的走私工作，就请列瓦雷士来负责是再好不过的了。照我看来，皮斯托亚的那个印刷厂管理很不得力，运送传单的方法也很简单，只晓得把传单卷藏在雪茄烟里，别的招数就不懂了。”

玛梯尼却很固执，反驳说：“那一套方法直到目前不还是很奏效吗！”盖利和列卡陀老是把牛虻当作榜样，要大家仿效，玛梯尼对此已渐渐反感。他心里在思忖：这个故弄玄虚的海盗来了以后，处处想教训大家，可是他没来之前，这儿的一切不也是顺顺当当的吗？

“这一套方法到目前还奏效，大家也觉得很满意，那是因为我们还没有更好的办法。但是，你们已经看到，逮捕和没收的事件已发生过多次。如果要列瓦雷士来替我们负责这方面的工作，我相信情况会有所好转。”

“你有什么理由？”

“首先，那些私贩子把我们当外行，处处想捞我们油水。而列瓦雷士是他们私交的朋友，而且很可能就是他们的头目，他们尊重他，信任他。你们总会相信：亚平宁山区的私贩子对于在萨维诺村搞起义的人无不乐于帮忙，对我们就不会。其次，列瓦雷士熟悉山区的地形，我们几乎没有人能和他相比。别忘了：他一度在山里藏匿过，私贩子的大小道路他都了如指掌。私贩子谁也不敢欺骗他，即使想骗他也骗不了。”

“照你这么说，那么我们应该请他把印刷的事一揽子管起来，负责边界那边的传单传送工作——包括散发、投寄、藏匿地点全部在内呢，还是只管把传单运过边界呢？”

“我们的投寄和藏匿地点，他可能已经都知道了，甚至比我们掌握的情况还要多。在这方面，我认为我们无力对他作什么指教。关于散发工作，这当然像其他工作一样，要见机行事。照我看，重要的是私运这一环节本身。书报一旦能安全偷运到波伦亚那里，分发的事情就比较简单了。”

玛梯尼有不同看法：“我个人反对这样安排。首先，你们说这个人如何精明能干，这也仅仅是猜测。我们并没有亲身感受过他干边境走私的事，也不知道在紧急关头他能不能保持清醒的头脑。”

“啊，这一点你用不着怀疑！”列卡陀插话说，“萨维诺村庄的那段经历就证明他头脑很清醒。”

“另外，”玛梯尼接着说，“我对列瓦雷士了解很少，根本不赞成把党内的一切秘密工作都委托给他。我觉得，他这人好大喜功，夸夸其谈。把一个党的全部私运工作交给一个人掌管，这是很严肃的事。法布列齐，你看呢？”

教授回答说：“玛梯尼，如果我反对的理由只有你那么一点，那我一定会放弃，因为我们谈论的列瓦雷士这个人的确具有列卡陀说的那些优点。我看，他富有胆量，为人诚实，遇事镇定，这一切我没有丝毫的怀疑。至于说到他熟悉山区的地形，了解山区的老百姓，这方面我们已经有充分的证据。我倒有别的反对理由。那就是他到山里的目的是不是专门为了私运小册子，我不能肯定。但是，我有点怀疑，他是否还有别的目的。当然，这只是在我们内部说说而已。我看，他很可能和那一带的什么秘密‘团体’有瓜葛，或许正是和那里最危险的团体联络上了。”

“你指的是哪一个团体——‘红带会’吗？”

“不，是‘短刀会’。”

“‘短刀会’！那个团体的人是一群不法分子，其中大多数是农民，既没有受过什么教育，也没有政治经验。”

“萨维诺那次起义的人员也是这样，但是他们的几个头目是受过教育的，说不定‘短刀会’的情况也是如此。别忘了，罗玛亚省那里几个秘密暴力团体里，其成员大都是萨维诺起义的余党，大家对此都很了解。他们认为自己的力量太薄弱，还不能公开和教会作对，因此转而采用暗杀的手段。他们力量不够，手中无枪，就操起短刀来了。”

“你怎么知道列瓦雷士跟他们有联系？”

“我不是知道，只是猜疑。但不管什么情况，我们最好对此核实清楚，然后才能把私运的事托付给他。如果他企图脚踩两条船，这对我们党危害极大。那就会成事不足，败事有余。不过，这事下次再谈吧。我想对你们说说罗马方面的消息。据说那里要搞一部地方自治宪法，并且要委派一个委员会着手起草工作。”

第六章

琼玛和牛虻沿着阿诺河走着，彼此都默不作声。他一向侃侃而谈的劲头似乎一落千丈。他们从列卡陀那儿出来以后，他就难得张口说话。他不开口，琼玛倒是由衷地感到高兴。她和他待在一起总是觉得很别扭，今天就更觉得尴尬，因为在委员会的开会期间，他那古怪的行动已经使她大惑不解。

他们走到了乌菲齐宫旁边。牛虻突然停住了脚步，转身面对着她。

“你累吗？”

“不累。怎么？”

“今晚是不是很忙？”

“不忙。”

“求你一件事。我想请你和我散散步。”

“去哪儿？”

“随便。你想上哪儿都行。”

“这为什么？”

他犹豫了一会。

“我……说不上来……至少很难说得清。不过，如果你能陪我就请你答应。”

他本来盯着地面，这时突然抬起了眼睛。她看到那目光是多么奇怪。

“你有点心事重重。”她说得很温和。牛虻从纽孔里的花朵上摘下一瓣花片，慢慢地撕成碎片。琼玛觉得很奇怪，他那种动作很像另一个人，是谁呢？那个人手指也这样灵巧，姿势也是这样急忙忙的，还带点神经质。

“我心里有点烦躁。”他两眼看着自己的手，说话声音很小，几乎听不见。“今天晚上，我……我不想一个人孤单单的，你能陪我吗？”

“当然可以。不过最好到我寓所去。”

“不，和我一起到饭店吃饭去。西格诺里亚广场那儿就有一家。请别推辞吧，你答应了！”

他们进了饭店。他点了饭菜，可是自己的那一份他几乎没怎么动，也难得开口说话,只是坐在那里,把桌布上的面包捻得粉碎,心烦意乱地揉弄餐巾的边缘。琼玛感到很不自在,已经有点后悔,不该来这里吃饭。沉默的气氛越来越尴尬。她想开口,可是对于一个似乎忘了自己存在的人,能说些什么呢。到后来,他抬起头,突然冒出一句话:

"去看杂耍好不好?"

她诧异地盯着他。他怎么突然生出看杂耍的念头来?

她还没来得及搭话,他又问:"你看过玩杂耍的吗?"

"没有,从来没看过。我以为没什么意思。"

"很有意思。照我看来,研究生活的人不能不看杂耍。我们回到克罗斯城门那儿去吧。"

他们来到城门口,只见卖艺的早在那儿搭起了帐篷,琴声、鼓声喧天,表演已经开始了。

这是一种很粗俗的娱乐活动。整个马戏团的阵容也只是几个丑角、"哈里昆"、走钢索的、一个骑马钻圈的、那个涂脂抹粉的"小鸽子",还有一个驼背,表演索然无味而愚蠢的滑稽动作。从整体上看,杂耍并不太粗俗,也不完全令人乏味,只是内容平淡,陈腐,始终叫人提不起精神。但是,塔斯加尼人一向很有礼貌,所以他们对表演还是报以掌声和笑声。他们真正欣赏的似乎只有那个驼背的表演,可是琼玛却怎么也发现不了那里面有什么机灵和技巧之处。驼背只不过是扮出一系列奇形怪状的样子,观众也跟着模仿,还把孩子高举到肩上,让那些小家伙也能看一看那个"丑八怪"。

牛虻站在琼玛身旁,一只胳膊抱着支撑帐篷的木柱。琼玛回头问道:"列瓦雷士先生,你真的以为这种表演很有意思吗?我看……"

她的话戛然而止,目光仍然注视着他,一时间沉默不语。他流露的是深不可测的绝望和痛苦。她在里窝那和蒙泰尼里站在花园门口的时候,曾经见过蒙泰尼里有过那种表情,除此以外,她从来没有见到别人有过那样的表情。望着他那种样子,她不禁想起了但丁的地狱①。

不一会儿,那个驼背被小丑踢了一脚,就翻了个跟头,整个身子成了一团奇形怪状的肉球滚到了圈子外面。这时候,有两个小丑开始对白,牛虻也仿佛从迷雾中醒了过来。

他问琼玛:"我们是走还是再看一会儿?"

"我想走了。"

---

① 但丁(Alighieri,Dante,一二六五——三二一):意大利诗人。他写的长篇叙事诗《神曲》(*The Divine Comedy*),普遍被认为是世界文学名著之一。全诗分为三个主要部分:《地狱》《炼狱》和《天国》。

他们离开了帐篷，穿过阴暗的草地到了河边，双方沉默了好一会。

过了片刻，牛虻问："你对表演有什么看法？"

"我认为这样的行业很惨淡。其中有一部分表演使我非常不快。"

"哪一部分？"

"哦，就是那些扮鬼脸、扭身子的表演，简直丑陋不堪，毫无高明之处。"

"你是指驼背的表演？"

琼玛记得，牛虻对自己的生理缺陷非常敏感，因此尽量避免这类话题，不想特别提到哪一部分。现在既然他自己涉及这个话题，她就回答说：

"是的，那一部分我尤其反感。"

"可是，观众爱看的正是那一部分。"

"我想大概是。这正是最糟糕的地方。"

"是因为缺少艺术性？"

"不……不仅是，整个表演根本谈不上什么艺术。我是说，这种表演很残酷。"

牛虻脸上漾起了微笑。

"残酷？你是说对驼背很残酷？"

"我是说——当然，驼背本人已经无动于衷，他这么做，与那个耍马的或是'小鸽子'一样，毫无疑问是为了混一口饭吃吃。但是，那种表演令人感到难受。那是耻辱，也是人的堕落。"

"他也许不会比他刚开始干这一行的时候更堕落吧。其实，我们这些人大多数都在堕落，只是堕落的方式不一样而已。"

"你说的不错。不过——不过一个人的肉体在我看来是神圣的，我不愿看到它扭曲变形，变得那么可怕。我这样说，或许你要以为是一种荒谬的偏见。"

"那么，一个人的灵魂呢？"

他话一出口就猛然站住，一只手搭在堤岸的石栏上，两眼盯住她。

"人的灵魂？"琼玛重复了一句也停住步，两眼奇怪地看着他。

他突然伸出了两只手，那姿势显得很有感情，说：

"那个凄惨的小丑也会有个灵魂，一个活生生的、拼命挣扎的人的灵魂。可是，这个灵魂却被紧锁在那扭曲的躯壳里，而且还被迫当了奴隶，难道你就从来没有想到过？你对一切都怀着一副好心肠，看到一个人的肉体穿着愚人衣、挂着当当响的铃子，你就生了怜悯之心，可是，灵魂更凄惨，赤裸裸的连一块遮羞布也没有，难道你就从来没有想到过？想一想吧，在观众面前，灵魂冻得战战兢兢，羞耻和悲伤已把它压得透不过气来。观众的嘲弄，就是抽它的皮鞭；观众的哄笑，就是烫它皮肉的烧红的烙铁！想一想吧，在观众面前，它无可奈何，环顾四周，它上天无路，入地无门，它对老鼠也生了嫉妒之心，因为老鼠还有地洞可钻啊！还有，你要记住：灵魂是发不出声音的，既不能哭，也不能叫，只能忍受、忍受、再忍受！啊，我是在胡说八道！你究竟为什么不笑呢？你没有幽默感！”

一时间，出现了死一般的寂静。琼玛缓慢地回过头，沿着河岸往前走。这一整个晚上，她一直没有想到他思想上的烦恼。他的烦恼不管是什么样的，但都与玩杂耍的息息相关。刚才听到他突然发了一番感慨，她才模模糊糊窥测到他的一点内心世界，对他产生了极大的同情心，可是又无法用语言表达。牛虻还和她并肩走着，头偏向一侧，望着河水。

他突然转过脸，以防范的口气对她说：“请原谅，我希望你能明白，我刚才说的一番话纯粹是一种想象。我很喜欢幻想。但是，我并不想让别人把我的话当真。”

她没有回答。两个人继续往前走，都默默不语。他们经过乌菲齐宫门口时，他却横穿大路，停在路旁，俯视靠着栏杆的一团乌黑的东西。

“小孩子，你这是怎么啦？”她从来没有听到牛虻说话这么样的温和，“怎么不回家呀？”

那一堆东西动了一下，轻声回答了他，说话像是呻吟。琼玛也走了过来，只见一个大约六岁的孩子，穿一身又破又脏的衣服，像个受了惊的小动物蹲在人行道上。牛虻弯下身，用手抚摸他那乱蓬蓬的头。

“你说什么？”他腰弯得更低，想听清孩子说得模模糊糊的话。“你该回家睡觉去。小孩子哪能半夜三更跑到外面，会冻坏的！把手伸给我，快起来吧，要像个大人的样子！你家住在哪儿？”

他抓住孩子的胳膊，想扶他起来，没想到孩子尖叫起来，身子赶忙往后缩。

“啊呀，这是怎么回事？”牛虻说着就跪在人行道上。“啊，太太，快来看看！”

孩子的肩膀和上衣都沾了鲜血。

牛虻继续问他话，态度很亲切：“快说说，这是怎么回事？不会是跌破的吧？不是？有人打了你吧？我看是。是谁打了你？”

“我叔叔。”

“啊，是他打的！什么时候打的？”

“今天早上，他醉了，我……我……”

“你碍了他的事，是吗？小朋友，喝醉了的人你不好妨碍他，他们会不高兴的。太太，这小家伙怪可怜的，我们怎么办呢？孩子，快到这亮的地方来，看看你的肩膀。你用胳膊搂住我的脖子，我不会伤你的。好，这就对了！”

他抱起了孩子，过了人行道，把孩子安放在宽大的石栏上。然后，他掏出小刀，敏捷地把划破的衣袖割开，让孩子的头贴在自己的胸口，琼玛在一旁帮着扶住那受伤的胳膊。那孩子的肩伤很重，胳膊上还有一道深深的伤痕。

“小家伙，你这么小，受了这么重的伤，真够你受的了。”牛虻说着就用手帕把伤口包住，以免衣服摩擦伤口。“他用什么打你的？”

“铲子。我向他要一个索尔多[①]，想到拐角那家店里买点米粥，他就用铲子劈我。”

牛虻不寒而栗，挺温和地说：“呀！那多疼，小朋友，是不是？”

“他用铲子劈我……我就跑……我就跑……因为他打着我了。”

“你跑出来就一直在到处走，连饭也没吃？”

孩子没有回答，却一个劲地在抽泣，牛虻把他从栏杆上抱了起来。

“别哭，别哭了！我们马上就把你弄得好好的。不知道什么地方能叫辆马车，恐怕车子都等在戏院门口了，今天晚上有好戏演出。太太，真对不起，把你也牵连了。不过……”

“我很乐意跟你一起，你也许需要个人帮帮忙。你看这么远你能抱得动吗？他可是不轻吧？”

“啊，谢谢。我能想办法。”

他们到了戏院门口，可是等在那儿的只有几辆马车，而且都是别人雇好了的。戏散了，观众也大都走了。墙上的广告印着绮达的名字，非常显眼。她在戏院跳芭蕾。牛虻请琼玛稍等片刻，自己绕到演员出入的门口，向侍者打听消息。

“莱尼小姐走了没有？”

“没走，先生。”侍者回答说，一面茫然地对他发愣：这样一个衣冠楚楚的绅士怀里竟然抱着一个穿得破破烂烂的流浪叫花子。“莱尼小姐一会儿就要出去，她的马车在等她。噢，她过来了。”

绮达靠在一个年轻的骑兵军官臂膀上，从楼梯上下来，那样子妩媚动人。她身穿夜礼服，外面罩着火红色天鹅绒披风，腰下垂悬着一把宽大的鸵鸟毛扇。她走到门口就突然停住，离开了那个军官，很诧异地向牛虻那儿走。

她压抑着嗓门，大惊小怪地问：“费利斯，你抱了个什么呀？”

“我在街上捡了个孩子，他受了伤，又饿得慌。我想尽快把他送我家，可是，到处雇不到车子，因此，想借用一下你的马车。”

“费利斯！你看这么一个叫花子，吓死人了，怎么能带到你屋里去！叫一个警察，让他送到收容所，或者送到什么合适的地方算了。城里叫花子多的是，你不可能都……”

“他有伤，”牛虻重复说了情况，“即使送收容所，也只能等到明天。现在必须照顾一下他，让他吃点东西。”

绮达厌恶地做了个鬼脸，说：“你把他的头贴在衬衫上，你怎么能这样！多脏！”

---

① 索尔多(soldo)：意大利铜币，二十个等于一个里拉。

牛虻抬起头，突然虎起了脸。

他气势汹汹地说："他肚子是饿的。你懂得什么叫饿肚子吗？"

这时候，琼玛走上前，插话说："列瓦雷士先生，我的寓所就在附近，把孩子送到我那儿去吧。如果找不到车，我会安排好，让他在我屋里过夜。"

他立刻转过身来。"你不嫌麻烦？"

"当然不会。晚安，莱尼小姐！"

那位吉卜赛女郎很不自然地鞠了躬，气呼呼地耸耸肩，又搂着那军官的胳膊，撩起裙子，旋风似的走过他们身旁，去上那辆引起争执的马车。

她走到车踏脚门口，停了一会，说："列瓦雷士先生，如果你要车，我叫车子马上再回来接你同那个孩子。"

"那很好。我把地址告诉他。"牛虻来到人行道上，把地址交给赶车的，然后回到琼玛那儿，怀里仍然抱着孩子。

卡蒂在家中正等候主人。她听明了情况以后就赶忙去取热水和其他要用的东西。牛虻把孩子安顿在椅子上，跪在他身边，替他脱下破烂的衣服，洗伤口，为他包扎。他不仅动作熟练、敏捷，而且体贴温存。接着，他替孩子洗好了澡，又用毯子裹着他的身子。这时琼玛也端着托盘走了进来。

"你的病人准备好吃饭了吧？这是我为他现做的。"她一面说，一面对那个陌生的小家伙笑笑。

牛虻站了起来，把那些脏衣服卷在一起，说："恐怕把你的房间弄得不像样子了。这些脏东西，干脆送进炉子烧掉，明天我给他买一些新衣服。太太，家里有白兰地吗？我想他应该喝点儿。要是你允许，我要洗洗手。"

孩子吃过饭，立刻就躺在牛虻的怀里睡着了，乱糟糟的头就贴在他雪白的衬衫上。琼玛一直在帮着卡蒂把房间收拾好，这时候在桌旁坐了下来。

"列瓦雷士先生，你一定要吃点东西才能回家。你一点儿东西都没有吃，夜这么深了。"

"如果你方便，我倒想按英国方式喝杯茶。真对不起，把你累得这么晚。"

"啊，这没什么。把孩子放到沙发上，这么抱下去要累坏的。等一下，垫子上铺条毯子吧。这孩子你打算怎么办？"

"你是说明天怎么办？这要先了解一下，他除了那个酒鬼以外，家里还有没有别的人。要是没有，看来我只好像莱尼小姐说的那样，把他送到收容所去。但是，要是在他的脖子上系一块大石头，扔到河里去，或许是最仁慈的办法，可是那样做的结果会使我于心不安的。睡得好甜啊！你这个小家伙，小肉团，真是命苦啊！你连迷途的小猫都不如，小猫还能保护自己呢！"

卡蒂端着茶托盘走了进来，这时孩子已睁开眼，神情恍惚，坐了起来。他一认出牛虻，就从沙发上挣脱下来，连同毛毯一起拖拖拉拉地向他靠近，偎依在他的身旁——他已经把牛虻看成是天然的保护人了。孩子已恢复了精神，便爱问问题，他指着牛虻拿着饼的残疾的左手，问道："那是什么？"

"是饼呀，还能是什么！还想吃吗？我看你已经吃得很饱了，明天再吃吧，小东西。"

"不是饼——我是指那个！"孩子说着就伸出了手，摸摸牛虻那几根断指，又摸摸手腕上那块偌大的伤疤。牛虻放下了饼子。

"啊，那个嘛！跟你肩膀上的东西一个样啊——被人打的，那个人比我力气大。"

"那不是疼得要命吗？"

"啊，我不知道啊，不见得比其他事情使人感到更疼痛些吧。你还是睡觉吧。深更半夜的，别问这问那的了。"

马车来了，孩子已经睡着。牛虻没有叫醒他，只是把他轻轻地抱起，出了房门往楼梯那儿走。

走到门口，牛虻停住步，对琼玛说："你今天当了我的服务天使，但是，今后我们照样还可以痛痛快快地吵个够。"

"我可不想跟人家争吵。"

"你不想，我想啊。生活中没有争吵那多难过。激烈的争吵是必不可少的，这可比玩杂耍有意义！"

他说完就自个儿轻声笑着，抱起睡着的孩子下了楼。

第七章

文学委员会每个月举行一次例会,玛梯尼已经向各委员发出了请柬。在一月份的第一个礼拜,有一天他收到了牛虻的回条,写得很简短,还是用铅笔写的:“抱歉,不能参加。”玛梯尼在请柬上明明注上了“有要事商量”的字样,见了此条他有点恼火。牛虻态度如此傲慢,他认为已经到了蛮横无礼的程度。这一天,他一连接到了三封回信,都是报告不好的消息,再加上天又刮着令人不舒服的冷风,因此,玛梯尼心情很不好,脾气也坏。委员会开会的时候,列卡陀医生问:“列瓦雷士不来吗?”玛梯尼愠怒地说:“不来啊,他好像手头有更感兴趣的事,不能来,要不就是不想来。”

盖利愤然不平,说道:“玛梯尼,在佛罗伦萨你大概看人最带有成见。你要是反对一个人,什么都看不顺眼。列瓦雷士生了病,怎么能来呢?”

“谁告诉你他生了病的?”

“难道你还不知道?他卧病在床,已经躺了四天了。”

“什么病?”

“不知道。本来星期四我和他有一次约会,因为他生病也只好取消了。昨天晚上我去看他,听说他病情很重,不能会客。我还以为列卡陀在给他治疗。”

“我毫无所知。今天晚上我去看看,看他需要点什么。”

第二天早上,列卡陀来到琼玛的小书房。他脸色苍白,显得很疲倦,见琼玛坐在桌旁对玛梯尼报着一连串单调的数字。玛梯尼一手握着放大镜,一手拿着削得很细的铅笔,在书页上做着微小的记号。琼玛打手势让列卡陀不要做声;列卡陀也知道:人家在写密码的时候不能受到干扰。他就在她身后的沙发上坐下来,打着呵欠,像是瞌睡绵绵、睁不开眼。

“二,四;三,七;六,一;三,五;四,一;”琼玛机械而平稳地报着数字,“八,四;七,二;五,一;西塞尔,这一句结束了。”

她往书页上别了一根小针,标出明确的记号,然后才回过头来。

“早上好,列卡陀医生。你脸色怎么这样难看,身体不舒服吗?”

“啊,我身体很好,只是太疲倦了。昨晚同列瓦雷士受了一夜的罪。”

“同列瓦雷士一起?”

“是的,我陪了他一个通宵。现在我要回医院去看我那些病人了。我赶到这儿来,主要是想了解一下,你们是否能找个人照顾他几天。他现在情况很糟糕。我当然要尽力为他治疗,可我实在无暇照顾他。我想派个护士,他又不肯接受。”

“他生的什么病?”

“至于病嘛,情况比较复杂。首先……”

“首先,早饭吃了吗?”

“吃过了,谢谢。关于列瓦雷士的病,由于神经受了过多的刺激而使症状复杂化了,这一点已毫无疑问。但是,可能当初他受伤时治疗很草率,因此引起旧病复发,这是主要原因。总之,现在他的身体已处于垮掉的状态。我估计,他在南美战争中得的病,肯定没有得到适当的治疗。在那种环境下,治疗大概也是匆匆忙忙,草草了事。他毕竟还活了下来,算他运气。可是,他得的炎症渐渐变成了慢性疾病,稍不留神就会引起复发……”

“有危险吗?”

“病……不危险。这种病的主要危险在于,病人忍不住时就要服砒霜。”

“一定是痛得受不了?”

“那疼痛的程度简直太可怕了。我不知道他怎么忍住的。夜里面,我不得不用鸦片给他麻醉——我一向不愿意用这种方式治神经质的病人,可是我总得要帮他减轻一点痛苦。”

“我想,他是有神经质。”

“而且很严重。但是,他的忍耐力也是惊人的。他始终保持镇定,一直到痛得头晕目眩,昏了过去。到后来,我不得不采取那种可怕的治疗方法。你们可知道,他发病有多长时间了?整整五个夜晚!除了房东太太以外,叫应不到任何人。而那位太太也蠢得很,就是房子坍塌下来她也不会醒,即使醒了也是干瞪眼。”

“可是,跳芭蕾舞的女人呢?”

“问得好。他却不准她接近,这岂不是奇怪的事吗?这是一种病态,见了她就感到恐怖。总的说来,在我见到的最不可思议的人中,他算是一个——不折不扣的矛盾混合体。”

他掏出表,看了看时间,显得心事重重,说:“去医院要迟到了,真是没有法子。那位助手等不到我,只好开始工作了。我要是早知道就好了——像他那样的病哪能这么一夜又一夜地熬啊。”

“可是,他得了病怎么不叫人告诉我们呢?”玛梯尼插话说,“他总会想得到,我们不至于让他那样受苦而不管的吧。”

琼玛说："医生，你昨天晚上就该通知我们派人去，哪儿能让你累成这个样子。"

"我亲爱的太太，我是想叫盖利，可是列瓦雷士一听就气急败坏得不行了，我也只好作罢。我问他，要不要找个他所喜欢的人，他对我看了一会，那样子像是被惊呆了。然后，他双手蒙住眼睛，说：'别对他们说，他们要笑话我！'他好像陷入了一种幻想之中，以为别人在讥笑什么。究竟讥笑什么我也说不准。他一直说西班牙语。有时候，病人倒真的会说出莫名其妙的东西。"

琼玛问："现在有谁在照应他？"

"除了房东太太和女仆以外，没有别人。"

"我马上就去。"玛梯尼说。

"谢谢。我晚上还要去。药物怎么服已经写好了。你在大窗子旁的桌子抽屉里就能找到。鸦片放在隔壁房间那个架子上。他要是再次疼痛发作，再给他服一剂——仅此一剂，不能再服了。药瓶千万不要放在他能拿得到的地方，他可能想多服。"

牛虻住的房间很暗，玛梯尼一进去，他迅速转过头，伸出一只烫人的手。他还是照平常一样以轻率的口气说话，只是听起来跟平常大相径庭了。

"哟，玛梯尼！你到这儿来是逼我把校样拿出来吧？昨天晚上我没有参加会议，你就不用骂我了。其实呢，我是身体不大舒服，另外……"

"会议的事就别提了。我刚才见到了列卡陀，这就来了，看我能不能帮点忙。"

牛虻的脸坚硬得像块火石。

"啊，你实在是太客气了。不过，这用不着麻烦你，我只是稍微有点不舒服。"

"列卡陀已把情况告诉了我。我想，他是陪你待了一个通宵的。"

牛虻紧紧咬着嘴唇。

"谢谢，我舒服得很，不想要什么。"

"那太好了。这样吧，我坐到隔壁房间去，或许你还是一个人清静点好些。那房间的门我半开着，以便你随时可以叫我。"

"请别费心了，我实在不要什么。这样会白白浪费你的时间。"

"朋友，别胡说了！"玛梯尼粗暴地打断了他的话。"你这样假话连篇欺骗我，有什么用呢？你以为我没长眼睛？快静静躺着，能睡就睡吧。"

玛梯尼来到隔壁房间，让门开着，拿一本书坐下来看。一会儿工夫他就听到牛虻不安地翻了两三次身子。他把书放下，侧耳听着动静。那边安静了一会就又翻着身子。接着，他听到牛虻咬紧牙关、忍住呻吟而发出急速、沉重的喘息声。他又回到牛虻的房间。

"列瓦雷士，我能帮点忙吗？"

对方没有反应，他就走过来，到了床边。牛虻脸色铁青，样子很可怕，朝他看了一会，默默地摇了摇头。

“要不要再服一点鸦片？列卡陀说，如果你疼痛难忍，还可以服用。”

“不用了，谢谢。我还可以再忍一会。待一会可能痛得更厉害。”

玛梯尼无可奈何地耸耸肩，坐在床沿，一声不响地观察了一个小时，这一个小时仿佛有几年那么漫长。然后，他站起身取来了鸦片。

“列瓦雷士，说什么也不能这样拖下去。你受得了，我还受不了呢。这药一定要服。”

牛虻什么也没说，吃下了药就转过脸，闭起了眼睛。玛梯尼又坐下来，注意听他的呼吸，那呼吸渐渐深沉，也很均匀。

牛虻身体极度虚弱，一旦睡着了就很难醒过来。他一动不动地睡了一个又一个小时。玛梯尼从白天到夜里，看望他好几次，都是静静地躺着。但是，除了听到呼吸以外，他看不到丝毫的生命体征。那脸色枯槁，玛梯尼看着看着突然害怕起来。万一他鸦片服用太多了怎么办？他看到病人那只受伤的左臂搁在被子上，就轻轻摇动，想把他摇醒。这么几次一摇，把那只没有扣上的袖子摇晃开来，只见从手腕到臂膀上露出了一道道深深的疤痕，样子很可怕。

“当初胳膊上刚刚留下这些伤痕的时候，那样子一定才好看呢。”列卡陀冷不防从后面冒了一句。

“啊，你终于赶来了。列卡陀，你看看，难道此人就这么一睡不醒吗？他十个小时以前服的药，从那以后连动也没动。”

列卡陀弯下身子，听了一会动静。

“不会的。他呼吸很正常，没什么关系，只是过于疲劳。经过一夜的折磨，目前这个情况也是意料之中的事。天亮前可能还要发作一次，希望能有个人来陪陪他。”

“盖利要来，他已派人传话，说十点钟左右就会赶到这儿。”

“现在已快到十点了。哎，他要醒了！快叫那个女仆把肉汤热一热。轻一点——轻一点，列瓦雷士！快别这样，别这样，别打了，朋友，我可不是主教啊！”

牛虻突然醒了过来，显得局促不安，心惊胆战，用西班牙语慌慌张张地说：“轮到我了吗？让大家再乐一会儿吧。我——呀，是你，列卡陀，我还没看见呢。”

他朝屋子四周看看，一只手擦擦额头，似乎有些晕头转向。“玛梯尼！原来你还没有走啊。我一定是睡着了吧。”

“睡着了，就像神话故事里的睡美人。你一下子就睡了十个钟头，现在要喝点肉汤，喝饱了再睡！”

“睡了十个钟头？玛梯尼，你一直没走？”

“我一直都待在这儿。我心里慢慢怕了起来，怕你鸦片服得太多。”

牛虻调皮地看了他一眼。

“没那样的好事吧！真要是一睡不起，你们委员会开会不就平安无事了吗？列卡陀，你来这儿究竟要干什么？你就做做好事，让我安静一下吧。医生就爱小题大做，真讨厌。”

“那好吧。你把这汤喝了，我就不打扰你，不过，过一两天我还要来，要对你做个彻底检查。我觉得，你已度过了最危险的关头，气色也有所好转，不是那种面如死灰的骷髅了。”

“啊，我很快就好的，谢谢。那位是——是盖利？今天晚上，我这里贵客盈门，一个接一个啊！”

“我来这儿为了陪你过夜。”

“胡说八道！我谁也不要陪。回家去吧，统统回家去。我要是真的又发病，你们都无能为力，我也不能老是靠服鸦片。这种药物偶尔吃一点还有作用。”

列卡陀说：“恐怕你说的有道理，可是，决心好下，坚持下去怕没那么容易。”

牛虻抬起了头，笑了笑说：“一点也不用担心！我吃鸦片要是会上瘾，那早就上了瘾。”

“无论怎么说，我们得有人陪伴你。”列卡陀不动声色地回答说。“盖利，到隔壁房间里待一会，我有话同你说。晚安，列瓦雷士，明天来看你。”

玛梯尼也跟着他们往外走，忽听牛虻在轻声叫他，还向他伸出一只手。

“感谢你！”

“啊，少说废话！睡觉吧。”

列卡陀走了以后，玛梯尼和盖利在外面房间里又谈了一会。然后，他开了大门，忽然听到一辆马车停在园门的响声，只见一个女人下了车，沿着小道走了过来。那是绮达，显然是从什么宴会上刚刚回来。玛梯尼举起帽子，站到了路边，让她走过以后才出了大门，走进一条黑糊糊的小巷。那条巷子从牛虻的住处通向帝国山。可是，没走一会儿，那园门又咯吱一声打开了，接着就听到急速的脚步声向小巷传来。

绮达说：“等一等！”

玛梯尼回转身。往她那儿走，见她忽地站住不动了。过了一会，她才沿着篱笆慢慢向他那儿走，一只手垂在背后。路的拐弯处有一盏孤零零的路灯，他凭着灯光，见她低着头，仿佛羞羞答答难为情的样子。

她连头也不抬，问道：“他怎么样？”

“情况比早上好得多了。白天他大部分时间在睡觉，精神似乎有了恢复，我看他已脱险了。”

她还是两眼盯着地上。

"这次病情一定很严重吧?"

"我想,也是严重到顶了。"

"我也这么想。每次生病他要是不让我进去,那总是病情很严重。"

"这病常发吗?"

"要看情况——其实是没有规则的。去年夏天在瑞士,他身体很好;可是冬天在维也纳的时候,就糟透了。他一直不让我接近他,拖了好几天。他一生病,就恨我待在他身旁。"

她抬起头来扫了一眼,过了一会两眼又盯着地上,接着说:

"过去他一感到要发病,总要以这样或那样的借口要我参加舞会、音乐会或类似这样的活动。他自已就关起门,一个人待在房里。我往往溜回来,偷偷坐在他门外面。不过,他一旦知道了就要大发雷霆。要是狗在门外叫,他会让它进屋,就不让我进去。我看他对狗比对我还好些。"

她摆出一副奇怪的挑战姿态,迁怒于他。

玛梯尼宽厚地说:"算啦,希望他以后别再发这样厉害的病了。列卡陀医生非常认真地给他看病,或许能根治好。不管怎么说吧,目前经过治疗他的病已得到缓解。不过,下次遇到这种情况,你最好立即告诉我们。如果我们早点儿知道,他也不至于吃这么大的苦头。晚安!"

他伸出了手,但是她把手赶快缩回去,拒绝和他握手。

"我不懂,你为什么要和他情妇握手?"

"当然,这随你愿意不愿意。"他很难堪。

她突然咚咚跺起脚来,两只眼睛像烧得红彤彤的煤球,对他大喊大叫:"我恨你!恨你们所有的人!你们一到这儿来就跟他谈政治,他一陪你们就陪个整夜,还让你们给他吃止痛的药;而我呢,想在他门缝里偷看一眼都不敢!他究竟是你们什么人?你们有什么权利来这儿把他从我身边不声不响地夺走?我恨你们!恨透了你们!对你们深恶痛绝!"

她突然抽抽答答地哭了起来,一溜烟跑进花园,冲着他砰的一声关上了门。

玛梯尼转身朝巷子走去,一面自言自语:"我的天啦!这个女人对他还真的一往情深呢,天下还有这样的怪事……"

第八章

牛虻身体很快就康复了。在他病后的第二个礼拜，有一天下午，列卡陀看到他身穿土耳其睡衣躺在沙发上，在同玛梯尼和盖利聊天。他甚至说自己要下楼活动一下身子，但是列卡陀一听就哈哈大笑，还问他：第一趟出门是不是就翻山越岭、长途跋涉到菲索尔去。

他还用讽刺的口气补充说："不如到格拉西尼家里，换换新鲜口味。那位太太肯定一见到你就高兴。像你现在这副样子，脸色惨白，又有妙趣，她见了你就更是喜出望外了。"

牛虻紧握双手，像是在演悲剧。

"多么欣慰啊！这样的待遇我从来也没有想到过！她一定把我当成意大利的殉难烈士，说起话来也会是满口的爱国主义。我呢，也应当像烈士的样子，对她说：我是关在地牢里，身子被剁成一块一块的，然后胡乱地拼凑在一起的。她一定想要了解：切碎了，又拼凑的身子有什么感受。列卡陀，你以为她会不相信？我敢打赌，就用我的那把印度匕首，同你房间里装在瓶中的绦虫打赌，她会把我信口编造的天字第一号谎言一句不漏地全吞下去。打这样的赌算你捡便宜了，还不快快接受！"

"谢谢。可是你那件杀人的武器，我不像你那么喜欢它。"

"是吗，不过那绦虫像匕首一样，随时都能杀人的，样子哪有匕首好看呢。"

"事情巧也就巧在这个地方，我亲爱的朋友。我想要的偏偏是绦虫，而不是匕首。玛梯尼，我得快点走了。这个倔犟的病人现在由你负责了吧？"

"只负责到三点钟。我还要跟盖利到圣·米涅亚多去一趟。波拉太太来照应他，然后我再来接替她。"

"波拉太太！"牛虻十分诧异，重复了一声，"为什么这样，玛梯尼，绝不能让她来！我怎么能为自己的病麻烦一位太太。再说，她来了坐哪儿？这样的地方她怎么愿意进来！"

"你什么时候开始这么讲规矩呀？"列卡陀笑呵呵地问，"我的大规矩人啊，波拉太太一般说来是我们的护士长。她从年轻的时候就在看护病人，而且在护理病人方面，据我所知，比任何行善的护士都要高明。难道说她不愿意进你的房间！你怎么啦，你是指格拉西尼家的那个女人吧！玛梯尼，要是波拉太太来了，我就不必开什么药物使用说明了。哎呀，两点半了，我得快点走。”

盖利拿着药杯，往沙发这边走，说：“现在趁她没来，列瓦雷士，把药吃下去吧。”

牛虻病后初愈，正处在意乱心烦的时期，对于那些忠心耿耿的“护士”，很容易为难他们。他说：“什么药，去它的！我的病已好了，为……为什么还要我吃……吃……吃这些讨厌的东西？”

“只是为了你的病不再发作。待会儿波拉太太来了，你若是再痛得不像样子，你总不至于想要她来给你服鸦片吧？”

“先生你心……心肠好啊，疼痛要是发作还照样要发作。这不是牙痛，用一些乱七八糟的药就能退掉。用这样的药治我的病，就像拿玩具水枪去浇着火的房子一样，毫无用处。不管怎么样吧，我还是照你的吩咐吃下去。”

他左手拿着药杯，盖利一看见那些可怕的疤痕，又想到刚才的话题。

他问：“顺便问一下，你怎么被打成了这个样子？打仗受的伤，是吗？”

“怎么啦，刚才我不是对你说过了，是在秘密土牢里的事嘛。还有……”

“是说过，可那是编给格拉西尼太太听的呀。说实话吧，是不是在同巴西人打仗的时候受了伤？”

“是的，在那儿受了几处伤；后来到野蛮地带打猎，又受了几处；还有这样那样的地方。”

“啊，不错，那是在你参加科学探险队的时候。你把衬衫扣起来吧，我都把扣子全钉好了。你在那一带的经历似乎很惊心动魄。”

“那倒是。在那些国度里，到处是荒野，总会遇到这样或那样的风险，”牛虻说起来显得很轻松，“而且别指望每一次都那么痛痛快快。”

“不过，我仍然不理解，除非你身处劣境，陷入野兽群里，否则你身上怎么会有那么多的伤疤，比如，左胳膊上，一连串的疤痕。”

“啊，这是在捕猎美洲狮的时候受的伤。当时，我开了枪……”有人在敲门。

“玛梯尼，房间可干净？干净吗？那好，请你开一下门。太太，你真是太好了。我还不能起来，请多包涵。”

“当然不用起来，我又不是到这儿来做客。西塞尔，我以为你们急于要走，所以早来了一点。”

“还可以待一刻钟。披风我给你放到隔壁房间去，篮子要不要也拿走？”

“小心点，里面装着新鲜鸡蛋。卡蒂今天早上到奥列佛多山那边买来的。列瓦雷士先生，我知道你喜欢花，所以给你送来一些圣诞玫瑰花。”

她坐到桌旁，把那些花做一番修剪，然后插在一只花瓶里。

盖利说："喔，列瓦雷士，打美洲狮的经历你才说了个开头，接着讲完吧。"

"啊，对了，太太，刚才盖利问到了我在南美的经历，我正谈到我左臂怎么有这么多伤痕。那是在秘鲁的时候，我们正过河去打美洲狮。我开枪射那头狮子，没想到火药弄潮了，打不出子弹。我要重新装子弹，可是那头狮子不会坐以待毙，就这样我就有了这些伤。"

"那次经历一定很有意思。"

"啊，那倒是不错。当然，要快乐就得有痛苦。不过，从总的方面看，那样的经历是丰富多彩的。比如，捕大蛇……"

他滔滔不绝，把阿根廷的战争、巴西的探险、打猎中的野味佳肴、碰到土人和野兽的冒险场面，一件又一件说得天花乱坠。盖利就像听神话故事的孩子那样，听入了迷，还不断地插问一些问题。他具有那不勒斯人的秉性，非常敏感，凡是令人激动的东西他都喜欢。琼玛从篮子里拿出编织物，默默不语，一面听，一面干着编织的活儿。可是，玛梯尼却在那里皱着眉头、不胜其烦了。在他看来，牛虻所讲的故事有点故弄玄虚，夸大其词。前一个礼拜，牛虻以顽强的毅力忍受疾病的痛苦，他心里虽然不由得有点敬佩，可是，他从根本上就不喜欢牛虻，不喜欢他干的那些事和干事的作风。

盖利很感叹，天真地羡慕说："这样的生活一定丰富多彩。可是你怎么会舍得离开巴西那样的地方，转到别的国家，那生活一定平淡无奇了吧。"

牛虻回答说："我感到最令人愉快的地方还是在秘鲁和厄瓜多尔。那一带真是绝妙。当然，天气是很热，特别是厄瓜多尔的沿海地区，热得更厉害，有点儿受不了。但是，那里的风景美丽，简直无法形容。"

盖利说："我认为，在那种野蛮的国土上，人们有绝对的生活自由，这比任何美丽的风景更能令我向往。在那里生活的人，感受到自我的解放，做人的尊严，而在摩肩接踵的都市里是无法享受到的。"

牛虻表示赞同："的确是这样，那是……"

琼玛放下手中的活，抬头朝牛虻看看，只见他忽然涨红了脸，话没说完就打住了。一时间房间里出现了沉默。

不一会儿，盖利耐不住性子，问道："怕是又发作了吧？"

"没什么大不了。我本来还骂……骂那止……止痛药，多亏你让我服下去了。玛梯尼，你要走了吗？"

"要走了。盖利，快走，否则来不及了。"

琼玛随他们俩一道出了门，不一会儿就端着一碗牛奶冲鸡蛋回到屋里。

"请喝下去。"她说得很温和，但带有命令的口气。然后她又坐下干编织的活儿。牛虻乖乖地听从了她的吩咐。

半个小时过去了，谁也没有开口说话。后来牛虻轻轻地叫了一声：

“波拉太太！”

她抬起头，只见牛虻在撕着床毯的穗子，两只眼睛始终低垂着。

他开口说：“刚才我说的那些话，你根本就不相信是真的。”

“对，我一点儿也不信。”她平静地回答道。

“你说得很对。我一直在胡扯。”

“关于战争的事也是胡说？”

“差不多全是谎言。那次战争我根本就没有参加。至于探险队的情况，当然我有几次冒险的经历。这方面说到的一些事，大都是真实的，可这与我受伤没有什么关系。既然你能揭穿一处谎言，我想，索性就把真相全盘托出。”

琼玛问：“你这么胡编谎言，难道不觉得是在浪费精力吗？我看这实在不值得。”

“可是，这有什么办法呢？你知道，你们英国有句俗话：‘不去问人家，人家就不会对你说谎。’我编谎话捉弄别人，自己并不感到是一件愉快的事。可是，人家要问我残疾的原委，我怎么也得给他们一个答复。我在谈论这件事的时候，不如把故事编得动听一些。你看盖利听得多么津津有味。”

“你是宁可让盖利高兴而不肯讲真话？”

“讲真话？”牛虻抬起头，手里已经扯下了床毯的穗子，“你要我对他们讲真话？我宁可先割掉舌头！”牛虻说到这儿，突然变得很窘迫，一副羞怯的样子，接着说：“真实情况我从来没有对人讲过，但是，如果你愿意听，我就告诉你。”

琼玛放下手中的活儿，沉默了一会。这个男人性格粗鲁、经历神秘，并不讨人喜欢，现在突然要把自己的秘密毕恭毕敬地向一个女人倾诉，而且这个女人他并不怎么了解，显然也不喜欢她。琼玛认为，这里面总有些苦衷。

一阵长时间的沉默。她抬起头，只见他左胳膊撑在身旁的桌子上，那只有残疾的手遮住了眼睛，不仅手指神经质般地紧张颤抖，连手腕上的疤痕也在悸动。琼玛走到他跟前，轻轻叫了他的名字。他大为震惊，抬起了头。

他带着歉意，支支吾吾地说：“我忘……忘了，正要对……对你讲……”

“讲讲使你瘸腿的事故，或是别的情况……不过，你如果觉得心烦……”

“事故？不是啊，是一顿毒打！对了，绝不是什么事故，是根拨火的铁棒。”

她茫然不解，两眼对他发愣。他举起战战兢兢的手把头发向后拢拢，微笑着抬起头来。

“你坐下来不好吗？请把椅子移近一些，很抱歉，我不能为你搬动了。说实……实在的，现在回想起来，如果是列卡陀治我那次伤，他一定会发现，那是一个极……极其宝贵的病例。他是个有真本领的外科医生，对骨折病例有特别的爱好。

我觉得,我身上的每一块骨头都被打碎了,凡能打碎的都碎了——只剩了一个脖子。"

"还有勇气,"琼玛小声地插了话,"不过,你大概把勇气也视为不可打碎的一类。"

他摇了摇头,说:"不是,我的勇气和身上其余的东西一样,也是后来勉勉强强修补起来的。当时,我的勇气也被打得支离破碎,就像打碎的茶壶一样。在被打碎的东西里面,这一部分碎得最惨。啊,对了,刚才我是说拨火铁棒。

"那时候——我想想看——大概在十三年前,发生在利马那儿。我对你提到过,在秘鲁那里住下,倒的确逍遥自在。可是,如果是个落难的人,就像我那样,情况就很不妙。在这以前,我先后到过阿根廷和智利,大部分时间都是颠沛流离,挨饿受冻。后来,我当了个临时工,从智利港口瓦尔帕莱索搭了一条牲口船到了利马。由于在利马市内找不到工作,只好到码头一带碰碰运气。你知道,那些码头在卡廖港口。在那样一些停泊船只的港口,当然不乏以航海为生的人所聚集的下流场所。过了一些日子,一家赌窟把我雇去当仆人,我就干些烧饭、给弹子台游乐的人记分,给水手和他们的女人送茶送水等一类的杂活。这些杂事我虽然干得很不情愿,但我还是乐于去干,因为至少可以有一碗饭吃,可以看到人的面孔,可以听到人的声音。或许你会以为,这没有任何意义,可是我刚害了一场黄热病,待在一所破烂不堪的棚子里,孤苦伶仃,那样的环境使我提心吊胆。还是说说赌窟吧。有天晚上,一个来自东印度群岛的土著水手,由于上岸时把钱输个精光,心情很坏,喝醉了酒在发酒疯。老板叫我把他赶走。如果我还想待下去的话,就不能不听从老板的命令。可是我……我那时还不到二十一岁,得了病后,身体虚弱得像只猫,那醉汉一个可以打我两个。而且,他手里还拿着那根拨火棒。"

牛虻说到这儿停了一会,偷偷看了琼玛一眼,这才接着说下去:

"他的意图非常明显,想一下子结果我的命。可是,那个水手干得太草率,并没有达到他预想的结果,还让我剩了一口气,活了下来。"

"我明白了。可是在场的其他人呢,也不出面干涉吗?他们人多势众,还怕一个水手?"

他抬起头,突然大笑了一阵。

"其他人?就是那些赌徒和赌窟的人?哎呀,你不明白!我是他们的仆人,也就是他们的一份财产啊!他们围在一旁,当然想看看热闹的场面。这样的事在他们那里算得上是娱乐。是啊,如果你不身陷其中成了娱乐对象,在一旁观望倒的确是一种娱乐。"

琼玛不寒而栗。

"那结果呢?"

“详细情况我记不清楚了。一个人经历那样的惨景，一般来说，随后几天的事是记不住的。但是我记得，附近船上有个外科医生，他们好像见我没死，有人就请了那位医生。他给我缝合了伤口。列卡陀好像以为，伤口缝得很不像样子，那可能是他出于一种职业上的嫉妒。不知怎么回事，当地一个大娘出于基督徒的善心，把我收留了，你说这事怪不怪？她常常待在草屋拐角的地方，缩着身子，坐在那儿，口里叼着黑烟斗，痰就吐在地上，嘴里还不停地自言自语。不过，她是个好心肠的人，对我说：我也可以安安静静地死去，谁也不会管我的闲事。可是，我的潜在的反抗精神占了上风，决定活下去。但是，回到活命的这条路却是困难重重，有时费了九牛二虎之力，却也不尽如人意。总而言之，那个大娘表现出了惊人的耐心，把我留在她屋里。待了多少日子呢？在她屋里躺了将近四个月，不时地像疯子一样说着胡话，火气大得吓人。你明白，那种疼痛有多么厉害，而我从小就娇生惯养，脾气很坏。”

“后来呢？”

“啊，后来——我总得想办法起来，偷偷地溜走。你别以为我不好意思接受一个穷妇人的施舍——不是那么回事，我已不在乎这样的事了。我是因为待在那种地方实在受不了了。刚才你还谈到我有勇气，可是你毕竟没有看到我当时的情况！痛苦最厉害的时候通常是在每天傍晚，也就是大约黄昏的时候。下午，我总是一个人躺着，眼睁睁地望着太阳慢慢西沉——啊，那情景你不会理解的！直到现在，我一看到太阳落山心里就不是滋味！”

长时间的沉默。

“然后呢，我就往内地走，想找一份工作，随便在什么地方都行。利马那地方要是再待下去，非被逼疯了不可。我就到处走，一直走到库斯科那里——也真是，这些陈年老账，我怎么跟你啰里啰嗦说个没完，完全索然无味的东西。”

她抬起头，目光深沉而又恳切地朝他看看，说：“请你千万别这么说。”

他紧紧咬着嘴唇，又扯下一根床毯穗子。

过了一会，他问：“还要往下说？”

“如果……如果你愿意就请说下去。我担心，你回忆起这些往事心里会难过。”

“难道你以为，我不说就忘了吗？憋在心里反而更加难受。你不要以为，使我耿耿于怀的是那件事的本身，真正使我念念不忘的是我曾有过失控的事实。”

“我……我不太明白。”

“我的意思是，我也曾勇气耗尽、到了胆小鬼的程度，这是事实。”

“的确，一个人的忍耐程度也有个极限。”

“对。可是，到过那种极限的人就懂得，他不可能再次到达那种极限。”

琼玛有点犹豫，问道：“你二十岁就只身一人流浪在外，这是怎么回事？能不能告诉我?”

“这很简单。在我那个古老的国家里,我从小家里就很富有。后来我跑了。”

“为什么?”

他再次哈哈大笑,笑得那么欢快,那么粗鲁。

“为什么?我想,这是因为我年轻,无拘无束,还自命不凡。我家里过于奢侈,对我百般娇惯,使我觉得这个世界处处是鲜花,无时不美好。后来,在一个晴朗的日子,我发现:我很信赖的一个人却欺骗了我。怎么啦,瞧你多么诧异!怎么回事?”

“没什么。请你往下讲。”

“我发现,我中了圈套,轻信了一个谎言。当然,这样的事也是司空见惯。但正如我对你说的,我那时候年轻而又自负,以为说谎的人一定会被打入地狱。因此,我逃离家门,到了南美,当时身无分文,西班牙语一窍不通,除了一双白净的手和花钱如流水的习惯,挣饭吃的本事一点也没有。我陷入了能混就混、不能混就死的境地,其结果也很自然:我尝到了真正的地狱的滋味,从而纠正了我对假地狱的想象。这个地狱一陷进去就深不可拔,整整熬了五年。后来,杜普雷探险队把我救了出来。”

“啊,五年,太可怕了!难道说,你就没有三朋四友帮你?”

“朋友!我……”他突然转过脸来对着她,一副恶狠狠的样子,“我这辈子连一个朋友也没有!”

他觉得自己太冲动了,似乎感到不好意思,马上接着说下去:

“我说的这些话,你不要过于当真。可能是我说过头了。其实,头一年半情况并不那么糟。我年纪轻,身体结实,在那个土著水手伤害我之前,我的日子过得还算不错的。被打伤以后,我无法找到工作。一根拨火棒,你只要运用得巧,它的效果多好啊,真是神了;谁也不肯雇用一个瘸子了。”

“你干过哪些工作?”

“碰到什么就干什么。有一段时间,我在甘蔗场里干临时工,为那些黑奴干跑腿打杂一类的事。可是无济于事,那些监工总要撵我走,因为我跛得厉害,动作不快,而且又不能扛重的东西。当时,我还常常患炎症,或者别的奇奇怪怪的病症。

“过了一些时候,我到了银矿工地,想在那里找份工作。结果是一场空。经理们一想到要雇像我这样的人,就觉得真是笑话;那些工人呢,他们拼命地打我。”

“这为什么?”

“啊,我想这是人类欺弱的秉性。他们见我只有一只手能够还击。我饱尝了那里的苦头,最后只好往别处流浪。漫无目的地奔走,指望有机会碰上好运气。”

“奔走?就凭那条瘸腿?”他抬起头,喘着气,突然显出一副可怜的样子,说:

“我……是饿着肚子的。”

她稍稍转过头，一只手托着下巴。他沉默了片刻又接着说，说话的声音却越来越小：

“是啊，我东走西奔，到后来差不多都快发疯了，可是仍然没有碰到好运找份工作。后来，我到了厄瓜多尔，那儿比任何地方都糟。有时候，我还给人家干点修修补补的活儿——我的补锅水平还是不错的呢——或者当个听差，或者给人家打扫猪圈；有时候，我干点——啊，我也说不清干了些什么。最后，有一天……”

这时候，放在桌上的那只细弱的棕色的手忽然紧紧攥成了拳头。琼玛抬起了头，心里很急，对他看看。他是侧面对着她，太阳穴上的青筋在急速地、不规则地跳动，像有一把锤子在敲击它一般。琼玛欠身向前，温柔的手搭在他的臂膀上。

“后面的情况别讲了。这些事情说起来也太可怕了。”

他疑惑地看看那只手，摇摇头，态度坚决地说了下去：

“后来有一天，我碰到了一班走江湖玩杂耍的，就是那天晚上的那种班子，你记得的。不过，当时的那一类东西更庸俗、更不像样子，那里面当然也有斗牛的节目。那一班人在路旁搭起了帐篷准备过夜，我到帐篷那里乞讨。那时天气很热，我已经饿得半死不活，就这样——我晕倒在帐篷门口。那一时期，我常常突然昏倒，就像女学生胸脯束得太紧常常昏倒一样。他们把我带到帐篷里，给我喝白兰地，还给我吃的。后来——到了第二天早上，他们要我……”

他又停住不说了。

“他们班子里需要一个驼背或者有某些生理缺陷的人，好让娃娃们扔橘子、香蕉皮之类的东西……引起人们发笑取乐……那天晚上你见到的那个驼背小丑——就是那样的，我干了两年。

“就这样，我学着玩那一套把戏。我的畸形还不够那种程度，但他们解决了这个问题，即利用我这只膀子和这只脚，用人工的办法装扮成一个驼背——看热闹的人倒也并不挑剔，只要能看到活生生的东西遭受磨难，他们就很高兴了。那套五颜六色的愚人衣服也同样奇形怪状，起到了取悦看客的很大作用。

“当时唯一碰到的麻烦就是我常常生病，不能表演。有时候，班主要是发了火，也不管我什么病不病，坚持非得要我出场不可。在这样的情况下出场，我想看客是最高兴的。我还记得，有一次演到中途我就晕倒了……当我醒过来的时候，观众已经围拢在我的周围又哄又叫，大喊大嚷，还用果皮扔……”

“别讲了，我受不了了！看在上帝的分上，你快别讲了吧！”

她双手捂住耳朵站了起来。他停住不说了，对她看看，只见那眼里已闪动着晶莹的泪花。

他轻声咒骂着自己：“真混账，我简直是个大白痴啊！”

琼玛走到那边的窗前，站在那儿向外观望了一会。然后，她又转过身，只见牛虻又靠在桌子旁，一只手把眼睛蒙了起来。他显然把她忘到了一边。她坐到了他身边，沉默不语。过了很长时间以后，她缓慢地说：

“我想问个问题。”

“什么问题？”他一动未动。

“你为什么没有割断你的喉咙？”

他抬起头，那目光既惊讶又严肃，说道：“真没想到，连你也提出这样的问题。那我的工作怎么办？我自杀了，谁来替我干？”

“你的工作——啊，我懂你的意思了！刚才你说到成了胆小鬼的事。对了，像你这样经历了那种环境的人，要是仍然能够矢志不渝，那的确是我所罕见的勇敢的斗士了。”

他再次捂住了眼睛，然后满怀热情地紧紧握住了她的手。周围似乎笼罩着永无止境的寂寞气氛。

突然间，下面花园里传来了一阵清新的女高音，在唱着一首鄙俗的法国小调：

来吧，跳起舞，皮埃罗！
跳吧，跳吧，可怜的让诺！
跳舞和欢乐万岁！
让我们尽享青春！
如果我流泪叹息，
如果我顾影自怜，
先生，这只是玩笑一个，你可别介意，
哈！哈，哈，哈！
先生，你可不必当真！

牛虻一听到歌声就松开了手，压抑地哼了一声，身子也向后退缩。琼玛双手紧紧抓住了他的臂膀，仿佛紧紧逮住病人好让外科医生开刀一样。歌声中断时，花园里又传来了笑声和掌声。牛虻像是受折磨的野兽，抬起头望着琼玛。

他慢腾腾地说：“对，是绮达和她的军官朋友。那天晚上，列卡陀来之前，她要进我的房间。她要是真的碰着我，我是非疯不可的！”

琼玛为她辩白，挺温和地说：“她并不知道，她有可能会伤害你。”

花园里又传来一阵哄然大笑声。琼玛站起来，把窗户打开，只见绮达站在花园小径上，头上绕着一条金色花边围巾，正在卖弄风情；三个年轻的骑兵军官正在你争我夺，抢她手中高高举着的紫罗兰。

琼玛叫了一声："莱尼小姐！"

绮达的脸立刻像是罩了一层乌云，黑了下来。"什么事，太太？"她说着就转身，抬起眼，一副挑斗的神气。

"列瓦雷士先生身体很不舒服，你们几位朋友声音小一点好不好？"

那位吉卜赛女郎把紫罗兰猛地一扔，用法语叫了一声："滚开！"那几个军官被弄得目瞪口呆。绮达转身凶狠地对着他们，还用法语说："先生们，我讨厌你们！"

她动作缓慢地出了花园。琼玛关了窗户。

她回到牛虻身边，对他说："他们走了。"

"谢谢。麻烦你了，我……我很抱歉。"

"麻烦倒没有。"

牛虻立刻听出来，她话中有话。

他说："太太，你的话还没说完。那话的后面还有'但是……'，你没说出来"

"你既然能了解人的思想深处的东西，那你就不应该对别人内心的话感到生气。当然，说起来不关我的事，可是我就无法理解……"

"无法理解我对莱尼小姐感到厌恶，是不是？那只是当……"

"不是。我是说，你一方面对她厌恶，另一方面又与她同居。你这样做，在我看来，是对她作为一个女人的侮辱，也是……"

"一个女人？"他突然发出一阵大笑，态度很粗鲁。"你把那样的人也叫做女人？太太，这真是笑话！"

琼玛说："这不公正！你对任何人都无权这样说她——尤其是对另外一个女人！"

他转过身，骨碌碌地瞪着眼睛，朝窗外看着渐渐西沉的太阳。琼玛把窗帘拉下，又关上百叶窗，不让他看到落日。然后，她到了另一扇窗前的桌旁坐下来，又干起了编织活儿。

过了一会，她问："要点灯吗？"

牛虻摇了摇头。

屋子里已经暗下来，看不清了，琼玛把编织物卷好收拾在篮子里。她双臂交叠坐在那儿，对着牛虻那一点也不动弹的形象默默观察了好一会儿。天色黄昏，暗淡的光线一方面淡化了他那粗鲁、嘲弄而又自负的神情，另一方面却又深化了他嘴角悲惨的皱纹。琼玛浮想联翩，忽然栩栩如生地想到了她父亲为纪念亚瑟而建立的大理石十字架，想到了十字架上刻的铭文：

"你的波涛和巨浪已全部从我身边消失。"

一个小时过去了，连续沉默的一个小时。到后来，琼玛站起身，轻轻地出了门，拿了一盏灯回来，在门口停了一会，以为牛虻已经睡着了。灯光照到了他，他就转过了身。

琼玛把灯放下,对他说:“给你煮了杯咖啡。”

“先放一放吧。请你靠近我一点好吗?”

他紧紧握住了她的双手。他说:“我一直在想,你刚才说的很对。我的生活中缠着这样的事,的确是给我的生活平添了丑恶的一面。不过,你可要记住,一个男人不是天天能遇到他能……能爱上的女人的。我……我的处境艰难,害怕……”

“害怕……”

“害怕黑暗。有时候,我不敢一个人过夜,身边一定要有个活的东西……实实在在的东西。外在的黑暗,那一定是……不对,不对!不是那种黑暗,那种黑暗只不过是一种玩具地狱,花六个便士就能买到。——我害怕的是心灵深处的黑暗,那里听不到哭泣声,听不到咬牙的颤抖声,只有沉默……沉默……”

他瞪着眼,直发愣。她站在那儿,沉默不语,屏息静气,听到他又接着说下去。

“你觉得这一切都不可思议,是吧?你不理解——这正是你的福气。我所说的意思是,如果我要一个人独自生活,那我十之八九会疯的。你要是能够体谅的话,就不要把我想得太坏,我毕竟不像你想象的那样是头吃人的野兽。”

琼玛说:“我可不能对你作什么评价,因为我没吃过你那苦头。但是——我也曾陷入过痛苦之中,只是和你那种痛苦的方式不同而已。我认为——我能肯定:你要是因为害怕而真的做了残忍的或不公正的事,或问心有愧的事,那么你会有后悔的一天。而且,我设身处地在想,我要是像你那样在这件事上没有处理好,也肯定会一错到底,一定早就含恨而死了。”

他仍然紧紧握着她的双手。

他非常温柔地问她:“请告诉我,你这一生中是否做了极其残忍的事?”

她没有回答,却低下了头,两大滴泪珠扑扑地落到了他的手上。

“快说呀!”他心情急切,小声地催着,一面把她的手握得更紧。“快对我说呀!我已经把自己一切悲惨的往事都告诉了你。”

“是的……做过……一次……那是在很久以前,而且是对待我最最心爱的一个人。”

一直紧握住她的那两只手激烈地在颤抖,但是仍然握着没有放松。

她接着说:“他是我们的同志。我轻信了别人对他的诽谤——那显然是警方惯用的伎俩,造谣中伤。我以为他是个叛徒,打了他一记耳光。他出走以后竟溺水自尽了。两天以后,我明白了真相:他是清白无辜的。在你的记忆里,可能不会有像我这种痛苦的往事。我宁可砍断我的右手,如果这么做能弥补它犯下的过错。”

他眼中闪现出一种危险的光芒。往日她从未见过这种眼神。他突然偷偷低下了头,吻了她的手。

她大惊失色，连忙后退。她怜悯地叫了起来：“别这样！以后请你别这样！这样做让我感到伤心！”

“你以为，你没有伤害你杀死的那个人的心吗？”

“我……杀死的那人……啊，西塞尔已经回来了！我——我得走了！”

玛梯尼走进了房间，只见牛虻一个人躺在那儿。旁边放着一杯没有动过的咖啡，还听到他有气无力地在轻声咒骂自己，仿佛怎么咒骂也不能解恨。

第九章

几天以后,牛虻脸色依然苍白,腿比以前瘸得更加厉害。他来到公共图书馆的阅览室,借阅蒙泰尼里的布道论集。在他旁边桌上看书的列卡陀抬头对他看看。他很喜欢牛虻,就是不赞成他那种脾气——那种奇特的对人的狠毒。

他已经有点反感地问:“你又要对那个倒霉的大主教猛烈开炮了吗?”

“我亲爱的朋友,你为什么总……总是以为别……别人就那么存心不良呢? 这和基督徒精神完……完全相违背的。我是在为一家新办的报纸准备一篇现代神学方面的文稿。”

“什么新办的报纸?”列卡陀紧皱眉头。当时新的出版法就要出台,反对派正在筹备办一份激进的报纸来震惊全城,这件事大概已是公开的秘密,但是在形式上仍然还属于保密。

“新办的报纸当然是指《骗局新闻》,或者叫做《基督教新闻》。”

“嘘——嘘! 列瓦雷士,我们影响了别的读者看书了。”

“那就算了吧,你要是把外科当成课题,你就钻研你的外科吧。我……我还是搞搞神学——那是我的课题,你就别多事了。你搞你的碎骨头,我不干扰你,尽管我懂得比你多……多得多。”

他坐下来,专心致志地研究布道论集。这时候,一个图书馆管理员来到他面前。

“列瓦雷士先生! 我想,你在杜普雷探险队待过,对亚马逊河支流有过研究的吧? 我们遇到了一个难题,或许你能帮我们解决。一位太太想借阅那次探险队的记录,可是这些书我们还在装订。”

“她想了解什么情况?”

“她只想了解:探险队出发的时间,在哪一年经过了厄瓜多尔。”

“探险队一八三七年秋天从巴黎动身,一八三八年四月经过厄瓜多尔首都基多。我们在巴西待了三年,然后到了里约热内卢,于一八四一年夏天回到了巴黎。那位太太是不是还想知道每一个具体的探险日期?”

“不用了，只想知道这些，感谢你。我已经记了下来。贝波，请把这张纸条递给波拉太太。列瓦雷士先生，非常感谢你。给你添麻烦了，真抱歉。”

牛虻身子往椅背上一靠，皱着眉头，感到莫名其妙。她要了解这些日期干什么？他们经过厄瓜多尔那时候……

琼玛拿着那张纸条回到了家里。一八三八年四月……亚瑟死于一八三三年五月。相隔五年……

她在房间里来回踱着步。这几个晚上，她都没能睡好觉，眼眶周围已经蒙上了阴影。

五年——一个“过于奢侈的家庭”？——“他所信赖的人欺骗了他”——欺骗了他，他已经发觉……

她停止了踱步，双手抱着头。啊，这简直让人发疯——这不可能——这太荒唐了……

再说，他们当时在码头打捞过啊！

五年——他遭到那个土著水手毒打时还不到“二十一岁”——那么，他脱离家庭一定是十九岁。他不是说过“过了一年半……”。他怎么会有蓝眼睛？他的手指怎么那样神经质地动弹不停？他为什么对蒙泰尼里有刻骨仇恨？五年——五年……

她要是知道他确实已经淹死……或者能亲眼见到尸体就好了。如果是那样，总有一天她那旧有的伤疤就不再作痛，她的记忆中的恐惧就会消失。或许再过二十年，她在回首往事的时候就不再感到颤栗。

她的行动已经产生了恶果，并且毒害了她的全部青春年华。她日复一日、年复一年决心和悔恨的恶魔搏斗，从来没有忘记她的工作应放在未来，不去回首过去的惨景，不听已逝的往事。然而，溺死的尸体漂流大海的景象却日复一日、年复一年始终盘踞在她的脑海里，那无法压抑的惨痛的叫声一直回荡在她的心头：“我杀了亚瑟！亚瑟死了。”有时候，她感到这种精神负担太重，已压得她招架不住了。

现在，她却情愿承受那种负担，即使压得她死去活来她也心甘情愿。如果她杀害了他，她是感到悲痛，但这种悲痛她已经习惯，而且承受这么漫长的岁月，不至于忍受不住而为它所压倒。可是，如果是她把他赶走了，不是把他赶到水里溺死，而是赶到……琼玛想到这儿，便坐了下来，双手遮住了眼睛。由于他已经死了，她这一生为此蒙上了一层永不消失的阴影！但愿她没有给他带来比死亡还要悲惨的东西……

她毅然决然、毫不怜悯地一步一步回顾到往日他那如地狱一般的生活情景。那赤裸裸的灵魂在无可奈何地颤抖，那比死亡还要令人难忍的嘲笑，那孤独的恐惧，那缓慢的、绞心的无情的痛苦，这一切竟如此栩栩如生展现在她的眼前，仿佛她亲眼看见、亲身感受一般。她好像和他一起，曾经坐在印第安人那污秽的茅棚里；和他一起在银矿地带、在咖啡馆里饱尝过苦难；和他一起受罪于可怕的杂要班里……

啊，不，杂要班的经历一定不要再去回想它。那种地方哪怕是坐一会儿、想到那儿的事就足以使人发疯。

她打开写字台上的小抽屉，那里面有几件个人纪念品，她一直不忍心毁掉。这一类令人伤感的东西，她并不喜欢收藏，可是她的性格中也有伤感的一面，尽管她在努力克服，终究还是让了步，保留了这几件东西，但很少过问。

现在，她一件一件地把这些纪念品取了出来：乔万尼写给她的第一封信，他临终时手里握着的那束花，死去的孩子的一绺头发，父亲墓地上的一片枯叶。在抽屉的里面有一张亚瑟十岁时的画像——这是亚瑟现存的仅有的一幅肖像。

她坐了下来，把画像拿在手里，端详着那好玩的娃娃头，渐渐地脑中浮现出了亚瑟那张真正的面孔。那张脸连每一个细微之处都是那么清晰！嘴角旁边的线条那么敏感，睁大着的眼睛的目光那么真诚，那天使一般纯洁的表情，这一切在她的记忆里音容宛在，仿佛他是昨天才死去一样。她看着看着，眼睛里涌起了泪花，视线模糊，画像也看不清了。

咦，她怎么忽然生了这样的念头啊！那束缚在污秽凄苦生活之中的灵魂是那么光彩照人，逝去已经遥远，想到这一点，哪怕是在梦中想到这一点，也是一种亵渎啊。众神一定对他有所钟爱，让他死得年轻。让他化为乌有比像牛虻那样地活着要好一千倍，尽管这个牛虻系着白璧无瑕的领带、富有不可捉摸的智慧、长着刻毒的舌头，还有一个跳芭蕾的女郎！不对，不对，这纯粹是一种幻想，毫无意义、令人可怕的幻想；她竟然自寻烦恼，这么在凭空胡想。亚瑟已经死了。

"我可以进去吗？"有人在门口轻轻叫了一声。

她吓了一跳，连画像也从手中掉落下去。牛虻一瘸一拐地走了过去，拾起画像交给了她。

"你把我吓坏了。"她说。

"我实……实在抱歉。是不是打扰你了？"

"没有。我正在翻一些旧东西。"

她犹豫了一会儿，然后把那幅肖像又递给了他。

"你看这幅肖像画得怎么样？"

牛虻在看画像，她仔细观察他的表情，那神情仿佛对方的反应就会决定她命运似的。但是，他的反应有点索然，而且还带着一种挑剔。

他说："这就叫我很为难了。画像已经退色，而孩子的表情一向是令人捉摸不定。不过,照我看,这个孩子长大以后一定是命途多舛,他最聪明的办法就是让自己根本不要长大。”

“为什么?”

“你看,他下唇的线条就……就表明了他的性格:他把痛苦就当成痛苦、受冤屈就当成受冤屈,那么一丝不苟。而这个世界却是容纳……容纳不了这样的人,只需要只能干事而没有感情的人。”

“在你熟悉的人中,有没有和他长得像的?”

他对那画像又仔细看了看。

“有的,这多么奇怪啊!当然有跟他长得像的人,而且很像。”

“像谁?”

“像大……大主教蒙……蒙泰尼里。我倒怀疑起来,也顺便问问,这位一尘不染、高尚的主教大人有没有侄儿什么的?可不可以问一下,这幅画像画的是谁?”

“这幅画像是我的朋友儿童时代画的,那一天我曾对你讲过的那个朋友……”

“就是你杀死的那一位?”

她不由自主地打了个寒战。他把那可怕的“杀死”二字说得多轻松、多残酷!

“是的,如果他真的死了,那就是我杀死了他。”

“如果?”

她两眼一刻不离他的面孔。

她说:“他是不是死了,我一直有点怀疑,因为他的尸体根本没有找到。或许他也像你一样,离家出走,跑到南美那一带去了。”

“我们还是别那么想。你若是带有这样的记忆,那是很痛苦的。我平……平生经……经历过一些激烈的搏斗,我大概不止……不止送一个人进了地狱。可是,如果我把活……活生生的人送到南美,并为此而感到内疚,那是连睡觉也不得安宁……”

“那么,你是不是以为,”琼玛打断了他的话,紧握着双手,向他靠近了一点,“如果他并没有溺死,而是经受了像你那样的经历,他是不是就永不回来,把往事一笔勾销?你以为他会不会永远不能忘怀?你可别忘了,我为这件事也是付出了代价啊!你看!”

她拢起了额头前的一卷浓发,那浓密的黑发中夹有一绺银丝。

沉默,长时间的沉默。

牛虻缓慢地说:“我认为,死去的就让他死去吧。有些事情你要想忘却那是很难的。如果我就是你那位已死的朋友,我还是死……死了的好。不要让鬼变成丑恶的幽灵在人世间游荡。”

琼玛把画像又锁进了抽屉里。

她说："你这种理论太冷酷无情。好吧，我们谈谈别的事吧。"

"我来这儿，是有点小事想同你商量一下。是不是可以同你谈谈，关于我想到的一项计划——是我个人的私事。"

她挪动一把椅子放到桌旁，坐了下来。

"出版法目前正在草拟，你对此有什么看法？"他说话已经不像平时那么口吃了。

"你问我的看法吗？我认为没有什么价值，不过，有半片面包总比没有好些。"

"那是毫无疑问的。这么说来，目前那些心地善良的人在筹备办报，你是准备参与了？"

"我是这么想的。任何报纸，在筹办过程中总会有大量的事务工作要做——比如印刷、发行……"

"你的精神智慧就这么浪费掉？你打算浪费到哪一天呢？"

"怎么说是'浪费'？"

"因为干这些工作就是浪费。你完全明白，和你一起工作的人，大多数比不上你的智慧，而你竟然让他们叫你去干一些琐碎的杂工。你在智力上远远超过了格拉西尼和盖利。他们同你相比，好像学生和老师一样。而你却像印刷厂的徒工，干一些看校样的事。"

"我并不是把全部时间都用在看校样上，这是第一要说明的。其次，你似乎过高地估计了我的智力。我根本不像你以为的那样，有多少聪明才智。"

"我根本不是说你有过人的才华，"牛虻心平气和地回答说，"我的确以为，你思想健全，踏实，这是很重要的品质。在委员会的死气沉沉的会议上，总是你能明白指出别人在逻辑上的缺陷。"

"你这么看待别人就欠公正了。比方说，玛梯尼就很有逻辑的头脑；法布列齐和莱伽毫无疑问都很有能耐；格拉西尼在意大利统计学方面的知识，可能要超过任何一位官方人士。"

"不过，这也说明不了什么问题。关于他们和他们的能力我们暂时不谈吧。目前实际情况仍然是：像你这样具备天赋，可以担任更重要的工作，比目前要负更多一点的责任。"

"我对目前的位置感到很满意。我现在所做的工作可能没有多大的价值，但是，我们都在干我们力所能及的事。"

"波拉太太，你和我都在讲客套，玩恭维和谦虚的把戏，这又何必呢。快对我说实话吧，你究竟肯不肯承认：你现在费神所做的工作，让那些能力比你差的人来担任可不可以呢？"

"既然你硬逼我表态，那我——我只好说，在某种程度上可以。"

“那你为什么还要继续干下去?”

没有回答。

“为什么还要继续干?”

“因为——我也是无可奈何。”

“为什么?”

她抬起头,带着责备的目光看着他。“你太不客气了——这样逼我是不公平的。”

“逼不逼是一回事,反正你要对我说明原因的呀。”

“你一定要知道原因的话,那么——这是因为我的生活已经被碾得支离破碎了。现在要想着手真正的一项工作,我已经感到力不从心。我大概只能当个革命的老黄牛,在党里干些琐碎的杂事。我干这些事至少是自觉地干,再说,这样的工作总得要人干。”

“对,你干的事当然得有人去干,可是总不能老由一个人去干。”

“这大概是我干比较合适。”

他半睁着眼,对她看看,感到莫名其妙。不一会儿,她抬起头。

“我们又回到老话上去了,我们还是谈正经事吧。说实在的,你说我什么事都能干,这是白说。我现在说什么也不干了。不过,关于你的计划,也许我可以帮你考虑考虑。你有什么计划?”

“你开头就说要你干什么都干不了,现在又要我向你谈谈我的计划,帮我考虑。我的计划是要你帮忙,要帮实际行动的忙,不仅仅只是考虑考虑。”

“你先讲讲是什么事,然后我们再商量。”

“先告诉我,威尼西亚那一带准备起义的事,你有没有听到一些风声?”

“自从大赦以来,我所听到的不是起义的计划就是圣信会的阴谋,对于这两方面的种种消息,我恐怕都是持怀疑态度的。”

“我也大都是不相信的。但是,那个省都在认真准备一场反对奥地利人的起义,我说的可是千真万确的事。在教皇领地,特别是在四大教省里,为数众多的年轻人准备越过领地,到达威尼西亚省内,以志愿军的身份参加那里的起义。我在罗玛亚省的一些朋友,还对我说……”

“我想问一下,”琼玛打断了他的话,“你能肯定那些朋友可靠吗?”

“完全能肯定,我和他们私交很深,而且还曾经在一起共过事。”

“这么说来,他们是你那个‘团体’的成员了?请原谅我的多疑。不过,从秘密团体里传出来的消息,我一向抱着怀疑态度。我好像是那个习惯……”

牛虻嗓音非常尖利地打断她,问道:“你听谁说我属于什么‘团体’?”

“没有谁说什么,我猜测的。”

“啊!”他靠在椅子上，皱着眉头对她看看。过了一会，问道：“你一向喜欢猜测别人的私事?”

“常常是那样。我的观察力相当敏锐，而且有个习惯，喜欢把观察到的事联系起来看。我这么向你表白，是想要你知道：你如果有什么事想瞒着我，你可得当心。”

“无论什么事让你猜到，我都不在意，只要不再传开就行了。我想，这件事恐怕还没有……”

琼玛抬起头，感到很诧异，略有怒意地说：“当然没有，这还用得着问吗?”

“对外人你是不会说的，这一点我当然知道。不过我以为，你可能对党内的人……”

“党内工作是讲究事实根据的，不是依照我个人的猜测和想当然。不用说，我从来就没有向党内任何人谈过这种事。”

“谢谢。你是不是猜测过，我是属于哪一种团体的人呢?”

“我希望——我就直话直说，你可不要见怪。这场议论是你开的头，你知道吧。我希望你可千万别属于‘短刀会’那种团体。”

“为什么你要这样想?”

“因为你适于干更好的工作。”

“我们都适于干比以往更好的工作。这话题又说回来了。不过，我并不属于‘短刀会’，而是‘红带会’。这个团体比较扎实，对待工作也比较认真。”

“你是指行刺的工作?”

“是有这项工作，但这只是整个工作的一部分。行刺有行刺的用处，但是必须要有一套良好的组织宣传工作相配合。我不喜欢‘短刀会’，其原因也是如此。那些人以为，一把短刀就能闯天下，这是一种错误。短刀能解决不少问题，但不能解决所有问题。”

“你以为，短刀真的可以解决什么问题?”

他看看她，显得很惊讶。

她接着说：“由于有狡猾的间谍和可恶的官吏制造了一些实际困难，短刀当然可以消除一些，但这种消除只是暂时的，而且消除这方面的困难，另一方面会不会冒出更大的困难这还是个问题。在我看来，这就好像《圣经》里所说的那样，有人驱除了屋里的鬼，把房子打扫布置一番，没想到被驱除的鬼回来了，还带了其他七个鬼。每一次暗杀，使得警方变得更加凶毒，人们更加习惯于暴力和野蛮。社会的秩序到后来反而比先前更糟。”

“照你的看法，革命到来的时候会发生什么情况？你以为，到了那个时候，难道老百姓还不习惯于暴力？战争毕竟是战争嘛。”

“你说的也对，不过，公开的革命那是另外一回事。在人们的生活中，是会有那么短暂的革命时期，这也是我们为了取得所有的进步而不得不付出的代价。可怕的事毫无疑问会发生，每一次革命都不可避免。但是，这些都是个别事件，是非常时期的非常现象。现在，这种不分青红皂白的行刺已经成了一种习惯，这实在是一件可怕的事。老百姓把这种行刺当成了家常便饭，他们做人的神圣感受到了挫伤。我在罗玛亚省待的时间不多，但是，我就很少看到那里的老百姓已经或正在参与实际上的暴力行动。”

“尽管如此，实际行动也比逆来顺受、俯首帖耳的习性要好。”

“我并不这么看。实际暴力行动是一种奴役性的坏习惯，而且也很残忍。当然，如果你把革命者的工作仅仅作为一种手段，以此来要求政府作出一些让步，那么，秘密团体或行刺行为在你看来一定是最有效的武器，因为这种武器最能使政府感到害怕。不过，如果你和我一样，认为向政府施加暴力本身并不是一种目的，只是达到目的的一种手段，并且认识到，我们的确需要一种改革来改善人与人之间的关系，那么你一定会以另外一种方式来工作。让无知的百姓习惯于屠杀的场面并不能提高他们对于人生价值的观念。”

“他们赋予宗教的价值呢？”

“我不明白这是什么意思。”

他笑了一笑。

“我认为，我们对悲剧的根源这个问题存在不同的看法。照你的观点，悲剧的根源是人们对于人生的价值意义缺乏理解。”

“不如说是对人性的尊严缺乏理解。”

“怎么说都无妨。照我看，引起混乱和错误的根源似乎是一种心理病症，亦即称之为宗教的心理病症。”

“你是否指某个具体的宗教？”

“哦，那倒不是。那只不过是个外在的表现形式而已。病症本身就是所谓宗教的心理状态。那是一种病态，指望树立一个偶像，然后对它顶礼膜拜。至于这个偶像是耶稣，还是佛陀，还是黑人部落崇拜的圣树，那都是一回事。当然，你不会同意我这种看法。你也许是泛神论者、不可知论者或随你属于什么论者，但是，我在五码之内就能感受到你散发出的宗教气息。不过，我们现在讨论那样的问题没有什么用处。你要是以为我把行刺只是当作清除劣官的手段，那就大错特错了。要消除教会的威信，要使老百姓认清教会的代理人就像其他害人虫一样，行刺是尤其重要的手段，而且，我认为是最有效的手段。”

“一旦完成了那项任务，一旦唤起沉睡的人们心中的野性，让他们向教会进攻，那么你……”

“一旦完成了这些任务，那么我也就没有虚度我这一生了。”

“你那天讲的工作就是这些吗？”

“对，正是这些。”

她战战兢兢地把身子转向另一边。

“你对我有点失望了吧？”他说着就抬起头，对她笑笑。

“不，不完全是那样。我觉得……我……对你有点害怕了。”

过了一会儿，她又转回身来，以平时商谈工作的口气说：“我们这么讨论下去没有用处，因为我们的观点相差太大。就我来说，我相信的是宣传、宣传、再宣传，一旦做好了宣传工作，也就可以公开起义。”

“照这么说，我们还是回过头来讨论我那份计划吧。计划中不仅涉及宣传工作，更重要的是涉及起义的事。”

“是吗？”

“如同我对你说的那样，为数众多的志愿军正从罗玛亚省出发，加入到威尼西亚人的起义队伍。起义在什么时候爆发，我们目前还不知道，可能要到秋天或冬天。但是，亚平宁山区的志愿军一定要武装起来，作好起义的准备，一旦召唤就可以开赴平原。我已经接受了任务，要把武器弹药偷运到教皇领地，支援他们……”

“请等一下。你怎么和那一帮人搞到了一起？伦巴第和威尼西亚那一带的革命党人都拥护新教皇。他们和教会的进步运动手拉着手，要进行自由改革。你是个和教会势不两立的人，怎么能跟他们混在一起呢？”

牛虻无可奈何，耸耸肩说：“他们干他们的工作，喜欢跟抱布娃娃的人在一起玩玩耍耍，这跟我有什么相干？他们当然想把新教皇作为招牌。只要起义的工作能有所开展，我又何必管那些事呢？我想，只要能打狗，至于用什么棍子就不计较了。只要能使人民起来反对奥地利人，用什么样的号召都行啊。”

“你想要我干什么？”

“主要是帮我把军火运输过去。”

“我怎么能干得了？”

“干这样的工作你最合适。我想在英国购买一批军火，如何运到那里却困难重重。要想通过教皇领地的任何港口，都是不可能的事。因此，军火一定要先运到塔斯加尼，然后再运往亚平宁山区。”

“这样运输，就要通过两道而不是一道边境线了。”

“是两道，可是舍此别无他法。军火数量很大，不可能指望从没有贸易业务的海港偷运过去。而且，你也知道，教皇领地西海岸的契维塔韦基亚港口一带，只不过有三条舢板，还有一条渔船。军火一旦运过塔斯加尼，我就能设法运过教皇领地的边境线。我的人对山里的每一条道路都熟悉，还有很多隐藏的地方。军火一定要从海路运往里窝那，这也是我最感到棘手的问题，因为我和那里的私贩子没有交往，我相信你有办法。”

“让我考虑五分钟。”

她向前欠着身子，手托着下巴，胳膊肘撑在膝上。沉默一会以后，她抬起了头。

她说：“在那一部分工作方面，我也许能派上一点用场，能帮你忙。不过，在讨论之前，我想问你一个问题。你能不能向我担保：这项任务不涉及行刺，不涉及任何暗杀行动？”

“当然。我不能要求你去完成一项你不愿意干的工作，这是毫无疑问的。”

“你什么时候要我给你确切的答复？”

“时间已经很紧迫，不能拖得太久。不过，我可以给你几天考虑的时间。”

“礼拜六晚上有空吗？”

“我想想看——今天礼拜四。行。”

“那好，到时候你来这儿。这事儿我要仔细考虑一下，然后给你最后答复。”

到了礼拜天，琼玛向玛志尼党的佛罗伦萨支部委员会递交了一份声明：她要担任一项带有政治性质的特殊任务，时间要几个月，因此，她目前所担负的党内的工作，不能再履行其职责。

委员会接到这项声明，大家多少有点感到意外。但是，大家都没有任何反对意见。这几年来，在党内大家都认为琼玛的判断是值得信赖的。委员会的人看法很一致：如果波拉太太要采取某种意外的步骤，她可能有充分的理由。

她对玛梯尼很坦率，说她要帮助牛虻完成一项“边境工作”。她坚持了这个条件：她有权向自己的老朋友说出上面坦率的话，这样就可避免他们之间的误解，或者因双方怀疑或琢磨不透而引起痛苦。在她看来，她必须这么做，以证明对玛梯尼的信任。可是，她对他说了以后，他却未置可否，而且她已经看出来：不知什么原因，他听到这个消息心里感到很痛苦。

他们俩坐在她寓所的凉台上。这儿近处可以看到红色的屋顶，远处可眺望到菲索尔。彼此沉默很久以后，玛梯尼站了起来，来回踱着步，双手插在口袋里，还自个儿吹着口哨——他在心情烦躁的时候一定要吹口哨的。她坐在那儿，对他看了一会儿。

“西塞尔，你对这桩事很不放心吧，”她终于开了口，“这事儿让你这么不高兴，我感到很抱歉。可是，我只能作出我认为是正确的决定。”

他心情忧郁，回答说：“这倒与事情本身无关，究竟是什么事我还根本不知道。你既然答应了，那就说明这件事可能是正确的。我不放心的是他本人。”

“我认为，你对他有了误解。我也曾误解过他，后来我对他渐渐有所了解。他远不是完美无缺的,但是,他实在比你想象的要好很多。”

“很有可能。”他还在来回踱步,沉默不语。过了一会见,他突然停在她身旁。

“琼玛,别干了!现在不干还来得及。千万别让这样的人拖下水,否则以后你会后悔的。”

“西塞尔,”她轻声说道,“你说出这样的话是有些欠思考的。谁也不能拖我下水。我是经过慎重考虑,而且完全出自我个人的意愿才作出了决定。我知道,你对列瓦雷士有个人厌恶,可是我们现在是谈政治,不是谈个人。”

“太太,别干了!那家伙很危险,很诡秘,很残酷,胆大妄为——而且,他已经爱上了你!”

琼玛心里一惊。

“西塞尔,你头脑里怎么有这种怪念头?”

“他爱上了你。”玛梯尼重复了一句。“太太,跟这样的人离远点吧!”

“亲爱的西塞尔,我对他已摆脱不了,我也对你解释不清。我们已经联在了一起——这不是由我们自己的意愿或行动所决定的。”

“既然你们联在了一起,我也无话可说了。”玛梯尼回答得有气无力。

他借口有事就走了。他在泥泞的街道上徘徊了几个小时。这天晚上,他觉得世界漆黑一团。这个狡猾的家伙插了进来,把他最珍爱的宝贝——偷走了。

第十章

接近二月中旬的时候，牛虻去了里窝那。琼玛已向他介绍了那儿的一位年轻的英国人。他是一家轮船公司的经理，具有自由主义思想，当年她和丈夫在英国时认识的。他对佛罗伦萨的激进派曾经帮过几次小忙。一次是在他们意外急需时，给他们借了钱，还把自己的营业地址用作党的通讯处，等等。但是，这些帮助都是通过琼玛，并且以她个人朋友的身份进行的。因此，按照党内惯例，琼玛可以自由利用这种关系，从事她认为可能有益的事。至于能不能得益，那完全是另外一回事。向一个表示同情的朋友借用地址接收西西里岛的来信，在他会计室的保险箱里藏一些党内文件，这是一回事；可是要他帮忙偷运一大批军火用于起义，这是另外一回事，他会不会同意，琼玛感到希望渺茫。

她曾对牛虻说："你只能去试试看，不过，我看希望很小。你要是拿着这份介绍信去向他借五百斯库陀[①]，他肯定会立刻就给你——他为人极其慷慨大方——你在危急时，他会把自己的护照给你用，或者把逃难的人私藏在他的地窖里。可是，你要是向他提起军火这一类的事，他会对你横眉瞪眼，以为我们俩是不是都得了神经病。"

"尽管如此，说不定他会给我一些暗示，或者向我介绍一两个水手帮帮我的忙。"牛虻这么回答道。"不论怎么样，反正去一趟试试也值得。"

到了二月底，有一天牛虻来到她的书房。他的衣着不像平时那么整洁。她从他的表情立刻就能看出来：他一定会有好消息告诉她。

"啊，你终于回来了！我在担心，你会不会出了什么事呢！"

"我以为不写信比较安全，但是又不能早点赶回来。"

"你刚到吗？"

"是的，一下了公共马车就直接到这儿来了。我是来告诉你，问题已全部

---

① 斯库陀：意大利古银币。

解决。”

“你是说贝莱真的肯帮忙?”

“他不仅肯帮忙,而且答应承担全部任务——包装、运输……统统包了下来。枪支藏在商贩的货物里,直接从英国运来。他的合伙人、也是他的好朋友威廉姆斯已经答应,负责在南安普敦起运,贝莱将设法混过里窝那的海关,因此,我回来这么晚。威廉姆斯刚刚启程前往南安普敦,我一直把他送到了热那亚才回来。”

“途中谈到细节问题了吗?”

“谈到了。只是有时晕船很厉害,不能谈。除此以外,我们一直在谈细节问题。”

“你晕船吗?”她迅速问了一句,因为她想了起来:有一次,她父亲带她和亚瑟在海上旅行时,亚瑟晕船吃了不少苦头。

“我虽然在海上混了很长时间,可是每次乘船都晕得很厉害。但是,他们在热那亚装货的时候,我和他终究谈到了细节问题。我想,威廉姆斯这个人你是认识的吧?他真是个大好人,值得信赖,而且还很敏感,贝莱也是这样的人。因此,他们俩对这件事一定会守口如瓶。”

“不过,照我想,贝莱同意干这样的事一定会有许多风险。”

“这话我向他提起过。可他反而不高兴,说,‘这与你有什么相干?’这话叫人听了真是喜出望外。我要是在廷巴克图[①]碰到了贝莱,我一定要跑到他跟前叫一声,‘英国朋友,早上好。’”

“可是,我怎么也没有想到,你竟然能得到他们的同意;还有威廉姆斯那是我做梦也难想到的人。”

“你说的对。一开始他坚决反对,倒不是因为有危险,而是因为这种事‘不像做生意’。但是,我很快就把他争取过来了。好吧,现在我们来讨论细节问题。”

牛虻回到自己的寓所时,太阳已经下山了。暮色苍茫,挂在花园墙头的日本榅桲树开的花朵显得很暗淡。他摘下了几条花枝,带到屋里。他打开书房门时,忽见绮达从拐角的椅子上站起身,向他跑了过来。

“啊,费利斯,我还以为你永远不回家了呢!”

牛虻气上心头,首先就想严厉责问她为什么要待在他的书房里。但是,想到他和她分别已经三个礼拜,终究伸出了手,很冷淡地打了个招呼。

“晚安,绮达,你好吗?”

她仰起脸,等他来吻她。可是,他好像没有看见似的,从她身旁走了过去,拿起

① 廷巴克图:西非城市,又译“通布图”。在马里共和国境内,撒哈拉沙漠南边的贸易中心。

一只花瓶，把花插了进去。一时间，房门突然大开，小柯利狗冲进了屋里，围着他又蹦又跳，还汪汪叫个不停，欣喜若狂。他把花瓶放下，弯下腰来抚爱地拍拍它。

“喂，沙顿，你好吗，老朋友？是啊，真的是我呀。我们拉拉手，像条听话的狗！”

绮达表情忧郁，显得很难堪。

“我们吃饭去好不好？”她很冷淡地问道，“你来信说晚上回来，我就在我那儿订了晚饭。”

他赶忙转过身。

“我非……非常抱歉。你不……不该等我的呀！我稍微整理一下马上就来。你大……大概愿意帮帮忙，把这些花放到水里养起来吧。”

牛虻来到绮达订的餐厅时，她正站在镜子前面，把榅桲树花别到胸前。她显然下了决心，摆出一副心情愉快的样子，拿着一束红艳艳的蓓蕾向他迎了过来。

“这些花是送给你的，我来别到你外衣上去吧。”

整个吃饭时间，他尽力显得亲切友好，一直娓娓而谈，她也喜笑颜开地和他交谈。对于他回来，她表现得这么高兴，他倒反而感到难为情。他已经有了成见，认为没有他，她照样可以过她的日子，与那些气味相投的朋友和伙伴一起快快乐乐地度时光。他从来没有想到过，她会挂念他。她现在心情这么激动，这说明他不在时，她的生活一定非常寂寞无聊。

“我们到凉台上喝喝咖啡吧，”她说，“今天晚上天气很暖和。”

“那好啊。把你的吉他也带上，好不好？或许你要唱唱歌呢。”

她心里很高兴，脸上泛起红光。他对音乐有很挑剔的眼光，很少要她唱歌。

凉台上有一围宽大的木凳，绕在墙壁周围。牛虻坐在拐角上，那儿可以尽情观看山景；绮达坐在矮墙上，脚踏在凳子上，身子靠着屋顶的柱子。她倒不想看什么景色，一心只想看着牛虻。

“给我一支烟，”她说，“自从你走了以后，我连一支烟也没有抽过。”

“你想得真妙。我也正想吸……吸支烟，尽情地痛快痛快。”

她身子略略前倾，满怀真情地注视着他。

“你真的很开心吗？”

牛虻眉毛一扬。

“真的啊，为什么不高兴？我已经美美地吃了饭，此刻又在欣赏欧洲最……最美丽的风景，马上就一面喝咖啡，一面听着匈牙利的民歌。我的良心很平静，我的消化器官又很正常，我还有什么不满足的呢？”

“我知道，你还少了一样东西。”

“什么？”

“是这个！”她把一个小纸包扔到他手里。

“炒杏仁！为什么要……要在我抽烟之后才说呢？”他有点责怪地叫起来。

“这又怎么啦，瞧你这娃娃相！就是抽了烟也是好吃的啊。咖啡来了。”

牛虻一面呷咖啡，一面吃炒杏仁，吃得津津有味，好像猫儿舔奶酪一样尽享其乐。

“喝过里窝那那儿的咖……咖啡，再喝这么好……好的咖啡，真是享受啊！”他说着又呷了一口。

“你既然已经回来了，就别走，就为喝这样的咖啡也要留下来啊。”

“待不久的，明天还得走。”

她的笑容顿失。

“明天就走！干什么？要到哪里？”

“啊，有公事，到两三处地……地方。”

牛虻和琼玛已经作出了决定：关于军火运过边境的事，他必须亲自出马，到亚平宁山区和私贩子们作好安排。从教皇领地的边境偷运军火，对他来说是十分危险的事，可是，要想偷运成功，他不得不这么做。

“开口公事，闭口也是公事！”绮达轻声叹了口气，又大声问道：

“一定要外出很久吗？”

“不会的。大……大概只要半个月，或者三个礼拜就行了。”

她突然问了一句：“恐怕又是那一类的公事吧？”

“什么‘那一类’？”

“你一向就把脖子吊在‘那一类’的公事上——就是没完没了的政治。”

“是与政……政治有关。”

绮达把香烟扔了。

“你是在欺骗我，”她说，“你干的事要冒这样或那样的风险。”

“我这就直……直接到地……地狱去，”他说得没精打采，“你那里是……是不是有什么朋友，要我把常春藤带去？不过，你不必……不必把它全扯下来。”

她刚才已经从柱子上猛扯下一把常春藤，这时又气鼓鼓地扔下去了。

“你要冒险，”她重复说了这句话，“可是，你根本就不肯说实话！你以为，我是无足轻重，只是受人愚弄、被人开玩笑的吗？要不了多少日子，你要给人家绞死，而你从来连一句道别的话都不说。一天到晚就是政治，政治——我都听腻了！”

“我也不……想谈政治了。”牛虻说着就懒洋洋地打了个呵欠。“这么着吧，我们谈谈别的吧——要么，你就唱唱歌吧。”

“那好，把吉他递给我。唱什么？”

“就唱那支失马的民歌吧。你的嗓子唱这样的歌真是太合适了。”

她唱起了匈牙利那支古老的民歌，大意是说一个人先是丢了一匹马，接着失去了家，后来连爱人也丢掉了。他想起了“要是在摩哈奇战场上①失去的会更多”，以此来安慰自己。这是牛虻特别喜欢的歌曲之一。歌曲的旋律猛烈而又凄凉，歌词渲染悲苦的斯多葛精神②的感人力量，在牛虻看来，任何轻音乐都达不到那样的艺术效果。

绮达唱得美妙动听，音调优美，富有力量，充满着对生活的强烈欲望。要她唱意大利或斯拉夫民歌就很逊色，唱德国民歌就更糟糕。可是，唱匈牙利民歌却得心应手。

牛虻瞪大了眼睛，张大着嘴，入了迷。他从来没有听到她唱歌唱得如此动听。唱到最后一句的时候，她的声音突然颤抖了：

啊……算不了什么……在战场上失去的会更多……

她突然停住了歌声，抽抽噎噎地哭了，脸藏到了常春藤叶子里。

“绮达！”牛虻站起身来，拿起她手中的吉他，“你怎么啦？”

她浑身哆嗦，只是抽泣，两只手蒙住了脸。他拍拍她的臂膀。

“快说说是怎么回事。”他安慰她。

“别碰我！”她还在哭，一面把身子躲避着他，“你别管我！”

他迅速回到自己的座位上，等她哭声渐渐停止。忽然间，他感觉到她的双臂搂住了他的脖子。她正跪在他的跟前。

“费利斯——别走！别离开这儿！”

“这事儿我们以后再谈吧。”他边说边轻轻把她双臂撩开。“你先说一说，你心里怎么这样难过。什么事情使你这么胆战心惊？”她摇了摇头，一声不响。

“是不是我做了什么事伤害了你？”

“没有。”她用一只手捂住了他的脖子。

“那是什么原因呢？”

“你会被人杀害的，”她终于小声开了口，“前几天，我听到常来这儿的人说，你会出事的——可是，我一问到你，你就对我一笑了之！”

牛虻感到很惊诧，但不一会儿就说：“我亲爱的孩子，你把事情想得过于严重了。我是很有可能在哪一天被害死——一个革命者遇到这样的事也是自然的。但是，以为我马……马上就要被人杀害，这是毫无道理的。和别人比起来，我冒这点

① 指摩哈奇战役(Battle of Mohacz)：匈牙利被土耳其人彻底击败的一次战役。它标志着匈牙利君主国的真正灭亡。

② 斯多葛精神(Stoicism)：在古希腊和罗马时期兴盛起来的一派思想，主张人生必须淡泊。

风险算不了什么。”

“别人——别人与我有什么关系？你要是爱我，你就不能这么一走了之，让我睡觉都睡不好，怀疑你是不是遭到逮捕；要么就是睡着了，做梦也梦见你已经死了。你对狗还那么关心，对我连狗都不如啊！”

牛虻站了起来，缓慢地走到凉台的另一头。眼前出现的这种情况，让他感到很意外，被弄得无所适从，一时间不知如何回答是好。是啊，琼玛对他的劝告是正确的。他在生活中已经陷入了一种纠缠不清的境地，而且还很难摆脱。

“坐下来吧，我们心平气和地谈谈。”他过了一会又回到原位。“我认为，我们之间已有了误会。我要是知道你是认真和我谈的，我自然不会那么一笑了之。你要对我说实话，你为什么如此伤心。这样说明白了，如果是有什么误会我们也能消除。”

“谈不上有什么误会要消除。我看得出来，你心里根本就没有我。”

“我亲爱的孩子，我们彼此最好要以诚相待。在我们之间的关系上，我一直都尽量诚恳处之。我认为，我从来就没有欺骗过你……”

“啊，你诚恳，你不欺骗人。你是在把我当个妓女，这是一点也没有不诚恳的地方，连一点做作也没有。你以为我一文不值，是旧货店里买来的花衣裳，在这之前，有许多男人已经穿过……”’

“别说了，绮达！对于任何有生命的东西我从来就不是那样看待的！”

“你从来就没有爱过我。”她心情郁闷，仍然坚持己见。

“你说的也对，我是从来没爱过你。可是，你听我说：你试想一下，我可曾对你有过一点坏心。”

“谁说我以为你有坏心？我……”

“等一下。我想说明的是：我并不相信那些传统的道德准则，对此我不屑尊重。在我看来，男女之间的关系仅仅在于喜欢不喜欢……”

“还有钱。”她打断了他，并且冷笑了一声。牛虻眨眨眼，犹豫了片刻。

“当然，这是那种关系中丑恶的一面。但是，你要相信，如果我想到，你不喜欢我，或者不愿有那样的关系，那我绝不会提出要求，也不会因你的处境而引诱你。我这辈子还从来没有对任何女人做过那种事，也从来没有对一个女人隐瞒我对她的感情。你可以相信，我是在和你说实话……”

他停了一会，可是她没有反应。

牛虻接着说：“如果一个男人活在世上感到很孤单，觉得需要——需要一个女人待在身边，如果他能找到一个他所喜欢的女人，又不至于勉强，而那个女人也愿意给他这种乐趣而无需更紧密的结合，那么他就有权利接受，他的心里充满感激，他的思想也很愉快。如果双方没有不公、没有侮辱、没有欺骗，我看这种关系没有任何害处。至于你在遇到我之前与别的男人有什么关系,我没有想过。我只想到,我们的相处让双方都感到愉快,对谁都没有伤害,而且,只要认为必要,双方都可以自由地摆脱这种关系。如果我的看法不对——如果你对此有别的想法——那么……”

他又停住不说了。

“那么怎样?”她轻声问,头也没抬。

“那么,我就委屈了你,我感到很抱歉。可是,我不是有意的。”

“说什么‘不是有意’,‘想法’——费利斯,难道你是铁石心肠?就因为你从来没有爱过一个女人,难道因此看不出来我爱你吗?”

牛虻浑身突然感到一阵战栗。他长久以来还从未听到有人对他说“我爱你”这样的话。绮达立即纵起身,张开两臂紧紧搂抱着他。

“费利斯,和我一起走吧!这种可怕的地方,这帮子人以及他们那一套政治,我们避开吧!我们跟他们搞在一起能有什么名堂?走吧,我们在一起一定会幸福。我们到南美去吧,那儿是你过惯了的地方。”

提起南美,他立刻联想到自己所受的肉体上的痛苦,感到一阵恐惧,但他恢复了自控。他把她的手从脖子上挪开,紧握在自己手里。

“绮达!你要尽量明白我说这话的含义。我并不爱你;即使爱你,我也不会跟你一道走。我在意大利有我的工作,还有我的同志们……”

“还有另外一个人,你爱这个人胜过爱我吧?”她气冲冲地大声叫嚷。“啊,我恨不得把你杀死!你关心的不是什么同志,而是——我知道那个人是谁!”

“嘘!”他轻轻叫了一声,“你太激动,头脑不着边际地在胡思乱想。”

“你以为我是指波拉太太吗?我不会那么轻易受骗上当!你同她在一起只谈政治,你对她如同对我一样,谈不上什么关心。你关心的是那个主教!”

牛虻像是中了子弹一样,惊魂不定。

“主教?”他机械地重复了一遍。

“就是秋天来这儿布道的蒙泰尼里主教。那天,他的马车经过的时候,你以为我没看见你的表情吗?当时你脸色惨白,白得就像我口袋里的手帕!怎么回事,我提起他的名字,你就像树叶一样瑟瑟发抖?”

他站了起来。

“你不明白你在说些什么,”他说得很慢很轻,“我——恨那个主教,和他有不共戴天之仇。”

“不管是仇不是仇,反正你爱他胜过爱世上任何其他的人。你敢不敢当着我的面,说我的看法不符合事实?”

他转过身子,目光投向了花园里。她在一旁偷偷地观察他,也对自己刚才的举动感到有点后怕。他一声不响,可是那种沉默令人生畏。到后来,她还是偷偷地走到他跟前,像个受了惊吓的孩子,胆怯地拉了拉他的袖子。他转过了脸。

"是事实。"他说。

第十一章

“可是，我就不能……能到山里去跟他见见面吗？要是叫我到布里希盖拉去就有点冒险。”

“在罗玛亚省那里，对你来说处处都有危险。但是，在目前的情况下，布里希盖拉比其他任何地方都要安全些。”

“为什么？”

“等一会儿我再告诉你。那边穿蓝夹克的家伙是个危险分子，别让他看到你的脸——是啊，这次大暴风雨真可怕，在我印象当中，葡萄长得这么糟似乎是少有的。”

牛虻伸开双臂放在桌上，脸伏在臂上，那样子像一个人十分疲劳或是喝醉了酒。那个穿着蓝夹克、刚进来的危险分子四下里扫了一眼，只见两个农民在一边喝酒，一边谈论收成，还有一个山民头伏在桌上打瞌睡。在像玛拉第镇这样的小地方见到这种情况也是司空见惯的事。穿蓝夹克的那人显然认为没有什么可以探听的，就把酒一口喝光，摇晃着身子走到了外间。到了那儿，他靠在柜台上，懒洋洋地跟店主闲聊，眼角儿不时地乜着大门那面坐在酒桌旁的三个人。两个农民继续在喝酒，操着当地方言在谈论天气。牛虻睡得无忧无虑，打着鼾。

到后来，那个暗探似乎下了决心，觉得待在酒店里会一无所获，再待下去不值得，就结了账，出了门，摇摇晃晃朝那条小道走了。牛虻这时打了个呵欠，又伸伸身子站了起来，用粗衣袖子擦了擦眼睛，像是睡意朦胧。

“这么装着还真不容易啊，”牛虻说着就从口袋里掏出小刀，切下了一大片裸麦面包。“密凯莱，这帮家伙最近对你盯得很紧吧？”

“比八月份的蚊子‘叮’得还厉害，弄得没有一分钟的安宁。你无论走到哪儿，总是有个暗探跟你形影不离。甚至连他们以前不敢冒险进入的山里面，现在也三五成群结队往里面闯——是不是这样，季诺？正因为这样，我们把你和陀米尼钦诺的会面地点安排在城里。”

“我懂了。可是为什么要放在布里希盖拉城里？靠近边界的城镇暗探总是很多啊。"

"布里希盖拉目前是绝妙的地方,全国各地的香客一窝蜂地拥到了那里。"

"可是,那儿的交通很不方便呀。"

"离那儿不远,就有一条路通向罗马。复活节的香客有许多人要到那儿望弥撒。"

"布里希盖拉这样的城,有没有什么特别的地方,我可不……不知道。"

"主教就在那里呀。去年十二月,他到佛罗伦萨去布过道,难道你忘了吗?就是那个蒙泰尼里主教。听说他在那儿引起了很大的轰动。"

"有可能是那种情况,不过,我是不大去听什么布道的。"

"可是你要知道,他的名气就像是圣人。"

"他怎么能有那么大的名气?"

"不清楚。我想可能是他把全部收入施舍给别人,过着教区牧师的生活,每年只拿四五百个斯库陀。"

那个叫季诺的插话说:"啊,不仅仅是这些原因。他不仅施舍钱,而且一生都救济穷人,帮助病人求医治疗,从早到晚都听别人鸣冤叫屈。密凯莱,我虽然与你一样不喜欢什么教士,可是蒙泰尼里大人倒是的确与众不同。"

"啊,这恐怕与其说他是个恶棍,倒不如说他是个笨蛋,"密凯莱说,"说来也怪,大家像疯子一样崇拜他。最近又出现了一种新的花样:香客们都拐个道往他那儿走,请求他的祝福。陀米尼钦诺正要带一篮子便宜的十字架和念珠,扮成个小贩去卖。那些香客喜欢买这些小玩意,让主教摸一摸,然后带回家,让孩子挂在脖子上以避邪。"

"等一会。我怎么去那儿——扮成香客去吗?现在我这身装扮非……非常合适。不过,这副样子到布里希盖拉去露面就很……很不恰当。如果我遭到逮捕,就成了对你们不利的证……证据。"

"你不会被逮捕的,我们对你的装扮已经有周密的安排,还有一份护照,一切齐全。"

"扮成什么?"

"一个西班牙老香客——是从西拉斯来的一个忏悔强盗。他去年在安科纳港口生了病,我们一位朋友出于好心把他带到一艘商船上,送到了威尼斯。他在那儿有朋友。为了表示感谢,他把这些证件送给了我们。这些证件对你非常合适。"

"一个忏悔的强……强盗?要是警察看出来怎……怎么办?"

"啊,不用担心!他被判服划船苦役,几年之后刑满了,就到耶路撒冷一类的地方拯救自己的灵魂。他曾把自己的儿子误认为别人而杀死了。当时他悔恨交加,就向警方自首了。"

“他年纪很大吗？”

“是的。但是，只要弄一把白胡须、一头假发就扮成了。证件上所记载的其他各种特征与你一模一样：他是个老兵，瘸腿；像你一样，脸上有一道刀痕；另外，他还是个西班牙人——你看，如果你遇到西班牙香客，就可以和他们很好地交谈。”

“我在什么地方与陀米尼钦诺碰头？”

“你就混在香客里，在一个十字路口，等会儿我们在地图上指给你看。在那儿，你就说在山里迷了路。到了城里以后，就跟香客们一起混进一个集市——就在主教住的宫殿前面。”

“哟，既然他是个圣人，可还要住到宫……殿里去干什么？”

“他住了一间厢房，其余的用作了医院。我看就这样吧：你们都在那儿等主教出来给众人祝福。这时候，陀米尼钦诺手里挽着篮子，走过来说：‘老人家，你是香客吧？’你就这么回答：‘我是个可怜的罪人。’然后，他就放下篮子，用衣袖擦擦脸。你就给他六个斯库陀，买一串念珠。”

“接下来他当然安排会谈地点，是这样吧？”

“正是这样。他将有充分的时间把会谈地点交给你，因为大家都一门心思在注视着蒙泰尼里。这就是我所作的安排。你如果对这样的安排不满意，我们还可以叫陀米尼钦诺安排其他的方式。”

“不用了。这样安排能行。不过，你们一定要做到胡子和假发都很逼真。”

“老人家，你是香客吧？”

这时候，牛虻正坐在大主教下榻的宫殿门口的台阶上，从一头乱蓬蓬的白发下抬起头，给对方回了暗语。他声音吵哑，带着颤抖，而且具有浓厚的外国音调。陀米尼钦诺从肩上卸下了皮带，把盛有敬神的小玩意儿的篮子搁在台阶上。农民和香客成群结队，有的坐在台阶上，有的在集市上久久徘徊，谁也没有注意他们俩。不过，为了谨慎起见，他们的谈话时断时续。陀米尼钦诺说的是当地土语，牛虻说着支离破碎的意大利语，还夹带着几个西班牙语词。

“主教大人来了！主教大人出来了！”站在门口的人大声叫嚷。“大家让开，主教大人出来了！”

他们两个人也站了起来。

“老人家，在这儿，”陀米尼钦诺一面说，一面把一个小神像递到牛虻手里，那神像外面包着纸，“把这个也带上吧，到了罗马请记住也为我祷告。”

牛虻把那个东西塞到怀里，这才转过身来，看看那个站在上面台阶上的大人，只见他身着大斋期间穿的淡紫色法衣，头戴猩红帽，正伸开双臂给众人祝福。

蒙泰尼里从台阶上慢慢往下走，人群拥上前去吻他的手。许多人跪在地上，等他走过时撩起他的法衣袍角,放到嘴边。

"我的孩子们,祝你们平平安安!"

听到那清脆的银铃般的声音,牛虻连忙低下了头,一头白发也披了下来。陀米尼钦诺还看到他手中的香杖不住地抖动,心里不禁发出了一声赞叹:"好一个艺术高超的戏子啊!"

站在他们附近的一个妇女,弯下身把孩子从台阶上举得高高的,说道:"契柯呀,快点,主教大人给你祝福,就像我主基督给孩子祝福一样。"

牛虻跨上一层台阶,停住了步。啊,这实在令人难受啊! 所有这些局外人,包括那些香客和山民,都能走上前和他说话,他伸出手,一个个抚摩他们孩子的头。他或许会对那个农民的孩子叫一声"亲爱的",如同他往日惯常的做法一样……

牛虻又在台阶上坐下来,把头转向另一侧,不去看他。要是能溜到哪个角落里,连耳朵也听不到他的声音就更好了! 他也的确忍受到了一般人所不能忍受的程度——离他那么近,到了伸手就可以摸到那只亲爱的手的地步。

"我的朋友,你到屋子里休息一会不好吗?"那个轻柔的声音在说话了,"你恐怕有点冷吧。"

牛虻的心悬住了。一时间,他忘掉了一切,只觉得全身血液在奔涌,令他感到难受。那血液不仅压迫着他,而且似乎要把他的胸膛冲破,在他的全身翻腾,在燃烧。他抬起了头,只见那严肃而又深沉的目光一见到他的面孔就突然变得和蔼可亲,充满了神圣的怜悯。

"朋友们,你们往后站一点,"蒙泰尼里对着众人说,"我想和他说说话。"

周围的人慢慢往后退,相互窃窃私语议论开了。牛虻坐在那儿一动也不动,牙齿咬得紧紧的,目光对着地面。他已感觉到了:蒙泰尼里的手已轻轻拍着他的肩膀。

"你心里一定有很大的痛苦,我能给你帮点忙吗?"

牛虻摇摇头,一声不响。

"你是香客吗?"

"我是个可怜的罪人。"

蒙泰尼里的问话正巧和牛虻他们接头的暗号相似,使他好像捞到了一根救命稻草。他拼命抓住不放,竟然机械地作了回答。那只轻轻放在他肩上的手,使他感到像一团火在燃烧。

主教躬身向他凑得更近。

"你也许想和我单独聊聊吧? 如果我还能帮你一点儿忙……"

牛虻这才第一次抬起了头,目光坚定地正视着他的眼睛。他已渐渐恢复了自控。

“那也没有用，”他说，“事情已经到了没有指望的地步。”

一个警官从人群中走了出来。

“主教大人，请原谅，打扰您了。据我了解，这个老头神经有点不正常，不过他绝不是坏人。他身上的证件都不错，我们才没有管他。他曾经犯过大罪而被罚做苦役，现在正在忏悔。”

“犯过大罪。”牛虻重复了那个意思，同时又慢慢摇着头。

“谢谢，警长，请您往旁边站一点。我的朋友，一个人只要真心实意忏悔，任何事情都是有指望的。今天晚上到我那儿去愿意吗？”

“一个杀死了亲生儿子的罪人，主教大人也愿意接见他吗？”

这句话的口气富有挑战的意味，蒙泰尼里像是受了一阵寒风，身子战战兢兢地后退。

“不管你犯了多大的罪，上帝都不允许我谴责你！”他庄严声称。“上帝看我们世人，都同样有罪，我们的正直就像肮脏的破布一样。只要你愿意到我那儿去，我就会接见你，正如我向上帝祈祷，上帝也会有一天接见我一样。”

牛虻伸出双手，突然显示出一种热情奔放的姿态。

“大家听着！”他说，“基督徒们，你们都听着：如果一个人杀死了他唯一的儿子——是个爱他、信任他、和他血肉相连的儿子；如果他以谎言和欺骗把他的儿子引向了死亡的陷阱——这样的人无论在人间还是在天国，他还有什么希望吗？我也曾在上帝面前、在凡人面前忏悔过我的罪孽，也曾忍受过他人施于我的惩罚，他们已经放了我。可是，什么时候才会说出‘已经够了’这样的话呢？要用什么样的祝福才能从我的灵魂里消除上帝对我的诅咒呢？什么样的赦免才能勾销我所犯的罪过呢？”

接着出现了死一般的沉寂。人们都看着蒙泰尼里，只见他胸前的十字架起伏不停。

后来，他抬起了头，举起那只颤巍巍的手开始向众人祝福。

“上帝以慈悲为怀。”他说。“把你们良心上的负担放在上帝的圣座前面吧，因为《圣经》上已经写着：‘你们不该蔑视一颗破碎的、痛苦的心。’”

他说完就转身朝集市走过去，一路上不时地停下来和人们交谈，还抱一抱他们的孩子。

天色已晚，牛虻按照包神像的纸上写的地址，往约会的地点那儿走。那是一个当地医生的住宅，医生本人就是“红带会”的积极分子。地下革命党人已经聚集在那里，见牛虻来了，大家都非常高兴。这也给牛虻提供了一个新的证据，如果他需要证实的话，说明他作为一个领袖已深孚众望。

医生说：“我们见到你来，足以使我们感到高兴；可是我们送你走时将会更加高兴。这个安排带有极大的冒险,我本人当初就对这个计划持有异议。今天早上在集市那个地方,你能肯定没有警察耗子在注意你吗?”

“啊,他们对我已够注……注意的了,不过他们认不……不出来我。陀米尼钦诺安……安排得非常成功。我怎么没见到他,他上哪儿去啦?”

“他还没有来。你一路上还很顺当吧?主教是不是对你祝福了?”

“他的祝福?得了,那个屁钱不值。”这时候,陀米尼钦诺正好跨进门,就答了腔。“列瓦雷士,你就像圣诞节的蛋糕,里面装的东西令人惊喜不已。你究竟还藏有多少能耐,要让我们拍案叫绝呀?”

“怎么啦?”牛虻懒洋洋地问。他正靠在沙发上,吸着雪茄,身上还穿着那套香客的衣服,但是白胡子和假发已经撂到了一边。

“真没有想到,你的表演技艺那么高超。我今生从来没有目睹过这么精彩的表演。那位主教大人差不多被你感动得快要淌眼泪了。”

“是怎么回事?列瓦雷士,快说给我们听听啦。”

牛虻耸了耸肩。他正处于一种沉默寡言的心境之中。大家见到从他口中问不出什么话来,就要求陀米尼钦诺说说是怎么回事。他把集市那一幕情景描述了一番,引得大家哄堂大笑。只是有一个年轻的工人不但没笑,反而突然发表了自己的意见:

“戏,当然演得很巧妙,但是,这样的假戏,我看对我们并没有多大好处。”

牛虻插话了:“好处是有的。这以后我在这个地区就可以到我想到的地方,干我想要干的事,男女老幼无人会怀疑我。今天那一幕戏到明天就会四处传遍。我就是碰到了暗探,他也会以为:‘这就是狄雅谷疯子,那天在集市上当众忏悔的。’这的确是有好处的事。”

“对,这一点我明白了。可是,我但愿既能得到这样的好处又不要愚弄主教才好。主教这样的人实在太高尚了,不能玩这种花招欺骗他。”

牛虻表示赞同,只是说话没有精神:“当时我自己也觉得,他似乎很高尚。”

“桑德罗,你在胡说八道!什么主教不主教,我们这儿不需要!”陀米尼钦诺说。“蒙泰尼里大人本来有个机会,去罗马接受大主教的头衔,当初他若是去了,列瓦雷士也就不会用那样的方式愚弄他。”

“他不去接受那个位子,那是因为他不肯放弃这儿的工作。”

“更有可能是因为他不想让拉姆勃鲁斯契尼的代理人把他毒死。可以肯定,那帮子人一定反对他。一个主教,尤其是像他那样大名鼎鼎的主教,竟然‘心甘情愿’缩在上帝所舍弃的这样一个小洞里,大家都知道这里面会有什么原委——列瓦雷士,是不是?”

牛虻正在吐烟圈。“这大概也是‘有一颗破……破碎的、痛悔的心’那一类往……往事吧。"牛虻仰起头,看着袅袅飘浮的烟圈,说道:"伙伴们,现在,谈谈我们的正事。"

关于军火的偷运和隐藏的工作,他们已经制定了种种计划,现在讨论这些计划的细节问题。牛虻全神贯注在听,对于一些不严密的地方或者不周到的想法随时作了明确的纠正。等大家意见说完以后,他提出一些实际的建议,其中大部分不用讨论就被大家通过了。接着就散了会。会上作出了决定,至少在牛虻还没有安全返回塔斯加尼之前这段时间里,任何会议都不要开得太晚,因为太晚了有可能引起警方的注意。因此,时间刚刚过了十点,其余的人就分散离开了,只留下医生、牛虻和陀米尼钦诺三个人。他们还要开一个小组会,讨论一些特殊问题。经过长时间的热烈讨论以后,陀米尼钦诺看看墙上的挂钟。

"已经十一点半了,我们不能再开了,否则巡夜的人会发现我们。"

牛虻问:"巡夜的什么时候经过这儿?"

"大约在十二点。我要在他来之前赶回家。乔尔达尼医生,晚安。列瓦雷士,我们一道走好不好?"

"不,我们各走各的,这样安全些。我还要不要和你再碰头?"

"要的,下次见面在鲍罗尼斯堡。我还不知道怎么装扮呢,反正你已经知道接头的暗号。你大概明天就要离开这儿了吧?"

牛虻站在镜子前,细心地把胡须和假发戴好。

"明天一早混在那些香客里走。后天,我要装病,躲到一个牧人的家里。然后,我就抄近道翻山。所以,你没有到那边我就先到了。晚安!"

教堂的钟楼此刻正敲十二点。那个大仓房已用作香客的临时住所,牛虻朝里面一看,只见地上横七竖八地睡满了人,大部分在打鼾,空气混浊沉闷,令人难受。牛虻打了个冷颤,心里作呕,连忙退了出来,根本不想进那里面睡觉。他宁可到外面溜溜步,找个棚子或者干草堆那样的地方睡觉,至少还落个清洁和安宁。

这是一个银光灿烂的夜晚,紫色的天空中,一轮明月高悬。牛虻在大街小巷漫无目的地徜徉。他思考着这天早上那一幕情景,心里很凄凉,后悔当初不该同意陀米尼钦诺的计划,到布里希盖拉这地方来开会。如果他一开始就声明这个安排太危险,就会选择别的地点。那么,他和蒙泰尼里就不会演出那么一场可怕的滑稽剧。

神父的变化实在太大了!可是他的嗓音却丝毫没有改变,与他过去常常叫"亲爱的"那个时候完全一样。

街道的那一头闪现出巡夜的风灯,牛虻拐进了一条狭窄弯曲的小巷。没走多远,发现自己不知不觉到了教堂广场,并且离主教宫殿的左厢房很近。广场上月华如水,四周不见人影。但是,他看到了教堂的边门虚掩着,那一定是看门的忘了把门关上。在这样的深更半夜,门开着也不会发生什么意外。他倒不如进去,在里面找条凳子睡觉,免得再回到那个令人窒息的仓库。他可以一直睡到早晨,乘看门的没到就溜走。即使被人发现,人家也自然而然地以为:疯子狄雅谷在教堂角落里做祷告,被人家关在了里面。

他在门口听了一下动静以后就走了进去,尽管腿瘸,可是迈步却能一声不响。从窗户透进来的月光,在大理石地面上铺了一条条宽阔的光带。尤其是在祭坛周围的圣坛,一切都像在白昼一样,看得清清楚楚,只见蒙泰尼里主教光着头,紧拢着双手,孤零零地跪在祭坛前的台阶上。

牛虻赶紧缩着身子,躲到了阴影里。他该不该逃走,以免蒙泰尼里看到他?逃走自然是最明智的做法,或许也是最仁慈的做法。但是,再往前凑近一些,再看看神父的脸,这又有何妨呢?由于群众已经走散,犯不着又像早上那样再演一出可恶的闹剧了。他无需让神父看到自己,只是悄悄地走上前看一看——就看这一次。也许这是最后一次见他的机会了。看过以后,他就回去干自己的工作。

他一直隐身在柱廊的阴影里,不声不响往上走,来到圣坛的栏杆旁,在边门口停住步,那儿靠近祭坛。主教座位投射的阴影很宽阔,足以笼罩住他的身子。他就在暗中蹲了下来,连呼吸也屏住了。

“我可怜的孩子!啊,上帝,我可怜的孩子!”

那断断续续的低语充满了无限的悲伤,牛虻不禁浑身打了个寒颤。接着,他听到了无泪的哽咽,那么深沉,那么惨痛。他看到蒙泰尼里就像肉体上感到极大的痛苦一样,正使劲绞扭着双手。

事情竟然糟到了这种地步,这完全出乎他的意料。过去,他常常痛苦地安慰自己,并且相信:“我没有必要感到心烦,因为那创伤早已治愈。”没想到时隔这么久,那创伤仍然赤裸裸地展现在他的眼前,而且他还看到伤口鲜血淋漓。如果现在他要想把伤口根治好,那又是多么易如反掌啊!他只要把手一举,向前跨近一步,说一声:“神父,是我在这儿。”还有琼玛的创伤,她那黑色头发中的一绺白发。啊,他要是能够对他们宽恕就好了!那个土著水手、那片甘蔗地,还有杂耍班——过去那些打上烙印的记忆,他要是能统统忘却那该多好啊!他想宽恕而不能宽恕,渴望宽恕而又不敢宽恕,因而宽恕也就无望了,人世上实在没有比这种事更悲惨的了。

蒙泰尼里终于站起来,画了十字,就转身离开了祭坛。牛虻赶紧又往阴影处缩了一步,浑身直哆嗦,惟恐被他看见,甚至害怕心脏的跳动声响暴露了自己。过了一会,他才长长地呼了一口气,放了心。蒙泰尼里已经从他身边走过,靠得那么近,那紫色的长袍已拂到了他的脸。他走过去了,而且没有发觉他。

没有看见他——啊,他来这儿干什么?这是千载难逢的机会——这是极其珍贵的时刻——而他却错过了。想到这里,他猛地纵起身,跨步置身在月光之中。

“神父！”

他的声音沿着拱形的屋顶回荡着，并渐渐消失，而他内心里充满了极大的恐惧。他又缩回到阴影里。蒙泰尼里一动不动地站在柱子旁，骨碌碌地睁大了眼睛在倾听着，那神情充满了死亡的恐怖。一时间出现了沉默的气氛。这沉默持续多久，牛虻已感受不到，可能是瞬间，也可能是永恒。他突然一惊，终于恢复了知觉。蒙泰尼里身子渐渐摇晃不定，仿佛就要摔倒似的，嘴角嚅动，起初还没有发出声音。

“亚瑟！”他终于轻声叫了出来，“是啊，那海水很深……”

牛虻走上前去。

“主教大人，请宽恕我吧！我原以为是一位教士在这儿呢。”

“啊，你就是那位香客吧？”牛虻虽然看到他手上的蓝宝石在颤动地闪光，知道他身子在颤栗，但是，蒙泰尼里立刻恢复了镇定。“我的朋友，你需要帮忙吗？夜已深沉，教堂的大门夜里是关着的。”

“主教大人，我如果做错了，请你宽恕我。我看大门是开的，就进来祷告。后来我看到大人在默念，我以为是位教士，就等着想请他给我这儿的圣物祝福。”

牛虻说着就擎起从陀米尼钦诺那儿买来的锡制小十字架。蒙泰尼里接过十字架，又返回到圣坛，把它放在祭坛上。过了一会儿才说：

“我的孩子，拿去吧。你要放宽心，因为上帝是大慈大悲的。到罗马去吧，请求上帝的使臣——圣父——为你祝福吧。祝你平安！”

牛虻低下头，接受了他的祝福。然后，他就转身慢慢走开。

“别走！”蒙泰尼里叫了一声。

牛虻站在那里，一只手扶着栏杆。

“你到了罗马接受圣餐的时候，”蒙泰尼里说，“请你为一个哀痛欲绝的人祈祷吧——这个人已经感到上帝的手很沉重地压住了他的灵魂。”

他几乎是声泪俱下，牛虻的决心已开始动摇。只要一眨眼的工夫，他就会暴露自己的真相。但是，他又想起了杂耍班的情景。这正如约拿[①]一样，他恨得对。

“我算得了什么，上帝会听我的祷告吗？一个麻风病人，一个流浪汉！如果我能像你主教大人一样，可以在上帝的神座前奉上自己圣洁的一生，奉上一个毫无瑕疵、毫无隐私的灵魂……”

蒙泰尼里突然转身走了。

“我能奉给上帝的只有一样，”他说，“那就是一颗破碎的心。”

几天以后，牛虻从皮斯托亚回到了佛罗伦萨。他乘的是四轮驿车，一下车就直

① 约拿(Jonah)：《圣经》中的人物，他一直恨着耶稣。

接到了琼玛的住所，但是她不在家。牛虻留下口信，说他第二天早晨再来，自己就回家了。他一心指望，自己的书房不要再受到绮达的打扰。她心怀嫉妒，说起责备的话来就像牙科医生的锉子。今天晚上要是再听到这一套，他的神经可受不了。

女仆开了门，他说："晚安，碧安卡，莱尼小姐今天到这儿来过吗？"

女仆感到茫然，对他发愣。

"莱尼小姐？这么说，她已经返回了吗，先生？"

"这是什么意思？"牛虻皱着眉头，突然在门前的脚垫上站住了。

"就在你动身以后，她突然走了，什么东西都没有带。连一声招呼都没有打。"

"就在我动身之后走的？这就是说，半……半个月前就走了？"

"是啊，先生。就在你走的当天。她那些东西堆在那儿，横七竖八的。左右邻居都在议论呢。"

牛虻一听就转过身，离开了台阶，一句话也没说，急忙穿过小巷赶到了绮达的寓所。房间里一切没有变。往日他给她的那些礼品全都摆在原来的位置。他也找不到她留下一封信或是有只言片字的条子。

"先生，有事要打扰你，"碧安卡说着就把头探进屋里，"有一位老太婆……"

牛虻转过身，气势汹汹的样子。

"你来干什么——为什么跟着我？"

"一位老太婆想要见你。"

"她要找我干什么？你去对她说，我很忙，不……不能见她。"

"先生，你走以后，她几乎天天晚上要来一趟，总是问你什么时候回来。"

"去问一下，她有什……什么事。不，别说了，我看我还是亲自去见她。"

那位老太婆坐在客厅的门口，正在等他。她衣服破烂，脸色发黄，皱纹满面，像颗枸杞子。头上裹了一条色彩鲜艳的围巾。见牛虻来了，她就站起来，一双锐利的黑眼睛直盯住他。

她对他从头到脚仔细打量一番以后，就说："你是瘸腿先生吧，绮达·莱尼要我向你递个口信。"

牛虻把书房门打开，扶住门，让她进去以后自己才进去把门关上，免得碧安卡听到他们的谈话。

"请坐下。告……告诉我，你是谁。"

"我是谁，这与你无关。我到这儿来是要告诉你：绮达·莱尼已和我儿子一道走了。"

"和……你的……儿子？"

"是的，先生。你有了女人，要是不懂怎么样留住她，那么别的男人把她带走，你就不能怨恨谁了。我儿子血管里有热血，不是牛奶和水。他是个吉卜赛人。"

“啊,你原来是吉卜赛人!这么说,绮达重新回到自己一族人那里了?”

那老太婆看着他,既感到惊讶,又很瞧不起他。太明显了,这些基督徒连一点男子汉大丈夫的气概都没有,受到了侮辱都不生气。

“你是什么坯子造的人啦,她为什么非得跟着你不可?我们女人也有跟着你们的时候,那是女孩子有幻想,要么因为你们肯出好价钱,这才把身子借给你们一会儿。可是,我们吉卜赛人的血还是要流到吉卜赛人的身子里。”

牛虻不动声色,仍然保持冷漠和镇定。

“她是和一队吉卜赛人一道走的呢,还是就跟你儿子一人住在一起呢?”

老太婆哈哈一阵大笑。

“你是不是要去找她,劝她回到你身边?先生,你后悔晚了,你早就该想到的呀!”

“不。希望你肯对我说,我只是想知道一下事实真相。”

老太婆耸了耸肩。一个人竟然这么软弱,再要去责备他实在不值得。

“那么,我就实打实告诉你吧。就在你离开她的那天,她在路上碰到了我儿子,就用吉卜赛的话和他聊起来。她虽然穿一身漂亮的衣服,但我儿子却看出来她是我们的同胞,就爱上了她那好看的脸蛋。我们吉卜赛男人就是这么爱女人的。他把她带到了我们的帐篷。她把自己的苦水全倒了出来,坐在那里又是哭又是叫,可怜的姑娘啊,弄得我们一个个都为她感到心酸。大伙儿想尽法子安慰她。后来,她把身上漂亮的衣服脱下来,穿上了我们吉卜赛姑娘穿的衣服,就这么把自己交给了我儿子,算是我儿子的女人,我儿子也就算是她的男人。我儿子哪儿会说‘我不爱你’,‘我还要干别的事’这一类的话。一个年纪轻轻的女人家,想的是要个男人。可你呢,一个漂漂亮亮的姑娘,双臂搂着你的脖子,你连吻都不吻她,你这算得了什么男人?”

牛虻插话说:“你刚来时说,你是到这儿来为她捎口信给我的。”

“是啊。因为我们的帐篷撤走了,我就留下来送口信给你。她要我告诉你:对于你们这种人,以及这种人的斤斤计较和冷漠无情,她已经饱尝了滋味,她无法忍耐下去了,要回到自己的同胞当中,要自由自在地过日子。她还说:‘对他讲,我是个女人,曾经爱过他,正因为如此,我不想再当他的婊子了。’这姑娘离开了你,她做得对。姑娘家长得俊,换几个钱,这没什么大不了的。要不然,漂亮的脸蛋还有什么用啊。可是,一个吉卜赛姑娘对于像你们这一类的人谈不上什么真心相爱。”

牛虻站起身来。

他说:“这就是你要带的口信吗?请你告诉她,我认为她这么做很对。我希望她会过上幸福的日子。我要说的就是这些话。晚安!”

牛虻笔挺挺地站在那里,连动也没动,一直等到她出去、花园门关上以后才坐下来。他双手捧住脸。

又是一记耳光啊！难道他连一点矜持、一点自尊心都没有了吗？他的确忍受过了一个男人所能忍受的一切;甚至连他的那颗心都被人扔到了泥坑,任凭过往行人任意践踏;他的灵魂无处没有别人讥笑的痕迹,无处不打上别人嘲弄所留下的烙印。现在竟然落到了这样的地步:他从路旁捡来的一个吉卜赛女人,竟然也拿起了鞭子!

门口传来了小狗的汪汪叫声,牛虻站起身开门让它进来。那小狗还像往常一样,兴高采烈地又蹦又跳,冲向它的主人。但是,它很快就领悟到情况有点不对劲,乖乖地在他旁边的毯子上伏下来,把它那凉飕飕的鼻子伸进他那毫无生气的手里。

一小时后,琼玛来到了他家门口。她敲门以后没有任何反应。碧安卡发现牛虻不想吃东西,早就溜出去看邻居厨子去了。她走时门也没关,过道里的灯也没有熄。琼玛等了一会儿以后就决定进门,看能不能找到牛虻,因为她要把贝莱那边传来的重要口信告诉他。琼玛敲了敲书房门,牛虻在里面回答说:"碧安卡,我什么都不要,你可以走开了。"

她轻轻推开了门,房子里一片黑暗,但是当她进去时,过道的灯光射进了屋里。琼玛看到牛虻独自坐在那里,头埋到了胸前,伏在他脚旁的狗已经睡着了。

"来的是我。"她说。

牛虻吃了一惊。"琼玛——琼玛！啊,我多么希望你来啊!"

她还没来得及说话,牛虻已经跪在了她的跟前,拿她的裙褶蒙住自己的脸。他全身如筛糠一般,痉挛不止,那情景催人泪下,比流泪还要惨痛。

她一动不动地站着,没有一点法子可以帮他一把——丝毫无能为力。这悲痛已经到了无以复加的程度,可是还得忍住站在一旁,眼睁睁地望着——如果能减轻他的痛苦,她就是死也心甘情愿。如果此刻她只要敢于伸出双臂,俯身去把他搂住,让他紧贴住自己的胸膛,保护他,哪怕是用自己的身子保卫他,使他以后不再遭到任何伤害,不再受到任何委屈,他必然会重新成为她的亚瑟。到了那时,世界将大放光明,任何阴影也必将随之消遁。

啊,不可能,不可能啊！他怎么会如此健忘呢？不正是她,把他推到了地狱吗？不正是她,亲自用右手打了他一记耳光吗？

可是,她已错过了这难得的一瞬间。牛虻这时已迅速站起来,坐到了桌旁,一只手把眼睛蒙住,同时在咬着嘴唇,像是要把嘴唇咬破的样子。

不一会儿,他抬起了头,说话很平静:

"恐怕让你吃惊了。"

她伸出了双手,对他说:"亲爱的,我们之间相处到现在,这种友谊还不足以使你对我有那么一点信任吗？你究竟有什么心思?"

“只是个人的一点苦楚。我看，你要为此而担心就没有必要了。”

“听我说几句，”她说着就用双手握住他的一只手，握得很紧，好压住那不住的痉挛，“对于我不该过问的事，我并不想过问。但是，你既然这么信任我，而且是真心实意的，何不对我的信任更加深一点呢，就像我是你的亲妹妹一样。如果你认为，保持脸上的假面具是一种安慰，你尽可以保持下去。可是，灵魂上的假面具不能再保留了，这也是为了你自己。”

他把头垂得更低了，说道：“你对我还得要忍耐一点。要我做哥哥一类的人，恐怕我是不能称职的。可惜你不了解，近一个礼拜以来，我几乎要疯了，心情如同我在南美那时候一样。恶魔竟然又缠住了我，而且……”他突然停住不说了。

“我就不能替你分忧吗？”她终于说了一声，说得很轻。

他的头已经埋到了她的臂弯里。“上帝的手是很沉重的呀。”

第三部

第一章

牛虻和琼玛在随后的五个礼拜中,工作一直处于紧张而又兴奋的状态之中,由于工作他们已忙得精疲力竭,也就无暇考虑个人的琐事。军火虽然已经安全偷运到了教皇领地,可是他们还有一项更加艰巨、更加危险的任务:隐藏在山洞和深谷中的军火还要秘密运送至各地中心区,再从那里分送到各个村庄。那整个地区暗探密布。陀米尼钦诺受牛虻托付,负责军火的运输。他派一名使者到了佛罗伦萨,提出紧急要求:要么增加人员,要么放宽时间。牛虻本来坚持,运输工作必须在六月中旬结束。可是,一方面军火笨重、道路条件恶劣,使得运输困难重重;另一方面,为了逃避侦查,运输接连不断地受阻,耽搁了时间,陀米尼钦诺越来越感到着急。他在信上写道:"我现在进退两难,好像身陷西拉岩石和卡列布第斯漩涡之间①。因为害怕被侦破,我不敢行动过急;可是要按时完成任务,我又不能放慢进程。因此,要么立刻采取有效的援助,要么就通知威尼西亚人:我们要到七月的第一周才能完成准备工作。"

牛虻把这封信带到琼玛那里。琼玛坐在地板上皱着眉头看信,一边逆着猫儿的毛抚摸。

她说:"这就糟了,我们不能让威尼西亚人干等三个礼拜呀。"

"当然不行,否则就太荒唐了。陀米尼钦诺怕……怕是也懂得这……这个道理的。我们必须遵照威尼西亚人的计划行事,而不是要他们服从我们。"

"我看,陀米尼钦诺并没有什么过错,他显然已尽了最大努力。他无法完成办不到的事。"

"陀米尼钦诺本身并没有什么过错,问题是他不应当身兼二职。我们至少还要派个有责任心的人去保护储藏地,再派另一个人负责运输工作。他说的很对,应该给他以有力的支援。"

---

① 西拉是意大利和西西里岛之间的墨西拉海峡(the straits of Messina)一侧的一巨岩名,岩对面有一卡列布第斯漩涡(Charybdis),两处均是航海最危险的地方。

“可是，我们拿什么去支援他呢？在佛罗伦萨，我们已派不出人了。”

“那我必……必须亲自去。”

琼玛身子向椅子上一靠，略皱眉头，目光注视着他说：

“不，那不行，太冒险。”

“如果找……找不到别的办法克服这一难关，也只好这样了。”

“得了，我们一定另想办法。现在你要再去那种地方，这是根本不可能的事。”

牛虻紧绷嘴唇，显得执意坚持。

“我不……不明白，为什么我不能去。”

“你只要静心地思考一下，就知道这原因所在。你从那儿回来才五个礼拜，香客那桩事警方是在场的。他们正在那一带进行搜查，想找到线索。当然啰，我知道你有伪装的才能，可是，你装成狄雅谷也好，或者是哪个乡下人也好，那儿见到你的人是很多的呀。另外，你的瘸腿，你脸上的刀痕，这是怎么也无法掩饰的呀。”

“世界上的瘸子太……太多了。”

“这倒不错，可是，像你那样瘸着腿，脸上带有刀痕，左臂还有伤，再加上蓝眼睛和黑皮肤，这样的人在罗玛亚省可并不多见。”

“眼睛不碍事的，我可以用颠茄剂把样子作些改变。”

“但是，其他地方你改变不了。不行，你不能去。像你带着这些特征，在这个时候到那儿去，等于是睁着眼睛走进陷阱，明摆着会被他们逮住。”

“可是，陀米尼钦诺总得要有……有人去帮帮他呀。”

“目前正是紧急关头，你要是被逮住对他毫无帮助。而且，你一旦被捕，那就意味着整个计划的失败。”

可是，牛虻很难听从别人的劝告。他们反反复复地进行了讨论，但毫无结果。琼玛渐渐意识到：牛虻虽然没有大声叫嚷，但却万分固执，他这样的性格几乎无法改变。如果不是她觉得这件事事关重大，她可能为了求得安宁，已经作出让步。但是，从良心上说，她不能那么做。她觉得，他要到那儿去所得到的实际好处并不值得他要冒此风险。因此，她不得不怀疑：他之所以急于要去，主要不是出于政治上的迫切需要，而是出于一种病态的欲望，希望从冒险中求得刺激。他已经养成了一种冒险的习惯。她认为冒这种不必要的险似乎是他的任性的表现。对此，她应该沉着而坚定地加以反对。她无论怎么劝说他，可他就是一意孤行。到后来，她只好使出最后一招了。

她说：“我们还是实话实说，直言不讳吧。你去那儿的决心这么大，怎么说也不是为了帮助陀米尼钦诺克服困难，而是出自你个人的感情冲动，为了……”

牛虻愤然打断了她：“不是你说的那样！我对那个人根本无所谓。我就是一辈子再也见不到他也不在乎。”

他突然停住不说了，因为他从她的表情上看出来：对方已经猜到了自己的心事。他们的目光一接触就都避了开去，谁也没有道出那个彼此心中有数的名字。

“我并不是要……要去救陀米尼钦诺，”他终于结结巴巴地开了口，脸已有一半埋到了小猫的毛里，“而是我……我认为，他要是得不到支援，整个计划就有失败的危险。”

他这软弱无力的遁词，琼玛没有理睬，她仿佛并没有受到打断，继续说下去：

“你是因为一时的感情冲动，想要冒险，所以要去那里。正如你生病时要服鸦片一样，每当你感到烦恼的时候，你就想要冒险。”

他反驳说：“我并不想要服鸦片，那是别人硬要我服的。”

“我认为，你有点掩饰自己的斯多葛精神。寻求肉体上的解脱定然会损害你的自尊心。你用冒着生命危险来进行精神上的刺激，与其说是为了别的，不如说是为了满足你的自尊心。然而，精神上的痛苦与肉体上的痛苦，这两者之间毕竟没有多少特殊的差别。”

他把猫儿的头拉到自己跟前，看看它那圆溜溜的绿眼睛，说道：“帕希特，是这样吗？你的太太对我讲了那么多不客气的话，是真的吗？是不是我有罪，我犯了大罪？你这个小畜生，聪明得很，你从来就没有服过鸦片，是吗？你的祖宗本是埃及的神，任何人也不敢踩……踩它们的尾巴。你很镇定，从不犯人间的罪恶。不过，如果我撩起你的爪子，放到火烛上去烧，不知你那超脱的态度又将变得怎么样呢？到了那个时候，你会不会向我要鸦片呢？要吗？或者可能——去死？不行，小猫咪，我们没有权利只图自己的方便就一死了之。我们可以赌赌咒，骂几声，如果那么做有点安慰。但是，爪子是一定不能从火烛上拿开的。”

“嘘！”她把小猫从他膝盖上抱走，放到了小凳上。“关于这种事，我们以后还有时间讨论。现在我们要想办法如何使陀米尼钦诺摆脱困境。卡蒂，有什么事？来客人了吗？我现在没空。”

“太太，赖特小姐派专人送这个给你。”

那是一个包装严密的包裹，里面有一封信。收信人是赖特小姐，但信并没有拆开，信封上盖的是教皇区域的邮戳。琼玛的几个老同学仍然住在佛罗伦萨。为了通信上的安全，凡属重要信函，琼玛都借用他们的地址。

她把信匆匆看了一遍，信中讲的似乎是亚平宁山区一个寄宿学校夏季班的事，但是在信的角落处有两个小点儿。她指着那儿说：“这是密凯莱做的暗号，用化学墨水写的。试剂在写字台的第三个抽屉里。对，就是它。”

牛虻把信摊开铺在桌上，用蘸了试剂的小刷子把信纸涂刷了一遍。报告的真实消息是用鲜艳的蓝色字写的，清晰地现了出来。牛虻见此，身子往椅子上一靠，忽然爆发一阵大笑。

“什么事啊?”琼玛急忙询问。他把信纸交给了她。上面写的是:

陀米尼钦诺已经被捕。速来。

她坐在那儿,手里拿着信,对着牛虻发愣,显得一筹莫展。

“怎……怎么样?”他终于说话了,还是拖着长音,说得很轻,带有讽刺的腔调,“现在我到那儿去,你总不至于再反对了吧?”

“是啊,我看你是该去了,”她回答道,同时叹了口气,“不过,我也去。”

他有点诧异,望着她说:“你也去?但是……”

“我当然要去。佛罗伦萨这边一个人不留,这情况当然不好,我知道这一点。不过,现在除了多添人手以外,别的事一时也顾及不到了。”

“要找人手,在那边多得很哪。”

“可是,那些人都不是你完全信得过的。刚才你还说,负责那儿工作的必须有两个可靠的人。既然陀米尼钦诺一个人负责不了,那么你一个人显然也不能胜任。你可别忘了:像你这样时刻可能遭到不测的人,干起工作来困难重重,因此比别人更迫切需要帮手。由你和陀米尼钦诺两人干的工作,现在必须由我和你两人承担。”

他皱着眉头,思考了片刻。

“对,你的看法很对,”他说,“我们启程越早越好。但是,我们不能一道同行。如果我今晚动身,那你呢,不妨就乘明天下午的驿车走。”

“到什么地方?”

“这是要商量的事。我看,我们最……最好直接到法恩查。如果我深夜动身,骑马到圣·罗伦梭的郊区,在那儿可以化好装,然后直接往前走。”

“我看也只好这样了。”她略皱眉头,显得忧心忡忡。“不过,这么走很危险。你这样匆匆忙忙离开这儿,还要指望那儿郊区的私贩子设法为你化装。你至少要花三天的时间绕道走,把足迹搞混淆,然后才能越过边界。”

他笑嘻嘻地回答说:“你犯不着担心。我是有可能被捕,但不会在边境线上。一旦我到了山区,我就像在这儿一样安全。亚平宁山区那里,没有一个私贩子会把我出卖掉。问题是,你怎么越过边境,我倒是没有把握。”

“啊,简单得很!我将带上露易莎·赖特的护照,到那边去度假。罗玛亚省那里,谁也认不得我。可是,没有哪个暗探不认得你。”

“所幸……幸的是,每个私贩子也都认得我。”

她掏出了表。

“两点半。你要是夜里动身,那么我们还有下午和晚上的时间作些准备。”

“那我最好现在就回家,把准备工作都安排好。还得弄一匹好马。骑马到圣·罗伦梭要安全些。”

“不过,租马是很不安全的。主人会……”

“我不需要租马的。我有个熟人,他会借马给我,他是可以信赖的。以前,他曾给我帮过忙。两个礼拜以后,我会找个牧民把马送还给他。好吧,五点或五点半,我再来一趟。我离开以后,希……希望你找到玛梯尼,把一切情况向他解释清楚。”

“玛梯尼!”琼玛回头,很惊讶地看着他。

“对。我们必须把实情告诉他,除非你能想到别的人。”

“我不大明白,你这是什么意思。”

“我们在这儿一定要有个可信赖的人,以防会出现特殊困难。而在这儿的一批人中,我最信任玛梯尼。列卡陀当然也会帮助我们,什么事儿他也肯干,但是,比较起来,还是玛梯尼沉着镇定些。再说,你比我对他了解更深些,这事由你视情况而定吧。”

“玛梯尼值得信任,在各方面办事能干,这一点我丝毫不怀疑。而且,我还认为,凡要他帮忙的事,他大概也会照办不误。可是……”

他立刻领会了她的意思。

“琼玛,如果有个同志迫切想要你帮忙,你也可能帮得上忙,而他因为担心会伤害你,或者怕你心里难过,就不向你提出帮忙的事,你知道了以后会有什么感想?你能说他这么做是真正的善意吗?”

琼玛想了一会,说道:“那好。我马上叫卡蒂去请他到这儿来。她去以后,我就到露易莎那里去借护照。她曾答应过,我什么时候需要她就借给我。钱怎么办?要不要我去银行取些钱?”

“不用了。别在这上面耗时间了。我可以从我账户上拨一些,先维持一下再说。要是我的存款用完了,到时再用你的。就这样吧,到五点半我再来,那时我肯定能见到你吧?”

“啊,没问题。到五点半我早就回家了。”

到了约定的时间过去半个小时以后,牛虻返回来了。他看到,琼玛和玛梯尼两个人都坐在凉台上。他立刻看出来了:他们俩刚才的交谈很不愉快,双方的表情都是余怒未消。玛梯尼表现得更为明显,沉默不语,心情忧郁。

“你准备工作都做好了吗?”琼玛抬头问。

“做好了,还给你带了些钱,作为旅途用。马也备好,就在罗索桥的栅栏处,我夜里一点钟赶到那儿去。”

“那时候不是太晚了吗?你应该趁人家早上还没起床就进入圣·罗伦梭才是呀。”

“那是没有问题的。那匹马跑得很快。我在动身的时候,不想让别人注意到我。我再也不想回家了。现在家门口还有一个暗探在监视着。他以为我还待在家里呢。”

“你怎么能躲过他跑了出来?”

“我从厨房的窗户跳了出来,经过后院,翻过邻居的果园墙。所以,晚来了这么久。我不得不躲开暗探,还叫马的主人不要熄灯,彻夜坐在书房里。那个暗探看到窗户有灯光,还有人影,一定很放心,认为我在家里写东西,晚上没有出门呢。”

“那你就一直待在这儿。等时间到了才到桥的栅栏那儿去?”

“是这样。今天晚上,我不想让大街上的人再看到我。你抽烟吗,玛梯尼?我知道,波拉太太对抽烟是不介意的。”

“我也不能待在这儿,管你们抽烟。我还得下楼去帮助卡蒂准备晚餐。”琼玛说。

琼玛下楼以后,玛梯尼就站起来,反剪着双手来回踱步。牛虻坐在那儿抽烟,一声不响,看着外面的濛濛细雨。

“列瓦雷士!”玛梯尼开始说话了,他正站在牛虻面前,不过目光朝着地面,“你把她拖进去,究竟要干什么事?”

牛虻拿下衔在口中的烟,吐出一缕长烟。

他回答说:“她是自觉自愿要干的,没有任何人强行拖她。”

“是啊,是啊——这我知道。不过,你告诉我……”

他停住不说了。

“凡我能说的,我全都告诉你。”

“那好,关于山区里那些事的详细情况,我还不大清楚。你要她干的事是不是非常危险?”

“你要我对你说实话吗?”

“当然。”

“那么,是有危险。”

玛梯尼转过身,又继续踱步。不一会儿,他又停住不动了。

“还有个问题想问你。如果你不想回答,当然就不用说。但是,如果你愿回答,那一定如实告诉我。你是不是爱她?”

牛虻有意弹一弹烟灰,没有做声,又继续吸烟。

“这是不是意味着——你不想回答?”

“不是。只是我觉得,我有权利问一下,你为什么要问这样的问题?”

“为什么要问?天啦,朋友,难道你看不出来,我为什么要问?”

牛虻放下烟头,目不转睛地盯着玛梯尼,终于缓慢而又温和地回答说:“哦,爱她，我是爱她。不过，你不要以为我要去向她求爱，也不要以为我对爱情有什么烦恼。我只是打算……"

他说得很含糊，很奇怪，声音越说越低，并逐渐消失。马梯尼向他靠近了一步。

"只是打算……去……"

"去死。"

牛虻目光冰冷，呆若木鸡，仿佛他已经死了一样。接着，他又说话了，那声音显得毫无生气，极其呆板。

他说："你不用过早让她担心。不过，我是没有一点希望了。对任何人都有危险，这点她和我一样都很明白。但是，那些私贩子会尽力保护，不会使她遭到不测。他们都是够交情的朋友，只不过性格粗鲁一点。至于我，现在脖子上已经套上了绞索，一旦过了边境，我就把绞索勒紧。"

"这是什么意思呢，列瓦雷士？情况当然很危险，尤其是对于你。对此我很理解。但是，你常常从边界上往返，而且每次都很成功。"

"你说得对。可是，这一次会失败。"

"为什么？你怎么知道？"

牛虻苦涩地笑着。

"你还记得德国的一个传说吗？说一个男人看到一个跟他一模一样的幽灵，自己就死了。记得吗？那个幽灵深更半夜出现在他面前，是在一个孤寂的地方，那幽灵悲痛欲绝，使劲地搓自己的手。我呢，上次在山区里也见到了和自己一模一样的幽灵。因此，我若再过边境，我也就一去不复返了。"

玛梯尼走到他的跟前，一只手搭在他坐的椅背上。

"列瓦雷士，你听我说。你这一套玄之又玄的话，我简直听得莫名其妙。不过，有一点我很清楚：如果你怀着那样的心情，那么以目前的情况你就不适宜到那边去。你既然抱着必会被捕的信念，那你必将会遭到逮捕。你一定身体不适，要么是别的方面出了毛病，所以头脑里才胡思乱想。我代替你去可不可以呢？那边要做的实际工作，我都可以担当。你可以向你那些朋友传个信，解释一下……"

"这不是要你替我去死吗？这倒是很聪明的办法。"

"啊，我不大可能会死！他们虽然都认得你，但不认得我。另外，即使我死……"

他停住不说了。牛虻抬起头，目光慢慢转向他，像是有什么疑问。玛梯尼的手从椅背上垂了下来。

他以最实事求是的口气接着说："她对我的思念好像不如对你那么深切。再说，列瓦雷士，这是大家的公事，我们看待这个问题应当着眼于公共的利益——即最大多数人的最大利益。经济学家不是说有一种'终极价值'吗？你的'终极价值'

高于我。我虽然对你并不特别喜欢，但这点自知之明我还是有的。你比我强大。我不能肯定你就比我好，但是你比我有更多的长处。因此，你的死造成的损失更大。”

他那说话的神情好像是在议论交易所里股票的价格一样。牛虻抬起头，不寒而栗。

“请你让我等待，等待我的坟墓自动地启开，把我吞埋？

‘假如我必须死，
我会把黑暗当作新娘——’”①

“瞧你，玛梯尼，你我都在胡扯淡。”

玛梯尼很粗鲁地反驳说：“胡扯淡的当然是你。”

“我是，但你也是。看在老天的分上吧，你我都别像堂·卡洛斯和波莎侯爵那样，大谈什么罗曼蒂克的自我牺牲了②。现在已经是十九世纪了。如果死是我的分，我就应该去死。”

“照你这么说，我想，如果活是我的分，我就应该活。列瓦雷士，你是幸运的了。”

牛虻回答得直截了当：“是幸运的，而且我一直是幸运的。”

他们在吸烟，彼此默默无语，过了几分钟以后才开始讨论工作上的详细情况。这时候，琼玛上楼来叫他们吃饭，他们无论在表情还是态度上，都丝毫没有流露出刚才有一番不同寻常的谈话。吃过饭以后，他们又坐下来讨论工作计划，并且作了一些必要的安排，一直忙到十一点钟。玛梯尼站起身来，拿了帽子。

“列瓦雷士，我要回家去取我那件骑马用的斗篷。你穿上那件斗篷比现在这套轻装要好，因为那样就更不容易被人识别。我还要作些侦察，等到周围确实没有暗探盯梢，我们才好启程。”

“你要和我一起到桥边栅栏那儿吗？”

“对。假如有人跟踪你，四只眼睛总比两只眼睛安全可靠些。我十二点钟再来。注意，我没来，你就千万别走。琼玛，你门上的钥匙最好让我带上，免得来时按门铃把人吵醒。”

琼玛抬起眼，望着他把钥匙拿走。她心里清楚，他是以此为借口，好让她和牛

① 引自莎士比亚戏剧《一报还一报》(Measure for Measure)第三幕第一场(朱生豪译)。

② 堂·卡洛斯(Don Carlos)是西班牙王菲力浦二世的长子，因有反政府倾向，被其父拘禁，后死在狱中；波莎侯爵(Marguis Posa)是他的朋友，为营救他出狱而牺牲。德国诗人海涅在悲剧《堂·卡洛斯》中描绘了上述形象。

虻能单独在一起。

她说："我和你明天再谈。等我明早把行装一整理好，我们还有时间谈话。"

"啊，是这样。谈话时间有的是。列瓦雷士，我还有两三个问题想要问你。不过，待一会儿我们去栅栏的途中再说。琼玛，你最好打发卡蒂睡觉去吧。你们俩谈话也尽可能小声些。好了，十二点再见。"

他稍稍点头微笑，就走了。出门后把门嘭咚一声关得很响，好让左邻右舍知道：波拉太太家的客人已经走了。

琼玛到厨房里和卡蒂道声晚安，然后就回来，端着的托盘里放着清咖啡。

她说："你要不要躺一会儿？今天夜里你再也没有时间睡觉了。"

"啊，不用了，亲爱的！到了圣·罗伦梭，趁他们给我化装的时候还可以睡一会。"

"那就喝点咖啡吧。等一等，我拿些饼干来。"

她跪在食橱旁，他突然弯身凑到她肩膀上。

"那里面藏着些什么呀？巧克力奶酪，还有英国太妃糖！简直阔得像皇亲国戚！"

她抬起头，见他那么热情洋溢，就淡然一笑。

"你爱吃糖吗？我一向给西塞尔留着糖。他哪怕对什么棒棒糖，都像孩子一样高兴。"

"真……真的？那好吧，明天你得给他多准备一些。这儿的就让我带着吧。不，太妃糖我就放……放到口袋里，也算是对我一生所失去的欢乐的一种安慰。我实……实在指望，在我上绞刑架的那天，他们要是给我一些太妃糖就好了。"

"啊，说什么也得找个纸盒子装好才能放到口袋里，要不然黏得一塌糊涂！要不要把巧克力也装进去？"

"不用了。巧克力现在就吃，和你一起吃。"

"可是，我不喜欢吃巧克力呀。我想，你就过来坐坐吧，像个通情达理的常人那样。说不定我们俩当中有一个就会死掉，所以以后像这样安闲自在地聊聊，很可能没有机会了。而且……"

"她不……不爱吃巧克力！"他喃喃地自语，"那倒好，我一个人吃个痛快吧。这好像是绞刑吏送来的晚餐，不是吗？今天晚上，你打算要满足我的一切怪念头吧。首先，我想要你在这把安乐椅上坐下，我呢，正如你刚才建议的那样，在这儿舒舒服服地躺下来。"

他说着就一头躺在了地毯上，靠在她的脚前，用胳膊肘撑住椅子，仰望她的脸。

他说："你脸色多惨白啊！这是因为你把生活看得太可悲，还不吃巧克力……"

"请你严肃点儿，哪怕严肃五分钟也好！这毕竟是生死关头的大事呀！"

“亲爱的，我连两分钟的严肃也办不到。无论是生还是死都不值得严肃。”

他已经握住了她的双手，并用指尖儿在轻轻抚摸。

“密涅瓦[①]，你不要这么严肃吧。再这样下去，不要一分钟你就会把我逼哭的。尔后你又会感到难过。我万分希望你能对我再展开笑脸。你的笑容能使人感到意想不到的欢乐。哟，亲爱的，不要责怪我吧！我们一块儿吃饼干，就像两个孩子，别为吃多吃少而争吵——因为我们都死在明天。”

她从盘子里取出一块甜饼干，一丝不苟地分成两半，连饼干上的糖也分得极其均匀。

“这是一种圣餐，如同在教堂里那些虚伪的道德先生吃圣餐一样。‘拿住，吃吧，这是我的肉体。’我们必……必须从同……同一只杯子里饮酒，你知道吧——对，这就对了。这样做，为了纪念……”

她放下了杯子。

“别这样了！”她几乎哽咽着说。牛虻抬头看看，再次握住了她的双手。

“嘘，那就不做声吧！我们安静片刻。如果我们俩有一人死了，另一个会记住此时的情景。这个世界喧嚣不息，咆哮不停，我们要把它忘掉；我们要手拉手，一道逃走，逃到神秘的死亡之宫廷，躺在罂粟花丛之中。嘘！我们在那里就会无比安宁。”

他把头靠在她的膝上，双手蒙住了脸。她一声不响，俯下了身子，把手放在他的脑袋上。时间就这么悄悄地在流逝。他们谁也不说话，谁也不动弹。

“亲爱的，快十二点了。”她终于开了口。他也抬起了头。

“我们只有几分钟的时间了。玛梯尼一会儿就到。也许，我们再也不能相见。难道你就对我什么话都不说吗？”

他缓慢地站起身，离开了她，走到房间的另一边。这时出现了短暂的沉默。

“我有一件事要说，”他声音很小，几乎听不见，“一件事……要向你说……”

他停住不说了，靠窗户旁边坐了下来，双手遮住了自己的脸。

“你想了这么长时间，现在才肯发点慈悲啊。”她轻柔地说。

“我这一生当中，很少有人对我发慈悲。开始……我原以为……你不会介意……”

“现在你就不要那样以为了。”

她等他说下去，等了一会就走到房间另一边，站到了他的身旁。

“到了最后时刻，把实情告诉我吧，”她低声说，“想想看，如果你死了，而我还活着——我得忍受这一辈子，永远不知道真相——永远不能肯定……”

---

① 密涅瓦(Minerva)：罗马神话中的智慧女神。

他握住她的双手，握得很紧。

“如果我被杀死——你知道，我去南美的时候——啊，玛梯尼！”

他大为惊诧，立即放开了她，急忙把房门打开。玛梯尼正在脚垫上擦靴子。

“跟平常一样，准时，一分……分钟也不差！玛梯尼，你真是个活……活生生的时钟。这就是骑马用的斗篷吗？”

“是的，还有几件其他的东西。外面下着倾盆大雨，我尽力避免淋湿了。这一趟旅途，恐怕是够受的了。”

“啊，没什么。街上没有暗探吧？”

“没有。暗探全回家睡大觉了。天气这么恶劣，他们不睡觉才怪呢。琼玛，那是不是咖啡？外面很凉，他要喝点热的东西才好出门，否则会受凉的。”

“是清咖啡，很浓。我再去煮点牛奶。”

她来到了厨房，拼命地咬着牙，紧捏着拳头，强忍着没哭出来。她拿着牛奶返回房间，只见牛虻已经披上了那件斗篷，正在系玛梯尼带给他的皮制绑腿。他喝了杯咖啡，站在那儿，拿起了宽边的骑马帽。

“玛梯尼，我们该动身了。为了以防万一，我们先兜个圈子再到栅栏那儿去。太太，暂时告别了。礼拜五那天，如果没有特殊情况发生，我们将在佛利镇上再会。等一下，这……这是地址。”

他从笔记本上撕了一页，用铅笔写了几个字。

“我已经有地址了。”她很平静，但说话显得很木讷。

“你已经有……有了？那这个也拿着吧。玛梯尼，走吧。嘘——嘘！开门别出响声！”

他们小心地下了楼。等他们出门上了街道以后，她关好了门，来到了房间，把他塞给她的纸条机械地打开。地址下面写了一行字：

“到了那边，我把一切都告诉你。”

第二章

这一天，正是布里希盖拉城赶集的日子。这个地区的大小村庄的乡民们早已到了集上，他们带来了猪、家禽、奶类产品，还有一群群未脱野性的山牛。集市上人来人往，川流不息。他们嬉笑打趣，讨价还价地买卖无花果、廉价的糕点以及葵花籽等货物。一些棕色皮肤的孩子，光着脚，不顾赤日炎炎，在人行道上爬着玩耍，而孩子们的母亲带着一篮一篮的黄油和鸡蛋，在树荫下叫卖。

蒙泰尼里主教走了出来，向人们道声早安。他立刻被一群大呼小叫的孩子包围住。他们把从山坡上采集来的大束大束的无花果枝叶、猩红色罂粟花以及清香的白水仙，争着奉献给他。主教喜欢野花，乡民们感情上可以谅解，觉得这是与大智大慧的人很相称的小小傻癖。如果是声望不如他的别的人，在家里摆一些野花野草，那就会受到人们的讥笑。可是，“有福的主教”有点无伤大雅的怪癖倒也无妨的。

“是你呀，玛瑞西亚，”主教站下来，拍拍一个孩子的头，说，“这一阵子没见，你又长高了。你奶奶的风湿病最近可好些呀？”

“大人，奶奶最近好多了。可是，妈妈身子现在不大好。”

“真是遗憾啦。对你妈妈说，哪一天请她到这儿来，看看齐奥塔尼医生能不能为她治疗治疗。我替她找住的地方。换换环境可能对她身体有好处。吕奇呀，你看样子好多了，你的眼睛怎么样了？”

他一面走，一面和山民们聊聊。孩子们的姓名、年龄、他们的困难以及他们父母的困难，他总是了解得清清楚楚。圣诞节的时候，他总要走走，表一番同情之心，关心生病的牛是不是康复了，或者问一下孩子上一次集市上被车轮碾碎的布娃娃的情况。

主教回到宫里以后，集市的买卖也就开始了。这时候，一个身穿蓝色短衫的跛子，头上乱蓬蓬的黑发披到了眼睛上，左额上有一道深深的刀痕，闲逛到一个店铺，说一口很糟糕的意大利语，要买柠檬水喝。

“你不是这一带的人吧？”卖货的女人一面倒柠檬水，一面打量他。

“对，我是从科西嘉来的。”

“来这儿找工作吗？”

“是的。马上就到收干草的季节了，有一位先生，他在拉文纳附近有一座农场，那天他到了巴斯蒂亚港，对我说这儿的活儿多得很。”

“希望你能找到活儿，一定能找到的。不过，我们这一带时势不好。”

“老妈妈，我们科西嘉还更糟呢。不知道我们这些穷人还要落难到什么地步。”

“就你一人来这儿吗？”

“不是的，我还有个伴，就是那边穿红衣服的。喂，保罗！”

密凯莱听到有人在叫他，就晃了过来，两手插在口袋里。尽管他为了不使别人认出他，头上戴了红色假发，但是，他的打扮还是很像一个科西嘉人。至于牛虻，他装扮的角色更是形神逼肖了。

他们俩在一起，闲逛着穿过集市。密凯莱从牙缝里吹着口哨；牛虻肩上扛着一捆东西，拖沓着脚跟着走，这样看上去瘸腿就不那么明显。他们在等一个人，要向他传达重要指示。

“在拐角那边，骑马的那人是麦康尼。”密凯莱突然耳语道。牛虻仍然扛着那捆东西，拖着脚跟朝骑马的人那儿走。

“先生，你要不要收干草的帮工？”牛虻一面说，一面摸着那顶破帽子，还用手指朝马笼头上摸摸——这是早已约定的接头暗号。那个骑马的人，其打扮倒很像是乡下一个绅士家的管家，这时就下了马，把缰绳搭到了马脖子上。

“伙计，你能干些什么活？”

牛虻摸摸帽子。

“先生，我能够割草，还可以修筑篱笆。”他开始了对话。然后，他一口气接着往下说：“今天夜里一点，在那个圆洞口。你一定要弄到两匹好马，一辆货车。我在洞里面等你——先生，我还能种地，还能……”

“行了，我只要个割草的帮工。你以往出来干过活没有？”

“先生，干过一次。注意：接头的时候你一定要全副武装，因为可能会碰到骑巡队。不要走林间小道，别的路安全些。途中要是碰到暗探，和他少啰嗦，尽管开枪好了——先生，能替你干活我非常高兴。”

“好吧，那就这样吧。不过，我要的割草工要很内行。——没有，今天我身边一分钱也没带。”

一个衣衫褴褛的乞丐，向他们蹒跚走来，凄凉悲哀地叫着：

“一个命苦的瞎子，你们可怜可怜吧，看在圣母玛利亚的份上——赶紧离开这儿，骑巡队就要到这儿来了——最最神圣的天后，贞洁的圣女——列瓦雷士，他们要逮捕的是你，两分钟之内他们就到——众多的圣人要向你们回报的——你们赶快逃走,拐拐角角里都有暗探,想偷跑不被他们发现是不可能的。"

麦康尼偷偷把缰绳塞到牛虻手里。

"快跑!跑到桥边就把马放掉。躲到山谷里去。我们都荷枪实弹,能抵挡十分钟。"

"不行,我不能让你们遭到逮捕。你们全集中在一起,跟在我后面,一个一个按顺序开火。我们的马群就在那边,拴在宫殿门口的台阶附近,大家就向那边移动。把短刀准备好,边打边退。见到我摔帽子时,就砍断马索,各人就近跳上马逃跑。用这个办法或许我们都能逃进树林里。"

他们的谈话声音特别小,来往行人即使靠得再近也不会以为他们在谈什么险情,而以为他们只是在谈论割草的事。麦康尼牵着缰绳,拉着自己那匹母马,朝拴着的马群那儿走;牛虻拖着脚走在他身旁;乞丐跟在他们后面,伸出手,苦苦向他们乞讨;密凯莱吹着口哨,赶了上来;乞丐就随机向他作了警告,他就悄悄地把消息传给另外三个乡下人——这三个人正在树下吃生葱。他们立即站起身,跟着密凯莱。就这样,一共七个人没有引起任何人的注意,一起停在宫殿的台阶附近,每个人的手都按着身藏的手枪。被拴的马群也就在附近。

"只要我不动,你们都不要暴露身份。"牛虻声音很柔和,也很清晰。"他们不大会认得我们。我一开火,你们就轮流动手。开枪时,不要射人,要射马——打断他们的马腿,他们就追不上我们。你们三个人开枪,三个人装子弹。不论是谁跑到我们的人和马之间,就对他开枪。我骑那匹菊花红棕马。见到我一摔帽子,大家都各自上马。无论出现什么情况,都要马不停蹄。"

密凯莱叫了一声:"他们来了。"牛虻急转过身,装作天真而又笨拙的样子。集市上的人也停止了买卖。

荷枪实弹的骑巡队有十五个士兵,正骑马穿过集市,但速度很慢。由于人群拥挤,他们很难通过。如果不是广场四周暗探密布,他们七个地下党人本可以乘大家注意士兵的时候偷偷溜掉。这时候,密凯莱向牛虻凑近了一点。

"现在可以跑吗?"

"不行。四周全是暗探,其中有一个已经认出了我。他刚刚派人向队长报告我所在的位置。我们现在逃脱的唯一机会就是开枪打断他们的马腿。"

"认出你的那个暗探是哪一个?"

"我第一枪就打他。你们都准备好了吗?他们已经打开一条向着我们的通道,就要冲过来了。"

"看在陛下的分上,大家都快点让开!"上尉队长大声吆喝。

人群已经后退,一个个胆战心惊,不知道出了什么事。士兵们向站在宫殿台阶旁的那一小群人急速冲过去。牛虻从怀里拔出手枪,并不向冲上来的士兵开火,而是打那个向马匹靠近的暗探。那家伙锁骨被打断，一个趔趄就栽倒下去。这一声枪响之后，接着就是一连串六声枪响。七个地下党人沉着镇定，向拴着的马群那儿移动。

骑兵当中有一匹马绊了一跤，一溜烟地跑开了；另一匹惨嘶一声倒在地上。

集市上的人群惊恐万状，尖声乱叫。这时候，那个指挥官已踩着马鞍镫站立起来，把指挥刀高高举起，威风凛凛地大声叫喊：

“弟兄们，这边冲！”

他话一说完就在马鞍上晃动一下身子，接着倒了下去。原来牛虻又开了一枪，击中了他的要害。队长的制服上一道血流淌下来。他仍然在拼命挣扎，死死抓住马鬃，咬牙切齿地叫嚷：

“那个瘸子魔鬼，你们活捉不了就开枪崩掉他。他就是列瓦雷士！”

牛虻对伙伴们喊道：“快，再递支枪给我！你们快走！”

他把帽子一扔，这一动作正是时候，因为那些愤怒的士兵持着亮闪闪的刀正向他逼近。

“所有的人都放下武器！”

蒙泰尼里主教突然置身在作战双方之间，一个士兵吓坏了，赶忙大叫：

“主教大人！我的天啦，你站在那里有生命危险！”

蒙泰尼里反而又向前跨了一步，面对着牛虻的枪口。

这时候，已经有五个地下党人跨上了马，朝崎岖的街道上奔跑。麦康尼纵身跳上了自己的母马，正要奔跑时，回头看看自己的头头是否需要援助，只见红棕马就在附近，眼看七个人全都即将脱险。没想到那个穿红法衣的人迈步上前，牛虻一时间神志恍惚，放下了拿枪的手。这一眨眼的工夫却是决定了一切。士兵立即把他围住，疯狂地把他冲倒。有个士兵用刀背把他手里的枪打落在地。麦康尼见此情景，就狠踢马肚子逃跑，因为骑兵队从他后面追来，马蹄声雷鸣般压上山坡。如果待在那儿与牛虻一同被捕，不但无用，反而会把事情弄得更糟。他一面快速飞跑，一面在马鞍上转过身来对追得最近的士兵打出最后一枪。就在这时，他看到牛虻满脸是血，遭到了马蹄、士兵和暗探的践踏。与此同时，追捕者粗野的诅咒声、胜利的叫喊声以及愤怒的号叫声此起彼落。

这里发生的一切，蒙泰尼里并没有完全注意到，他已从台阶走开，正在尽力安抚那些受惊的群众。不一会儿，他俯身去看一个受伤的暗探，可是人群一阵惊动又使他抬起了头，只见那些士兵正用绳子拖着俘虏经过广场。俘虏的双手已被缚住，痛苦和疲乏使他的脸色青黑，连呼吸也极其困难。可是，他还是转回头望着主教，惨白的嘴唇挂着微笑，有气无力地说：“主教大人，恭……恭贺你呀。”

玛梯尼在五天之后赶到了佛利镇。他已经收到了琼玛从邮局寄来的一包印刷品，这是他们事先约好的暗号：意味着情况紧急，需要他去。他想起了那天在琼玛寓所凉台上谈话的情景，立刻就猜到了事情的真相。但是，一路上他还是不断地自我劝慰：以为牛虻出了什么事是没有道理的；再说，牛虻那个人神经敏感，富于想象，像个孩子似的迷信异端，把他的话看得过重也是荒唐的。他越是劝慰自己排除这个念头，可是这念头盘踞在他的心里就越是牢固。

他一进了琼玛的房间，就问道："我猜到出了事：自然是列瓦雷士被捕了？"

"上个礼拜四，他在布里希盖拉城里被逮捕。当时，他作了顽强的自卫，还打伤了骑巡队的队长，又打伤了一个暗探。"

"出现了武装抵抗，那糟了！"

"反正一个样。他早已是重大嫌疑犯，多开一枪对他的处境不会有多大影响。"

"你看，他们会如何处置他？"

她脸色变得比以前更加苍白。

她说："我以为，我们一定不能等到发现他们的意图以后再动手。"

"你认为我们可以组织营救吗？"

"我们必须营救。"

他转过身，双手背在背后，开始吹着口哨。琼玛也不打扰他，让他去思考。她一动不动地坐在那儿，头靠着椅背，目光茫然地凝视远方，那么凄惨，那么专心致志。每当她流露出那种表情时，其样子很像杜勒①的铜版雕刻.《悲哀》上的人物形象。

"你和他碰头了吗？"玛梯尼踱了一会儿步以后稍稍停一下。

"没有。本来他要在第二天早上和我在这儿会面。"

"对，我想起了一件事。他此刻关在哪儿？"

"就在那座堡垒里，看守十分严密，据说，他还戴着镣铐。"

他做了个姿势，显得并不在乎。

"啊，没关系。一把锋利的锉子什么镣铐都能对付。只要他没有受伤……"

"他好像有点轻伤，不过伤势究竟如何，我们还不知道。我看，你最好等密凯莱来，由他亲自告诉你。牛虻被捕的时候，他在现场。"

"他怎么没有被捕呢？他就只顾自己逃命，让列瓦雷士身陷险境？"

"他没有什么错。他也像别人一样作了顽强的抵抗，不折不扣地恪守列瓦雷士给他的指示。在这个问题上，别的人都是这么做的。要说有人忘了指示，或者在关

---

① 杜勒(Durer，Albrecht，1471—1528)：文艺复兴时期德国最重要的油画家、版画家，同达·芬奇一样，有着多方面的才能。

键时刻出了差错,那只有一个人,就是列瓦雷士自己。这些事不是一下子就能说得清楚。你等一等,我把密凯莱叫到这儿来。”

琼玛出了房间,不一会儿就带着密凯莱返回,同来的还有一个壮实的山民。

她说:“这位是麦康尼,你听说过的。他也是个私贩子,刚到这儿,或许能向我们提供更多的情况。密凯莱,这就是西塞尔·玛梯尼,我常常向你讲起过。当时现场的情况,你能详细向我们介绍一下吗?”

密凯莱简要叙述了和骑巡队交战的情况。

“出现了那样的事,我无法理解,”他最后说,“当时如果我们想到他会被捕,我们谁也不会离开他。可是,他下达的指示非常周密。他扔掉帽子以后,我们万万没有想到他会待在那儿让士兵包围住。他就在红棕马旁边,我亲眼看到他砍断了拴马索,还把装了子弹的手枪递给了他,然后我才跳上了马。我想,出现那样的情况只有一种可能:由于腿瘸,在上马的时候失了足。但是,尽管如此,他仍能开枪还击的呀。”

麦康尼插话了:“不对,情况不是那样。他当时并没有想到上马。我的母马听到枪声受了惊,所以我是最后离开现场的。我还回头看看他是否脱了险。如果不是因为那个主教,他本来完全可以脱身。”

“啊!”琼玛轻轻叫了一声。

“主教!”玛梯尼颇为惊讶,重复了一声。

“是这样的,就是他挺身上前,挡住了牛虻的枪口——真可恶!列瓦雷士大概受了惊,因为他随后就放下了持枪的那只手,把另一只手这么举了起来,”说着,他就把左手背横放在眼睛上,“士兵们一见这个情况,当然都扑到了他的跟前。”

密凯莱说:“不过,我有点不大理解,列瓦雷士在关键时刻不大可能会那么乱了方寸。”

“他放下了手枪,大概是担心伤害一个手无寸铁的平民吧。”玛梯尼插了一句。密凯莱不以为然地耸了耸肩。

“既然手无寸铁,就不该把鼻子伸到战场上。战争就是战争。如果列瓦雷士真的把子弹射向主教大人,而不是自己乖乖地像个兔子束手就擒,我们岂不多了一个诚实的人吗,要少也不过少了个教士而已。”

他说着就转过身子,紧咬着胡须。他心中怒不可遏,眼泪都快夺眶而出了。

“算了吧,”玛梯尼说,“事情既然到了这个地步,再费时间去探究发生的原委已没有什么用处。现在我们考虑的应该是如何设法营救他。这要冒点风险,但我想大家都愿意去干吧?”

这种多余的问题,密凯莱甚至不屑于回答;那个私贩子只是哼笑了一声,说道:“要是我的亲兄弟说一个不字,我非把他崩了不可。”

“那好啊。现在头一件事就是,你们是否弄到了堡垒的平面图?”

琼玛打开抽屉,拿出了几张纸。

“平面图我已全部画好。这一张是堡垒的底层;这一张是塔楼的顶层和下层;这一张呢,是垒墙的平面图。这些都是通往山谷的线路;这儿是山间小道,山间隐蔽处,以及地下通道。”

“他关在哪一座塔楼里,知道吗?”

“在东面那座塔楼里,关在一间圆屋里,窗户上装有铁栏杆。图上已标出了记号。”

“你从哪儿得到这些情报的?”

“来自一个卫兵,他的绰号叫‘蟋蟀’,是我们这边一个叫季诺的人的表兄弟。”

“你倒准备得很迅速啊。”

“时间太紧迫了。出事以后,季诺立即就赶到了布里希盖拉城里。有几幅图我们本来就有。你从笔迹上可以看出来,山里隐藏的地方还是列瓦雷士本人标出的。”

“看守的卫兵是些什么人?”

“到目前为止我们还没有打听清楚。蟋蟀刚刚调到那里,对别的卫兵的情况毫无所知。”

“我们一定要问问季诺,蟋蟀是个什么样的人。政府的意图方面有没有什么消息? 审讯列瓦雷士是在布里希盖拉呢,还是要带到拉文纳去?”

“眼下还不清楚。当然,拉文纳是这个教省的省府。从法律上看,重大案子只能经过那里的预审法庭。但是,四大教省里,法律都显得无足轻重,这要取决于是谁掌权,以及掌权者个人的意图。”

“押到拉文纳审讯可能性不大。”密凯莱说。

“为什么?”

“我完全可以肯定。布里希盖拉城里的军事统领菲拉里上校,正是列瓦雷士打伤的那个骑巡队队长的叔叔。那家伙像头野兽,报复心极重。凡能有咬到仇人的机会他绝不肯放过。”

“照你看,他们要把列瓦雷士关在这儿?”

“我看他们要把他绞死。”

玛梯尼迅速扫了琼玛一眼,只见她脸色苍白,但是并没有因为听到上述议论而有其他变化。很明显,对密凯莱持那种看法她并没有什么新鲜感。

她很平静地说:“没有适当的正式手续,他想那么干很难办到。不过,他有可能以这样或那样的借口召开军事法庭,然后以城里治安需要为自己辩解。”

“主教会持什么态度呢? 像这种事难道他会听之任之吗?”

“军事上的事他无权过问。”

“是无权过问，但是他有很大的影响。如果没有他的同意，统领敢大胆采取那种步骤吗？”

“要得到他的同意绝对不可能，”麦康尼打断了他的话，“蒙泰尼里对于军事审判及类似的任何做法，一向持反对态度。只要他们继续把他关在布里希盖拉城里，就不会发生什么严重情况，因为主教总要帮囚犯说话。我倒担心他们会把他带到拉文纳。一到了那边他就完了。”

密凯莱说：“我们一定要阻止，不让他们把他带到那边。我们可以在途中设法营救他。关于把他从堡垒里营救出来，那是另一回事。”

“我认为，”琼玛说，“我们不能坐等，等他们把他带往拉文纳时在途中营救。应该在布里希盖拉城里想办法。时间很紧迫。西塞尔，我和你最好一起仔细研究一下堡垒的平面图，看看能不能想出办法。我已经想到了一个主意，只是有一个困难不能解决。”

密凯莱站了起来，说：“麦康尼，我们走吧，让他们在这儿考虑他们的办法。今天下午我还要赶到冯亚诺去，想要你陪我一道去。文逊卓本该昨天就要把弹药运到这儿来，可是到现在还不见人影。”

他们俩走了以后，玛梯尼来到了琼玛身旁，一声不响，把手伸了出来。她也伸出了手，让他握了一会。

“西塞尔，你一直是个好朋友，总是在患难时刻及时相助。”琼玛终于说话了。“现在我们研究一下营救的计划吧。”

第三章

“主教大人,我再一次万分诚恳地向您禀告:如果您拒不同意军事审判,必将给城里的治安产生危害。”

统领对教区首长说话时,在语气上尽量保持应有的尊敬,但是那话音里分明已含有几分怒意。他最近心情很坏,因为他的老婆给他平添了大量的债务。因此,近三个礼拜里,他心情烦闷,其耐心饱受了极其痛苦的考验。民众怨忿,心怀不满,危险情绪显然与日俱增;整个地区危机四伏,处处暗藏杀机;卫戍部队不仅无能,而且其忠心也大有疑问;还有那个主教,正如他平时对下级发牢骚时说的,“纯粹是固执的化身”;所有这些,已几乎把他推到了绝望的边缘。现在,又加上牛虻这么一个负担,这么一个恶魔的化身。

那个“瘸腿的西班牙恶魔”打伤了统领的爱侄和最得力的暗探之后还不甘罢休,继续大显他在集市上的身手:对卫兵采取暗中煽动,对审讯官公然进行威吓,“把牢房变成了玩熊场”。他在堡垒里被关了三个礼拜,可是布里希盖拉当局对这宗买卖已极其厌恶。他们对他进行了一次又一次的审问,采用了威胁、规劝以及一切能想到的手段,想使他招供,可是结果仍像他当初被捕的时候一样毫无进展。当局已经意识到,如果把他逮住时就立即送到拉文纳去,情况可能会好些。可是现在再来纠正这个错误为时已晚。牛虻被捕时,统领曾向教皇使节作了报告,并且要求特准,让他亲自执行这一案子的审讯。他的请求获得了批准。如果现在要求撤回,那就等于承认自己不是牛虻的对手。那么干不可能不丢面子。

琼玛和密凯莱早就预料到,统领若要解决这个难题,唯一满意的办法就是举行军事审判。可是蒙泰尼里主教却很固执,拒不同意,因此,统领十分恼怒,几乎无法容忍。

他说:“大人如果知道,我和我的助手在这犯人身上已经花费了多大的耐心,我想您可能会别有一种感受。您是凭着良心而不愿违反司法程序,我完全理解和尊重。但这是特殊的案子,需要采取特殊的办案手段。”

蒙泰尼里回答说:“办任何案件,都不能采取不公正的手段。如果用秘密的军事审判，对一个平民百姓定罪，那样既不公正，也不合法。”

“主教大人，这件案子已是这么严重：犯人已明白无误地犯了好几桩大罪。他参加过萨维诺村庄那次罪恶的暴动，后来逃到了塔斯加尼，要不然，斯宾诺拉大人任命的军事委员会早就崩了他，或者罚他服苦役。自那以后，他就一直在搞阴谋活动。在国内最危险的一个秘密团体里，他是个骨干分子，这也是众所周知的事实。我们至少有三位忠心耿耿的警员被杀的案子他都有重大嫌疑，那些谋杀事件即使不是他策划，也一定是他同意的。这次他偷运军火到教皇领地，我们可以说是在现场把他逮捕。他竟然动用武力拒捕，开枪打伤了我们执行任务的两名官员，他们的伤势很重。现在，对于本城的安宁、本城的秩序，他成了一种永久的威胁。对这样一桩案子，举行军事法庭审问不用说是公正的。”

蒙泰尼里回答说：“他无论干了些什么，都有权利按照法律受审。”

“主教大人，若按正常的法律程序审理，时间会拖延。而审这桩案子，片刻都不能延误。其他方面的危害暂且不说，我一直在担心他会逃跑。”

“如果有逃跑的危险，那么你的责任就是对他严加看守。”

“主教大人，我已在尽力。不过，我靠的是看守人员。而那个犯人似乎把看守一个一个地给迷住了。在他被关的三个礼拜里，我已经四次更换了卫兵。对于卫兵，我不厌其烦地给予惩罚，可是一点用处也没有。他们照样替他来回传递信件，我就是阻止不了。那帮傻瓜对他就像对女人一样着了迷。”

“这倒是很奇怪的事。这个人一定有什么与众不同的地方。”

“与众不同的是一肚子鬼——请原谅，主教大人。不过，就是圣人在他跟前也难以忍耐的。我这么说你很难相信。其实，所有的审讯工作都是由我亲自主持的，因为正规审判官根本就无法忍受。”

“这是怎么回事？”

“主教大人，真是一言难尽。不过，您要是亲临一次审问的现场，您就明白是怎么回事了。人家还以为，他是审判官，而审判官倒成了他的犯人。”

“他有什么本事，竟然使人感到这么可怕呢？当然，他可以拒绝回答你的问题。可是，他除了沉默以外，手中并没有杀人的武器呀。”

“他的舌头简直就是一把利刀。主教大人，我们都是普通人啦，大多数在一生中难免犯了过错，而且并不想把自己的过失诉之于众。这完全是人之常情。把一个人在二十年前犯的一点小过抛出来，砸到他的脸上，谁能忍受得了……”

“列瓦雷士是不是揭发了审判官的隐私？”

“这……是啊。那个审判官怪可怜的，在当骑兵军官时负了债，曾动用过团里的一点公款……”

“他受到托付掌管了公款，可是却从公款里偷钱，是这样吗？”

“主教大人，他的行为当然是很大的错误。可是，当时他的朋友们立即替他还了钱，事情也并没有张扬出去——他是好人家的人哪。从那以后，他就一直奉公守法，各方面都无可挑剔。我可不知道列瓦雷士是怎么知道了这个秘密。在审问时，他竟然当着下属的面，把审判官的老底给当众端了出来！他揭人的老底就像做祷告一样，显出一副纯洁无辜的样子。现在，这件事在整个教省当然已弄得家喻户晓。主教大人要是肯亲临一次审问，我相信您会明白……您去听时不必让犯人知道，可以从一旁偷听……”

蒙泰尼里转过身，目光正视着统领，他脸上的表情异乎寻常。

“我是教会的使臣，不是警察局的暗探。我的职责没有偷听这一条！”

“我……我本无意冒犯……”

“这个问题再谈下去，我认为没有什么好处。如果你把犯人带到这儿来，我愿和他谈谈。”

“主教大人，我敢大胆奉劝一声，这可使不得。这样的犯人根本无可救药。这一次就不要为法律条文所束缚，把他干掉算了，省得他以后还要为非作歹，这么处理最安全，也最明智。刚才主教大人虽然有了吩咐，可是我还得要斗胆恳请：为了本城的治安，我要对本教省的特使大人负责……”

蒙泰尼里打断了他的话：“我要对上帝和圣父负责，在我的教区里，决不允许有任何阴私的行为存在。上校，这件案子你既然逼我过问，我作为主教就要行使我的特权。在这样的和平时期，我绝不允许在本城里搞什么秘密军事法庭。明天早上十点，我将在这儿单独接见犯人。”

“请大人自便。”

统领虽然答得恭恭敬敬，可心里已经有点悻悻然。他退走时，还自言自语地咕哝着：“他们俩一样，都是牛性子，眼看就成了一对。”

主教要接见犯人的事，统领没有告诉任何人。只是到了打开犯人镣铐、正要押送到主教宫殿的时候，他才对受伤的侄儿说：光有这头巴拉姆的驴子①的杰出子孙独断专行，已经使人够受的了，可是现在还要我们冒着风险：押送列瓦雷士的士兵有可能和犯人的朋党串通一气，途中让犯人逃跑。

在戒备森严的气氛中，牛虻被带到主教的办公室，只见蒙泰尼里正伏在办公桌上写东西。桌子上堆了一大堆公文，这情景使牛虻忽然回想起一件往事：那是在一个炎热的下午，他坐在书房里翻阅布道文稿，那间书房和眼前的办公室何其相似：为了阻挡外面的热浪，百叶窗也如现在一样掩了起来，窗外也有水果贩子在大声叫

① 巴拉姆的驴子：《圣经》里的一位先知因诅咒以色列人被自己所骑的驴子叱骂，这里用此驴比喻极固执的人。

嚷:“草莓子啊!草莓子啊!”

牛虻把拖到眼睛上的头发往后一甩,心里已很气愤,但嘴角上装着露出了笑纹。

蒙泰尼里从一大堆公文里抬起了头。

他对卫兵说:“你们可以在大厅里等候。”

那个军士显然感到很紧张,就低声下气地说:“请大人原谅。上校认为这个犯人有危险,最好……”

蒙泰尼里顿时目光闪闪。

“你们可以在大厅里等候。”他不动声色地重申了一遍。军士惊恐万状,一面敬礼,一面结结巴巴地赔不是,带着手下人离开了办公室。

“你请坐。”大门关了以后,主教吩咐说。牛虻默不作声,坐了下来。

停了一会儿,蒙泰尼里说:“列瓦雷士先生,我很想问你几个问题。如果你愿回答,我是非常感激的。”

牛虻笑着说:“目……目前我的主……主要任务就是等着提问。”

“这么说——你是不肯回答了?我已经听他们这样说过。但是,这些问题是由审判官提出来的。他们正负责审理你这案子,并且履行其职责,把你的回答用来作为罪证。”

“主教大人有什么问……问题呢?”他的言辞已经很不客气,而且语气中还隐藏着一种侮辱。主教立刻有所觉察,但仍然保持严肃而又和蔼的面容。

他说:“我的问题,无论你回答还是不回答,都不会让第三者知道。如果问题与你的政治秘密有牵连,你当然可以不作回答。如果不是这样,那么尽管我们彼此素不相识,我希望你能答复我,就作为给我个人的一点面子。”

“我完……完全听从主教大人的吩咐。”牛虻一面回答,一面微微鞠了一躬,他脸上流露的表情会使最贪得无厌的人也不敢向他要求得到什么。

“那好,首先我想问一下:人们说你把军火偷运到本地区,这些军火运来干什么?”

“为……为了杀……杀老鼠。”

“这种思想太可怕了。难道说,你的同胞与你看法不一致,你就把他们看成老鼠吗?”

“他们中的一……一部分。”

蒙泰尼里靠到了椅背上,一时沉默不语,对他注视了一会。

他突然问道:“你手上是什么?”

牛虻瞥了一眼自己的左手,答道:“是些旧伤……伤疤,一些老鼠咬的。”

“请原谅,我问的是你的右手,那是新留下的伤痕。”

牛虻的右手纤细，但很灵活，上面满是割伤和擦伤的痕迹。他举起了手，那手腕已经肿起，赫然一道青黑色的伤痕，又长又深。

“这只……只不过是点小伤，你看，”他回答说，“那天，我被他们逮捕的时候，这还多亏你主教大人，”他又鞠了一躬，“一个士兵踩的。”

蒙泰尼里拿起手，对手腕那儿仔细看了一看，就说：“三个礼拜都过去了，伤处怎么还是这个样子呢？全都发炎了。”

“这可能是手铐的压……压力的功劳吧。”

主教抬起了头，眉头紧皱。

“他们把手铐就加在新伤口上？”

“那当……当然，主教大人，这正是新伤口起的作用。旧伤痕就无能为力了。旧伤痕只不过疼痛一下而已，可你不……不能用手铐使它发炎。”

蒙泰尼里再次看看他，还是那么仔细地打量一番。然后，他站了起来，打开一只抽屉，那里面盛的全是外科手术用品。

他说：“把手伸过来。”

牛虻紧绷着脸，挂着铁板一样的表情，把手伸了过去。蒙泰尼里洗净了伤口以后，就轻轻地把伤口包扎好。他显然对这一类的工作非常熟练。

他说：“戴手铐的问题我要跟他们说的。现在我想问另一个问题：你有什么打算？”

“主教大人，这……这很简单。逃得了就逃，逃不了就死。”

“为什么会‘死’？”

“这是因为：统领如果达不到枪决我的目的，就要罚我服划船的苦役。那对于我，和死没有……两样。像我这个身体，苦役没有服满就要身亡了。”

蒙泰尼里胳膊肘撑在桌上，默默地沉思。牛虻也不打扰他，靠在椅子上，眯着眼睛，懒洋洋地舒展舒展身子。手铐去掉以后，他在享受一下肉体上的惬意。

蒙泰尼里又说话了：“如果你能逃跑，那你打算如何安排生活？”

“主教大人，我已经对你说过了。我要杀……杀老鼠。”

“要杀老鼠，那就是说，假如我有权力，让你从这儿逃出去，你就用你的自由之身，不但不阻止，反而要从事暴力活动、制造流血事件？”

牛虻抬起眼，看看墙上的十字架。

“不是和平，而是剑。[①] 至……至少我要和好人为伍。不过，我个人宁可用手枪。”

---

① 不是和平，而是剑(not peace, but a sword)：语出《圣经》。耶稣有一次对使徒们说：“你们不要以为我带着和平来到世上，我带来的不是和平，而是剑。”

蒙泰尼里听了此话,仍不动声色,说:“列瓦雷士先生,直到现在,我还没有侮辱过你,对你的信仰、你的朋友没有说一个轻蔑之词。可不可以请你也同样以礼待我呢?还是要我有这样的看法:一个无神论者成不了上流人?”

“啊,我完……完全忘了。主教大人把礼貌视为基督徒道德中的崇高大义。你在佛罗伦萨时,因为我和你那个匿名辩护人开展的一场论……论战而作的布道,我还记得。”

“这件事,我正想和你谈谈。你对我好像有一种特别的怨恨,这究竟是什么原因,愿不愿向我解释一下呢?如果你只是以为,拿像我这样的人当靶子很方便,那就另当别论了。你的政治论战,挑选什么方式是你自己的事,而我们现在并不谈论政治。不过,那时候我就有一种想法:你好像对我个人有一种敌意。如果真是这样,我很乐于了解一下:我是不是对你有过过错,或者以别的什么方式,引起你对我有那样的敌意。”

对他有过过错!牛虻抬起扎了绷带的手放到自己的喉头上,轻轻笑了一声,说:“主教大人,我必须向你提一下莎士比亚的话,我就像那个容不得一只无害的、必不可少的猫的人一样①,我见了教士就感到厌恶,一见到穿法衣的连牙……牙齿都痛。”

“啊,如果仅仅是这个原因……”蒙泰尼里做了个无所谓的手势,撇开了这个话题,补充说:“不过,谩骂是一回事,歪曲事实是另外一回事。对于我的布道,你在答复文章里称,我知道那个匿名作者是谁,这你就错了。我并不指责你故意说谎,只是表明这不符合事实。就是到了今天,我也完全不知那个作者究竟是谁。”

牛虻就像个聪明的知更鸟那样偏着头,严肃正经地对他打量了片刻,然后忽地身子向后一仰,爆发出一连串的笑声。

“多么圣洁啊!你这可爱的、纯洁的、阿卡迪亚仙境的圣人啊!——你竟然一直猜不出来!难道你一直没有看出蛛丝马迹来吗?”

蒙泰尼里站起来了。“列瓦雷士先生,这么说,论战双方的文章都出自你一人之手吗?”

牛虻睁大着无邪的蓝眼睛,回答说:“我知道这是一种可耻行为。可是你把它当成了牡蛎,一古脑儿全……全吞了下去,这就大错而特错了。不过,啊,这件事真……真是滑稽呀!”

蒙泰尼里咬着嘴唇又坐了下来。他一开始就意识到了:牛虻处心积虑要惹他

---

① 我就像那个容不得一只无害的、必不可少的猫的人一样(It’s as with the man who can’t endure a hamless,necessary cat.):原出《威尼斯商人》。意思是没有什么理由可讲,牛虻恨蒙泰尼里只是个人的好恶而已。

发火,他也决心无论发生什么情况都不动怒。不过,他逐渐明白统领有那么大火气也不无理由。连续三个礼拜,他每天都要审问牛虻两个小时,在这样的情况下偶尔出几声恶言也可以原谅。

蒙泰尼里说话很沉着:"这件事我们就不谈了吧。我想同你见面主要是这个目的:我在这儿是主教的身份,在如何处理你这个问题上,如果我要运用我的特权,说话还有些分量。但是,我的权力只能局限在:他们要制止你对别人施行暴力,而他们如果对你也采取不必要的暴力行为时,我就可以干涉。因此,我要他们把你带到这儿来,一方面是想问问你有什么苦楚——关于手铐的事我要查实,不过你是不是还有其他什么要说的——另一方面我也想亲眼看一下你是什么样的人,然后才能表示我的意见。"

"主教大人,我什么苦也没有得说。战争嘛,就得遵循战争的惯例。我又不是小学生,我把军火私……私运到他们的境内还指望他们抚摸我的脑袋?他们想用各种方法折磨我,都是自然而然的事。至于你想了解我是什么样的人,你已经听到我作过一次忏悔,不过,那次忏悔很有点罗曼蒂克的味道。你听了一次还觉得不够?是不是还要我再表演一次?"'

"你的话我不明白,"蒙泰尼里冷淡地说,一面拿起一支铅笔,在手里搓来搓去。

"主教大人一定还没有忘记狄雅谷那个老香客吧?"牛虻问过以后突然改变了腔调,以那个狄雅谷的口气又说了那句话:"我是个可怜的罪人……"

蒙泰尼里把铅笔咔嗒一声折断了。他说:"你太过分了!"

牛虻头往椅背上一靠,轻轻哼笑了一声,坐在那儿注视着主教,只见他默默地来回踱步。

蒙泰尼里终于站到他的面前,说道:"列瓦雷士先生,任何从娘胎里生下的人,哪怕有不共戴天的敌人,也不会采取像你对我的那种做法。当我处在个人的悲哀心境时,你竟偷偷地闯了进来,还对一个同胞的愁苦加以嘲笑取乐。我再次请求你告诉我:我究竟对你有过什么过错?如果没有,为什么你要对我玩这样恶毒的诡计?"

牛虻身子靠到了靠背垫上,抬起头,露出了微笑,那笑容神秘莫测,令人不寒而栗。

"主教大人,这事儿挺逗……逗人乐的。你对一切都看得那么认真,倒使我想起了……有点儿像……玩杂耍的……"

蒙泰尼里嘴唇都气得发白,转身就按铃。

卫兵进来以后,他说:"犯人可以带回去了。"

卫兵带走犯人以后,他还是坐在桌旁,他一向很少动怒,这一次生了气,直到现在还浑身发抖。他拿起了一沓报告,那是各个小教区的教士呈报上来的。

他看了一会,立即又把那些报告丢开,伏在桌子上,两手蒙住了脸。牛虻似乎留下了可怕的阴影,如鬼一般弥漫在办公室里,徘徊荡漾。蒙泰尼里浑身颤栗,胆战心惊,连头也不敢抬,唯恐见到出现在他面前的幻影,尽管他心里知道幻影并不存在。幽灵不致使他产生错觉,只是他神经过于紧张,一时生了怪念。那个阴影的出现,那只受伤的手,那微笑,那狡黠的嘴,那如海水一样深不可测的诡秘的眼睛——这一切都揪住了他的心,使他产生说不出的恐惧……

他排除了一切邪念,着手干自己的工作。这一整天,他忙得一点闲暇都没有,工作也没有使他感到什么烦恼。可是,到了晚上,他走到卧室门口时,突然感到惊魂不定。如果梦中见到了他怎么办?他迅速恢复了镇定,在十字架前跪了下来,做祷告。

但是这一夜他都没有合眼。

第四章

蒙泰尼里虽然很气愤，但并没有忘记许下的诺言。他就牛虻戴着镣铐一事提出了严正的抗议。那个倒霉的统领已经到了山穷水尽的地步，只好垂头丧气地把镣铐全部打开。他对副官发牢骚说："主教大人下一次又要抗议什么，我怎么说得清啦？现在犯人只戴一副简单的镣铐，他也说是'残酷'，马上连窗户上的铁栅栏也要责备一番，或者要叫我们拿牡蛎和蘑菇来款待列瓦雷士了。我年轻的时候，犯人就是犯人，对待犯人就像对待犯人的样子。谁也不会想到造反者比小偷好些。可是现在，造反倒成了时髦。主教大人好像要对全国的匪徒有意作一番鼓励呢。"

"我不明白，这样的事他究竟有什么权力横加干涉，"副官表示了看法，"他又不是教省的特使，对于民政和军事方面的事务无权过问。按照法律……"

"法律有什么用？你瞧，圣父已把牢门打开，放出一大批自由派跟我们作对，还能指望谁尊重法律呢！简直是不可思议！那位主教大人当然要显显威风了。前任教皇在位那时候，他还是默默无闻，现在却成了要人，突然得了宠，而且可以随心所欲。我怎么敢违抗他？说不定还是梵蒂冈那边秘密授权给他的呢。现在的事，统统都是颠倒过来的，今天不知明天会出什么事。往日世道清明的时候，人们知道什么该做什么不该做，可是，当今……"

统领一脸忧伤地摇摇头。那些主教们对牢房的琐碎细则也不厌其烦地插手干预，还对政治犯大谈起什么"权利"，这个世界变得越来越复杂了，他无法理解。

牛虻本人呢，他神情激动，几乎在歇斯底里的状态下回到了堡垒。他和蒙泰尼里会见，实在是强忍着性子，那种忍耐几乎达到了崩溃的边缘。到最后，他极其粗野地谈到了杂耍，那完全是一种绝望的叫喊，只是想结束会见。如果再拖延五分钟，他就会潸然泪下。

当天下午，他就被带去审问。凡向他提的问题，他无一不报以阵阵抽筋似的狂笑。统领已经忍无可忍，勃然动怒，并对他斥骂。而他反而笑得更带劲。那背时的统领气得咬牙切齿，大发雷霆，扬言要用非常的惩罚，以此来恐吓这个执迷不悟的囚犯。可是到了后来，他也和昔日的詹姆斯·勃尔顿一样，终于得出了结论：这样的人已经冥顽不灵，失去理性，再和他论理完全是浪费精力，徒伤元气。

牛虻再次被关进了牢房。他躺在毛毡上，心情绝望，暗气暗恼，每当狂笑之后总是这样的心境。他就这么一直躺到了黄昏，身子连动也不动，甚至也不思考什么。早上发泄了一阵激情，此刻已陷入一种不可名状的半麻木状态，此时的悲伤仿佛是一个机械实体，重重地压在一块木头上，这块木头却忘了自己就是一个有灵魂的活人。这一切如何结束实际上已无关紧要，对于任何有知觉的生物来说，重要的是解除无法忍受的痛苦。只要有办法解除痛苦，无论是外界条件的改变还是自我感觉的消失，都无关紧要。他可能逃跑成功，也可能被他们杀死，无论是哪一种结局都再也见不到神父了。这一切都是他精神上的空虚和烦恼。

一个看守送晚饭来了。牛虻抬起沉重的眼睛，无所谓地对他看看。

"现在几点了？"

"六点。先生，你的晚饭。"

食物发馊，怪味难闻，还半冷不热，牛虻看了就很厌恶，立即把头调转过去。他不仅情绪低落，而且身子也不舒服，看看那食物就感到恶心。

士兵赶忙说："不吃东西要生病的。无论如何面包要吃一点，吃了对你有好处。"

那个看守音调很奇怪，样子极其诚恳，把盘子里湿漉漉的面包拿起来又放下。作为一个地下革命党人，牛虻凭机智豁然顿悟，立刻估计到面包里面一定会有什么奥妙。

"你放这儿吧，待会儿我慢慢啃。"他漫不经心地说。牢房的门是敞开的，他知道军士待在楼梯道上，牢里的谈话他能一字不漏地听清。

牢门重新锁上以后，等到牢门的监视孔上确实没有人在监视他，他才拿起那块面包，小心地一层一层剥开。正如他期待的那样，面包里面夹的是一把小锉刀，外面包着一张纸，上面写着几行字。他把纸条小心地铺开，拿到有点光亮的地方。由于那张纸很薄，上面的字写得密密麻麻，很难辨认：

> 铁门已经打开，没有月亮。尽快锉断铁栅。两点到三点之间从甬道逃出。我们已做好充分准备。可能再也没有这样的机会了。

他一个劲儿把纸捻碎。一切准备工作已经做好，那么，他唯一的任务就是要把窗户铁栅锉断。所幸的是镣铐已经拿掉了，锉镣铐的麻烦也就省去。窗户上有几根铁杆？两根，四根，每一根要锉两处，一共要锉八处。啊，这夜里的工夫，如果抓紧是可以办到的。琼玛和玛梯尼他们要备好伪装的用具、要办好护照，还要找到隐藏的地点，这一切全都弄好了，怎么干得这样迅速？他们一定像拉货车的，拼命往前赶。而且采用的计划终究还是她制定的那一份。他不禁哑然失笑了，因为他觉得自己很愚笨。计划只要订得很管用，还管是不是她制定的！这有什么意义呢！不过，他还是由衷地感到高兴，因为当初私贩子们建议：采用绳梯的逃跑办法，还是她想到了利用地下通道来取而代之。她的计划实施起来比较复杂，难度也很大，但另一个计划要危及东墙外值勤哨兵的生命。因此，他在两个计划中毫不犹豫地选择了琼玛的主意。

逃跑计划是这样安排的：从院子通向堡垒下面的地下通道有一道铁门，那个绰号叫"蟋蟀"的卫兵朋友一定要瞒着别人尽快把铁门打开，打开以后，钥匙必须还放到卫兵房的挂钉上。牛虻一得到这个消息，就要锉窗户上的铁杆，还要把衣服撕成碎条编成绳子。他凭绳索可以向下落到院子东面那堵宽墙上。牛虻下到宽墙以后，乘哨兵背对自己的时候，用手和膝向前爬行；当哨兵面对自己时，他就要平伏在墙头上。在东南墙角上有一座半毁半存的塔楼，在很大程度上，塔楼是靠那上面生长的浓密常春藤支撑在那儿。楼上大块大块的石砖已崩塌下来，堆积在墙边。他可以凭借常春藤和石堆从塔楼上爬下来，然后轻轻打开铁门，顺着甬道走向和甬道相通的地下通道。早在几个世纪之前，在堡垒和附近小山上一座塔楼之间就有一条秘密走廊，现在已经废弃，途中有好几处因坍塌的岩石而阻塞。私贩子们在山坡上开了个十分隐秘的洞穴和地下通道相通。除了私贩子们以外，谁也不知道有这么个秘密的洞穴，更没有人怀疑就在堡垒的墙角下常常隐藏有违禁的货物，一藏能长达几个礼拜之久。海关官员却去搜查那些山民，结果弄得白费劲。山民们一个个满肚子的火，却又只好忍气吞声。牛虻到了这个洞穴就爬出去，来到山上，在暗中一直来到一个偏僻处，那里有玛梯尼和一名私贩子在等他。这个逃跑计划最大的一个困难就是：夜间巡查开始以后，并不是每天晚上都可以找到打开铁门的机会；另外，天气如果很好，从窗户上坠下来也有被哨兵发觉的危险。眼下他们有了这么一个成功的大好机会，说什么也不能错过。

牛虻坐下来开始吃面包了。平时在牢房里一吃饭就感到厌恶，这一次至少没有这种感觉了。他怎么也得要吃点东西，这样才能有点力气。

他最好还要躺一会儿：睡一会儿觉。十点钟以前都不能锉铁杆，否则有危险。这天夜里的活是够他辛苦的。

原来神父也一直在想让他逃跑啊！神父到底还像个神父的样子。但是他自己决不会同意接受，干什么都行，就是不肯听他的！如果他逃跑，那也应该由他自己和他的同志们的努力来实现，决不指望什么教士们的恩赐。

天气好热啊！空气沉闷，闷得人连气也透不过来，一定要打雷了。他烦躁不安，在毛毡上翻来覆去，一会儿把扎了绷带的右手撑在脑后当枕头，一会儿又拿掉。手火烧火燎地疼痛！所有的旧伤都开始作痛了，又麻又痛，持续不停。这是怎么回事?啊,胡思乱想!这只是由于雷雨天气的原因。他还是睡觉吧,休息一会以后好着手锉铁杆。

八处要锉,全是又粗又实的铁杆!还剩下几处没有锉?肯定不会太多。他一定干了好几个小时的活了,不知是多少个小时了——一定是干得很久,所以胳膊才这么疼——疼得太厉害,真是入骨三分!可是,肋骨也那么疼,这很难说是与锉活儿有关;还有那条瘸腿疼得像针刺火烤一样,这也是因为干锉活儿引起的吗?

他惊醒了。不对,他并没有睡着,而是睁开了眼睛在做梦,梦见自己在锉铁杆。其实,这一切正有待他去做。窗户上的铁杆还在那儿,原封未动,铁杆仍是那么粗、那么实。远方的钟楼已敲了十点,他必须开始干活了。

他从监视孔看看,见确实没有人在监视他,这才从怀里掏出一把锉刀。

不会的,他不会出什么问题——什么事儿也没有!这是在想当然。肋骨疼痛,那是因为消化不良,或者是受了风寒,或者是类似这样的原因引起的。牢房里食物那么糟,空气又那么污浊,一下子住了三个礼拜,有点疼痛不足为奇。至于全身疼痛和心口悸动,这一方面是由于神经上的毛病,另一方面是因为缺少运动。对了,就是这个原因,毫无疑问是因为缺少运动。刚才怎么就没有想到这一点呢,真是荒唐!

不过,他还是坐一会儿才好,等疼痛过去了再着手干活。要不了一两分钟就会好的。

坐在那儿不动反而比什么都难受。一坐下来不动就要受疼痛的煎熬,心里感到恐惧,脸色变成了铁青。不行,还得站起来,着手干活,把疼痛摆脱掉。他疼还是不疼,这应该看他的意志。他要从意志上不感到疼,尽力遏制疼。

他又站起来自言自语,声音说得很大,且很清楚:

“我没有病,我没有时间生病。我有那些铁杆要锉断,我不能生病。”

接着,他开始干活。

十点一刻——十点半——十点三刻——他锉呀,锉呀,每听到一次锉铁杆的刮擦声就仿佛有人在锉他的身子,锉他的脑袋。他轻声笑了一下,自言自语:“真不知道是哪一样先锉断,是我呢,还是铁杆?”他咬紧牙关,继续锉。

十一点半了。他的手已经僵直发肿,连工具都拿不稳,可是他仍然不停地锉。不能停!他不敢停下来。一旦停手就糟了,那他就再也没有勇气重新干起来。

哨兵在牢门外走动,那卡宾枪的枪托还擦到了门。牛虻停住活儿,注意周围的动静,手还紧紧握着锉刀高高地举起。他被发现了吗?

监视孔里忽地有一颗小圆球丢到了地上。他放下锉刀,俯身把那颗圆团团的东西拾了起来,原来是一个纸团。

他的身子在下沉，下沉，像是很深很深的深渊里翻腾着黑色的波涛在向他冲击——波涛还在轰鸣……

啊，没什么！他只不过是弯腰拾纸团。弯腰时有点头晕。许多人弯腰都有头晕的感觉。他不会有什么毛病——什么都不会的。

他拾起纸团，拿到有亮光的地方，从容不迫地把它打开：

无论出现什么情况，今晚务必逃出。蟋蟀明天要调防，转至别处。成败在此一举。

如同处理前面那张字条一样，他把这张字条也捻碎了。接着，他又拿起锉刀，继续干活。他一声不响，埋头苦干，拼命地锉。

此刻已到了一点，他连续干了三个小时，八处铁杆已锉断了六处。再锉断两处，就可以爬出……

他开始回想前几次可怕的病症发作的情况。最近一次发作是在新年那时候，一连五个夜晚，想到那种情景就浑身颤栗。但是，那次发作来得并不突然。每次发病从来都不像现在这样，来得如此突然。

他放下了锉刀，感到无比绝望，竟茫然伸出两手做起祷告了。自从成了无神论者以来，他这是第一次做祷告，向任何东西祷告——向虚无——向万物祷告。

“今夜千万别生病！啊，要生病就让我明天生吧！明天，任何折磨我都愿忍受——千万不要在今夜！”

他默默站了一会，两手按住太阳穴。接着又拿起锉刀，继续干活。

到一点半了，他开始锉最后一根了。衣袖已咬成了碎片，嘴唇上已有血迹，眼前是一片红雾，额头上大滴大滴的汗珠在淌，他仍然一个劲地锉，锉，锉……

蒙泰尼里睡着了，这时候太阳已经升起。头天夜里，他深受烦躁不安之苦，弄得精疲力竭。刚刚安静地睡了一会儿就做梦了。

一开始梦到的东西都是恍恍惚惚，各种形象和幻觉都很支离破碎，而且是一个接着一个，互不关联，游移不定。但是，所有的片断都同样有挣扎和痛苦的感受，都隐含着一种无法形容的恐怖。接下来就梦到自己的失眠——他经常做这样可怕的旧梦。这样的梦对他是一种威胁，已经持续多年。甚至梦中的场面也都是他以前经历过的。

他梦见自己在一片巨大的空旷地带四处徘徊，想找个安静的地方躺下来睡一会儿。可是，到处都是川流不息的人群，有聊天的，嬉笑的，叫喊的，做祷告的，摇铃的，还有把金属乐器敲得咚咚响的，五花八门，应有尽有。有时候，他就远离尘嚣，躺下来。一会儿躺在草地上，一会儿躺在木凳上，一会儿又躺在石板上。他闭上眼睛,用双手蒙住,好阻挡亮光,自言自语道:“现在我要睡觉了。”可是,马上就有许多人拥过来,声嘶力竭地大喊大叫,还直呼他的名字,恳求他:“醒来吧,快快醒过来吧,我们需要你啊!”

接着,他又回到了宏大的宫殿,里面有许多房间,富丽堂皇,内设床铺,长沙发,以及低矮柔软的躺椅。时已夜晚,他自个儿说:“就这儿,我总算找到了一个安静的睡觉地方。”可是,他刚刚挑选了一间黑洞洞的房子躺下,就有人拿着灯走了进来,灯光无情地刺着他的眼睛,只听那人说:“快起来,有人找你。”

他爬起来,跌跌撞撞地像头伤得快要死的野兽一样游荡着。他听到时钟敲了一下,知道已经是下半夜了——良宵苦短啊。两点,三点,四点,五点——到六点钟的时候,全城都醒过来了,到那时就再也没有安静的时候。

他走到另一个房间,想在床上躺下睡一会儿,忽然间,有人从枕头上跳了起来,还大声叫喊:“这是我的床!”

他非常绝望地退走了。

时钟敲了一下又一下,他还在继续游荡,从房间到房间,从房子到房子,从走廊到走廊。那可怕的曙光越来越近,时钟都在敲着五点了;黑夜已经结束,而他却还没有休息。啊,苦啊!又是一天,又一天来临了!

他来到一条漫长的地下走廊,那仿佛是一条低矮而没有尽头的拱形地道。里面有各种灯烛,闪光耀眼,格栅顶上传来歌舞声、嬉笑声以及轻快的音乐声。正是在那上面,在他的头顶上,是一个活人居住的世界,他们肯定在搞什么节日活动。啊,要找到一个隐蔽的地方睡一会觉,只要一小片地方,即使是坟墓也行啊!他正这么说着,没想到竟跌到一个敞开的坟墓上。坟口开着,还能闻到死尸腐烂的恶臭——啊,不管三七二十一,只要可以睡觉就行!

“这是我的坟墓!”这是葛拉迪斯在说话。她昂起头,从腐烂的尸衣上面对他怒目而视。他见此就跪了下来,向她伸出了双臂。

“葛拉迪斯!葛拉迪斯!你就稍微可怜可怜我吧,就让我爬到那个窄缝里睡一会儿吧。我不向你求爱,连碰也不碰你,也不跟你说话,只想在你身旁躺下睡一会儿!啊,亲爱的,我好长时间不曾合眼,再多熬一天也受不了。光明正照射到我的灵魂,吵闹声正把我的头脑搅得纷乱。葛拉迪斯,让我进去睡吧!”

他正要把尸衣拿过来盖住眼睛,可是葛拉迪斯缩回身子,尖声叫道:

“这样亵渎圣灵,亏你还是个教士!”

他向前游荡,游荡,出了地道到了海滨,来到光秃秃的岩石上,只见强烈的光线直射下来,海水发出低沉而无休止的哀鸣,永不安宁。

他说:“啊,大海倒更有同情之心,它也累得精疲力竭,不能入睡。”

就在这时,亚瑟从大海深处浮了上来大声叫道:

"这是我的海!"

"主教大人! 主教大人!"

仆人边敲门边呼喊。蒙泰尼里在睡梦中惊醒过来。他机械地下了床,把门打开。仆人看到他神情非常激动,一副担惊受怕的样子。

"主教大人——你不舒服吗?"

他两手擦了擦额头。

"没有,刚才我睡着了,你把我惊醒了。"

"真对不起。今天一大早,我好像听到你在走动,我就以为……"

"时间不早了吧?"

"已经九点了。统领已经来访,他说有要事,知道主教大人有早起的习惯……"

"他在楼下? 我马上就去。"

他穿好了衣服就下楼。

统领一见主教就说:"我这么来拜访主教大人,恐怕有点冒昧。"

"但愿没什么严重的事吧?"

"情况非常严重。列瓦雷士想越狱逃跑,差点儿让他跑掉了。"

"啊,他既然没有跑掉,也就没什么妨碍了。这是怎么回事?"

"我们在院子里紧靠铁门那儿发现了他。昨天夜里三点,巡逻人员查看院子,有个哨兵被绊了一跤。他们用灯一照,就看到列瓦雷士躺在地上,横在那条甬道上,已经不省人事。他们立刻拉响警报,叫醒了我。我就去检查牢房,发现窗户的铁杆全被锉断了。还有一根用撕碎的衬衫拧成的绳子,系在一根铁杆上。他是从那绳子上坠下来,沿着墙头爬走的。通向地下通道的门竟然没有锁,好像卫兵已被收买过去。"

"那他怎么会躺在那儿呢? 是不是从墙上跌下来摔伤了自己?"

"主教大人,我一开始也这么看。可是,监狱的医生找不到任何跌伤的痕迹。昨天值勤的士兵报告说,他昨晚送晚饭的时候,就看到列瓦雷士像是病得很厉害,没有吃一点东西。不过,这一定是胡说。一个生重病的人,万万不可能锉断那么多铁杆,还从墙顶上爬走。这是不符合事理的。"

"他自己可说了些什么?"

"主教大人,他还没有醒过来。"

"到现在还没有苏醒?"

"有时候迷迷糊糊像是醒了一点,呻吟了几声,然后又失去知觉了。"

"这倒真奇怪。医生有什么看法?"

"他也说不出所以然。他检查了犯人的心脏,可找不到任何迹象说明他昏迷的原因。但是，无论是什么原因，一定是在他逃跑的时候突然出了事。照我看来，这是仁慈的上帝直接干预，给他施以打击的结果。”

蒙泰尼里微微皱皱眉头。

他问：“你打算怎么处置他？”

“这是我在三两天之内就要解决的事。同时，这对我也是极好的教训。出了这样的事，就是因为取下了镣铐——那完全出于对主教大人的尊重。”

蒙泰尼里打断了他的话：“在他生病的时候，我希望你不至于给他重新戴上吧。一个人处在像你所讲的那种状态，不大可能还有逃跑的企图。”

“他就是不想跑我也要格外当心了。”统领一面告辞一面喃喃自语。“主教大人要是婆婆妈妈的，就让他婆婆妈妈好了。那可不关我的事。列瓦雷士已紧紧戴上了镣铐。不管他生病不生病，都不能解下。”

“怎么会出这样的事呢？一切都准备就绪，人已经到了铁门口，到了关键时刻竟然晕倒了！这简直像是玩笑，开这样恶毒的玩笑！”

玛梯尼解释说：“要照我说，我认为唯一的原因是旧病复发。他一定在顽强抵抗病痛，只要有一点力气都在拼命挣扎。到了院子里的时候，连一点力气也没有了，晕了过去。”

麦康尼一个劲地在敲烟斗里的灰。

“不管怎么说，反正是完了。现在我们对他已无能为力。可怜的人啊。”

“真可怜啊！”玛梯尼轻声重复着。他已渐渐意识到：如果没有牛虻，这个世界就显得很空虚、很凄凉。

“她怎么想的呢？”那个私贩子说着就朝房间的另一头看去，只见琼玛独自坐在那里，两只手搭在膝上，显得有气无力的样子，两眼迷茫，呆呆地凝视着前方。

“我没有问她。我告诉她这个消息以后，她就一直没有开口说过话。还是别打扰她吧。”

她好像不知道他们俩也待在那里。不过，他们交谈的声音压得很低，仿佛在面对一具死尸。他们忧郁地沉默了一会儿以后，麦康尼就站起身，把烟斗收拾好。

他说：“今晚我再来。”但是，玛梯尼做了个手势，不要他走。

“你先别走，我还要和你商量，”他声音压得更低，几乎是耳语，“你真的以为没有指望了吗？”

“眼下看不出有什么指望。越狱的事不能再图了。即使他恢复了体力，可以实施，我们也无能为力。那些哨兵全都受到怀疑，统统撤换了。而且你也知道，蟋蟀不可能再找到那样的机会了。”

玛梯尼突然问：“等牛虻身体好了，可不可以把哨兵支开，采取点行动，你看怎么样？”

“把哨兵支开？什么意思？”

“是这样的，我突然想到一个主意：到了迎圣体节[①]那天，趁着游行队伍经过堡垒的时候，我就拦住统领的路，迎面向他开枪。这样一来，卫兵全都会一窝蜂冲过来逮我。你们部分人或许在混乱中可以救出列瓦雷士。这还算不上什么计划，只是我一时的念头。”

麦康尼一副严肃认真的样子，回答说：“这个办法能不能实施，我有点怀疑。当然，如果真正实施这个计划，我们还要考虑一番。不过——”他突然停下来朝玛梯尼看看，“如果这个计划真的有可能实现——你愿意去干吗？”

在平时，玛梯尼比较保守，可现在已不同于平时。他正视着这个私贩子的脸。

“是问我愿意去干吗？”玛梯尼重复说了一遍，“你看看她吧！”

再作任何解释已完全没有必要。那一句话把要说的全说了。麦康尼转过头，望着房间的那一头。

自从他们俩谈话以来，琼玛连动也没动过。她的神态既没有怀疑和畏惧，甚至也没有悲哀，什么也没有，只有一片死亡的阴影。那私贩子见她那种样子，不觉已泪水汪汪了。

“密凯莱，快一点！”他把通向走廊的门打开了，朝外面看。“你们俩的事快结束了吧？我们要干的事还多得很呢！”

密凯莱和季诺一前一后从走廊进了屋里。

“我已经准备好了，”密凯莱说，“只是我想问问波拉太太……”

他正要往琼玛那儿走，玛梯尼伸手就把他的胳膊紧紧抓住。

“别打扰她，还是让她一个人待一会儿吧。”

“由她去吧！”麦康尼说，“现在安慰她一点用处也没有。上帝知道，这件事对我们大家都够受的，可是对她就更糟糕了，真是可怜的人啊！”

---

① 迎圣体节(Corpus Domini Day)：天主教中纪念耶稣殉难的节日，列队行进是节日纪念活动最突出的特色。

第五章

牛虻的病情处于严重状态,已经有一个礼拜了。病魔来得凶猛。那位统领既担心又困惑,竟然大施淫威,不仅让他戴上脚镣手铐,而且还坚持用皮带把他绑缚在毛毡上,还绑得很紧,牛虻只要动一动,皮带就往他肉里嵌。他以斯多葛精神顽强地支撑着自己,忍受痛苦。坚持了六天以后,他的傲气也保不住了。在万般无奈的情况下,他只好向监狱医生乞求一剂鸦片。医生倒非常愿意给他,可是统领听到这个要求,便对"这种愚蠢行为"严加制止。

"你怎么知道他要那东西干什么?"统领质问道,"这一阵子他可能一直是装病。他想用鸦片来毒害卫兵,或者干类似这样的鬼事。列瓦雷士这人诡计多端,什么事情都干得出来。"

医生忍不住笑了起来,回答说:"我给他那么一点剂量,绝无可能毒害卫兵。至于是不是装病,这倒大可不必担心。他可能快要死了。"

"不管怎么样,反正不准把鸦片给他。一个犯人要想得到好一点的待遇,他就应该循规蹈矩。现在给他一些严厉惩罚,他完全是罪有应得。这样做对他可能是个教训,叫他别玩锉断窗户铁栏杆那套把戏。"

医生说得很大胆:"不过,法律并不允许折磨犯人。现在我们近似于用酷刑了。"

"法律根本就没有说给犯人服鸦片。"统领在大声斥责了。

"上校,这事当然由你决定。但是我希望,说什么也得要把皮带松开。给犯人加重那样的痛苦毫无必要。再说,现在已犯不着担心他会逃跑。你就是把所有束缚都解掉,他也是连站也站不住的。"

"我好心的先生啊,我看,医生和其他人一样也会犯错误。我既然已经把他捆得严严实实,就这样下去不改动了。"

"那起码也要松松皮带。捆得那么紧,一直捆下去不动,这完全是一种野蛮。"

"就这样不动,非这样不可。先生,你别把野蛮放在嘴上同我说个不停。你就别说了,我谢谢你。我要是做一件事,就有这样做的理由。"

就这样，牛虻度过了第七个夜晚，痛苦丝毫没有减轻。看守牢房的值班士兵听到犯人彻夜痛苦呻吟，不禁心寒胆颤，只好画着十字。牛虻也终于忍受不下去了。

到了早晨六点，看守快要下班的时候，他悄悄开了锁，进了牢房。他知道自己这样做严重违反了狱规，但是，若要不说些安慰的话就走，怎么也不忍心。

他看到牛虻一动不动地躺在那儿，两眼紧闭，张着嘴巴。看守默默地站了一会儿，然后弯下腰，问道：

"先生，我能不能为你帮点儿忙？再过一分钟我就要下班了。"

牛虻睁开了眼睛，呻吟着："不要管我！不要管我！"

士兵刚刚溜回到岗位，牛虻就睡着了。

十天以后，统领再次来到主教宫殿，不巧得很，主教到皮埃维·多塔伏去看望一位病人去了，要到下午才能回来。到了黄昏时分，统领正坐下来准备吃晚饭，忽见仆人进来报告：

"主教大人要跟您说话。"

统领一听，赶忙照照镜子，检查一下制服，是不是穿得很整齐，然后以极其庄严的神气走进会客室，只见蒙泰尼里正坐在那里，手在轻轻拍打着椅子扶手，两眼眺望窗外，那眉宇间的皱纹显示出焦急的神情。

"听说你今天去找过我了，"统领刚说了客套话，蒙泰尼里就打断了他，说话的口气也有点矜持，而他同乡民们谈话从来不用这种口气，"大概你要谈的事也正是我要找你谈的吧。"

"主教大人，是关于列瓦雷士的事。"

"这也正是我所预料的。这件事我已经考虑了好几天。不过，在谈此之前，我想听一听你有什么新情况要告诉我。"

统领捋捋胡须，显得很尴尬。

"其实，我去拜访您，目的就是想知道大人对我有什么吩咐。如果您对我提的建议仍然持反对意见，我非常诚恳地乐于听从您的意见，因为说实在的，究竟怎么处理我心里也没谱。"

"遇到了什么新的困难吗？"

"只是下礼拜四就是六月三日，是迎圣体节。这件事怎么也得在节日前解决。"

"礼拜四是迎圣体节，不错。为什么要在那一天前解决？有什么特别之处？"

"主教大人，我似乎违背了您的意思，真非常抱歉。可是，要是在那天以前不除掉列瓦雷士，城里的治安我就负不了责任。大人知道，节日那天山里的粗野山民都汇聚到这儿，他们很有可能要攻开牢门，想把他劫走。不过他们不可能办到，我会严加防范。如果真出现那种情况，我就只好用火枪子弹把他们扫出大门。但是，节日当天总要出现这样或那样的麻烦。罗玛亚这儿的百姓性格野蛮暴烈，一旦他们动刀……”

“我认为,只要我们稍加注意,事态还不至于发展到动刀的地步。我向来都感到,这一带的老百姓只要能合理对待,是很容易相处的。当然,你若采取威吓、强迫的手段对待他们,那么每一个罗玛亚人都很难对付。你有什么根据,说明他们企图再来一次劫狱?”

“我手下的密探昨天和今天早晨两次向我报告说,整个地区谣言四起,那些人显然要采取这样或那样的不轨行动。不过,详细情况还不清楚,要不然采取防范措施倒也容易。就我个人而言,那一天的事实已使我受到惊吓,因此我宁可凡事要稳妥安全些。像列瓦雷士那样狡猾如狐狸一样的人存在一天,我们不论怎么提防都不过分。”

“上次我听到关于列瓦雷士的情况报告说,他病得很严重,连说话和行动都很困难。照你这么说,他的身体已经康复了?”

“主教大人,他好像好多了。如果他不是一直在装病,那他的病的确是不轻。”

“你有什么理由怀疑他装病?”

“医生倒似乎相信,他的确是有了病,只是那种病也真有点玄乎。不管怎么说,现在他已渐渐恢复,而且也变得更加凶顽。”

“他有些什么举动?”

“所幸的是,他想干什么也干不了。”统领回答说,他想起那捆缚的皮带,得意地笑了起来。“不过,他的行为令人琢磨不透。昨天上午我到牢房里去审问了他几个问题,他的身子还不能前来受审——说实在的,我看在他病好之前,最好不要让别人见他,否则要冒风险。有关这方面的荒唐言论一下就传开了。”

“这么说你去审问过他?”

“是的,主教大人。当时我以为,现在他总会变得通情达理一些。”

蒙泰尼里有意地对他打量一番,那目光几乎像是在打量一只好奇而又讨厌的动物。不过,幸好统领没有看见,因为他低着头,在理他的腰刀带。统领若无其事地接着往下说:

“我对他还没有施行什么特别的刑罚,不过我一直管得很严。由于那是军人监狱,更需要严加防范。我当时也以为,如果对他宽容一点,说不定会有些好的效果。我就向他提出来:只要他采取理智的态度,我可以减轻管束。主教大人,您可想到他怎么回答我?他躺在那儿,就像笼子里的狼一样盯了我一会,很小声地对我说:‘上校,我爬不起来,不能掐断你的脖子,可是我的牙齿还很锋利,你最好把你的喉头离我远一点。’他那副野蛮的样子,简直就是一只野猫。”

“他说出那样的话,我并不感到意外,”蒙泰尼里答得很从容,“不过,我有个问题要问你:你真的以为,列瓦雷士待在监狱里,对本地区的治安会产生严重危害吗?'"

"主教大人,这是千真万确的。"

"你以为,为了避免流血事件,绝对有必要在迎圣体节前除掉他吗?"

"我只能把我的看法再重述一遍:到了礼拜四那天,他如果还在这儿,我相信节日那天非出现一场战斗不可,而且,我认为那场战斗可能很激烈。"

"那么你认为,如果他不在这儿,这样的危险也就不存在了?"

"如果他不在,很可能会平安无事,要么充其量有点吵吵闹闹和扔扔石头而已。如果大人有什么办法把他除掉,我将保证本地区平平安安。否则,大祸难免。我认为,一场新的劫狱计划已经就绪,行动就在礼拜四那天。到了那天早上,如果他们突然发现,列瓦雷士根本就不在监狱里,他们的劫狱企图也就自行落空,要想战斗也没有机会。但是,一旦那些人群拔出刀来,我们被迫镇压,那么不到天黑,这一块地方就烧成了焦土。"

"既然这样,为什么不把他押送到拉文纳?"

"主教大人,这真是天晓得。如果能押送到那儿我可千恩万谢了。可是,如果他们在半路上营救,我怎么阻挡得了?他们武装进攻,我的兵力还不足以抵抗。短刀、土枪之类的武器,哪个山民没有啊!"

"照这么说,你还是坚持采取军事审判,并且还要征得我的同意,是吗?"

"主教大人,请您原谅。我对您只有一个请求:在制止暴动和流血事件上帮我的忙。我从内心里感到:像法列第上校那样的军事法庭,采取的惩罚有时候过于残忍。那样做,群众不但不能压服,反而更加愤怒!不过,像这桩案子,我认为采取军事审判是明智的,而且从长远看也是仁慈的。这样做将防止一场暴动,而暴动本身就是一场可怕的灾难,那将很有可能使圣父已经废除的军事法庭又要恢复。"

统领这短短的一段话,说得很庄严。他在等主教的答复。他等了很久,等到主教答复时,他觉得完全出乎意料。

"菲拉里上校,你信上帝吗?"

"主教大人!"上校张大了嘴巴,那声音里面全是感叹号。

"你信上帝吗?"蒙泰尼里又问了一声,并且站了起来,锐利的目光一动不动地盯着他。上校也赶忙站了起来。

"主教大人,我是基督徒。我在作忏悔时,上帝从来也不拒绝我。"

蒙泰尼里举起了挂在胸前的十字架。

"这是救世主的十字架,他是为你而殉难的。你要对他发誓:刚才你对我说的全是实话。"

上校站在那里,一动不动,两眼茫然对着十字架。他不知道究竟是他自己还是主教发了疯。

蒙泰尼里接着说:“刚才你请求我,要我同意让一个人死。如果你有胆量,就先吻这个十字架,然后再对我说:为了避免更大的流血,你相信,除此以外,没有其他的办法。要记住:如果你对我说谎,那就等于给你不朽的灵魂带来危险。”

统领稍停了一会以后,弯下腰,用嘴唇吻了一下十字架。

他说:“我相信。”

蒙泰尼里慢慢转过身要走了。

“明天我将给你明确答复。不过我得见见列瓦雷士,和他单独交谈一下。”

“主教大人——可不可以允许我说点看法——您这么做一定会感到后悔。昨天,他曾就此让卫兵向我提出,要见见主教大人。但是,我未予理睬,因为……”

“未予理睬!”蒙泰尼里重复了这话,“一个犯人身处这样的境地,向你提出要求,而你竟不予理睬?”

“主教大人若是对此生气,我感到很抱歉。当时我以为这种要求完全无理,就不想去打扰您。我现在对列瓦雷士已相当了解,他肯定只是想借此来侮辱大人。您如单独和他接近,请恕我直言,那实在是非常轻率的举动。这个人真太危险了——正因为如此,我才想到要对他采取必要的一些身体束缚,一种温和的……”

“一个有病的犯人,没有武装,又有你施加了温和的身体束缚,这样的人你真以为有危险吗?”尽管蒙泰尼里的话说得很温和,可是上校从他那隐而不露的轻蔑口气中感到一阵刺痛,不禁气得涨红了脸。

“主教大人认为怎么好就怎么办吧,”他态度极其生硬地说,“那人说的话会亵渎神圣,不堪入耳。我只不过希望您不要去受那份苦。”

“我倒要你以一个基督徒的身份想一想:去听听别人说说亵渎的话和对一个身陷绝境的同胞不闻不问,两者比较起来哪一种更加难受?”

统领笔挺挺地僵立在那儿,板着一本正经、如木雕一般的面孔。他内心里对蒙泰尼里的态度非常恼火,但外表上却表现得格外谦恭、礼貌。

他问:“大人什么时候去看犯人?”

“立刻就去。”

“听大人的便。请大人稍等片刻,我就派人把犯人准备停当。”

统领从座位脚踏上匆忙走下来。他不愿让蒙泰尼里看到皮带。

“谢谢,不用准备了。我宁可直接见他,就这样一直到堡垒去。晚安,上校。明天早上你可以听到我的答复。”

第六章

牛虻听到有人开牢门的响声就把眼睛转了过去,懒洋洋地没当一回事。他以为不过是统领进来对他审问,给他添麻烦。他听到有几个士兵走上那狭窄的梯道,身上的卡宾枪碰撞到墙上的响声,接着又听到有人毕恭毕敬地说:"主教大人,这里很陡呢。"

牛虻浑身痉挛似的吃了一惊,立即缩着身子,屏住呼吸,忍受着皮带的刺痛。

蒙泰尼里进了牢房,陪同的有军士和三个士兵。

军士有点紧张,说道:"大人请稍等片刻,手下已有人去搬椅子,马上就来。大人多多原谅——我们不知大人要光临,否则我们早就应该做好准备。"

"什么准备也不需要。军士,请你离开这儿让我们单独谈谈,和你的部下一起在楼梯口等着。"

"好的,主教大人。椅子送来了,要不要放到他身旁去?"

牛虻躺在那儿,虽然眼睛是闭着的,但却感觉到蒙泰尼里在看着他。

"大人,我看他是睡着了。"军士刚刚开口,牛虻已睁开了眼。

"没睡。"他说。

士兵正要离开牢房,却突然被蒙泰尼里叫住,只好往回走,就见他正弯腰看那些皮带。

"这是谁干的?"

军士摸摸自己的帽子,显得笨手笨脚。

"主教大人,这是遵照统领的特别命令。"

"列瓦雷士先生,我不知道竟会有这样的事。"蒙泰尼里极其痛心地说。

牛虻苦笑了笑,回答说:"主教大人,我早就说过,我从……从来不指望他们抚摸我的脑袋。"

"军士,皮带捆了多久?"

"大人,从他想逃跑的那天捆起的。"

"这么说,两个多礼拜了? 快拿刀来,立刻把这些带子割掉。"

“报告主教大人，医生也想拿掉，可是菲拉里上校不允许。”

“立刻拿刀来!”蒙泰尼里下了命令，声音虽然不大，但士兵们看到他脸已气得惨白。军士从口袋里掏出一把折叠刀，弯下身子去割皮带。可是他动作不灵敏，竟笨手笨脚地反而把皮带弄得更紧。牛虻虽尽力在控制自己，却仍然全身哆嗦，死死地咬紧嘴唇。蒙泰尼里赶紧走上前。

“你不会割，刀给我。”

“啊呀……呀……呀!”皮带一割开，牛虻就展开了臂膀，轻松愉快地发出了一连串长叹。蒙泰尼里接着又把缚住脚踝的那一根割掉。

“军士，把镣铐也取下。然后到这儿来，我有话要同你说。”

蒙泰尼里已站在窗口，看着军士，等他把镣铐丢在一边后朝他这边走来。

主教说：“现在你把这儿的情况一一说给我听。”

军士倒并不是不肯讲。他就把自己所知道的全部情况：牛虻的病情、“惩戒措施”、医生所做的无效干预等等一古脑儿全端了出来。

后来他补充说：“主教大人，我以为，上校想把他一直捆下去，以此作为一种手段，逼他口供。”

“口供?”

“是这样的，主教大人。前天，我听上校提出过，他可以把皮带去掉，条件是他，”军士对牛虻扫了一眼，“他肯回答某个问题。”

蒙泰尼里紧捏着的拳头落在窗台上，士兵们面面相觑。主教一向和蔼可亲，他们还从来没有见他动过怒。至于牛虻，他把他们都忘了，他什么都忘了，只是感到身子的自由舒坦。本来一直被束缚的手和脚，现在可以自由自在地伸展，转动，真有说不出的痛快。

“军士，你可以走了，”主教说，“你不用担心自己违反了纪律。回答我的问题，这也是你的义务。注意不要让人来打扰我们。谈完话我会自己出去。”

士兵离开牢房，关上了牢门以后，他靠着窗台，看了一会儿落日，好让牛虻喘过气来。

随后，他就离开了窗台，坐到毛毡旁边，说道：“听说你想和我单独谈谈。如果你感到身体还好，你想说什么尽管说，我很乐意听听。”

他的话说得很冷淡，高傲的姿态显得很生硬，这和他平时比较起来就显得很不自然。牛虻的皮带没割开之前，他把他当作一个普通人，觉得他受了虐待和折磨；可是现在他想到了上次和他的见面以及见面结束时自己受到极大侮辱的情景。牛虻懒洋洋地躺着，用一只胳膊作枕头，抬起眼看了看。他具有装出悠然自得态度的才能，脸被阴影笼罩时，谁也说不清他经历了多么深重的灾难。可是一旦抬起头，在昏暗的光线下，那副面孔显得多么惨白，多么憔悴，那痕迹清楚地表明了近日来他所受的痛苦。蒙泰尼里见此，怒气也烟消云散了。

主教说：“你恐怕病得很严重吧。真是抱歉，我对此一无所知，否则我早就出面阻止了。”

“在战争中，使用一切手段都是公平的，”牛虻耸耸肩，冷冷地说，“主教大人看问题是以基督徒的观点，从理论上反对用皮带捆绑；不过，要指望上校也明白这个道理，那就很难说是公正。要叫上校自己受这种皮肉之苦，他当然不肯，就是我也……也不情愿。这是个……个人的机缘问题。现在，我处在最卑微的境地——还能要人家怎……怎么样呢？主教大人一片好心，到这儿来看我。不过，你这么做可能也是出于基督徒的立场。看望犯人——啊，对呀，我倒忘了。‘对他们中的一个卑……卑微小人行下功德’——这算不上是对小人物的恭维，但这个卑微小人当然感恩戴德。”

“列瓦雷士先生，”主教打断了他的话，“我是因为你而到这儿来——不是为自己的什么。如果你并不像你所说的那样，是个‘最卑微的小人’，我就绝不会来和你谈话，因为上一次你已经对我说过了。可是，你具有囚犯加病人的双重权利，我不能说不来。现在我既然来了，你有什么对我说的呢？难道说，要我来就是要对一个老人侮辱一番而寻开心吗？”

牛虻没有回答，转过了身躺着，用一只手遮住了自己的眼睛。

“对不起，我要麻……麻烦你了，”他终于沙哑地说，“可不可以喝点水？”

窗子旁边有壶水，蒙泰尼里去取了过来。他用胳膊搂住牛虻，扶他起来，突然感到牛虻那潮湿而冰冷的手像老虎钳一样紧紧握住他的手腕。

“把你的手递给我——快——就一会儿工夫，”牛虻轻声说，“啊，这对你有什么要紧呢？不过一分钟。”

他倒了下去，脸埋在蒙泰尼里的胳膊里，全身上下都在哆嗦。

过了一会，蒙泰尼里说：“喝点儿水吧。”牛虻默不作声，听了他的话，喝过以后，又闭起眼睛躺在毛毡上。刚才蒙泰尼里摸了他的面颊，他自己也说不清是什么样的感觉，只知道这是他一生中从来没有感受到的最可怕的事。

蒙泰尼里把椅子往毛毡那里挪近了些，坐了下来。牛虻躺在那里就像一具死尸，毫无动静。面孔铁板，像死灰一般。在长时间的沉默之后，他睁开了眼，目光像鬼一样可怕，紧紧盯着主教。

他说：“多谢了。真……真抱歉。我想——你刚才问了什么话吧？”

“你还不适宜谈话。如果你想对我说些什么，我明天争取再来一趟。”

“主教大人，请别走——其实我并没有什么。这几天，我……我心里有点烦，病嘛，一半是装的——要是你问上校，他也会这么说。”

“我宁可自己得出结论。”蒙泰尼里回答，他还是心平气和。

“上校也……也有自己的结论。而且,他有时作的结论还相当明智。你若是看他表面是看……看不出的,可他有时候真有独……独到的见解。比如说,前一个礼拜五——大概是礼拜五吧,我快要死到临头,有点糊涂了——反正当时我要一剂鸦片——这我是记得很清楚的。他跑来对我说:只要我告诉他是谁开了铁门,他就可以给我鸦片。记得他还这么说:‘如果你真病,你就会供出来;如果不招供,我就把这作为证……证据,证明你在装病。’这真是闻所未闻的滑……滑稽事,滑……滑天下之大稽……”

他突然爆发了一阵狂乱的笑声,很刺耳。接着又以犀利的目光盯着默不作声的主教,话越说越急,口吃也越加厉害,几乎难以听清楚。

“难道你不……不觉得可……可笑?当……当然不觉得,你们信……信教的人,根……根本就不懂得幽……幽默,悲……悲观地看待一切。比……比如,那天晚上,你在教……教堂里是多么庄严!还有,我扮……扮成的那个香客一定是多么可……可怜啊!甚……甚至今天晚上你到这……这儿来,我想你也看不……不出是可笑的举动吧。”

蒙泰尼里站了起来。

“我到这儿来,目的是听听你要说的话。可是,你今天晚上这么激动,我看是说不下去了。最好请医生给你吃些安眠药,好好睡一觉,明天再谈。”

“睡……睡一觉?啊,主教大人,如果你同……同意上校的计划,一盎司的铅就是最……最好的安眠药,我也就能睡……睡得很好很好。”

蒙泰尼里很是惊讶,不解地说:“我不明白你的意思。”

牛虻又爆发一阵大笑。

“主教大人,主教大人啊,基督徒的高尚品德就是诚……诚实。统领一直在逼……逼迫你同意召开军事法庭,你……你还以为我不……不知道?主教大人,你最……最好还是同……同意吧。你的同……同事如果处在你的位置,无论是谁都早就答……答应了。‘大家都是这样办的。’你同意了,你是功……功德无量,有百……百利而无一害!说实在的,你为这桩事常常弄得彻夜不眠,这是何……何苦呢!”

“你先别笑,”蒙泰尼里打断了他的话,“请你告诉我,你从哪儿听到这些?是谁同你谈的?”

“上校难……难道就没……没有对你说过,我是恶……恶魔——不是人吗?没对你说过?对……对我他是常常挂在嘴上说的。也对,我这个恶魔也恶得像个样,别……别人有什么心思,我能猜……猜到一二。现在我就能猜到,大人已视我为面目可……可憎的人,心里想的是要别……别人来处置我,而让你那敏感的良心不会感到不安。我这种猜测该是非……非常公正的吧?”

主教又坐到他的身旁，板着面孔，认真地说："你听我说。你刚才所说的一切，无论是从哪儿听到的，完全是事实。因为菲拉里上校担心你那些朋友又要搞一次劫狱，因此他希望抢先一步下手——就是用你所说的那种方式。你看，我对你非常坦诚地相告。"

牛虻立即打断他，挖苦说："大人一向以坦……坦诚而闻名。"

"当然，你也知道，"蒙泰尼里继续说，"从法律上说，对于世俗的事务我无权过问，因为我是主教，而不是教皇的特使。但是，在这个教区里我有很大的影响。上校至少要取得我的默认，否则，我想他若采取极端手段还没有那个胆量。我一直在反对他那个计划，而且是无条件地反对。他也在千方百计说服我不要坚持。他说，到礼拜四那天，群众游行集会时有武装劫狱的极大危险。这一事态会导致一场流血斗争。你明白我的意思吗？"

牛虻出神地凝视着窗外，这时转过头来，有气无力地回答说：

"明白，我在听你说。"

"今天晚上你身体可能真的不行，很难坚持谈话了。明天早上我再来一趟，好不好呢？这件事的确关系重大，我希望你能全神贯注。"

牛虻仍然用刚才同样的口气，回答说："我宁可现在谈完它。你说的话，我字字句句听得清。"

蒙泰尼里这才接着说："如果为了你一个人，真要冒着暴动和流血的危险，那么我反对上校的计划就要负极大的责任，而我认为上校所说的情况至少有一定的真实性；另一方面，我又觉得他对你有私仇，这样在判断上难免有些欠公正，或者是他可能过分夸大了危险性。现在，我亲眼看到他对你采取了这种可耻的野蛮行为，因此就更觉得他欠公正了。"蒙泰尼里说着就看看地上的那些皮带和镣铐，继续往下说：

"我要是同意他，就等于杀了你；要是不同意，就要冒杀害无辜生命的危险。这两种选择，无论哪一种其后果都很可怕。我对此已反复思考，琢磨再三，终于下了决心。"

"杀掉我，保……保护无辜百姓，这是自然的选择啰——一个基督徒可能作出的唯一选择。'若是右手叫你跌倒，就砍下来丢掉。'①我虽然没有荣幸成为主教大人的右手，但是我冒犯了你。这结……结论已不言自明。你何必卖这么多关子，直接说明了不好吗？"

牛虻态度冷漠，语中带刺，懒洋洋地说着，那样子似乎对这个话题感到厌倦。

过了一会，他补充说："是不是呀，主教大人，那是不是你的决定？"

---

① 引自《圣经·新约全书·马太福音》。

“不是。”

牛虻动了一下身子,双手放在脑后,眼睛似睁非睁地盯着蒙泰尼里。主教低头沉思,一只手轻轻拍击着椅子扶手。啊,那姿势多么似曾相识!

他终于抬起头,答道:“对这件事,我终于作出了决定,要采取一种没有先例的办法。我听说你要见我时,我就决定来你这儿,把一切都告诉你,正如我刚才所说的一样,我要把这种选择让你自己决定。”

“我……我来决定?”

“列瓦雷士先生,我到这儿来看你,既不把自己当成红衣主教,也不当成普通的主教,更不是审判官。我是作为一个老百姓来看另一个老百姓。至于上校担心的劫狱计划,你无论知道不知道,我并不要求你告诉我,因为你即使知道,那是你的秘密。秘密是不肯对别人说出来的,这个道理我懂。但是,我十分诚恳地要求你设身处地为我想一想。我已经老朽了,在世的日子已经不多。我走进自己的坟墓时,希望两只手不要沾染鲜血。”

“主教大人,难道你手上还没沾鲜血?”

蒙泰尼里脸色变得更加难看,但说话时仍然不动声色:

“在我一生中,无论在什么地方碰到高压手段和残酷行为,我都不遗余力地表示反对;对于形形色色的极刑,我一向都不赞成。我在前任教皇在位的时期,就因屡次抗议召开军事法庭而失去了圣父的欢心。一直到现在,我都矢志不渝地运用我的影响和权力来致力于慈善工作。至少在这方面,我请你相信我的真诚。现在呢,我进退两难。如果拒绝召开军事法庭,那么全城就面临暴动及其一切后果的危险;而我要挽救的这个人,他不仅亵渎过我的宗教,甚至对我本人也进行过诽谤和侮辱(尽管这是微不足道的事),而且他一旦得救,我相信他还要继续作恶。但这毕竟是救人一命啊。”

主教停了片刻,又接着说:

“列瓦雷士先生,我觉得你这个人似乎处处作恶,图谋不善,而且早就认为你胡搅蛮缠,粗暴逞凶。就是现在,从某种程度上说我还是这么看你。但是,从最近两个礼拜中你的行为来看,我又觉得你不仅无所畏惧,而且忠于朋友,甚至连卫兵也热爱和敬佩你。这样的人可就难得了。我在想,可能我对你有误解的地方,觉得你一定具有内在的某种美德,这种美德比你外露的行为要高尚。我现在郑重地向你请求:凭着你心灵上那善良的一面,凭着你的良心,请你告诉我,如果你处在我的位置,你该怎么办?”

沉默了很长时间以后,牛虻抬起了头。

“我在决定自己的行动时,起码能做到独立自主,愿意承担行动的后果。基督徒处事懦弱,我是决不肯那样,低三下四去乞求别人解决自己的问题!”

牛虻刚才还是一副懒洋洋的样子，现在突然变得剑拔弩张，极其愤慨地采取了进攻的架势。前后两种态度真有天壤之别，仿佛他已经撕下了伪装。

他气势汹汹地接着说："我们无神论者懂得，如果一个人必须担负一项责任，他就在所不辞，竭力承担。如果他在重负之下被压垮了，那也是活该。可是，基督徒遇此情况，就要向上帝、向圣人祈祷求助，如果祈祷无效，那就转而向敌人乞求援助，总要找一个靠山，把自己的责任推卸掉。《圣经》也好，你的弥撒书也好，或者是虚伪的神学书也好，你从那里面找到哪一条道义，要你一定到我这儿来讨教良方呢？天啦，你这个人也真是！就是你不把责任推到我肩上来，难道说我现在所负的压力还不够吗？还是向你的耶稣请求吧，他要人们把最后一点都奉献给他，你最好照此办理。你要杀害的只不过是个无神论者，是属于敌人营垒里的人①，这当然不是什么大罪！"

他稍停一会，喘了喘气，接着又口若悬河地说下去：

"啊，你也居然谈起残酷来了！那头蠢驴即使对我审问一年，也比不上你对我的残酷。因为他没有头脑，他只能想到勒紧皮带。等到皮带勒得不能再紧的时候，他也就黔驴技穷了。天下再蠢的人都知道这么做！可是，你呢？基督徒唯有这样的念头：'这是你的死刑判决书，请你自己签名吧。凭我这心肠实在难以下手。'多善良啊，多慈悲啊，看到皮带勒紧点吓得脸都变了色！刚才你进这牢房时，像个天使摆出大慈大悲的样子，对于上校的'野蛮行为'表现得那么触目惊心，我对你的来意就已经猜到八九分了！你怎么那样看我呢？我说你呀，就同意吧，当然要同意，回去安心吃晚饭吧。这样的事不值得大惊小怪。就对上校说，枪毙我也好，绞死我也好，随便什么简便的方法都好，如果他高兴，就是活活烤死也好——反正了结了拉倒！"

牛虻咬牙切齿，又很绝望，连人都变得难以辨认了。他气喘吁吁，浑身发抖，那双眼睛就像愤怒的猫眼一样，闪出逼人的绿色光芒。

蒙泰尼里已经站了起来，默默无语，对他俯视着。牛虻那一阵慷慨言词，他还有点搞不清楚，只知道他说这番话时心里十分绝望。这样一想，对牛虻过去的一切侮辱也就表示了宽恕。

他说："别这样了！我可不想以这种方式伤害你的感情。我决无意图要把负担推到你的肩上，因为你的负担已经太重。我从来没有故意干这样的事，对任何人也没有干过……"

---

① 原文是"boggles over shibboleth"：据《圣经·旧约·士师记》记载，基列人（Gilead）把守约旦河口，不让以法莲人（Ephraimites）逃走，就用 shibboleth 一词试验过河者，因为以法莲人咬音不准。因此，凡念 shibboleth 不准的人便是敌人营垒里的人。

“这是谎言!”牛虻闪出咄咄逼人的目光,叫嚷着,“升任主教那一次呢?”

“升任主教?”

“怎么,难道你忘了?你也太健忘了!当时你说,‘如果你有什么想法,亚瑟,我就给他们去信说我不能去。’你那时就要把你的前程让我来决定——而我当时才十九岁。如果说你的用心不是险恶,那倒也很有可笑的地方。”

“住嘴!”蒙泰尼里在绝望中大叫一声。他双手蒙住了头,又放下来,慢慢往窗户那边走去,朝窗台上坐了下来,一只胳膊架着铁窗杆,头俯在胳膊上。牛虻还躺在那里,全身战栗,目光紧盯住他。

过了一会,蒙泰尼里又站起往回走,他那嘴唇如死灰一样惨白。

“我实在抱歉,”他一副可怜的样子,尽力保持那一贯的平静态度,说道,“我得回家去了。我……我身子很不舒服。”

他仿佛得了疟疾一样,颤抖不止。牛虻这时的火气也突然平息下来。

“神父,难道你还不知道……”

蒙泰尼里在向后退缩,愣住了。

“但愿不是事实!”他终于轻声自语,“上帝啊,千万别是真的!我怕是疯了吧……”

牛虻用一只胳膊支撑起身子,把蒙泰尼里那双颤抖的手紧紧握住了。

“神父,我其实并没有淹死,难道你永远不明白这个事实吗?”

突然间,那双手变得冰冷、僵直,万物也在静寂中死亡。过了一会,蒙泰尼里跪下来,把脸偎依在牛虻的胸膛上。

蒙泰尼里又抬起了头,这时候,红日已经西沉,西边天上的红霞正渐渐消失。他们忘记了时间,忘记了地点,甚至也忘记了他们彼此还是敌人。

“亚瑟,”蒙泰尼里轻声说,“你真是亚瑟吗?你死里逃生回到我这儿了吗?”

“死里逃生……”牛虻浑身哆嗦,重复了一句。他躺在那里,头枕在蒙泰尼里的胳膊上,仿佛一个生病的孩子躺在妈妈的怀抱里。

“你回来了,你终于回来了!”

牛虻不禁长叹,说:“是回来了,不过你还得打击我,或者杀害我。”

“啊,别说了,亲爱的!现在还谈这些干吗?你我就像两个孩子,在黑暗中失散分手,误认为对方是鬼怪。现在我们彼此重逢,从黑暗中来到了光明的世界。我可怜的孩子,你变化多大啊,你变化多大啊!这整个世界的苦海似乎把你淹没过——而你的生活一向是充满乐趣的呀!亚瑟,果真是你吗?我做过一次又一次的梦,梦见你回到了我的身边。可是醒来一看,周围仍是一片黑暗和虚无。我怎么知道我不会再醒过来,发觉眼前的一切又是一场梦境呢?给我一些实实在在的感受吧——把你的遭遇全都告诉我吧。”

“说起来很简单。我藏身在一艘货船上，偷渡到了南美。”

“在那儿怎么样呢？”

“到了那里，我生活着——如果那样活着也叫做生活的话——啊，除了你过去给我上哲学课的时候我所看到的神学院以外，我还看到了别的东西！你说你常常在梦中见到了我，我也梦见过你……”

他身子哆嗦，停了下来。

接着，他又突然说下去：“我一度在厄瓜多尔的一个矿场上工作过……”

“不是当一名矿工吧？”

“不是矿工，而是矿工的下手——跟苦力们在一起打杂工。坑道口那里有个棚子，也就是我们睡觉的地方。有天晚上我生了病，那种病就跟我最近发作的病一样。白天赤日炎炎，我在抬石头——当时我一定是头晕目眩了，竟然看见你从门口走了进来。你手里擎着一个十字架，跟墙上挂的那一个一样。你一面走一面做祷告，从我身旁擦过去，连头也没回。我冲着你高呼求救——赐我一剂毒药，或者是一把刀，把所有这一切都了结了，免得我发疯不可。可是你……啊！……”

他用一只手擦了一下眼泪，蒙泰尼里仍然紧握住他的另一只手。

“从你当时的表情上看，我知道你听到了我的呼救声，可是你根本不回头，继续边走边做祷告。等祷告做完，你吻了吻十字架，这才回过头轻声细语对我说：‘亚瑟，我非常同情你，可是我不敢表露出来，上帝要发怒的。’我对上帝望了望，只见那木雕的偶像在哈哈大笑呢。

“后来，我从梦中醒来，看到了那棚子，看到那些得了麻风病的苦力，我心里就清楚了你为什么那样做。你宁可要向魔鬼一般的上帝邀宠，也不肯救我于地狱之中。这情景我一直记忆犹新，只是刚才你抚摸我的时候我才暂时忘却，这是因为我在生病，而且我毕竟曾经爱过你。现在你我之间不可能有其他关系，只能是战争，战争，再战争。你为什么要抓住我的手？只要你信奉耶稣，我们之间的敌对关系就永远不能消除，这个事实难道你还不明白吗？”

蒙泰尼里低下了头，亲吻了那只残缺的手。

“亚瑟，我怎么能放弃信仰上帝呢？我正是依赖对上帝的信念，才能熬过这些可怕的岁月；现在也是上帝把你送到了我的面前，我怎么反而对上帝有半点三心二意？你不要忘了，我原以为是我把你给杀害的呢。”

“你现在仍然有杀害我的事要做。”

“亚瑟！”这是内心里真正感到恐惧的人才能发出的呼叫。牛虻并不理会，只顾往下说：

“不管我们干什么，我们都要诚实，还要果断。我和你站在壕沟的两边，现在想隔着壕沟来握手言好，这是不可能的事。如果你主意已定：不能或不愿意放弃那个东西，"他朝墙上的十字架扫了一眼，"你就必须同意上校的……"

"同意！我的上帝——同意上校——亚瑟，我可是爱你的呀！"

牛虻的面部在可怕地抽搐。

"在我和那个东西两者之间，你到底更爱哪一个？"

蒙泰尼里缓慢地站起了身子，他不仅吓得魂飞魄散，连身子也好像在萎缩，就像被霜打的一片叶子，变得虚弱、憔悴，而终于凋零了。眼前的情景又是一场梦，他已从梦中醒来，周围的一切还是一片黑暗和虚无。

"亚瑟，你就可怜可怜我……"

"当你对我满口谎言，把我逼到了南美甘蔗地里当牛做马的时候，你可曾对我有什么可怜？一提到这件事你就发抖——看，你们这些慈悲为怀的圣人啊！上帝感到称心如意的就是这样的人啦——就是懂得悔罪而保住了命的人啦。要死，也只能死他的儿子。你口口声声说爱我，可是你这份爱使我付出了多么沉重的代价！我在污秽的窑子里洗过碗，给比畜生还要野蛮的农场主看牛放马；在走江湖的杂耍班子里，戴帽挂铃，扮演过小丑；在斗牛场上，给斗牛士干尽了苦活、杂活；为了讨得别人的欢心，我曾伸长了脖子让人踢；我挨过饿，受过唾弃，被人踩过；我向人家乞讨过发霉的食物，可是人家不给，他们要先给狗吃。现在，你拿些甜言蜜语，就以为能让我把往事一笔勾销，重新成为原来的亚瑟吗？啊，我数落这些有什么用？你给我的恩宠、我为此而付出的代价岂是言语能表达清楚的吗？现在呢——你爱我！你对我的爱究竟到了什么程度呢？是不是爱得足以为了我而放弃上帝呢？啊，那个万寿无疆的耶稣究竟帮了你多少忙、为你吃了多少苦，竟使得你爱他胜过爱我呢？是不是他钉在十字架上的双手使你对他如此深爱呢？你看看我的手！你看看这儿……这儿……还有这儿……"

牛虻把衬衣撕开，把自己吓人的伤疤袒露在他的面前。

"神父，你那个上帝是个装模作样的家伙，他的伤是虚假的，他的痛苦也是一种做作！只有我才有权得到你的爱！神父，你只要想一想我过的是什么生活，你就知道你使我遭受到的折磨实在达到了无以复加的地步！就是这样我还不肯去死！我熬过了这一切，忍受了这一切，因为我还要回来，与你那个上帝展开斗争。我一直怀抱这样的目的，把它作为盾牌，保卫我的心灵，使我不至于变疯，也不会再度去死。可是，我现在回来了，却发现上帝仍然占据了本该属于我的位置——这个假惺惺的殉难者，虽然也真的在十字架上钉了六个小时，可竟然死而复生！神父，我被钉在十字架上却有五年，也死而复生。你打算如何对待我？你打算如何对待我啊？"

牛虻突然停住不说了。蒙泰尼里坐在那儿，像一尊石雕，也像被人扶起来的一具死尸。一开始，牛虻把自己的苦水像瀑布般倾泻出来，他多少还有点心寒，像鞭子抽在身上，不由自主地一阵阵痉挛。可是，此刻他完全镇定自若。在沉默了很久以后，他抬起了头，毫无生气、不慌不忙地说：

“亚瑟，请你把话说得明白一些好吗？你的话使我听得糊里糊涂，心寒胆战，不知道你究竟是什么意思。你究竟打算要我怎么办呢？”

牛虻望着他，那面孔三分像人，七分像鬼。

“我对你没有任何要求。爱，难道还能够强求吗？在我和上帝这两者之间，你究竟最爱谁，你有选择的自由。如果你最爱上帝，你就选择他好了。”

“我不明白你的话。”蒙泰尼里已很疲倦，重复地说。“我还能有什么选择呢？过去的一切已经无法挽回。”

“在这两者之间，你必须选择一个。如果你爱我，那就扔掉脖子上的十字架，和我一起走。我的朋友正在为另一次越狱作准备。如果你肯帮忙，越狱就很容易成功。一旦我们平安越过边境，你就公开承认我。但是，如果你对我的爱还达不到那样的程度，你爱那个木头偶像胜过爱我，那么你就去告诉上校，你同意他的要求。你要去那里就马上去，免得我看见你心里难受。我自己已经够难受的了。”

蒙泰尼里抬起了头，浑身颤抖，在朦朦胧胧之中渐渐明白了他的意思。

“我将和你的朋友取得联络，这自然可以办到。可是，跟你一起逃走……这不可能……因为我是一个教士。”

“教士的恩惠，我根本不想沾光。神父，我决不会再有什么妥协。我已经多次妥协过，并且尝到了妥协引起的后果。你要么放弃教士的职位，要么就放弃我。”

“亚瑟，我怎么能放弃你？怎么能呢？”

“那就放弃上帝。在我和上帝之间，你只能二者选其一。你想把你的爱分成两半，一半给我，一半给那魔鬼一般的上帝吗？我可不要上帝的残羹。你如果属于他，那就不属于我。”

“亚瑟！亚瑟啊！你要把我的心撕成两半吗？你要把我逼疯吗？”

牛虻的手在墙上重重一击。

“二者必居其一！”他又说了一遍。

蒙泰尼里从怀里掏出了一只小盒子，从里面取出一张又脏又皱的字条。

他说：“你看看这个！”

> 我信任你犹如信任上帝一样。上帝是泥土制造的东西，我一铁锤就可以把它砸烂；而你却以谎言欺骗了我。

牛虻哈哈大笑，把字条还给了他。

"十九岁的小青年实……实在天真可爱哟!拿锤子把东西敲碎似乎不难。就是现在也容易办到——只是要敲碎的是我自己。而你呢,你还可以用谎言来欺骗其他许许多多的人——他们甚至还被你蒙在鼓里呢。"

"你想怎么说就怎么说吧,"蒙泰尼里说,"如果我处在你的位置,也许会像你一样,也会冷酷无情——上帝知道。亚瑟,你要求我做的,我无法办到;但是,我能办到的我会去办。我会为你的逃跑作出安排。一旦你平安无事,我就到山里去寻找死亡,或者服用安眠药自杀——随便你怎么要求都可以。这么办你总该感到心满意足了吧?我只能做到这个地步。这是大逆之罪,但我以为上帝会宽恕我。上帝可比你仁慈……"

牛虻一面尖叫,一面伸出了双手。

"啊,太过分了,太过分了啊!我有什么过错,你竟然这样看待我?你有什么权利——仿佛我想对你报什么仇似的!难道你不理解,我完全是为了救你吗?你就永远不能明白,我是爱你的吗?"

他紧紧抓住蒙泰尼里的双手,泪如泉涌,对着那双手热烈地亲吻。

"神父,和我们一起走吧。这个世界上处处是教士和偶像,一片死气沉沉,你有什么舍不得的呢?这些教会充斥着旧时代的灰尘,腐朽污秽,毒气熏天,快跳出这个瘟疫成灾的教会吧,和我们一起投身光明吧!神父,生命和青春只属于我们,永恒的春天只属于我们,未来也只属于我们!神父,曙光就在前头,难道你不想看看旭日东升吗?快醒过来,把过去一切可怕的噩梦统统忘掉!快醒过来,让我们重新开始我们的人生!神父,我始终在爱你——即使你害我的时候,我爱你之心也没有变——你还要再害我一次吗?"

蒙泰尼里双手挣脱出来,叫着:"啊,上帝!可怜可怜我吧!你的眼睛和你母亲的一模一样!"

双方突然沉默下来。这沉默显得很奇怪,很深沉,而且沉默得那么久!在暮色朦胧中,他们默默相视,彼此心里都很害怕,怕得连心也停止了跳动。

蒙泰尼里轻轻问:"你还有什么要说吗?能给我一点希望吗?"

"没有。我的生命只有和教士们战斗,除此以外毫无用处。我并不是一个人,而是一把刀。如果你让我这个生命存在,你就要承认我们这些短刀。"

蒙泰尼里面对着十字架:"上帝啊,你听听这些话!……"

他的声音在空荡寂静中逐渐消失,没有任何回音;而牛虻那种魔鬼般的讽刺气质又复苏了。

"对他叫……叫得响些吧;他可能睡……睡着了。"

蒙泰尼里像是突然挨了打,心惊肉跳。他一时间呆呆站立在那儿,向前凝视。过一会儿他坐到毛毡边上,双手捂住面孔,眼泪扑簌簌地淌了下来。牛虻浑身长时间地颤抖不止，冷汗淋漓，他已懂得对方流泪的真正含义。

他随手把毯子拉起来蒙住了头，不想听那哭声。他是个活生生的人，精力充沛，却不得不去死，心情已够难受的了。偏偏那哭声还要往他耳朵里钻，在他耳内轰鸣，在头脑里炸开，在血管里跳动。而蒙泰尼里还在不停地哭泣、哽咽，眼泪顺着手指缝儿往下淌。

蒙泰尼里终于停止了哭泣，仿佛一个刚刚哭过的孩子，还拿手帕擦了擦眼泪。他一站起身子，那手帕就从膝上落到了地上。

他说："再谈下去已没有用了，你懂吗？"

"我懂，"牛虻呆呆地回答道，显得很温顺，"这不是你的过错。因为你的上帝饥饿了，得有个人来填他的肚子。"

蒙泰尼里又转身面对着他。即将挖掘坟墓时的气氛也比不上他们此刻那么肃静。他们相对无语地注视着对方的眼睛，就像两个情人被不可逾越的鸿沟所隔开。

牛虻首先低下了头，缩着身子，藏起了脸。蒙泰尼里明白了：那种姿势就意味着要他"走"！他转过身，出了牢房。

不一会儿，牛虻突然惊跳起来。

"啊，我受不了啊！神父，回来吧，回来！"

牢房的门已经锁上。他睁大了眼睛，呆呆地慢慢打量了四周，就知道一切已经完了。到底还是那个加利利人①占了上风。

牢房下面院子里的青草随风摇曳了一夜，这些草不久就要凋零，被铲子连根除掉；牛虻也在黑暗中躺了整整一夜，孤零零地在哭泣。

---

① 加利利人(Galilean)：耶稣是加利利人，这里是对耶稣的蔑称。

第七章

礼拜二上午举行的军事审判开的时间很短,也很草率,完全是一种形式,仅仅二十分钟就结束了。其实也没有必要多费时间,因为被告不允许辩护,证人又只是受伤的暗探、军官和几个士兵。判决书事先已经写好。蒙泰尼里也递交了非正式的通知,同意军事审判,这也符合了他们的愿望。这样一来,审判官也就没有多少事可干了(审判官是菲拉里上校、当地龙骑队少校以及瑞士卫队的两名军官)。法庭大声念了起诉书,证人都出示了证据。判决书在签名以后,就向犯人严肃地宣读。牛虻只是听着,默不作声。按照法庭的惯例,问他可有什么话要说的时候,他只是不耐烦地摇摇手,不作回答。他胸前藏着一条手帕,那是蒙泰尼里丢落在牢房的。昨天一整夜他一直对着手帕亲吻、哭泣,好像手帕是个活生生的人。现在,他神情憔悴、脸色如死灰,眼皮上还残留着泪痕。可是,判决书上的“枪决”字眼他似乎并不感到怎么在意。当读到“枪决”两个字的时候他的瞳孔只是稍稍放大了一下,除此以外也就像没事一样。

在一切手续结束以后,统领说:“把他押回牢房!”值班的军士显然心如刀割,就拍拍那个毫无动静的人的肩膀。牛虻吃了一惊,回头看看,说:

“啊,对了。我忘了。”

统领露出了一种像是可怜的表情。他本质上并不是一个残忍的人,对自己近一个月来扮演的角色心里暗自感到有点内疚。现在,他既然已经实现了主要愿望,那么在自己权力范围之内,任何小地方他都可以让步。

他看看牛虻的手腕又伤又肿,就说:“镣铐不用再戴了。他可以待在自己原来的牢房里,死囚牢房里面太暗,太阴郁。”他又对自己的侄子说:“这种事说实在的,完全是例行公事。”

他干咳着,又换换脚调整了一下姿势,显然有点尴尬。接着,他把押着犯人快要离开的军士叫住了:

“军士,等一下,我有话同他说。”

牛虻一动不动,统领的声音似乎在他的耳朵里没有反应。

“你可有什么口信要转告你朋友或亲戚——我想你大概有亲戚吧？”

牛虻没有回答。

“你想一想吧，如果有信要带，找我或者那个神父都行。这事我会叫他们记在心上的。你最好交给神父，他马上准来，整个夜晚都陪着你。要是你还有其他方面的要求……”

牛虻昂起了头。

“对神父说，我不要人陪。我没有什么朋友，也没有什么口信。”

“可你还要做忏悔呀。”

“我是无神论者。我什么都不要，只要静静地待着。”

他态度冷漠，语气平静，既不反抗，也不生气。说完就慢慢转过身走开了。走到门口，他又停住。

“上校，我忘记了，还想请你帮个忙。明天请叫他们不要绑我，也别蒙住我的眼睛。我站在那儿不会乱动的。”

星期三早晨，太阳刚刚出山时，他们就把牛虻押到了院子里。他的腿显然比平时瘸得更加厉害，浑身疼痛，走路十分艰难，主要靠着军士的胳膊在扶持。但是，平时那种因疲惫而流露的驯服表情已荡然无存。往日的空虚寂静使他饱受压抑，神情如幽灵似的恐怖，此刻这种神情已不复存在；黑夜使他在阴影的世界中产生的幻觉和梦境，也随着黑夜一同消失了。一旦阳光普照，一旦敌人出现在眼前，他就有了战斗精神，也就无所畏惧了。

六名士兵接受了执行枪决的命令，他们身携卡宾枪，排着队，沿着长满常春藤的墙壁站开。牛虻那天晚上越狱，正是从这堵歪歪倒倒的墙壁上爬下来的。那六名士兵，每人手里拿着一支枪，很难压抑那悲痛欲哭的心情，好不容易才排好了队。他们奉命执行枪决牛虻的任务，似乎感到一种无法想象的恐怖。牛虻那种犀利的雄辩、经久不衰的嘲笑、襟怀坦荡而又感人肺腑的勇气，一如牛虻其人，给他们麻木而又可悲的生活中透进了缕缕阳光。他现在偏偏要被处以死刑，而且要他们亲手执行这个死刑任务。他们以为，这无异于要熄灭天上皎洁的明星。

等待他的坟墓就在院子里那棵巨大的无花果树下，昨天夜里已经挖掘好了。掘墓的人并不情愿干，他们的铁锹上沾着他们的眼泪。牛虻从那儿经过时，低头看看黑糊糊的洞穴，看看周围渐渐枯萎的野草，他微微笑着，深深吸了一口气，品味着刚刨的新土散发出来的香气。

军士走到树旁便突然停了下来。牛虻回头看看他，脸上洋溢着无比开朗的笑容。

“军士，我该站在这儿吗？”

军士默不作声，只是点点头。他如鲠在喉，自己要是说句话能救他的命就好了，可是他办不到。这时候，已经待在院子里的有统领、他的侄子、负责执行任务的中尉、一名医生，还有一名神父。他们走上前来，一个个都板着严肃的面孔。但是，牛虻无所畏惧，含笑的眼睛闪出咄咄逼人的光芒，使他们一个个都不免有几分羞愧。

“先生们，早上好！啊呀，尊敬的神父大人，你也来得很早嘛！队长，你好啊？这一次相会你比上次要舒畅些吧，是不是？你的胳膊到现在还扎着绷带，这是因为我枪法不准啊。今天这几位好汉，开起枪来一定比我要高明——对不对呀，伙计们？”

他对持枪的士兵扫了一眼，只见他们都很忧郁。

“不管怎么样，这一次不会再用绷带了。喂，喂，你们别为此感到苦恼。打起精神来，露一手你们高明的枪法吧。要不了多久，你们将有大量的工作要做，而你们并不知道怎么样才能完成。事先实践一下是再好不过的事。”

“我的孩子，”神父走上前来，打断了他的话，其他的人便向后退去，让他们俩单独交谈，“几分钟以后，你就要到万物之主那儿去了。这最后的时刻是让你忏悔用的，难道还要谈不相干的话吗？我请求你想一想，你头上顶着那么多罪孽，如果不做忏悔就死去，这是何等可怕的事啊！一旦站到了万物之主那里，再想忏悔就晚啦。你还要带着满口的戏言走到上帝那尊严的圣坛前吗？”

“戏言吗，神父大人？死前要忏悔这种小玩意儿，只有你们才需要。一旦到了惩罚你们的时候，我们用的不是这六支破旧的卡宾枪，而是大炮。到了那个时候，你们就真正尝到戏言的滋味了。”

“用大炮，是你们！啊，真可怜！你已经站在可怕的深渊边缘，难道你还执迷不悟吗？

牛虻回头扫了一眼敞开的坟坑。

“神父大人以……以为，只要把我往那里面一扔，就把我了结了吗？说不定你还要在墓顶上镇一块大石头，防……防止我‘三天之后’复……复活吧[①]。别害怕，神父大人！那种不值钱的表演是你们的专利，我不会侵权的。你们把我放在哪儿，我就会像耗子一样安安静静地躺着。不过，话又得说回来，我们照样要用大炮。”

“啊，慈悲的上帝，”神父叫喊着，“这个可怜的人，饶恕他吧！”

“阿门！”卫兵中尉深沉地念了一声，念得很轻；与此同时，上校和他的侄子都虔诚地画着十字。

神父已经看出来，这么拖下去显然没有任何希望，就不再作无益的尝试。他走

① 耶稣死后三天复活。

到一边，一面走，一面摇头，还喃喃地祈祷。准备工作十分简短，牛虻站到了指定的位置，只是转头稍稍看了看日出，那初升的朝阳红黄色交错的壮景。他再次提出，不要蒙住他的眼睛，那咄咄逼人的神态逼得上校无可奈何，只好答应。他们双方都忘记了：他们这样做给持枪的士兵带来多沉重的精神负担。

牛虻站在那儿，面对着士兵微笑，士兵手中的枪在簌簌抖动。

“我完全准备好了。”他说。

中尉站到了卫兵的前面，激动得有点发抖，下达执行死刑的命令他平生还是头一回。

“预备——瞄准——开火！”

牛虻身子稍微晃了晃就恢复了平衡。一颗射偏的子弹擦着了面颊，白领结上滴了几滴血。另一颗子弹击在他的膝上。烟雾消散以后，士兵们看看他，见他还在微笑，那只残缺的手在擦面颊上的血。

“枪法太糟，弟兄们，”他那清脆响亮的声音打破了可怜的士兵所处的尴尬局面，“再打一次。”

那一排士兵个个都在呻吟，在颤抖。刚才放枪时，他们个个都有意打偏了，每个人都暗暗指望那致命的一枪是别人击中的，而不是自己。没想到，射过以后牛虻还站在那里，面对他们微笑。他们只是把刑场变成屠场，那可怕的一幕还得再演一遍。军官们吓得目瞪口呆，木愣愣地望着那个明明已被枪决却竟然还没有死的人。他们大发雷霆，斥骂士兵。士兵们受到突然惊吓，一个个放下了枪，无可奈何地任凭军官叫骂。

统领挥动了拳头，在士兵前面疯狂地吆喝，命令他们立正站好，把枪举起来，尽快结束行刑任务。他自己却和士兵一样，精神完全崩溃，对那个始终站立不倒的可怕形象连看也不敢看一眼。这时候，他又听到牛虻在对他说话，那嘲弄的声音使他毛骨悚然，浑身颤抖。

“上校，你今天早上带来的一班人马，实在不像样子！让我来指挥吧，看看是不是比你要强一些。注意，弟兄们！把枪举高一些，偏左一点。兄弟，打起精神，你手里端的是卡宾枪，不是油锅！都准备好了吗？那好，来吧！预备——瞄准……”

“开火！”上校冲上前去，赶忙下了开火的命令。让犯人自己下令枪决自己，这实在是不能容忍的事。

士兵们在胡乱地射了一阵之后，一个个吓得发抖，乱成了一团。他们瞪着发狂似的眼睛，呆呆地望着前面。有一个士兵根本就没有开枪，把枪扔到地下，蹲下身子呻吟：“我不能——我不能！”

硝烟缓缓散开，袅袅向上飘去，融在金光闪闪的朝霞之中。他们看到牛虻已经倒下，但同时也看到他仍然没死。士兵和军官一下子都呆了，站在那里都像石头人似的，望着地上那可怕的东西在扭动，在挣扎。接着，医生和上校大叫一声冲上前来，因为牛虻这时拖着腿跪了起来。他仍然面对着士兵，仍然在大声发笑。

“又没打准！再来一次——伙计们——看看你们能不能……”

他身子突然晃动，跌倒在草地旁。

“他死了吗?”上校压低嗓门问。医生跪了下去，用手摸着鲜血淋漓的衬衫，挺小声地回答说：

“我想是的——感谢上帝!”

“感谢上帝!”上校也说了一声，“他终于完蛋了。”

他的侄子碰碰他的臂膀。

“叔叔！主教大人来了！他现在在门口，想要进来。”

“什么？他不能进来——我不想让他进来！卫兵在干什么？主教大人……”

院门开了又关上，蒙泰尼里正站在院子里，向前面凝视，那目光呆滞，却又可怕。

“主教大人，务必请您原谅——这儿的场面对您很不合适！我们执行死刑任务才结束，尸体还没有……”

“我来这儿看看他的。”蒙泰尼里说。到了这时，统领才惊讶地发现：主教说话的声音和神态像是梦游人一样。

“哎呀，我的上帝!”一个士兵突然惊叫起来。统领应声赶快回头一看，还真的……

倒在草地上的那堆血糊糊的东西又一次在挣扎、在呻吟。医生急忙扑下去，把他的头扶在自己的膝上。

“动作快点!”牛虻在绝望中呼叫，“你们这伙野人，动作快点，看在上帝的分上，快了结吧！这样下去，叫我怎么忍受得了啊!”

大量的血淌到医生的手上，他扶住的那个身子痉挛不止，使得他自己也浑身上下颤抖起来。他向周围胡乱地张望，想找个人帮帮忙，这时那神父从他肩膀上俯下身来，把一个十字架放在那奄奄一息的人的嘴唇上。

“以圣父和圣子的名义……”

牛虻靠着医生的膝部支起身子，睁着骨碌碌的眼睛，直瞪着那个十字架。

在寂静中，他慢慢举起了被打断的右手，推开了十字架，鲜红的血涂了耶稣满脸。

“神父……你的……上帝……满意了吧?”

牛虻说完，头就落到了医生的臂膀上。

“主教大人!”

主教沉溺在恍惚之中，还没有苏醒，菲拉里上校又喊了一声，声音更高了：

“主教大人！”

蒙泰尼里这才抬起了头。

“他死了。”

“主教大人，的确已经死了。你不离开这儿吗？这场面很可怕。”

“他死了。”蒙泰尼里又说了一遍，眼睛又望望那张脸。“我摸了他，他死了。”

中尉态度很轻蔑，但声音说得很小：“一个人身上中了六颗子弹，他还能指望怎么着？”医生也小声地附和着说：“我看，他一定是因为看到这种流血的场面吓得神经错乱了。”

统领伸手紧紧扶住蒙泰尼里的胳膊。

“主教大人，最好不要再看他了。让神父送您回家去好不好？”

“好，我这就走。”

他慢慢地转过身，离开血淋淋的刑场，神父和军士都跟在他后面。走到院门口，他停住脚步，又回头望望，那惊异的神色又痴呆，又可怕。

“他死了。”

几个小时以后，麦康尼来到山坡上的一所小屋对玛梯尼说，他已经没有必要去拼命了。

第二次的营救工作已全部准备就绪，实施起来比上一次简单得多。具体做法是这样的：在第二天早晨，迎圣体节的群众游行到山坡的堡垒那一带时，玛梯尼就从人群中挺身而出，从怀里拔出手枪，向统领正面开火，以引起群众混乱。这时候，二十位身带武器的营救人员向大门直冲过去，冲进塔楼，强迫看守打开牢门，把牛虻救出去，沿途若有任何阻拦的人就开枪打死或打退他们。营救人员到了大门口就撤出战斗，掩护第二队。第二队人员是荷枪骑马的私贩子。他们将把牛虻护送到山里隐蔽的安全地方。这一小群人中只有琼玛一个人对此计划毫无所知。那是因为玛梯尼特别要求不要告诉她的。他说：“她要是知道了马上会心碎的。”

当麦康尼这个私贩子到了园门口，玛梯尼打开玻璃门，来到走廊上迎接他。

“咳，麦康尼，有什么消息吗？”

私贩子把宽边草帽往后推了推。

两个人一起坐在走廊上，彼此都不说话。玛梯尼一见到对方帽檐下那张脸的表情，心里就明白了。

“他们什么时候动手的？”在沉默很长时间以后，玛梯尼问。他觉得什么都死气沉沉，连自己说话的声音听起来也有气无力。

“今天早晨，太阳出山的时候。这是军士告诉我的，他当时在现场，亲眼所见。’

玛梯尼低下头去，抽去衣袖上的一根散线。

一切都是徒劳，这又是徒劳一场。他已作好准备，明天去死。现在他那一片丹心，一片美好的心意已经幻灭，犹如晚霞似锦的天空，那片仙境随着黑暗的到来而消逝。他只好返归世俗的日常生活之中，和格拉西尼与盖利那样的人打交道，要忙于编密码、印小册子的琐事，要纠缠于党内同志间喋喋不休的纷争，还要对付奥地利密探的阴谋诡计。总之都是革命党人那种机械枯燥的日常工作，他已经感到厌倦了。在他的思想深处，一直就存在着一大片空虚的地方，牛虻一死，无论什么工作，无论什么人都不能起到填补的作用。

这时候，他好像听到有人在问他什么事，他抬起头，感到很奇怪，现在还有什么事值得一谈呢。

"你说什么？"

"我说，当然由你去把消息透露给她。"

玛梯尼那木然的神情里恢复了点生气，但那是一种恐怖的生气。

他叫了起来："我怎么能那样做？你这不是叫我拿刀子去捅她吗？啊，我怎么能告诉她？——我怎么能啊？"

他紧握住双手，遮住了眼睛。可是，他虽然没有看到却感觉到私贩子在身旁惊动起来。他抬起头，只见琼玛正站在门口。

"西塞尔，你听说了吗？"她说，"一切都完了。他们已经枪杀了他。"

第八章

蒙泰尼里站在高大的祭坛前面，周围簇拥着手下的教士和侍祭。他在念弥撒开始时唱的赞美诗，那音调平稳，声音洪亮："让我俯伏在上帝的神座之前。"此时的教堂里，亮亮堂堂，色彩缤纷。人们穿的是节日的盛装，大柱上悬挂的是鲜艳的帷幕和花朵，处处是热烈的景象。大门口的开阔地带，高悬着巨大的紫红色帷帘，六月的骄阳从帷帘的皱褶间渗透进来，闪出斑斑驳驳的光辉，仿佛阳光照射下，麦田里的红罂粟花的花瓣闪烁一样。各修道会会友擎着蜡烛与火把，各教区来的教友扛着十字架和旌旗，使大祭坛两侧本来幽暗的小祭坛一片光明。走廊两侧挂的是游行用的层层旗帜，金黄色的旗杆和金穗在拱门下闪烁着熠熠的光辉。彩色的窗户把唱诗班教士的白衣也映衬得五颜六色。阳光透过教堂的彩色格子玻璃窗，在地上呈现出橘红色、紫色和绿色的格子形光斑。祭坛后面悬挂的是亮闪闪的银色绸幕。正是这幅帷幕及各种装饰和灯光映托出主教的形象。他身着拖地白色长袍，像一尊苏醒了的大理石雕像。

按照往常举行节日游行的惯例，主教不必亲自参加典礼，只需主持一下做弥撒就行了。因此，恕罪祷告做完以后，他就离开祭坛，慢慢朝主教的宝座那儿走。沿途两旁，侍祭和教士都向他鞠躬致敬。

一个教士对身旁另一个教士在耳语："主教大人恐怕身体欠佳，他神态好像不对劲。"

蒙泰尼里低下头，接受了镶着宝石的主教冠。由神父担任的副主祭把主教冠给主教戴上，朝他看了一会，然后向前欠身轻轻地问道：

"主教大人，您不舒服？"

蒙泰尼里稍稍偏过头来，从他那眼神中可以看出，他丝毫不知道有人在跟他说话。

"主教大人，请原谅。"神父小声说，一面屈膝行礼，然后回到自己的位置上，心里还在责怪自己打断了主教的祈祷。

人们熟悉的仪式在继续进行。蒙泰尼里笔挺挺地坐在那儿，默不作声。闪光发亮的主教帽和金色锦缎法衣与阳光交相辉映，白色长袍上浓密的皱褶拖在红色的地毯上。他胸前的红宝石和那双深陷下去的宁静的眼睛，都为数百支蜡烛的烛光照耀，红宝石反射出晶莹的火花，而眼睛却没有丝毫光泽。在听到有人说“主教大人，请赐福吧”以后，他才俯下身子，对着香炉开始给众人祝福。钻石在阳光照射下，光彩闪烁跳动，他可能想到了群山之上，彩虹高悬，银装素裹，飞雪漫舞，想到了那壮观而又可怕的景象。他伸开双臂，零零散散地发出了一阵阵不知是赐福还是诅咒的言语。

接着是奉献圣饼的仪式。他走下宝座，跪在祭坛前面。他的每一举动无不显得呆板，这情景和往日完全不一样。因此，在他起身回头往宝座那儿走的时候，坐在统领后面、身穿节日制服的龙骑队少校对受过伤的队长小声说：“毫无疑问，老主教的身体垮下来了。他的行动就像一部机器那么死板。”

队长小声地回答说：“他是自作自受！自从那该死的大赦令颁布以来，瞧他那神气就像块磨石压在我们大家的脖子上。”

“不过，召开军事法庭的事，他到底还是让了步。”

“是啊，让步倒是让步了，可是磨了多少口舌、费了多少时间啊！咳，这老天也太热了，这样子去游行个个非得中暑不可。可惜我们当不了主教，一路上还有华盖遮挡烈日——嘘！嘘！嘘！我叔父在朝我们看了！”

菲拉里上校已经转过头来，狠狠地朝两个年轻的军官瞪了一眼。昨天早上执行过庄严的任务以后，他心境变得虔诚而严肃，很想批评他们对他视为“国家的迫切需要”缺乏正确的思想感情。

接下来司仪开始把参加游行的群众聚集起来，排列成队。菲拉里上校从位子上站起，向内殿栏杆那儿走，吩咐其他军官跟他一道。弥撒一做完，圣饼就放进了圣体龛子的水晶盖下，以供游行时用。这时候，助祭和教士们都退到法衣室更衣，教堂里随即就有人叽叽喳喳地小声议论。蒙泰尼里还坐在宝座上，纹丝不动，两眼直视着前方。周围人山人海，从他的脚下汹涌而过，又归于平静。有人把香炉送到他的面前，他机械地抬起手，把香末放进香炉，两眼依然不左不右地盯住前方。

更衣的教士已经回来，在内殿等他下祭坛，可是，他依然没有动弹。执事的助祭躬身去取他的主教帽，胆战心惊地轻轻叫了他一声：

“主教大人！”

主教朝周围看了一眼。

“你说什么？”

“今天太阳很毒，您是不是觉得这次游行对您不大合适吧？”

“太阳毒有什么关系？”

蒙泰尼里冷冰冰的口气，但还没有失分寸，因此，教士又以为是自己冒犯了他。

"主教大人，请原谅，我以为您好像有点不大舒服。"

蒙泰尼里没有理会，站了起来，在宝座顶高的那级台阶上停了一会，同样不失分寸地问道：

"那是什么？"

这时候，他的白袍的长摆扫过台阶拖到了内殿的地板上，问话时，手正指着白缎子上面一段火红的光彩。

"主教大人，那是太阳光透过彩色窗户落在缎子上的光彩。"

"太阳光？有那么红？"

他下了台阶，跪在祭坛前面，把香炉慢慢地一前一后反复摆动。他把香炉交过去的时候，透过彩色玻璃窗户格子的阳光照射在他那裸露的头顶上，照射着他茫然抬起的眼睛，由于教士们正牵着他的白色袍裙，因此阳光也在那上面投下了一道猩红的光彩。

他从助祭手里接过圣体龛子，站了起来。这时唱诗班爆发出高昂的歌声，风琴也高奏着胜利的乐曲：

赞美光荣的圣体，
赞美供饮的鲜血，
宽仁之怀献出的果实，
殷殷淌出的鲜血。①

执仪仗的众人缓慢地走上前来，把缎子华盖撑起为他遮日，执事的助祭分列在他的两侧，把他的袍裙向后拉直。当侍祭躬身把长袍从地上掀起时，开路的世俗会友手持点着了的蜡烛，分左右庄严地排成了两列，沿着中堂一步一步地向前走出。

主教头顶华盖，站在祭坛旁，高于众人之上，仍然一动也不动，把圣体龛子稳稳地高高举起，望着人群从下面走过。他们一对一对地手里拿着蜡烛、徽记和火炬，还有十字架、神像和旗帜，缓缓走下内殿台阶，在宽敞的中堂里，沿着装饰花环的庭柱中间向外走，过了卷起猩红色帘子的大门，上了阳光炫目的大街。他们的歌声逐渐消失，为滚滚而来的人声所淹没。中堂里的人群，走了一批，又进来一批，没完没了。脚步声，混乱的杂沓声，此起彼伏。

教区会友们穿着白色尸衣，蒙着罩纱，走过去了；接着走过的是"悲信会"会友，他们穿黑衣、戴头罩，只有一双眼睛从面罩的小孔里露出来，闪烁着暗淡的光彩；然后是修士们，他们当中有的是托钵修士，身披灰黑色风兜，有的是神态严肃的"多明

① 这里和以下几段诗原先均是拉丁文。

我会”修士，身穿白色长袍，这些修士行走的行列很庄严；然后走过去的是教会任命的世俗官吏；接着是龙骑队、骑巡队和地方警官；后面走的是身着节日典礼服的统领以及他的同僚。在他们的后面跟着一位助祭，他高擎着一个巨大的十字架，左右各有一名侍祭，手里都捧着闪亮的蜡烛。他们走到门口的时候，门帘已高高悬起，好让他们出门。一直站在华盖下面的蒙泰尼里这时候睁眼就看到了街道上铺着地毯，阳光灿烂，看到了墙壁上挂着旗帜，还看到了身穿白袍的孩子们在散着玫瑰花。啊，玫瑰花，多么鲜红欲滴啊！

游行队伍排列有序，继续向前走着，一队接着一队，一种颜色接着一种颜色。穿白色法衣的侍祭严肃而又得体地给身着华丽礼服和刺绣袍子的神父让位。一会儿过去的是又高又精制的十字架，下面是火红的烛光；一会儿过去的是大教堂神父，身穿雪白的外罩，显得威风凛凛。一名教士步出了内殿，手持大主教十字杖，两边是熊熊燃烧的火炬。接着，侍祭们跨步向前，拿着香炉随着乐曲的节奏摆动。执仪仗的人把华盖举得更高些，数着众人的脚步：“一，二；一，二！”蒙泰尼里开始踏上了“受难者之路”[①]。

他走下内殿的台阶，穿过中堂。唱诗班楼下琴声瑟瑟，歌声轰鸣。他经过大门，那门帘已经悬起，帘帷鲜红，红得让人感到可怕。出了门，他就上了阳光耀眼的街道，只见道上玫瑰花满地，花儿血红，已干枯了，并且被无数的脚步践踏过，踩烂在红色的地毯上。蒙泰尼里在门口稍停了片刻，几个世俗官吏走上前来接替那些撑举华盖的人。接着队列又继续前进。他手捧圣体龛子，随着游行队伍一道往前走。周围的唱诗班的歌声一起一伏，与香炉的摆动、游行的脚步声节奏合拍。

主使基督的肉体变成面包，
主使基督的鲜血变成红酒……

鲜血，鲜血，永远是鲜血！地毯像一条血的河流伸展在眼前，玫瑰花撒落在地上，像鲜血溅在石头上——啊，上帝！你所创造的天，你所创造的地，难道都染上了鲜血吗？啊！万能的上帝啊——连你的嘴唇也染上了鲜血呢，你是什么意思呢！

让我们深深鞠躬，
让我们膜拜这伟大的圣餐。

---

① 受难者之路(the Way of the Cross)：是表现耶稣受难的一组画面，游行队伍在教堂前的每一张画的前面都要停下。此处“受难者之路”有双关意义：一方面指蒙泰尼里在耶稣受难像前祈祷；另一方面也指他自己踏上了受难之路。

他看看圣体龛子的水晶罩，只见罩下的圣饼四角间有淋漓的东西往下滴落——从那圣饼上渗透出来滴到了长袍上，那是什么？还有他曾见到过滴落下来的东西——是从举起的那只手上滴下来的，那又是什么？

院子里的青草遭到践踏，变成了血红——所有的东西都成了血红——血真是太多太多了。血，从脸颊上滴下来，从打穿的右手上滴下来，从受伤的腰部喷出来，像热气腾腾的红流在涌动。甚至连一绺头发也为鲜血所染——那头发湿漉漉的，粘在前额上——啊，那是弥留之际沁出来的汗，是难熬的痛苦煎出来的汗。

唱诗班的歌声飞扬，更加威武响亮：

赞美圣父和圣子，
赞美主拯救世界，
赞美主的光荣和权威，
赞美主的恩惠。

啊，实在忍受不下去了！上帝，他高踞天堂那金铜色的宝座上，那染了鲜血的嘴唇在微笑，俯视这人间的苦难与死亡，难道还不够吗？难道说，一定要增补这些赞美和祝福的嘲讽，才感到满足吗？基督啊，为了拯救人类你毁碎了你的肉体，为了替人类赎罪而流尽了你的鲜血，这滋味难道还不够吗？

啊，对上帝叫得更响些吧，他可能睡得正香呢！

我心爱的人儿，你真的是睡着了吗？真的会长眠不醒吗？我心爱的人啊，难道坟墓就那么珍惜它的胜利，树下那黑洞洞的深坑真就死死缠住你一点也不肯放松吗？

这时候，水晶罩下的圣饼答了腔，一面说，一面还在滴血：

“你自己作出了选择，你也感到后悔吗？你的愿望还没满足吗？你看看那些在光明中行走的人吧，他们身穿丝绸，金光闪闪，我正是为了他们才躺在黑暗的坑洞里；你看看那些抛撒玫瑰花的孩子们，听听他们的歌声是不是甜美，我正是为了他们才口含黄土，把自己心脏里的鲜血浇红了那些花朵；你看看那些跪下来的人们，正在吮吸从你长袍褶边上流下的鲜血，这正是为了他们而流的鲜血，以解他们的饥渴。因为《圣经》上写着：‘倘使有人为朋友而献身，这种爱是至高无上的了。’”

“啊，亚瑟，亚瑟。还有更至高无上的爱！如果一个人献出了自己最心爱的人的生命，这种爱心难道不更加至高无上吗？”

圣饼又回答说：

“谁是你最心爱的人？其实不是我。”

蒙泰尼里还想说下去，可是话到嘴边就冻结住了，因为唱诗班的歌声正从他们

这边飘来,犹如北风吹过水池,使得他们都肃静下来:

献出那纤弱的身体,
献出那惨目的鲜血,
为了芸芸众生的渴饮,
任鲜血从血管里流尽。

基督徒们,喝吧,你们所有的人,喝吧! 难道不是你们的吗? 正是为了你们,这血的红流染红了草地;正是为了你们,这活生生的肉体撕成了碎块。吃吧,吃人肉的人啊,吃吧,所有的人都吃吧! 这是你们的盛宴,这是你们的佳肴,这是你们欢乐的节日! 快些吧,来庆祝吧,加入到游行队列,和我们一道前进。女人们,孩子们,年轻人,老人们,都来分享这肉的佳肴吧!

圣饼还在回答:

"哪儿有我的藏身之地呢?《圣经》上不是写得很明白吗:'他们一定要在城里面四处搜寻;一定会翻墙走屋,而且还像个贼一样越窗入室?'如果我的墓造在山顶上,难道他们就不会刨开吗? 如果我的墓筑在河床底,他们就不会挖出来吗? 他们犹如警犬,特别热衷捕捉美食。我这血淋淋的伤口,正好可以为他们吮吸。他们在高歌,难道你听不到吗?"

大教堂门口,两边是猩红的帷帘,他们一面往里走,一面高歌,因为游行已经结束,所有的玫瑰花都已散尽。

欢呼呀,来自圣母玛利亚的生身,
真正的圣体
超度,牺牲,
为了人类,甘赴十字之刑,
处处流血,浑身穿钉。
经历死的考验,
成为神圣之身。

歌声渐渐停止,蒙泰尼里进了大门,两侧是修士和教士,他们鸦雀无声。他从行列中走过去,只见修士和教士都按照一定的位置跪在那里,个个擎着点燃的蜡烛。他们饥饿的目光死死盯着他捧的圣体。他心里明白了:为什么当他走过那儿时,他们都低头致意。因为亚瑟的鲜血沿着他白袍的褶边淌了下来。他跨进教堂大门时,脚步下留有一道深深的血迹。

蒙泰尼里这时已进了中堂，走向内殿的栏杆，执仪仗的人都停在那儿。他步出华盖，跨上祭坛的台阶。身穿白袍的侍祭们手捧香炉，助祭们举着火炬，分别跪在左右两侧，一个个睁着骨碌碌的眼睛，贪婪地盯着圣体。

他站在祭坛前，用沾满鲜血的双手高高举起砍得七零八落的尸体——那是他谋害的心爱的人儿的尸体。这时候，得到吩咐要吃圣饼的客人们又唱起了另一首歌：

来吧，尊敬的敌手与我战斗，
任你的怒意冲破苍穹，
带着你的力量与援助，
带着你的深仇大恨！

啊，他们现在开始吃圣饼了——去吧，我心爱的人儿，接收你这惨淡的命运吧！为那些无法否认的饿狼们把天门打开吧！为我打开的大门是十八层地狱啊。

当差执事把圣器放在祭坛上，蒙泰尼里在所站的地方跪了下来，跪在台阶上。高处的白色祭坛上，鲜血往下淌，滴到了他的头上。唱诗班的歌声响起，歌声沿着圆形屋顶，在拱廊下回荡：

三位一体的主宰，
愿你永恒的光荣，
无尽无涯地存在，
直到为祖国而献身。

“永无止境——永无止境！”啊，幸福的耶稣啊，他能沉挂在自己的十字架上！啊，幸福的耶稣啊，他可以说：“苦难已经结束！”而这惨淡的命运永无止境，像星星在自己的轨道上运转永恒不息。它像寄生虫一样，永远不死；它像火球一样，永远扑不灭。“永无止境，永无止境啊！”

蒙泰尼里已很疲倦，但还是耐心地继续在余下的仪式中扮演自己的那个角色。仪式的一切都是老一套，进行得很机械，因为礼节对他来说已毫无意义。接着，在祝福结束以后，他又跪在祭坛前面，双手蒙住脸。一个教士在高声朗读免罪表，那声音或抑或扬，仿佛来自不属于他的世界里发出的一阵模糊的声响。

朗读一结束，他就站起身子，伸出双手示意大家安静下来。已经朝门口走的一些会员赶忙往回转，人群中响起一片杂乱的悄悄议论。教堂里回荡着一个低语声：“主教大人要说话了。”

那些教士们感到惊异，都向他靠近，其中有个教士急忙在他耳边小声说："主教大人，你现在打算对大家说话吗？"

蒙泰尼里没有做声，只是摆摆手叫他让开。教士们也都连连后退，都在交头接耳地议论纷纷。这样做有点不正常，甚至不符合惯例。可是主教想这么做就具有这个特权。他一定是有特别重要的事对大家说，可能罗马方面有什么改革举措要宣布，或者是要传递圣父的特别旨谕。

蒙泰尼里从祭坛的台阶上俯视众人。下面人山人海，一个个抬起头，满怀热切的期待看着他。这时候，他高高地站在众人之上，那面色惨白，像个一动也不动的幽灵。

"嘘——嘘！别做声！"游行人群的领队们轻声招呼大家，众会员不再交头接耳地议论，顿时安静下来，好像摇曳的枝头因狂风顿失而平静下来一样。大家屏息悬心，瞪大着眼睛，默默地凝视站在祭坛台阶上的白色形象。蒙泰尼里从容不迫，开始对大家说：

"《约翰福音》里写道：'上帝爱世人，甚至将他的独生子赐给他们，叫一切信他的不致灭亡、反得永生。'

"耶稣为拯救你们而遭杀戮，今天是纪念受难者的圣体和鲜血的节日，纪念上帝的羔羊，因为它清除世间的罪恶；纪念上帝的爱子，因为他为了你们的罪孽而死。你们排着庄严的节日队伍，聚集到了这儿，要吃为你们牺牲的受难的圣体，并且向他的大恩大惠表示谢忱。我知道，你们今天早晨来参加这次盛宴，当分享圣体的时候，你们的心里充满了欢乐，因为你们还记住了圣子受难，正是由于他牺牲了，你们才可以得救。

"但是，你们说一说，你们当中有谁想到过另一种受难——圣父的受难，他让自己的儿子钉在十字架上所受的难？圣父在天堂的宝座上，俯视加尔佛莱①的时候，他心里的悲痛你们谁还想到？

"今天，我看到了我的同胞排着庄严的队列游行的时候，我已经注意到了：你们的内心充满了喜悦，因为你们已经赎了罪，已经得了救。但是，我祈求你们思考一下：你们的得救付出的是什么代价。这个代价很昂贵，比红宝石还要昂贵，那是鲜血。"

听众都不寒而栗，长时间地浑身哆嗦。内殿里的教士低着头，在相互窃窃私语。可是，主教又接着说下去，众人这才又安静下来。

"因此，我今天要向你们明白相告——正是我在蒙受圣父那种苦难。因为我看到，你们怯弱，你们悲苦，还有你们膝下的孩子，这些人都不得不死，我心里为他们

① 加尔佛莱(Calvary)：在耶路撒冷城外，耶稣被钉死在十字架上时所处的地方。

而难过。我看到了我那心爱的儿子的眼睛，看到他身上的赎罪的鲜血。我竟不管，让他遭受悲惨的命运，离他而走。

“这就是赎罪。他为你们而死，自己却被黑暗吞没。他死了，可是不能复活；他死了，我也就没有了儿子。啊，我的儿子，我的儿子！”

主教越说，声音拉得越长，像是漫长的哭泣；听众大惊失色，啧啧惊叹，像是与主教的哭泣声相呼应。教士们全都站了起来；执事助祭走上前，伸手拉着主教的胳膊。可是，主教把他们挡开，突然对他们怒目而视，眼神像愤怒的野兽一样恶毒。

“你们要怎么着？血难道还不够吗？你们这些豺狼。等着吧，到时候一定把你们个个都喂饱！”

他们吓得赶忙离开，颤巍巍的身子缩成了一团，慌得大口大口地吸着气，脸色像粉笔一样白得怕人。这时候，蒙泰尼里又面对听众，大家在他面前惊得左右摇晃，仿佛狂风来临，田畴的谷苗被吹得东倒西歪一样。

“杀死他的是你们！杀死他的是你们！而受苦的是我，因为我不想让你们去死。现在，你们来到了我的身边，说些言不由衷的赞美的话，做着不干净的祷告，我已经后悔了——悔不该干了这样的事！你们这些人应该同你们的罪孽一同陷入无底的污秽的地狱，而他应该活下来，这岂不更好些吗！你们这些人，灵魂染上了瘟疫，有什么价值？要为你们付出如此沉痛的代价，怎么值得？可是现在后悔为时已晚——太晚了！我大声呼叫，他听不见；我敲击坟墓的门，他不能苏醒；我独自站在荒凉的空旷处，这个世界已空无所有，唯一留给我的是大地和天空：大地里埋着我心爱的人，大地上染了他的鲜血；天空是一片虚无可怕。我已经把他献出去了；是献给了你们，啊，你们这些毒蛇的子孙啊！

“既然这个圣体是属于你们的，就拿去吧！我把它扔给你们，就像把一块骨头扔给一群狺狺狂吠的野狗！这是一顿美餐，代价已经付过，来吧，你们狼吞虎咽吧！你们是豺狼，你们是吸血鬼——你们这群以腐肉为生的野兽！你们看，祭坛上的鲜血在往下流，泛着泡沫，热气腾腾——那是我儿子流的血，是为你们而流的血呀！快喝，快舔，让鲜血染红你们的一身吧！还有肉，快抢吧，拼命吃吧——别再打扰我了！这是献给你们的肉体——你们看看，它已撕得七零八落，鲜血还在淌，还带着煎熬的生命在颤动，还带着弥留之际的剧痛在哆嗦。快拿去吃吧，基督徒们！”

这时候，他举起手中的圣体龛子，举得很高，嘭咚一声就往地上猛扔。教士们听到金属砸击石头的清脆响声，一齐拥上前，二十只手把那个疯子紧紧逮住。

就在这个时候，本来寂静无声的人群突然爆发了一阵狂呼尖叫。他们打翻了椅子，踢倒了凳子，互相践踏，往大门口拥去。在一片慌乱中，他们拉扯着门帘和花圈，汹涌澎湃、呼天哭地的人流像潮水一般奔向了大街。

尾　声

“琼玛，楼下有人找你。”说话的是玛梯尼，声音很压抑。近十天来，他们俩无意识地都用这种声调在说话。他们内心里很悲痛，唯一的表示就是声调压抑，语言和动作迟缓而呆板。

琼玛卷着袖子，腰系围裙，正站在桌旁把子弹一袋一袋地装起来，准备分发下去。从早晨一直到此刻烈日炎炎的下午，她一直工作未停。她很疲倦，脸色显得很憔悴。

“有人找我，西塞尔？他要干什么？”

“亲爱的，我不知道，他不肯对我讲。他说一定要单独跟你谈。”

“那好吧，”她解下围裙，放下袖子，“我想还得去见他，不过可能是个暗探。”

“不管是不是，我就待在隔壁房间里，随时能叫我。把来人打发走了以后，你最好去躺一会儿。今天你站了那么长时间。”

“啊，不，工作可不好停下来。”

她慢慢往楼下走，玛梯尼不声不响地跟在后面。还没有几天工夫，她的模样像是老了十岁，本是缕缕的白发已经是白发绺绺了。成天老是两眼低垂，偶尔也抬起头，那目光隐含着一种恐惧的神色，玛梯尼不禁为之颤抖。

在小客厅里，她见到一个粗俗的汉子笔挺挺地站在地板中间。他的形象以及她进来时他抬头看的那种担惊受怕的样子，琼玛断定他一定是瑞士卫队的士兵。他身着显然不是他自己的那种乡下人穿的衣衫，一双眼睛左顾右盼，仿佛担心有人在跟踪他。

“你会说德语吗？”他操一口瑞士苏黎世地方的土话，而且口音很重。

“能稍说几句。听说你要找我。”

“你是波拉太太吧？我这儿有一封信给你。”

“一封……信？”她身子开始颤抖，赶忙用手扶住桌子，以稳住自己。

“我是那边的一个卫兵，”那人说着用手指了指山那边矗立的堡垒的那扇窗户，“这封信是那人——就是上礼拜被枪决的人写的。他是在头一天晚上写的。我答应他亲自把信交到你的手里。”

琼玛低下了头。他到底给她写了信。

“这就是拖了这么长时间才送来的原因，”士兵接着说，“他对我说，信一定要交给你本人，不要交给别人。前几天，我一直脱不了身——他们对我监视很严。我不得不借了这身衣服才得以跑到这儿来。”

说着，他就从怀里掏出信来。这天天气很热，他掏出的那张折叠起来的信纸，不仅又脏又皱，而且还有点潮湿。他站了一会，不安地换脚，又举起一只手搔他的后脑勺。

“这事儿你可别向外张扬，”他怯生生地又开了口，对她看了一眼，似乎对她有点不信任，“我到这儿来是冒着生命危险的啊。”

“我当然不会走漏一点风声。别走，等一会儿……”

他正转身要走，她叫住了他，一边摸她的钱包。可是，他连连后退，挺生气。

“我不要你的钱，”他粗声粗气地说，“我是为他干的——因为是他托我的。此外我本该为他多做些事情的。他对我很好——上帝保佑我啊！”

他说话有点哽咽，琼玛抬头朝他看看，只见他用油腻腻的袖子慢慢地在擦眼泪。

“我们没有法子才开了枪，”他压抑着嗓门说，“是我和我的同伙开的枪。一个当兵的不能不服从命令。我们把枪放偏了，不得不重放——他大声取笑我们——还说我们蹩脚——他对我真好……”

客厅里沉静下来。过了一会，他挺直了身子，笨手笨脚地敬了个军礼，走了。

琼玛手里拿着信，默默地站了一会儿，然后在敞开的窗户旁边坐下来读信。信是用铅笔写的，写得很挤，有些地方还难以辨认。但是，信的抬头几个字写得非常清晰，是用英语写的：

亲爱的琼，

信中的字迹忽然变得模糊不清，像一片迷雾。她又一次失去了他——又一次失去了他啊！这种熟悉的孩子似的称呼，她一看到心里就难过，失去亲人的那种绝望之情又席卷了她的全身。她哀痛，可又不知如何是好，茫然伸出双手，仿佛压在他身上的那些泥土正压着她的心。

过了一会儿，她拿起信，继续往下看：

明天早上太阳出山的时候，我就要被枪决。我曾对你说过，要把一切都告诉你，如果我说话算数，那我现在就一定要履行自己的诺言了。不过，你我之间毕竟没有过多解释的必要。因为我们向来不用多话就能够相互理解，甚至在孩提时代就是这样。

这样你就明白了，亲爱的，你无需为很久以前打了我一记耳光而感到难过。那样的打击对我来说当然很沉重，但是，类似的沉重打击我已受过多次，而且我都挺过来了——有几次我还给以回击——现在，我仍然如初，犹如我们小时候看的读物（书名已想不起来了）所讲的鲭鱼一样：“啊，活着多痛快，活蹦乱跳的！”不过，我只能跳最后一次了。到了明天一早，那时候，“戏唱完了！”你和我倒不妨说成是：“杂耍收场了。”我们都要共同鸣谢众神，因为他们起码还对我们发了慈悲。慈悲虽然不多，但毕竟是一种慈悲。对于这点慈悲以及其他一切恩惠,我们都要表示衷心的感谢!

同样对于明天早上的事,我希望你和玛梯尼都要完全理解:命运之神为我安排这样的结局,我感到心满意足,我不能再有别的更好的要求。请你把我这个意思转告玛梯尼,算是我的一个口信吧。他是一个好人,好同志,他对此一定会理解。你瞧,亲爱的,我心里十分清楚:那帮陷入泥淖的家伙,迫不及待地要秘密审讯,秘密处决我,这不仅使他们自己处于被动地位,而且还给我们一个有利的转机。我还十分清楚:你们留下来的同志紧密团结,猛烈地打击他们,你们就一定会大有作为。至于我,我会像一个即将出门度假的孩子那样,高高兴兴地走向院子。我已经做了自己的本职工作,他们对我判处死刑,证明我完全尽了自己的责任。他们杀害我,是因为他们怕我。一个人能活到这样,他还能再有什么心愿呢?

不过,我还有别的心愿,只有一桩心愿。一个人到了临死的时候有权利想想个人的心事,那就是:请你务必理解,我为什么一直都像一头粗暴的野兽那样对待你,而且对旧事一直耿耿于怀。这个理由你当然理解。现在,我这儿还要啰嗦几句,也只是乐于把它写出来而已。琼玛,过去我是爱你的。记得你小时候还是个很难看的小丫头,穿着方格花布罩衫,围着拼拼凑凑的围嘴儿,还扎着一条小辫子拖在背后,那时候我就爱你,现在我仍然爱你。那一天,我吻了你的手,当时你很可怜我,央求着说:“以后别这样了。”

你还记得吗?我知道,玩这种小把戏是不够磊落的,但是你一定要原谅我。这封信里,在写到你的名字的地方,我也在纸上吻过。因此,我已经吻了你两次,两次都没有得到你的同意。

话已说完。别了,亲爱的。

信的下面没有署名,而附上了一首小诗,那是他们小时候在一起背诵过的:

无论我活着,
或者是死亡,
我永远都是,
快乐的牛虻。

半个小时以后,玛梯尼走了进来。他活了半辈子都沉默寡言,现在突然惊醒了。他急忙扔下手中拿住的那张布告,把她紧紧搂住。

“天啦!琼玛,你这是怎么回事呀?怎么哭成了这样——你从来就不曾哭过呀!琼玛!我亲爱的,琼玛!”

“没什么，西塞尔。我以后再告诉你——现在我说不下去了。”

她急忙把滴满了泪水的信放进口袋里，站起身朝窗口那边靠，以免他看到自己的脸。玛梯尼紧紧咬着小胡子，控制住不要讲话。他们相处了这么多年，现在他竟表现得像个学生，流露了自己的感情——而她根本就没有在意！

“大教堂的丧钟正在鸣响，”过了一会她回过头说，这时她已控制住了自己，“一定是死了什么人。”

“我正是为此来告诉你的。”玛梯尼以平常的口气在说话。他从地上拾起那张布告，递给了她。那是一份镶着黑边的讣告，匆匆忙忙赶印出来的，用大号字体写着：“我们敬爱的红衣大主教罗伦梭·蒙泰尼里大人，因心脏破裂症突发，在拉文纳不幸逝世。”

琼玛看过讣告，很快抬起了头，玛梯尼从她那眼神中领会了她的暗示的意义。他耸了耸肩，回答说：

“太太，心脏破裂症是最好的托词，否则还能怎么说呢？”